国家社会科学基金重大招标项目"延安文艺与20世纪中国文学研究"成果

"十三五"国家重点图书出版规划项目

国家出版基金项目

陕西省委宣传部重大文化精品项目

陕西师范大学中国语言文学世界一流学科建设成果

延安大学学术著作出版基金项目

"十三五"国家重点图书
出版规划项目

延安文艺与20世纪
中国文学研究

赵学勇 李继凯 主编

延安文艺与20世纪中国民间文化

梁向阳 著

陕西师范大学出版总社

图书代号　SK22N0135

图书在版编目(CIP)数据

延安文艺与20世纪中国民间文化／梁向阳著.—西安：陕西师范大学出版总社有限公司，2022.5
（延安文艺与20世纪中国文学研究／赵学勇，李继凯主编）
"十三五"国家重点图书出版规划项目　国家出版基金项目
ISBN 978-7-5695-2706-3

Ⅰ.①延…　Ⅱ.①梁…　Ⅲ.①文艺—文化史—研究—延安—现代　Ⅳ.①I209.941.3

中国版本图书馆CIP数据核字（2021）第273156号

延安文艺与20世纪中国民间文化
YAN'AN WENYI YU 20 SHIJI ZHONGGUO MINJIAN WENHUA

梁向阳　著

出版统筹／刘东风　雷永利
责任编辑／雷亚妮
责任校对／王文翠
出版发行／陕西师范大学出版总社
　　　　　（西安市长安南路199号，邮编710062）
网　　址／http://www.snupg.com
印　　刷／中煤地西安地图制印有限公司
开　　本／710mm×1000mm　1/16
印　　张／19.5
字　　数／295千
版　　次／2022年5月第1版
印　　次／2022年5月第1次印刷
书　　号／ISBN 978-7-5695-2706-3
定　　价／88.00元

读者购书、书店添货或发现印装质量问题，请与本公司营销部联系、调换。
电话：（029）85307864　85303629　传真：（029）85303879

总　序

　　延安文艺是20世纪中国文学历史进程的重要节点。自1940年代至今，延安文艺及其相关问题的研究不断拓展深化，并于不同的历史语境及研究者的身份立场中呈现出有别甚至迥异的话语阐释与纷争局面，成为中国现当代文化史、文学史上难以绕开的学术研究领域。如果说20世纪的延安文艺研究更多为外在的各种（政治的、文化的、文学的）力量所推助，那么在拨开意识形态的迷雾后，新世纪以来的延安文艺研究则更加彰显出延安文艺自身的丰富内涵与持续性研究的宽阔空间，并不断促使延安文艺研究向更加深广的领域拓进。

　　延安文艺研究的重要价值和意义，首先由延安文艺本身的价值和意义所决定。在中国现当代文学的发展中，延安文艺上承五四、左翼时期的文学传统，下启"十七年"、"文革"及新时期至今的文学路向。这一承前启后的文学历史的"坐标"意义及其影响巨大而深远。其次，延安文艺是一种特殊空间范畴的文艺形态，它完成了将战时特殊的区域化文学实践与一般意义上的民族/国家文学的创构目标相联结的巨大的文化实验。因此，认识中国现代文化与文学，以至认识现代中国革命与社会，认识当代中国诸多文化与文学的现实问题，都离不开对延安文艺的不断认识和解读。

　　延安文艺研究的价值还在于其在当代中国文学话语中的元叙事作用。一方面，它所建立的文学规范显性地呈现为一种话语权威，支撑起新意识形态下文艺体系中的文学组织方式、生产方式的合法性运转；另一方面，它隐性地内化为当代文学所具有的特殊文艺传统和精神品格——作为极为重要的中国经验的组成部分，不断地渗透于中国文化建设的各个层面。

此外，延安文艺研究的价值无疑还在于其鲜明的当下性指向。作为吸收、鉴取和凝聚了中国传统民间智慧与外国文艺理论及艺术形式的大众文艺形态，延安文艺以其"新鲜活泼的、为中国老百姓所喜闻乐见的中国作风和中国气派"的艺术样式，真正意义上践行了文学与社会现实、与广大民众密切结合的时代诉求，具有鲜明的先锋性、民族性与现代性特征。新世纪以来，面对大众文化的崛起、底层书写的兴盛、民间资源的流失、全球化与本土化的对峙等中国文学亟待解决的问题，重新爬梳并清醒认知延安文艺的历史经验及其创造性转化的价值和意义，无疑能够为当代人民文艺的健康发展提供借鉴与审思的契机。

强调以历史意识和史学视角切入研究，亦即本着贴近历史语境的原则，对延安文艺做出历史的、社会的及美学的阐释和评价。历史与现实视域是评价延安文艺应持守的基本态度。坚持历史的实事求是的学术精神，注重对历史的多重把握与透视，在理解与阐释中触及历史的真实；重视现实的客观中肯的研究方法，尝试探索具有当下延伸意义的理论路径，并着力针对历史文化现象做出科学的阐释。这是本课题研究的基本出发点。

"延安文艺与20世纪中国文学研究"书系，是其同题国家社会科学基金重大招标项目的终期研究成果。课题组成员力图从新的理论视界，对延安文艺本体形态与中国新文学的历史关联和发展、延安文艺的重大历史价值和影响、延安文艺的马克思主义文艺理论的中国化理论和实践、延安文艺之于中国现当代文学精神的经验借鉴、延安时期及对后来产生广泛影响的作家作品、延安文艺的中外传播及世界影响等重要议题，进行深入、系统的研究。书系主要包括对延安文艺的文学史价值重估、本体研究、文本细读、史料钩沉等方面，且延展至对延安文艺所纳含并有突出贡献的戏曲、电影、书法等多种艺术门类作品的再读与评价，亦触及对女性主义、传播生态、族裔书写、文人心态等相关重要理论命题及实践层面的探讨。由此构成了整一的"延安文艺与20世纪中国文学研究"课题的内容结构。

深入系统地研究延安文艺与20世纪中国文学的广泛联系及深远影响，对重新认识中国现当代思想史、社会史、革命史、文化史、文学史具有重大的学术价值和意义。在每部著作的内容和结构中，最值得反复强调的是，站在学术的时代前沿，审慎地、科学地重估延安文艺的价值，着力建构延安文艺史料学与延安文艺学术史，在作家新论的基础上探究延安文学的经典化历程，在广阔的社会文化视野中考察延安文艺的发生、特征及影响，探索精英文化与民间文化的融合、新型文艺形态的创构，等等。这些都是本课题的创新和亮点。

作为马克思主义文艺理论与中国本土文艺实践和历史语境相结合的综合性、创造性转化成果，延安文艺以鲜明的时代性诠释了马克思主义理论与中国文化传统和实践经验的融合、生发与创新，成为马克思主义中国化的成功方案。延安文艺本身也以其丰富性、多样性和创新性不断地诠释、发展和丰富着马克思主义文艺理论中国化的内涵。延安文艺思想中的人民主体文艺观、革命功利主义文艺观、文学艺术源泉论、中国民众喜闻乐见的民族形式论、文艺舞台上人民群众主角论，都包含了文论方面的独特创造，充分体现了其话语体系的实践性特征。因此，正视和总结马克思主义文艺理论中国化的经验，无疑有着重大的现实意义与理论价值。

延安作家的书写行为及特殊战时环境中延安文人形象的塑造，其精神内涵丰富且意味深长，对研究现代中国知识分子的生命历程及精神史有极为重要的价值。因此，在关注延安文艺的本质特征、艺术价值、珍贵史料之外，更直接地从文艺制度、文人处境、文人性格、作家精神气质、日常生活场景、民间文化资源等层面入手，探讨延安文艺的创作经验及其在之后文学发展中的赓续与转化问题，不失为延安文艺研究中突破政治与文学的二元对立模式，凸显革命政治文化与文学文化之间的互文，积极尝试重构一种文人与政治、政治与文学之间相互独立、相互融通、相互创造关系的研究范式，有意想不到的发现。

延安文艺传播的成功经验，建基于传播主体与受众间密切且灵活的联系，既汇聚了集体智慧共同参与文艺创作，更扩展了艺术与生活的边界，在良性的深度互动中呈现出包容性、广泛性与渗透性的文艺传播效果。而域外作家的延安书写及域外延安文艺学术史的研究，使得延安文艺与20世纪中国文学研究的视野更加开阔，眼界更具开放性、包容性及参照比较的特点，对中国当代文学具有积极的书写经验的镜鉴意义。延安文艺的世界性传播，引发了海外汉学界的关注与研究。面对海外汉学界某些偏颇的批评观念，给予理性的符合历史情境的回应，且进行深刻的自我审视与反思，在融汇本土视角与国际视野的研究视域下，开启对文化身份认同、国际形象建构与世界文学追求等方面的积极探索，具有重要的理论价值。

不断深化延安文艺与20世纪中国文学的历史发展研究，旨在形成一种必要的更加宏阔的研究视野，以此拓宽认识20世纪后半叶及新世纪的中国文学、文化、艺术对延安文艺精神的继承、发展与创变，以及随之收获的历史资源和经验教训。其学术价值的重点在于，对当下文学、文化和艺术的广泛观照与深刻反思。通过考察新的历史条件下，毛泽东《在延安文艺座谈会上的讲话》与习近平《在文艺工作座谈会上的讲话》之间的精神联系，探索并回应社会主义文艺的重大问题，如世界文化发展趋势与中国经验的兼容性内涵，社会主义文艺观的当代性发展，弘扬革命文艺传统与坚持社会主义文艺的前进方向，等等。强烈的当代意识和当下观照是本课题研究的鲜明特色。

可以看到，有关延安文艺的研究目前正不断地朝着更加学理化、纵深化、精细化、历史化的方向拓进。这一研究课题的再深化，对整个20世纪中国文学话语资源及范式的清理、反思、再认识及重塑，于学科层面而言具有十分重要的意义。与此同时，在中国文化软实力全球化推进的背景下，延安文艺的相关研究亦可对当下所倡扬的"中国经验""中国智慧"进行丰富的更深意义上的补充。因而，在此基础上，我们期待一个更加开放的、深化的、互通的延安文艺研究的新局面。

赵学勇
2020年10月6日

目 录

绪 论 / 001

第一章　走进延安文艺视野的民间文化

第一节　中国共产党早期的大众文艺主张及对民间文化的利用 / 020

第二节　抗日战争与延安时期中国共产党文艺政策的形成 / 035

第三节　抗战初期延安文艺对民间文化的高度重视 / 042

第二章　民间文化的初步形式化

第一节　《讲话》前民间文化与精英文化的初步融合 / 055

第二节　民族形式讨论与民间文化话语建构 / 065

第三节　《讲话》前借鉴民间文艺的实践 / 080

第三章　民间文化与延安文艺的转型发展

第一节　《讲话》与民间文化资源的深入挖掘 / 112

第二节　民间文化与延安文艺家的文艺转型 / 140

第四章　陕北民间文化与延安文艺的建构

　　第一节　走进延安文艺视野的陕北民间文化 / 157

　　第二节　文艺工作者对陕北民间文化的改造 / 173

　　第三节　延安文艺对陕北民间文化的借鉴 / 185

第五章　民间文化：从延安文艺到当代文学

　　第一节　民间话语的沉浮 / 202

　　第二节　民族形式的复苏 / 210

　　第三节　民间精神的激活 / 226

　　第四节　审美主体的移位 / 233

第六章　民间文化作为新时期文学的一种资源

　　第一节　民间文化与新时期文学思潮 / 246

　　第二节　物质形态的民间文化与新时期文学 / 261

　　第三节　精神形态的民间文化与新时期文学 / 275

参考文献 / 292

后　　记 / 300

绪论

文化是民族的血脉，是人民的精神家园。民间文化是文化的一种形态与有机组成部分。

近代以来对民间文化高度重视的阶段，就是延安时期。延安时期专指1935年10月随着中央红军长征的胜利，中共中央来到陕北，特别是1937年1月进驻延安后的十三年（1935年10月至1948年3月）时期。延安时期以陕甘宁边区为中心的各根据地的政治、军事、文化形态直接影响到当代中国社会的走向，也包括新中国文学的走向。延安时期由于民族的凝聚力空前加强，一向被掩盖的、不被人们重视的民间文化，上升为民族精神和民族传统的载体、民族间血缘文化关系的纽带。在与战时政治文化联姻的过程中，民间文化主要是陕北文化的民族化、大众化特点显现出来，从而得到全面的挖掘与呈现。

可以这样说，延安时期的文艺界择取民间文艺遗产，融合新机，为延安文艺新民族形式的建构别开了一条生路。因此，文艺理论家周扬曾说解放区文艺的重要特点之一，"就是和自己民族的、特别是民间的文艺传统保持了密切的血肉关系"[①]。

在全力推进中华民族伟大复兴的新时代，文化建设已经被提到空前的高度。研究引领抗战时期全国文艺潮流的延安文艺与20世纪中国民间文化的关系，梳理其逻辑路径，总结其先进的文化经验，对繁荣新时代文学与加强社会主义文化建设，会起到积极的推动作用。

一、与"民间"相关的几个概念的界说

这里，需要厘定、辨析与民间文化有关的几个概念。

民间，字面意思是人民中间，与官方相对。《史记·孝武本纪》："民间祠

---

① 周扬：《新的人民的文艺》，见《周扬文集》（第1卷），人民文学出版社1984年版，第519页。

尚有鼓舞之乐，今郊祠而无乐，岂称乎？"《东周列国志》第一百六回："民间有童谣曰：'秦人笑，赵人号，以为不信，视地生毛。'"

民俗，又称民间文化，是指一个民族或一个社会群体在长期的生产实践和社会生活中逐渐形成并世代相传、较为稳定的文化事项，可以简单概括为民间流行的风尚、习俗。《管子·正世》："古之欲正世调天下者，必先观国政，料事务，察民俗，本治乱之所生，知得失之所在，然后从事。"民俗涉及的内容很多，它所研究的领域仍在不断拓展。乌丙安在《中国民俗学》①中把民俗分为四大类：经济的民俗、社会的民俗、信仰的民俗、游艺的民俗。陶立璠在《民俗学概论》中则将民俗分为这样四类：物质民俗、社会民俗、口承语言民俗、精神民俗。张紫晨在《中国民俗与民俗学》②中采用平列式方法把中国民俗分为十类：巫术民俗，信仰民俗，服饰、饮食、居住之民俗，建筑民俗，制度民俗，生产民俗，岁时节令民俗，人生仪礼民俗，商业贸易民俗，文艺游艺民俗。就今日民俗学界公认的范畴而言，民俗包含以下几大部分：生产劳动民俗、日常生活民俗、社会组织民俗、岁时节日民俗、人生仪礼、游艺民俗、民间观念、民间文学等等。

民间文学，作为一个学术名词，是五四新文化运动之后才出现和流行的，指的是广大劳动人民的语言艺术——人民的口头创作。这种文学，包括散文的神话、民间传说、民间故事，韵文的歌谣、长篇叙事诗，以及小戏、说唱文学、谚语、谜语等体裁的民间作品。

民间文学的概念最早出现在1916年梅光迪给胡适的一封回信中。信中道："文学革命自当从'民间文学'（folklore, popular poetry, spoken language, etc）入手，此无待言"③。最早对民间文学进行阐释的是胡愈之（愈之）。他在《论民间文学》中称："民间文学的意义，与英文的'folklore'、德文的"volkskunde"，大略相同，是指流行于民族中间的文学。……民间文学的作品

---

① 乌丙安：《中国民俗学》，辽宁大学出版社1985年版。
② 张紫晨：《中国民俗与民俗学》，浙江人民出版社1985年版。
③ 罗岗、陈春艳编：《梅光迪文录》，辽宁教育出版社2001年版，第162页。

有两个特质：第一，创作的人乃是民族全体，不是个人。普通的文学著作，都是从个人创作出来的，每一种著作，都有一个作家。民间文学可是不然，创作的决不是甲，也不是乙，乃是民族全体。……第二，民间文学是口述的文学（Oral Literature），不是书本的文学（Book Literature）。书本的文学是固定的，作品完成之后，便难变易。民间文学可是不然，因为故事歌谣的流行，全仗口头的传述，所以是流动的，不是固定的。"①研究者毛巧晖认为："随着民俗学运动的发展和深入，对民间作品在语言、文学方面的把握比重较大，遂有一种要求民间文学从民俗学中分离出来、走向独立的意向。"②

20世纪80年代以后，学术界对民间文学的概念众说纷纭，主要有：一，它是流传于人民大众（或社会下层）中间的文学；二，它是口头创作、口耳相传的艺术；三，反映民众的思想观念和审美情趣；四，与作家文学相对而言；五，纳入民俗学的领域，是一种生活文化。③

民间艺术，是指由那些没有受过正规艺术训练，但掌握了既定传统风格和技艺的普通老百姓所创作的艺术。冠以民间字样，显然是要与所谓的宫廷艺术和贵族艺术等有所区分。民间艺术的领域非常广，包括的内容非常庞杂，主要有民间工艺品、民间戏曲艺术、民间舞蹈艺术、民间绘画艺术、民间饰品、民间家具、民间建筑园林、民间服饰等等。

民间文化是相对于精英和典籍文化而言的文化形态，它是由社会底层的劳动人民创造的古往今来就存在于民间传统中的自发的民众通俗文化，包括民俗、民间文学、民间艺术三大部分，具有自发性、传承性、俗化和程式化、适用性和娱乐性等审美特征。

当代文学研究专家陈思和从描述文学史的角度出发，认为民间文化概念包括以下层面：一，它是在国家权力控制相对薄弱的领域产生，保存了相对自由活泼的形式，能够比较真实地表达民间社会生活的面貌和下层人民的情绪世界；二，

---

① 愈之：《论民间文学》，载《妇女杂志》1921年第7卷第1号。
② 毛巧晖：《20世纪下半叶中国民间文艺学思想史论》，上海文化出版社2010年版，第2页。
③ 毛巧晖：《20世纪下半叶中国民间文艺学思想史论》，上海文化出版社2010年版，第3页。

自由自在是它最基本的审美风格,在一个生命力普遍受到压抑的文明社会里,自由自在这种境界的最高表现只能是审美的,所以,它往往是文学艺术产生的源泉;三,它拥有民间宗教、哲学、文学艺术的传统背景,用政治术语说,民主性的精华和封建性的糟粕交杂在一起,构成了藏污纳垢的独特形态。①陈思和还认为:"这三条定义只是就民间的文化的基本形态而言,在实际的文化研究中,'民间'所涵盖的意义要广泛得多,其中还应包括作家的写作立场、价值取向、审美风格、文化修养等等,并以此引申出许多相关的名词概念。"②

陈思和建构的民间文化相对宽泛,将民间定位为官与民、中心与边缘二元对立的角色,在一定程度上契合了抗战到"文革"之间特殊的文学史实情,也找到了中国现代文学史书写的新视角与新路径,撰写出像《中国当代文学史教程》这样拥有学术创新深度与厚度的研究性当代文学史。

当代文学研究学者王光东也认为,民间文化"是相对于官方或上层文化的一种底层文化形态,一方面它具有集体性和匿名性特点,是民众在长期生活、交往中形成的与民间日常生活息息相关的礼俗仪式、生活习惯、语言和艺术等等的集合;另一方面它又具有相对性和边缘性的特点,强调'在野'的性质,因此不像上层文化那样有着较为明晰的规范性特点,而具有强大的包容性"③。他认为民间文化应该是个很宽泛的概念,具体来讲至少应该包括两个层面:"一是主要指民间文学、民俗形式、仪式制度等等可以通过语言文字或物质遗存可观可感的文化形态;一是民间的信仰伦理、认知逻辑、稳态的历史传统等等深层次的、无形的(intangible)心理和精神内容,在政治意识形态、知识分子精英文化、大众通俗文化、民族文化传统等等众多文化要素或形态之间,展现了复杂的张力关系。"④

---

① 陈思和:《民间的浮沉:从抗战到"文革"文学史的一个解释》,见《陈思和自选集》,广西师范大学出版社1997年版,第207—208页。
② 陈思和主编:《中国当代文学史教程》,复旦大学出版社1999年版,前言第13页。
③ 王光东、刘子杰、杨位俭等:《20世纪中国文学与民间文化》,复旦大学出版社2007年版,第1页。
④ 王光东、刘子杰、杨位俭等:《20世纪中国文学与民间文化》,复旦大学出版社2007年版,第1—2页。

本书讨论"延安文艺与20世纪中国民间文化",延安时期被高度重视的各种民间文学、民间戏曲、民间小戏、民间说唱、民间美术、民间表演等民间文化范畴都在讨论范围内。

二、回归民间:百年中国民间文化研究的路径

我国近代对文化研究的重视,与清末民初文化运动有着密不可分的关系。早期的启蒙主义者意识到,要改变中国落后状况实现政治理想,首要的任务是唤醒民众的觉悟。他们发现要实现这一目标,最好的方式是借助民间文艺来宣传其政治主张,启蒙民众。于是,梁启超采用弹词、歌谣和民间戏曲等通俗文艺形式编著了《爱国歌》《变法自强歌》等来宣传维新思想;章炳麟(章太炎)以歌谣形式创作《逐满歌》;秋瑾和陈天华分别借弹词的形式写作了《精卫石》《猛回头》,号召民众起来革命;陈独秀则在1904年创办《安徽俗话报》,刊载民歌民谣、地方戏曲和故事等大量民间文艺作品,内容大多为"伤国事、叹恶俗、兴民权",意在"开风气,倡革命"。早期的启蒙主义者在利用民间文学的各种样式宣传其政治理想的同时,还从语言学、历史学、社会学、民族学等方面对中国古代的神话传说、笑话的社会作用以及远古文学体裁的起源等问题进行研究,如蒋观云的《神话、历史养成之人物》,章炳麟的《原学》《正名杂义》,鲁迅的《破恶声论》《摩罗诗力说》,刘光汉(刘师培)的《氏族原始论》《论古学出于宗教》。他们的研究把传统的国学和新兴引进的西学结合起来,虽没有提出明确的"民间文学"的概念,却揭开了民间文学研究的序幕,具有重要的学术史价值。①对此,民俗学家钟敬文认为:"革命派著作家们注意和探索民间文学上的问题,乃至于在自己的宣传作品中,对民间文学作品多方面加以利用,这决不是学艺上个人的、一时的闲情逸致。它主要是用来充当宣扬民主主义,特别是民族主义的一种手段,一种武器。他们谈论民族祖先起源神话,谈论乐舞、民间戏剧的作用,乃至谈论撒旦的功绩、荷马的教育价值,……都不是无所为的,都不是

---

① 参见漆凌云:《回归民间:中国民间文学研究百年反思》,载《船山学刊》2004年第1期,第112页。

为学术而学术的。他们这种学术活动的目的,是要鼓吹民族自豪感,排斥清朝统治者,是要激起国民的自强、抗争的意识,争取自由、独立的地位。"①

我国学者对包括民间文学的民间文化的真正研究兴起于五四新文化运动时期。五四新文化运动的倡导者意识到要实现民主、科学的启蒙任务,必须发起一场旨在"反对文言文、提倡白话文、倡导新文学"的文学革命。这些倡导者也意识到民间文学不仅有利于宣扬启蒙思想,也可以利用其实现文学变革。1917年1月,胡适在《新青年》发表《文学改良刍议》,提出以白话文学为"中国文学之正宗"的主张。陈独秀也于1917年2月在《新青年》发表《文学革命论》,进一步阐述了文学革命的方向,即"曰推翻雕琢的阿谀的贵族文学,建立平易的抒情的国民文学;曰推倒陈腐的铺张的古典文学,建立新鲜的立诚的写实文学;曰推倒迂晦的艰涩的山林文学,建立明了的通俗的社会文学"。周作人提出了"人的文学""平民文学"。这些理论框架的搭建,全部基于新的参照系。以自主、进步、进取、世界、实利、科学的价值观代替奴隶、保守、锁国、虚文与想象的价值观,本身就意味着人生观念的转变与脱胎换骨。以国民文学、写实文学、社会文学替代贵族文学、古典文学、山林文学,于是有了从形式到内容的文学革命。何思敬(何畏)1927年在《新生》卷头语中说:"民间文学研究不从今日始,实从文学革命那一天起的。新国学运动是她的姐妹;她和新国学运动有血肉的关系。"②

1918年2月,由刘半农、周作人、沈尹默、钱玄同等人在《北京大学日刊》发起的歌谣征集活动是中国民间文化史上的标志性事件。他们在《歌谣周刊》发刊词中明确指出:"本会搜集歌谣的目的共有两种,一是学术的,一是文艺的。我们相信民俗学研究在现今的中国确是很重要的一件事业,……歌谣是民俗学上的一种重要的资料,我们把它辑录起来,以备专门的研究:这是第一个目的。……从这学术的资料之中,再由文艺批评的眼光加以选择,编成一部国民心声的选

---

① 钟敬文:《晚清革命派著作家的民间文艺学》,见中国民间文艺研究会上海分会、上海文艺出版社编:《中国民间文学论文选(1949—1979)》(上),上海文艺出版社1980年版,第385页。
② 何畏:《新生》(卷头语),载《新生》1927年第1卷第24/25期。

集。意大利的卫太尔曾说:'根据在这些歌谣之上,根据在人民的真感情之上,一种新的"民族的诗"也许能产生出来。'所以这种工作不仅是在表彰现在隐藏着的光辉,还在引起未来的诗的发展:这是第二个目的。"①《歌谣周刊》出版九十六期,搜集的歌谣达一万三千余首,产生了重要的社会影响,还出版了不少开创性的学术成果。

五四新文化运动中启蒙主义者把民间文化作为实现文学革命的任务,反对旧文学、旧思想的利器。其时的民间文艺运动,与精英知识分子的价值指向有关,他们主要是对千百年来在民间传承的、民众中有价值的生活文化进行挖掘与研究,找到合理的因素,摒弃不合理的因素,对民众进行科学和民主教育,以期达到"化大众"的启蒙目的。这个运动也扩大了民间文化的影响,为后来民间文化研究的拓展奠定了良好的基础。

五四新文化运动之后,许多知识分子更是意识到民间文化在改造国民性等方面有着重要作用。董作宾在《民间文艺》创刊号中指出:"我们要瞭解我们中国的民众心理,生活,语言,思想,风俗,习惯等等,不能不研究民间文艺……我们要改良社会,纠正民众的谬误的观念,指导民众以行为的标准,不能不研究民间文艺。"②胡适将中国文学史视为"古文文学的末路史"和"白话文学的发达史",认为白话文学代表未来文学的方向,指出:"中国文学史没有生气则已,稍有生气皆从民间而来。""一切新文学的来源都在民间。民间的小儿女,村夫农妇,痴男怨女,歌童舞妓,弹唱的,说书的,都是文学上的新形式与新风格的创造者。这是文学史的通例,古今中外都逃不出这条通例。"③

在中国现代文艺版图上,延安文艺是一种发展迅猛、影响深远的文艺现象。它以1930年代的苏区文艺和左翼文艺为源头,在气质上与中国共产党的文艺政策保持了一致,在时间跨度上从1936年中国文艺协会成立到1949年新中国成立。它

---

① 周作人:《〈歌谣〉周刊发刊词》,见吴平、邱明一编:《周作人民俗学论集》,上海文艺出版社1999年版,第98页。
② 董作宾:《为"民间文艺"敬告读者》,载《民间文艺》1927年创刊号。
③ 胡适:《白话文学史》,见《民国丛书》编辑委员会编:《民国丛书》(第一编·57),上海书店出版社1989年版,第19页。

深刻地影响到新中国成立以后的当代文艺走向。

延安时期，延安文艺工作者展开对民间文化的讨论与研究：一是延安时期的两次民族形式的讨论，均涉及这个问题；二是毛泽东发表《在延安文艺座谈会上的讲话》（以下简称《讲话》）后，延安文艺工作者对以陕北为重点关注对象的陕甘宁边区民间文化的挖掘与整理工作得到加强。

早在《讲话》前，延安文艺工作者已成立中国民间音乐研究会，在陕北进行民歌采风。《讲话》后，延安文艺工作者自觉下乡进行民歌采风：系统搜集整理陕北民歌、故事、民间戏曲；出版《陕北民歌选》《内蒙民歌集》《秧歌论文选集》《民间艺术和艺人》等一系列著书；成立陕北说书改进会，举办新书训练班；何其芳、艾青、周立波、张庚等人均撰写过研究秧歌剧、陕北民歌等方面的文章。

延安时期系统整理陕北民歌工作的标志是《陕北民歌选》的出版。《陕北民歌选》是《讲话》发表以后鲁迅艺术文学院（原名"鲁迅艺术学院"，1938年成立，1940年更名为此，简称"鲁艺"）大规模民歌采风活动的成果，由何其芳负责，张松如、程钧昌、毛星、雷汀、韩书田参加编选，1945年由晋察冀新华书店出版，这也是延安时期出版的第一本民间文艺方面的书。《陕北民歌选》的编定，如民间文学研究学者刘锡诚所言，"是一项非常严肃而科学的工作，无论就积累民间文艺的材料和提供优秀文艺读物来讲，还是就我国民间文学的学科建设来讲，它都是一部难能可贵的选集"①。作为正式公开出版的纸质形态产品，《陕北民歌选》在特定历史语境下的传播意义不言而喻。新中国成立后，当《陕北民歌选》由海燕出版社再版时，何其芳将其创作的包括了许多精辟见解的学术论文《论民歌》作为"代序"。《论民歌》被研究者称为"陕北采风的一篇总结和重要文献"②。此外，诗人李季在三边，"从那些农民出身的区、乡干部们、

---

① 刘锡诚：《抗日战争和解放战争时期的民间文学运动》，载《新文学史料》1992年第3期，第223页。
② 刘锡诚：《抗日战争和解放战争时期的民间文学运动》，载《新文学史料》1992年第3期，第223页。

从那些劳动妇女、青年农民、和那些最爱歌唱的运输队员们那里，收集了近三千首'顺天游'"①，只是限于当时的战时条件未能出版。直到1950年，上海杂志公司出版了《顺天游（二千首）》。诗人严辰在新中国成立初期也出版了他当年在陕北、晋西北、内蒙古等地搜集的《信天游》②。据延安时期文艺工作者贾芝介绍，"1945年日本投降，中国民间音乐研究会和鲁艺音乐系的同志们在离开延安前往东北前夕，他们把几年来搜集的材料，一一清理，核实，分类，编辑成十几本民间歌曲，以油印的形式出版，计有：陕北民歌、戏曲两本，河北民歌一本，山西民歌一本，眉户一本，道情一本，韵锣鼓一本，审录一本，器乐曲一本等"③。在战火纷飞的革命年代，延安文艺工作者的成绩来之不易。这些弥足珍贵的研究着眼点在于为抗战服务，为革命文艺服务。

新中国成立后，《讲话》被确定为新中国文艺的总方针，"文艺为人民大众首先是为工农兵服务的方向"成为新中国文艺运动的总方向。一方面，曾经在延安时期被文艺工作者挖掘并赋予新质的陕北民歌、陕北秧歌、陕北腰鼓、陕北说书等纯民间的文艺形式，随着革命胜利的脚步，逐渐走向全国，走进广场文化，走进庙堂；另一方面，在1958年的"大跃进"形势下，我国掀起了历时一年多的民歌运动，也是毛泽东在延安时期所倡导的"为全民族中百分之九十以上的工农劳苦民众服务，并逐渐成为他们的文化"的实践。民歌来自民间，拥有中国作风与中国气派。然而，在很长一段历史时期（1949年至1978年），国内对延安文艺与民间文化的研究尚不能说是真正意义上有见地的，它一直匍匐在政治话语的语境之下，更多的是对党的文艺政策的不断诠释。

改革开放后的新时期，我国的政治文化生活逐渐步入正轨：政治上加大改革力度，经济上加快发展，文化上纠正了长期的极左思潮的影响，学术研究也摆脱了极左思潮的束缚，呈现出一种较为宽松、宽容与宽厚的理性言说状态。但是，矫枉往往过正。一方面，新时期对极左路线的清算，矫枉过正，直接影响到对长

---

① 李季编：《顺天游（二千首）》，上海杂志公司1950年版，第1页。
② 贾芝主编：《延安文艺丛书·民间文艺卷》，湖南文艺出版社1988年版，第6页。
③ 贾芝主编：《延安文艺丛书·民间文艺卷》，湖南文艺出版社1988年版，第9页。

期以来所形成的程式化、理念化的文化状态的反正,以及对其基本指导思想的冷落;另一方面,国内的注意力集中在解决经济发展问题上,文化上一度处于一种"放任自流"的状态,学术界忙于引进与贩卖各种文化思潮,在"众语嘈杂"的状态中,延安文艺的优秀文化经验被有意无意地遮蔽与忽视,更不必说民间文化的优秀经验了。这期间,在一批重新回到工作岗位的老延安文艺工作者的推动下,延安文艺研究出现了短暂的高潮,表现在这样几个方面:一是延安文艺的资料整理工作,产生一批重要成果,出版了十六卷本的"延安文艺丛书";二是展开对以延安文艺为核心的解放区文学的系统研究,出版了多部解放区文学史与区域性文学史;三是对延安文艺运动的关注,出版学术期刊《延安文艺研究》。

1990年代,随着我国市场经济的发展,延安文艺研究相对沉寂,出现了一个低谷时期,《延安文艺研究》停刊。新世纪以来,随着我国文化建设的加强,延安文艺研究迎来了学理研究的高潮,主要表现在这样几个方面:一是高校与研究机构专家、学者以及硕士、博士研究生的加盟,扩大了原来由解放区文学的亲历者、见证者为主要骨干的研究队伍,带来有冲击力的研究方法;二是研究的视角由原来泛义的延安文艺研究进入深层次研究;三是研究摆脱了长期以来的固化的思维模式的困扰,由批评性学术走向学理性学术;四是产生了大批学理扎实、具有学术新意的研究成果。

值得一提的是,新时期以来由贾芝主编出版的《延安文艺丛书·民间文艺卷》《解放区文学大系·民间文艺编》《解放区文学大系·说唱文学编》,均是国内整理出版的较为系统的关于陕甘宁边区乃至全国解放区民间文学及其研究资料的重要成果。

延安时期民间文学研究的代表性博士论文,是华东师范大学毛巧晖的《涵化与归化——论延安时期解放区的"民间文学"》。该论文系统梳理了延安时期解放区的民间文学演变过程及逻辑关系,在学术上颇有创见性。此后,毛巧晖又出版学术专著《20世纪下半叶中国民间文艺学思想史论》[1],用历史描述和逻辑演

---

[1] 毛巧晖:《20世纪下半叶中国民间文艺学思想史论》,上海文化出版社2010年版。

绎相结合的方法,辅以实地访谈与个案研究;以基本问题为视点,对20世纪下半叶中国民间文艺学思想史进行思索与考量。大同大学文史学院石凤珍在其博士学位论文的基础上修订出版的《文艺"民族形式"论争研究》,"采用社会、文化与文学相结合的视角与方法,借鉴民族主义理论、现代化理论、知识分子理论、现代性社会理论等较新的学术资源对这一思潮进行研究"①,认真梳理了文艺民族形式论争的起源、流变与影响,是国内关于文艺民族形式论争最为系统的一部学术著作。

与此同时,随着海外"汉学研究热"的出现,延安文艺甚至其中的民间文艺一度成为海外当代中国文学研究者讨论的热点。

海外一些研究者理性地注意到延安时期的文艺方针与策略,民族化、大众化文艺形式所带来的效应,以及其对民族国家建构的重要作用,产生了如《再解读:大众文艺与意识形态》等一些重要的学术成果。美国学者洪长泰的《到民间去——1918—1937年的中国知识分子与民间文学运动》②,采用了介乎民俗学、文化史和思想史之间的方法,集历史、文学与民俗于一身,主要叙述了1918年到1937年的知识分子与民间文艺运动,研究这一运动的性质以及它的社会意义。洪长泰的《战争与大众文化:现代中国之抵抗运动》③,运用思想史和文化人类学的理论解释抗战与大众文化的关系。再如美国学者马克·赛尔登的《革命中的中国:延安道路》一书,从社会学的角度对当时中国共产党所开展的社会变革运动进行论述。日本学者直江广治的《中国民俗文化》④,概述了中国民俗学的发展历史,重点是从民俗研究发端至抗日战争以前,也涉及新中国成立至1960年代中期中国民间文学研究的概况。

然而遗憾的是,对延安文艺与20世纪中国民间文化关系的系统性学术研究仍

---

① 石凤珍:《文艺"民族形式"论争研究》,中华书局2007年版,第9页。
② 洪长泰:《到民间去——1918—1937年的中国知识分子与民间文学运动》,董晓萍译,上海文艺出版社1993年版。
③ Chang tai Hung, *War and Popular Culture, Resistance in Mordern China,1937-1945*, California University Press, 1994.
④ 直江广治:《中国民俗文化》,王建朗等译,上海古籍出版社1991年版。

然是薄弱环节。正基于此，本书试图以丰富的史料为基础，以缜密的考证为依据，全面系统地梳理延安文艺与20世纪中国民间文化的关系。

三、本书的主要内容与基本研究方法

延安时期在为工农兵服务的文艺方针的指导下，文艺创作的姿态发生了质的改变，把关注点由"小我"转向"大我"、由"小鲁艺"转向"大鲁艺"，转向工农兵生活，在艺术形式上走工农兵审美的民族化与大众化的路子，使文艺产生了巨大的宣传与鼓动效应。然而，延安时期政治、文化生态的丰富性与复杂性远远超乎人们的想象，即使在延安文艺对民间文化的利用上也具有丰富性与复杂性的一面。

本书在充分尊重历史语境的基础上，用历史的方法把握延安文艺与民间文化之间的关系，分析延安文艺中文学、音乐、戏剧、美术等文艺作品中的民间文化元素，梳理延安文艺以中国作风与中国气派建构新民主主义文化的历史合理性与必然路径，从而全面呈现延安文艺与20世纪中国民间文化、文学的多元样态。

本书的基本内容包括以下六章。

第一章，走进延安文艺视野的民间文化。主要包括中国共产党早期文艺大众化主张及对民间文化的利用，抗日战争与中国共产党延安时期政策方针的形成，抗战初期延安文艺对民间文化的高度重视。

第二章，民间文化的初步形式化。主要内容包括民族形式的论争与民间文化的发掘，《讲话》前借鉴民间文艺的实践。

第三章，民间文化与延安文艺的转型发展。主要内容包括《讲话》与民间文化的发掘，民间文化与延安时期的重要艺术家。

第四章，陕北民间文化与延安文艺的建构。主要内容包括陕北民间艺术对延安文艺的多重启示，文艺工作者对陕北民间文化的研究，延安文艺对陕北民间文化的借鉴。

第五章，民间文化：从延安文艺到当代文学。主要内容包括民间文化对解放区文艺的影响与渗透，以及如何走进当代文学，即民间话语的沉浮、民族形式的

复苏、民间精神的激活、审美主体的移位。

第六章，民间文化作为新时期文学的一种资源。主要内容包括民间文化与新时期文学思潮，物质形态的民间文化与新时期文学，精神形态的民间文化与新时期文学。

本书在研究方法上，在宏观上坚持历史唯物主义与辩证唯物主义方法，在具体研究上侧重如下几种方法：第一，文献查阅和对比研究方法。查阅大量相关文献资料，同时核实与辨伪，确保资料的真实性。第二，运用福柯"知识考古学"理论，在广泛占有多种资料的基础上，梳理延安文艺家与民间文化所建立的种种联系，寻找其历史合理性。

一言以蔽之，本书较为全面、系统地梳理延安文艺与20世纪中国民间文化的关系，为当代文艺的发展提供可资借鉴的有效经验。

第一章 走进延安文艺视野的民间文化

鲁迅先生言："文艺是国民精神所发的火光，同时也是引导国民精神的前途的灯火。"中国共产党早在建党初期就特别重视文艺的宣传与引导作用。苏区文艺作为中国共产党革命工作的宣传工具与武器，充分利用歌谣、戏曲等百姓喜闻乐见的民间文艺形式，有效地动员与组织了群众。左联文艺作为中国共产党在国统区文艺统一战线的产物，为了有效动员群众，在文艺大众化方面做出了积极探索。抗日战争时期，以毛泽东等为代表的中国共产党人，坚持马克思主义普遍原理同中国革命具体实践相结合的原则，大力推进马克思主义中国化，建构起了完整的新民主主义文化体系，明确提出文艺为工农兵服务的文艺政策。

第一节

中国共产党早期的大众文艺主张及对民间文化的利用

在中国历史上,真正把劳动人民置于文艺主人公地位的,是觉醒的劳动人民自己,是觉醒的劳动人民的代表——中国共产党。

早在五四新文化运动时期,中国人学习马列主义的直接参照系,就是十月革命成功后的苏俄经验。北大图书馆馆长李大钊,是中国早期马克思主义者,也是中国共产党的早期领导者之一。1918年,李大钊撰文《俄罗斯文学与革命》,评价了俄国诗人与社会革命的关系,认为"文学之于俄国社会,乃为社会的沉夜黑暗中之一线光辉,为自由之警钟,为革命之先声"[①]。1919年,李大钊在《我的马克思主义观》中,比较系统地介绍了马克思主义唯物史观,其中包括马克思《〈政治经济学批判〉序言》中关于艺术作为社会意识形态与上层建筑和经济基础关系的一段经典论述。1919年,李大钊又在《什么是新文学》中提出了发展新文学的主张,他要求新文学"是为社会写实的文学",并指出"宏深的思想、学理,坚信的主义,优美的文艺,博爱的精神,就是新文学运动的土壤、根基"[②]五四新文化运动时期,李大钊开始用马克思主义唯物史观探索中国文艺问题,要求新文学成为"为社会写实的文学",这也是中国早期马克思主义者探索中国文艺问题的集中思考。

中国共产党是在五四之后成立的。1921年7月1日,中国共产党在上海成立。一群拥有马列主义信仰的知识分子开始自觉自愿地结合在一起,统一在一个伟大

---

① 王永生主编:《中国现代文论选》(第2册),贵州人民出版社1984年版,第500页。
② 李大钊:《李大钊文集》(第2卷),人民出版社1999年版,第225页。

的纲领与旗帜之下,开始有自己的历史责任、历史担当与为之奋斗的各种无私又具体的牺牲。

中国共产党作为共产国际的一个分支,长期受共产国际的领导,直到1943年共产国际解散后方才独立。这样,研究中国共产党文艺政策与文艺工作,必须了解苏俄文学,以此为参照系方能准确把握其路径。

中国共产党成立后,在着手解决中国社会问题的同时,紧密团结左翼文艺阵营,努力用马克思主义的唯物史观和文艺理论解决中国文艺问题。李大钊1923年在《平民主义》中指出:"无论是文学,是戏曲,是诗歌,是标语,若不导以平民主义的旗帜,他们决不能被传播于现在的社会,决不能得群众的讴歌。"[1]李大钊所提倡的是劳动大众的平民文学,而非五四新文化时期一般意义上的城市资产阶级、小资产阶级及知识分子的文学。

中国共产党是共产国际的一个分支,背靠共产国际与苏联,虽小却大,虽新生却拥有活力。这样,苦苦寻求"打倒军阀"的孙中山,认识到共产党是一支新兴的、生机勃勃的革命力量,愿意与其结成同盟军。"联俄联共,扶助农工"就成为中国国民党的现实选择,借中国共产党有效发动与组织民众的能力,以联合而打倒北洋军阀。大革命时期,中国共产党的确也以强大的社会鼓动与组织行动证明了其能力与实力。

1927年的四一二事变与七一五反革命政变,标志着大革命的失败和国共第一次合作的失败。国民党的最高理想是实现民族、民权、民生的三民主义,共产党人的最高理想是实现共产主义。共产党依靠的力量是工人与农民,国民党依靠的力量是地主与资产阶级;共产党强调阶级斗争,强调对工农利益的捍卫,而国民党的根基是大地主、大资本家,其必须保护大地主、大资本家的既得利益。

国民党与共产党的决裂,意味着中国社会分裂为两大社会阵营——以国民党为代表的大地主、大资产阶级等既得利益者力量,与以共产党为代表的广大劳苦大众的进步社会力量。这样,压迫与反压迫、反抗与镇压、革命与反革命、"围

---

[1] 李大钊:《李大钊文集》(第4卷),人民出版社1999年版,第245页。

剿"与反"围剿",成为土地革命战争时期的中国社会常态。

大革命时期,邓中夏、恽代英、萧楚女、张闻天、沈泽民、沈雁冰、郭沫若、蒋光慈等人纷纷撰文,运用马克思主义唯物史观阐述艺术的社会属性,并结合中国革命实际,提出"革命文学"主张,强调文学艺术为无产阶级的斗争服务。

1924年,萧楚女(楚女)在《中国青年》第38期刊文《艺术与生活》,从艺术作为社会意识形态的一种来分析其与经济基础的关系,批驳"为艺术而艺术""艺术创造一切"的唯心主义艺术观,强调艺术是社会生活的反映。文中写道:"艺术,不过是和那些政治、法律、宗教、道德、风俗……一样,同是一种人类社会底文化,同是建筑在社会经济组织上的表层建筑物,同是随着人类底生活方式之变迁而变迁的东西。"他甚至提出"新诗人须从事革命的实际活动",主张用文艺唤起工农的阶级觉悟和革命勇气,强调"现在还没有进煤窑的文学家""是文学家的耻辱"。①沈雁冰的《论无产阶级艺术》,是早期共产党人运用马克思主义基本原理阐释文学艺术问题的范例。这些艺术主张与见解,是早期革命文艺工作者对马克思主义艺术理论的初步探索。这种探索自然既是借俄国十月革命胜利的浩荡东风,也是基于中国如火如荼的大革命工农运动主潮的现实。这种探索更多地停留在口号式的号召与鼓励上。即使作为艺术承载物的革命文学作品,也似乎承担了革命文艺的公式化解读工作。②

1928年至1929年间爆发的"革命文学论战",是大革命失败后革命文学阵营内部展开的一场理论争辩。1928年1月15日,后期创造社的机关刊物《文化批判》在上海创刊,其激进的文学态度和政治立场让它成为"革命文学论战"爆发的重要标志之一。在1928年开始的"革命文学论战"中,郭沫若在《革命与文学》中呼吁革命的文学家"要把文艺的主潮认定!你们应该到兵间去,民间去,工

---

① 楚女:《艺术与生活》,载《中国青年》1924年第2卷第38期。
② 沈雁冰:《论无产阶级艺术》,见北京大学、北京师范大学、北京师范学院中文系中国现代文学教研室主编:《文学运动史料选》(第1册),上海教育出版社1979年版,第416—431页。

厂间去，革命的漩涡中去"，写出"同情于无产阶级的社会主义的写实主义的文学"。①而成仿吾则呼吁，"以农工大众为我们的对象"②。

毋庸回避的是，"革命文学论战"一开始，创造社和太阳社一些成员如成仿吾、李初梨等人，由于受到小集团主义和宗派主义影响，把矛头指向鲁迅，贬低鲁迅，否定其作品的价值和意义，反对与鲁迅建立联合战线，称鲁迅、茅盾等人是时代的"落伍者"。鲁迅则在这场争论中精辟地阐述了自己的主张。

这场"革命文学论战"，既是不同文学观念的争锋，也是新旧报刊对话语权的争夺。革命文学阵营对"新"的普遍追求和对"旧"的普遍厌弃，使得论战双方的立场差异往往表现为新旧报纸之间的分歧。随着《大众文艺》等刊物纷纷刷新改版，报刊编辑、发行上的新陈代谢也反映出革命文学运动的逐渐展开和深入。

1928年至1929年间的"革命文学论战"，传播了马克思主义文艺理论，提高了革命作家的思想理论水平。通过论争，各方的观点逐渐接近，提倡和发展普罗（英语proletariate，音译"普罗利塔利亚"，意为无产阶级）文学成为他们的共同要求，这是一个重要原因。另一个原因是资产阶级文学家对革命文学的攻击，从另一方面促进革命作家认识到必须联合起来才能进行文艺思想论争。正如香港中文大学王宏志所言："1928年爆发的'革命文学论争'，在中国现代文学史和政治史上都有巨大的意义和深远的影响。它标志了左翼作家直接参与、干预以至控制现代中国文坛的开始。"③

在经历1927年白色恐怖后，左翼文艺衍化成苏区文艺与左联文艺两种主要形态。

苏区文艺是中国共产党武装割据的产物，为延安文艺的形成积累了丰富的经验。苏区文艺的起点是1927年秋收起义后走上井冈山，历经瑞金时期、长征时期，再到1937年七七事变为逻辑终点。苏区文艺是中国共产党武装割据后文艺形

---

① 郭沫若：《革命与文学》，见北京大学、北京师范大学、北京师范学院中文系中国现代文学教研室主编：《文学运动史料选》（第1册），上海教育出版社1979年版，第446页。
② 成仿吾：《从文学革命到革命文学》，载《创造月刊》1928年第1卷第9期。
③ 王宏志：《鲁迅与"左联"》，新星出版社2006年版，第1页。

态的必然体现与必然产物。可以这样说，没有走以农村包围城市的武装割据，就不可能产生苏区文艺。

苏区文艺是中国共产党土地革命战争时期的有限度（在武装割据空间）的文艺实践。其核心是把文艺当作有效发动与组织广大民众的武器——充分利用戏剧、音乐、舞蹈、美术及文学等方式，作为中国共产党革命工作的宣传工具与武器。研究者周平远称苏区文艺政策着重表现为"宣传本位原则、任务中心原则、戏剧优先原则、社会娱乐原则"等。①

早在1929年12月，毛泽东为红四军第九次党代会所起草的古田会议《决议》中就写道："中国的红军是一个执行革命的政治任务的武装集团。……红军的打仗，不是单纯地为了打仗而打仗，而是为了宣传群众、组织群众、武装群众，并帮助群众建设革命政权才去打仗的，离了对群众的宣传、组织、武装和建设革命政权等项目标，就是失去了打仗的意义，也就是失去了红军存在的意义。"②正如周平远所言："具有党规、军规、法规性质的古田会议《决议》，不但将军队的'宣传兵''宣传队'体制化、法规化建设落到了实处，而且也为苏区文艺的宣传本位原则提供了思想基础和理论基础，明确了文艺宣传的任务与方向。"③

苏区文艺，是在因宣传而文艺、以文艺来宣传的基础上生长与发展起来的。工农剧社1932年9月制定的《章程》言："宣传鼓动和动员群众积极参加民族革命战争；深入土地革命，反对帝国主义进攻苏联，武装保卫苏联；推翻帝国主义国民党统治，建立苏维埃新中国"④。湘赣省苏维埃政府决议案（1932年9月）明确提出了文艺为工农大众服务、为革命战争服务的方向。《工农剧社社歌》（1933年5月）唱道："我们是工农革命的战士，艺术是我革命的武器，为苏维

---

① 周平远：《苏区文艺政策四大原则论》，载《山东师范大学学报》（人文社会科学版）2015年第1期，第31页。
② 毛泽东：《关于纠正党内的错误思想》，见《毛泽东选集》（第1卷），人民出版社1991年版，第86页。
③ 周平远：《苏区文艺政策四大原则论》，载《山东师范大学学报》（人文社会科学版）2015年第1期，第32页。
④ 《中央苏区文艺丛书》编委会编：《中央苏区文艺史料集》，长江文艺出版社2017年版，第497页。

埃而斗争！创造工农大众的艺术，阶级斗争的工具，为苏维埃而斗争！"①1933年创刊的《红色中华》文艺副刊《赤焰》发刊词，更是进一步号召："为着抓紧艺术这一阶级斗争武器，在工农劳苦大众的手里，来粉碎一切反革命对我们的进攻，我们是应该来为着创造工农大众艺术发展苏维埃文化而斗争的。"②

重视宣传，是中国共产党的政治传统与政治优势。中国共产党对苏区文艺制定了一系列政策、法规或规定，确保苏区的文艺实践为人民大众服务，为最有效地宣传、动员与组织群众服务。一是以文艺促进宣传工作。苏区文艺的目的性很强，始终把宣传、鼓动与组织群众放在首位。1933年2月8日，中共苏区中央局提出"创造一百万铁的红军"任务后，苏区舞台便上演了《扩大一百万铁的红军》的新戏剧。1933年夏，苏区开展查田运动，中央教育人民委员部专门发出第四号训令，要求各级俱乐部"在晚上表演新剧、活报等，来进行查田运动的宣传"。各地闻风而动，赶排临时编写的反映查田运动的话剧《战斗的夏天》。此外，还有大量由各级领导直接下达的临时性文艺演出，也是配合特定时期工作重心开展宣传的有效方式。据著名戏剧家李伯钊回忆，1931年底，国民党第26路军在宁都起义后，被改编为红五军团。这支部队原是调防到江西的以北方人为主的军队，不习惯吃米饭，闹肚子的也不少，还有人闹情绪，亟须稳定部队思想。为此，毛泽东派出了胡底、李伯钊带队的红军宣传队进行慰问。毛泽东当时指示：你们这次去的任务，是通过宣传鼓动让士兵懂得为谁牺牲，为谁打仗？唱歌也好，演戏也罢，不要离开这个目的。为此，宣传队临时编排了一个话剧《为谁牺牲》。演出时，全场一片寂静，看不出观众的反应；偶尔，台下传来饮泣声，或发出使人气闷的长叹。直至幕落，也没听见观众的掌声。正当宣传队有些纳闷，怀疑演出效果时，突然，观众中迸发出"打倒蒋介石！打倒国民党！中国共产党万岁！"的洪亮口号。刹那间，全场就像炸开了锅似的沸腾起来了，此起彼伏的口号声

---

① 王铁仙、刘福勤主编：《瞿秋白传》，人民出版社2011年版，第408页。
② 《中央苏区文艺丛书》编委会编：《中央苏区文艺史料集》，长江文艺出版社2017年版，第238页。

响彻云霄，与松林发出的松涛声相呼应，发出惊人的怒吼。①苏区文艺的巨大宣传能量与效应，由此可见一斑。二是文艺与出版等相结合。中华苏维埃共和国临时中央政府于1931年11月成立，设立中共中央出版局，主管革命书刊的出版、印刷、发行。各部委、各社区、各界均陆续创办刊物并出版。当时有名的刊物有《红旗周报》《战斗》《青年实话》《红的江西》《少年先锋》《反帝战线》《革命与战争》《红报》《红星报》《战斗》《苏维埃文化》《时刻准备着》《红色中华》（后改名为《新中华报》）等，出版剧本《热河血》《相声双簧》《义勇军》等。三是成立相关的文艺机构。有中央苏维埃临时政府人民教育委员会下设艺术局，也有八一剧团、瑞金红军学校俱乐部、工农剧社、高尔基戏剧学校等。四是建立对文艺作品特别是剧本的审查制度。早在1930年3月，闽西第一次工农兵代表大会通过的《文化问题决议案》就明确规定："新剧本须经区以上之政府审查方得表演……"② 1934年4月，在瞿秋白主持下，以中央教育人民委员部名义制定的《俱乐部纲要》规定：俱乐部"剧本的政治内容的审查归当地同级教育部负责，有争论时，可以经过上级工农剧社呈报上级教育部决定"③。同时，由中央教育人民委员部批准的同样具有法规性质的《工农剧社简章》也明确规定："工农剧社所编剧本等即以常委会为最初审查机关，如有争论或疑问时，当报告同级教育部决定，最后审定权属于中央教育人民委员部艺术局。"④这种文艺审查制度的不断完善，就是要确保苏区文艺为宣传服务。

苏区文艺的主要形式是对民间文化充分利用与改造后的苏区戏剧与苏区歌谣。戏剧是中国乡村的重要文化传播媒介，它的仪式化、大众化、广场化、狂欢化等特点，对于中国农民具有极大的亲和力与感召力，故而成为苏区最活跃最普

---

① 李伯钊：《岁月磨不去的记忆》，见江西省文化厅革命文化史料征集办公室、福建省文化厅革命文化史料征集办公室编：《中央苏区革命文化史料汇编》，江西人民出版社1994年版，第47—48页。
② 《中央苏区文艺丛书》编委会编：《中央苏区文艺史料集》，长江文艺出版社2017年版，第26页。
③ 汪木兰、邓家琪编：《苏区文艺运动资料》，上海文艺出版社1985年版，第38页。
④ 汪木兰、邓家琪编：《苏区文艺运动资料》，上海文艺出版社1985年版，第26页。

及的艺术形式。苏区戏剧有话剧、小歌舞剧、活报剧、快板、双簧、相声等,形式多样,某种意义上承担了大众艺术形式的功能。1934年《红色中华》署名文章详细记述了中央苏维埃剧团在各地农村巡回演出的盛况和效果:"公演时总是挤得水泄不通,老的,小的,男的,女的,晚上打着火把,小的替老的搬着凳子,成群结队的来看,最远的有路隔十五里或二十里的。"逢市公演时,"田野的小道上,一队一队的妇女们,穿了较新的衣服,有的着了大花鞋,小女孩打着鲜红的头绳的辫子,有的抱着孩子,有的扶着拐杖,喧喧嚷嚷'喂!大家来去看中央来的文明大戏,满好看咯!'"①这篇报道,形象地还原了苏区戏剧公演时的盛况。

苏区歌谣是工农兵群众喜闻乐见的艺术形式。它最宜抒发豪情和广泛传唱,是人民心声、人民感情的真实记录。如《中国革命歌》《八一起义》《送郎当红军》《共产主义儿童歌》等,简短上口,流传很广。

苏区文艺的创作主体分两个方面:一是苏区范围的广大工农兵。如歌谣的创作主体是当地农民,然后由知识分子进行旧瓶装新酒式的改造。二是进入苏区的文化人。尤其是因上海的白色恐怖无法立足的一批文化人,如瞿秋白(1934年1月到达苏区,任临时政府教育部部长和《红色中华》报主编)、冯雪峰(1933年12月进入苏区,任中央苏区党校教务长和副校长)、潘汉年(1933年5月进入苏区,任苏区中央局宣传部部长)、李一氓(1932年进入苏区,任政治保卫局执行部长)、吴黎平(1932年进入中央苏区,任临时中央政府经济部部长),还有李伯钊、危拱之、沙可夫、钱壮飞、胡底、洪水。

由上海进入江西中央苏区的瞿秋白,在中央苏维埃政府领导教育和文艺工作期间,告诫革命文艺工作者切勿闭门造车,要向高尔基学习,到生活中去,到斗争最尖锐的地方去,与群众联系,创作群众容易听懂、看懂的艺术②。

---

① 戈丽:《苏维埃剧团春耕巡回表演纪事》,见汪木兰、邓家琪编:《苏区文艺运动资料》,上海文艺出版社1985年版,第111页。
② 李伯钊:《回忆瞿秋白同志——瞿秋白同志逝世十五周年纪念》,载《人民日报》1950年6月18日。

图1-1 苏区文艺活动

苏区文艺自然服务于苏区广大工农兵,起到了宣传、鼓动与教育的有力作用。某种意义上,苏区文艺为延安文艺的形成积累了丰富的经验。

左联文艺则是中国共产党在国统区文艺统一战线的产物,它在文艺大众化上做出了积极探索。左联文艺与苏区文艺在一个特定的历史时期,构成中国共产党文艺领导的两个方面,是手心与手背的关系。苏区文艺是中国共产党武装割据时期在苏区的文艺实践,而左联文艺是中国共产党在上海等地秘密领导的文艺组织中国左翼作家联盟(简称"左联")反抗文化"围剿"与文化压迫的文艺形式,更具有隐蔽性,也更有针对性。

1930年代的上海,既是一个国际性的大都市,也是中国左翼作家联盟的诞生地与中国左翼文化运动的中心。左联文艺是因左联的诞生而出现的文艺形式。左联是受到苏联"拉普"(全称"俄罗斯无产阶级作家联合会")、日本的"纳普"(全称"全日本无产阶级艺术联盟")和"革命文学国际局"的影响而成立的。为了形成广泛的革命文学统一战线,中国共产党于1930年3月2日秘密策划成立了左联,成立地点是中华艺术大学(今上海市多伦路201弄2号)。其理论纲领明确提出:"站在无产阶级的解放斗争的战线上,攻破一切反动的保守的要素,而发展被压迫的进步的要素，这是当然的结论。"因此，"我们的艺术是反封建阶级的，反资产阶级的，又反对'稳固社会地位'的小资产阶级的倾向。我们不能不援助而且从事无产阶级艺术的产生"。①

左联的发起人有鲁迅、夏衍、冯乃超、钱杏邨、郑伯奇、洪灵菲等人。鲁迅是左联公推的盟主，他在左联成立大会上发表了《对于左翼作家联盟的意见》的演讲。

左联成立后，很快成为左翼文艺的旗帜。鲁迅先生言："现在，在中国，无产阶级的革命的文艺运动，其实就是惟一的文艺运动。因为这乃是荒野中的萌芽，除此以外，中国已经毫无其他文艺。属于统治阶级的所谓'文艺家'，早已腐烂到连所谓'为艺术的艺术'以至'颓废'的作品也不能生产，现在来抵制左翼文艺的，只有诬蔑，压迫，囚禁和杀戮；来和左翼作家对立的，也只有流氓，侦探，走狗，刽子手了。"②鲁迅先生的评语，可以说是对左联文艺的极高评价。

具体而言，左联文艺在无产阶级革命文艺等方面有这样几个实绩。

第一，建立了马克思主义文艺理论研究会，译介了大量马克思主义文艺理论论著，进一步促进了马克思主义艺术理论在中国的广泛传播、学习与研究。1930年，冯雪峰根据日文版转译列宁《党的组织和党的文学》，以《论新兴文学》为题刊于《拓荒者》第1卷第2期。1932年，瞿秋白编译《"现实"——马克思主义文艺论文集》。这是我国传播马克思、恩格斯论文艺的开篇巨著，也是马克思主义文艺理论与我国文艺运动实践相结合的第一部论著。其背景是苏联共产主义文学院《文学遗产》在1932年第一、第二集首次公开发表珍藏多年的马克思、恩格斯、拉法格论文艺信件。瞿秋白在此书中，着重介绍了恩格斯关于文学上的现实主义论点，指出了马克思、恩格斯是主张现实主义文艺的倾向性的，这里所谓的倾向性是指作家的政治倾向。1934年，克己、何畏译《托尔斯泰论》，收有列宁论托尔斯泰的四篇文章。1936年，郭沫若翻译了德文版马克思的《神圣家族》部

---

① 党秀臣选编：《中国现当代文学参考资料选》，高等教育出版社1994年版，第126—127页。
② 鲁迅：《黑暗中国的文艺界的现状》，见《鲁迅全集》（第4卷），人民文学出版社1981年版，第292页。

分章节，命名为《艺术作品的真实性》，介绍了马克思主义的艺术真实论和恩格斯关于现实主义的观点，是中国第一部直接译自原文的马克思、恩格斯的文艺论著译本。

第二，左翼艺术家们自觉以马克思主义为指导运用马克思主义基本原理分析、解决左翼文艺运动的理论与实践问题，为建立中国化的马克思主义艺术理论付出努力。鲁迅、郭沫若、瞿秋白、冯雪峰、郑伯奇、冯乃超、沈先端、钱杏邨、周扬撰文，对文艺大众化的目的与任务、内容与形式、普及与提高，文学语言的大众化等问题展开广泛讨论。左翼艺术家还把文艺大众化付诸实践，包括戏剧大众化、音乐大众化、美术大众化等。1930年代，左翼戏剧、电影、音乐、美术创作硕果累累。

第三，左翼艺术家们坚决与右翼文人进行论争。如与国民党支持的"民族主义文学运动"斗争，与"自由人""第三种人"论争，与《新月报》的论争，左翼电影与"软性电影论"的论争，左翼音乐关于新音乐运动的辩论，等等。

第四，左联文艺创导并开辟了无产阶级革命文艺道路。苏联是中国问题的一面现实镜子。1920年代后，中国左、右翼政治势力均派人留学苏联。苏联文艺界的形势与变化，自然也影响到中国左翼文艺的行进方式。如苏联"拉普"文学时期的"唯物辩证法创作方法"就影响到革命文学的创作，出现了大量"革命+恋爱"的公式化小说。1932年，苏联"拉普"解散，批判了辩证唯物主义创作方法。这一变化也影响到中国，出现了周扬介绍苏联社会主义现实主义创作方法的《关于"社会主义的现实主义与革命的浪漫主义"——"唯物辩证法的创作方法"之否定》，也全面批判唯物辩证法的创作方法。

第五，左翼文艺直面恐怖与死亡的危险，为反"文化围剿"做出实质性贡献。1930年5月，国民党御用文人潘公展等人发起民族主义文艺运动，发表《民族主义文艺运动宣言》，攻击无产阶级文艺，进而提出"文艺的最高意义，就是民族主义"，文艺的全部内容在于要有一个"中心意识"，即"民族意识"。[①]

[①] 党秀臣选编：《中国现当代文学参考资料选》，高等教育出版社1994年版，第187页。

左联对此进行了坚决斗争。国民党上海市党部《汗血月刊》《汗血周刊》联合发起《征求"文化剿匪研究专号"稿文启事》，提出"文化围剿"口号，发起"剿匪宣传周"，出版《文化剿匪专号》，称左翼作家是"赤匪别动队"，意在摧毁左翼文化运动。国民政府查封社团、出版社，实行书刊检查制度。出版阵地在左联文艺中尤为突出，阵地意味着声音，意味着力量与决心。左联作家不断更换笔名，出版作品，愈禁而愈强。1931年初，左联五作家李伟森、柔石、胡也频、殷夫、冯铿牺牲，应修人、洪灵菲、潘漠华也相继牺牲。

第六，左联文艺始终把文艺大众化作为一项重要工作。左联成立大众文化研究会，围绕大众文艺的内容、形式及相互关系，作家与大众文艺的关系，如何推进大众文艺运动等问题，开展了数年的讨论。

左联的文艺大众化运动，是中国共产党政策的文艺化外现。如何更好地利用民间文化的策略与方法，是本书研究的重要视角，故详述之。

左联成立后，始终把大众化作为文艺运动的中心。文艺大众化问题，自然成了左联成立之后讨论研究的第一个问题，左联为此还成立了大众文艺委员会。左联执委会在1931年的决议《中国无产阶级革命文学的新任务》中明确指出："为完成当前迫切的任务，中国无产阶级革命文学必须确定新的路线。首先第一个重大的问题，就是文学的大众化"，"只有通过大众化路线，即实现了运动与组织的大众化，作品，批评以及其他一切的大众化，才能完成我们当前的反帝反国民党的苏维埃革命的任务，才能创造出真正的中国无产阶级革命文学"。[①]

1930年代，左联除在创作实践上进行过各种探索和努力之外，在理论上也进行过三次规模较大的关于大众化问题的公开讨论，参加的人很多，影响也很大，讨论的中心是逐渐深入的。

1930年春，《大众文艺》编辑部组织了一次文艺大众化座谈会，讨论为什么文艺要大众化等问题。当时参加讨论的郭沫若、冯乃超、郑伯奇、鲁迅、蒋光慈、洪灵菲、冯雪峰、钱杏邨、田汉等人都发表了文章或意见。对于什么是大众

---

① 《中国无产阶级革命文学的新任务》，载《文学导报》1931年第1卷第8期。

文艺，大众文艺的内容与形式及相互关系，语言问题，艺术价值问题，作家与大众文艺的关系，怎样推进大众文艺运动等问题众说纷纭。

1932年进行的关于文艺大众化的第二次讨论，着重在具体的措施和途径，因此涉及最多的是文艺作品的语言、形式、体裁、内容和描写技术等问题。这次讨论是瞿秋白引起的，他在《文学》半月刊上发表了《普洛大众文艺的现实问题》，又在《文学月报》创刊号上发表了《大众文艺的问题》，对于大众文艺的内容、语言、形式、创作方法及当时的具体任务都

图1-2 《大众文艺》创刊号书影

做了比较详尽的阐述，提出了许多宝贵的意见。他强调大众文艺所用的语言"应当是更浅近的普通俗语，标准是：当读给工人听的时候，他们可以懂得"，同时主张"普洛作家要写工人民众和一切题材，都要从无产阶级观点去反映现实的人生，社会关系，社会斗争"。他号召文学青年到群众中间去学习，"观察，了解，体验那工人和贫民的生活和斗争，真正能够同着他们一块儿感觉到另外一个天地"。[①]周扬则认为最重要的是内容，主要任务应该是描写大众的斗争生活，而且认为革命作家应该是"实际斗争的积极参加者"[②]。在艺术表现方面，茅盾强调大众文艺除了读得出、听得懂之外，还"必须使听者或读者感动"。作品必

[①] 史铁儿（瞿秋白）：《普洛大众文艺的现实问题》，见北京大学、北京师范大学、北京师范学院中文系中国现代文学教研室主编：《文学运动史料选》（第2册），上海教育出版社1979年版，第378、384、389页。

[②] 起应（周扬）：《关于文学大众化》，见北京大学、北京师范大学、北京师范学院中文系中国现代文学教研室主编：《文学运动史料选》（第2册），上海教育出版社1979年版，第411页。

须从行动上来描写人物的性格，多用"合于大众口味的艺术的动的描写"，才能产生感人的力量。①这些讨论的问题都是左翼文艺家立足实际提出来的问题，也反映了人民群众抗日情绪的高涨向文艺提出了新的要求。

1934年夏秋间的第三次文艺大众化的论争，也谈到了大众语和文学创作的关系，但讨论的中心是语言文字的问题。复古派指责白话文的缺点，提倡文言文；进步文化界则为纠正白话文的脱离群众而提倡大众语。这次论争虽然规模很大，但主要收获是在进行文化斗争和扩大思想影响方面。此次论争，由反对复兴文言，进而讨论到大众语与白话文的关系问题，纠正了上一次讨论中对五四新文学和白话文否定过多的偏向，还讨论到普通话的性质和方言土语问题，在文字上提倡汉语的拼音化和汉字的简化。论争中也讨论到大众文艺的问题，主要是关于作家必须实际接近大众，向大众学习语言的重要性，以及作品中采用方言土语的得失。虽然这一讨论不够深入，但对于文艺大众化运动仍是有促进作用的，因为它的出发点是为了使作品为大众所理解和爱好。

1930年代左联的文艺大众化运动，内容十分复杂，意义非常重大。它上承五四文学革命和白话文运动，又为发展抗战时期的通俗文艺和关于民族形式的讨论奠定了基础。这一系列运动都是为了使文艺能更好地为人民群众服务，深刻体现了文学与人民群众的联系。文艺大众化讨论对提高左翼作家认识大众化意义，促进无产阶级文学向现代化与民族化发展，对抗战时期通俗化救亡文学和解放区文学运动的创作，起到了积极作用。

当时，左联要求文艺家经常深入工厂车间、里弄甚至农村去体验民情，寻找素材，要求作家创作包括报告文学、演义、唱本、壁报文学在内的多种大众文学作品。左联还提倡工农兵通讯员运动，开办读书会、报告会，在大学生中开办青年文艺研究会，受到普遍欢迎。

左联在文艺大众化方面做出了一定的探索与实践，但是也有显而易见的缺

---

① 止敬（茅盾）：《问题中的大众文艺》，见北京大学、北京师范大学、北京师范学院中文系中国现代文学教研室主编：《文学运动史料选》（第2册），上海教育出版社1979年版，第402、403页。

点。鲁迅撰文《文艺的大众化》，肯定普及工作的重要性，认为"应该多有为大众设想的作家，竭力来作浅显易解的作品，使大家能懂，爱看，以挤掉一些陈腐的劳什子"。但他也不赞成当时出现的一些"左"倾空谈的论点，认为在人民教育文化程度不一的情况下，要求作品"全部大众化"，只能是"聊以自慰"，实际上是行不通的。他的意见是"若是大规模的设施，就必须政治之力的帮助"。①也就是不能空谈文艺的大众化，而是要寻求政治的帮助。后来，茅盾先生在回忆文章中称："鲁迅的意见是最精辟和正确的，特别是他提出的文艺大众化没有'政治之力的帮助，一条腿是走不成路的'那一段话，意义十分深刻。可惜这意见当时未被重视。而且当时的讨论也只停留在口头上，缺乏实践。"②

有研究者也指出："文艺大众化运动是对'五四'文学革命以来'欧化'倾向及革命文学创作中存在的某些'左'的倾向的纠偏，目的在于缩短文学与群众的距离，这本也是无产阶级文学题中应有之义。但由于历史条件的限制，大众化的理论探讨仍比较肤浅，创作中也未能成功地贯彻。"③

---

① 鲁迅：《文艺的大众化》，见《鲁迅全集》（第7卷），人民文学出版社1981年版，第349、350页。
② 茅盾：《回顾文艺大众化的讨论》，见文振庭编：《文艺大众化问题讨论资料》，上海文艺出版社1987年版，第414页。
③ 钱理群、温儒敏、吴福辉：《中国现代文学三十年》（修订本），北京大学出版社1998年版，第153页。

第二节

抗日战争与延安时期中国共产党
文艺政策的形成

1935年10月19日,中共中央率中央红军历经一年多时间,行程二万五千里,纵横十一个省,胜利到达陕北吴起镇。10月22日,中央政治局在陕北吴起镇召开扩大会议,宣布中央红军长征胜利结束。

在中共中央到达陕北前,毛泽东因戎马倥偬、战事繁忙、流动性大,无法集中精力系统地对中国革命经验进行总结。到延安时期,条件虽然艰苦,但在西安事变后,国共两党抗日民族统一战线初步形成,中国共产党有了相对和平的外部环境,毛泽东才有了相对从容的读书条件和从事理论创造的条件,他才有时间、有精力对中国革命的特点和规律做全面深入的研究,才有可能充分发挥卓越的智慧和才能,形成成熟的科学理论。

毛泽东系统阅读马列著作,认真消化、吸收,他发现那些善于引经据典的教条主义者的最大问题,不是书读得少,而是理论不能联系实际。理论不能联系实际,就不能按照中国革命的实际出发来考虑问题,只会一味地听从共产国际的指示,只会一味地模仿苏联的做法。这样下去,焉有不失败之理?毛泽东把自己所学的哲学著作,联系中国共产党的实际,经过认真的思考、消化、研究,写成文章在抗日军政大学、陕北公学亲自讲授,然后组织学员讨论,以发现问题。每次讲课后,毛泽东都认真补充、修改、完善讲授提纲。《矛盾论》《实践论》就是在这样的状况下问世的。

毛泽东在延安著述的第一个阶段,是要解决党内错误认识论的根源问题。在抗日民族统一战线初步形成、陕北有了相对稳定的环境后,毛泽东在总结中国革命的经验教训时发现：在中国革命斗争中，长期存在两种错误倾向，一种是右的倾向，其基本特征是思想落后于实际，不能随变化了的客观实际情况而前进，如陈独秀路线；一种是"左"的倾向，其基本特征是思想超越实际，把幻想当成了真理，如王明路线。用这两种主观与客观分裂、理论和实践相脱离为特征的主观主义的思想方法指导中国革命，其结果自然是失败。

1937年七八月间，毛泽东投入极大的精力撰写与讲解《矛盾论》《实践论》，正是寻求破解此问题的良方。"两论"总结中国革命经验，奠定了马克思主义中国化的哲学基础；批判主观主义，清除了马克思主义中国化的哲学障碍；创新哲学理论形态，提供了马克思主义中国化的哲学范式。有意味的是，"两论"运用了许多中国老百姓所熟悉的故事、寓言、成语、格言、俗话、比喻等来表达社科的哲理，既明了易懂，又玩味无穷。如《矛盾论》用《山海经》中的"夸父追日"、《淮南子》中的

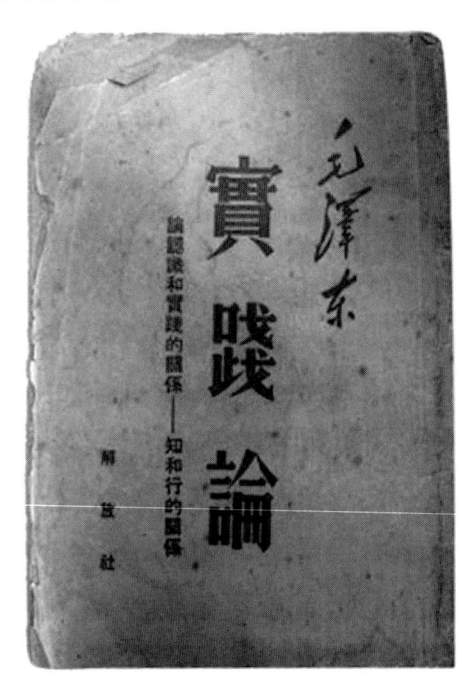

图1-3 《实践论》书影

"羿射九日"、《西游记》中的孙悟空七十二变和《聊斋志异》中鬼狐变人的故事来论述矛盾的相互转化，用《水浒传》中宋江率部三打祝家庄的故事，说明必须客观地、全面地把握事物及其发展过程。"两论"科学地融入了中国传统哲学思想与中国民间文化，使毛泽东的哲学思想烙上深深的民族性特征。

第二个阶段，毛泽东在1938年前后重点研究中国革命战争学。全面抗战爆发后，中国共产党党内对如何与日本开战、正面作战与游击作战、大仗与小仗等问题存在着较大的分歧，直接影响到中央决策的执行。如中共中央在洛川会议所确立的独立自主的山地游击战精神，在出师华北抗日前线的初期为一些高级指挥员

所抵触。为解决这些迫在眉睫的问题,毛泽东集中精力研究中国共产党在抗日战争中的战争学和中国人民如何进行抗日的战争学。他用哲学思维,深刻地分析、探讨与总结中国革命战争的特点、中国革命战争的战略战术、中国革命根据地、抗日游击战争、中日双方战争的国情、抗日战争的发展道路、如何进行抗日战争、抗日游击战争的战略地位等重大问题。他的这些思考写成了《抗日游击战争的战略问题》《论持久战》《战争与战略问题》等四部著作。

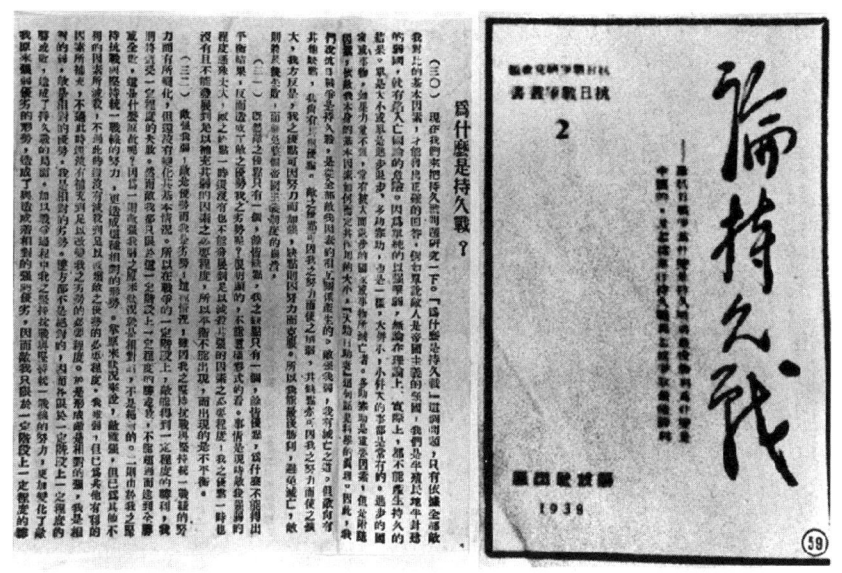

图1-4 《论持久战》

为了科学地指导抗日战争,发展中国共产党的革命事业,就必须坚持马克思主义普遍原理与中国革命具体实践相结合的原则,大力推进马克思主义中国化,而不是照搬照抄书本上教条的马克思主义。

在这种新形势下,毛泽东在1938年10月举行的中共中央六届六中全会上,在《论新阶段》(收入《毛泽东选集》时题为《中国共产党在民族战争中的地位》)的报告中,明确提出马克思主义中国化的历史任务。其中"学习"部分集中论证了马克思主义的中国化问题,提出了"把国际主义的内容和民族形式""紧密地结合起来"。毛泽东明确地指出:"使马克思主义在中国具体化,使之在其每一表现中带着必须有的中国的特性,即是说,按照中国的特点去应用它,成为全党亟待了解并亟须解决的问题。洋八股必须废止,空洞抽象的调头必须少唱,教条主义必须休息,而代之以新鲜活泼的、为中国老百姓所喜闻乐见的中国作风和中国气派。"①

毛泽东对马克思主义中国化思想的阐述,得到了参加中共六届六中全会其他领导人的赞同与响应。张闻天在关于中国共产党的组织问题的报告中,提出要"使组织工作中国化",还指出宣传工作"要认真的使马列主义中国化,使它为中国最广大的人民所接受"②。张浩在关于职工运动的报告中,也提出"工作方法的民族化、中国化、通俗化";徐特立在发言中说:"我们研究马克思主义要中国化,我们的理论从具体实际情形得来,我们的决策,就是科学的马克思主义的"③。中共中央六届六中全会通过的政治决议指出:"必须加紧认真地提高全党理论的水平……学会灵活的把马克思列宁主义及国际经验应用到中国每一个实际斗争中来"④。

这一切表明,在中共六届六中全会上,毛泽东不仅提出了"马克思主义中国化"的概念和任务,而且对其重要性的认识也基本上形成了共识。中共六届六中全会以后,从1942年到1945年中共七大,毛泽东提出的"马克思主义中国化"概念频繁地出现在当时中共中央领导人的文章和报告中。特别是在中共七大会议上,刘少奇代表中共中央所做的《关于修改党章的报告》,系统阐述了毛泽东的马克思主义中国化思想及其对马克思主义中国化的重大贡献。

中共六届六中全会提出"马克思主义中国化"的任务后,陕甘宁边区以及敌后抗日民主根据地发起了马克思主义中国化运动。张闻天、陈云、刘少奇、艾思奇等共产党高级领导干部致力于马克思主义中国化的实践,积极响应并推动中国

---

① 毛泽东:《中国共产党在民族战争中的地位》,见《毛泽东选集》(第2卷),人民出版社1991年版,第534页。
② 中央档案馆编:《中共中央文件选集》(第11册),中共中央党校出版社1991年版,第709页。
③ 中共中央党史研究室编:《中共党史资料》(第46辑),中共党史出版社1993年版,第242页。
④ 中央档案馆编:《中共中央文件选集》(第11册),中共中央党校出版社1991年版,第756—757页。

化运动。

第三阶段，1938年冬到1940年春，毛泽东重点研究中国新民主主义革命基本理论。全国抗日战争初期，随着中国共产党领导的人民抗日力量的发展壮大，国民党不断挑起反共"摩擦"，甚至还掀起几次反共高潮。与此同时，国民党顽固派也在思想理论上对共产党和马克思主义发起攻击，阉割、抹杀孙中山先生三民主义的革命精神，把三民主义变成反动的旗帜。在这样危急的情况下，中国共产党一方面要高举自卫的旗帜，开展反"摩擦"斗争，粉碎国民党的反共高潮；另一方面要进行理论战线的斗争，捍卫马克思主义和孙中山三民主义的革命原则，并系统阐明自己对中国革命各项问题的基本观点。

毛泽东在总结近二十年革命斗争经验的基础上，又通过围绕三民主义问题与国民党顽固派展开的激烈论战，推动了中国共产党的新民主主义理论体系的形成。这方面的研究成果集中体现在《〈共产党人〉发刊词》《中国革命和中国共产党》《新民主主义论》等著作中。毛泽东在《〈共产党人〉发刊词》中分析了中国共产党建党以来统一战线、武装斗争、党的建设三方面的经验与问题，提出了"中国共产党在中国革命中战胜敌人的三个法宝"的观点。毛泽东在《中国革命和中国共产党》中说："认清中国社会的性质，就是说，认清中国的国情，乃是认清一切革命问题的基本的根据"，指出整个中国革命包含着完成民主革命和社会主义革命的双重任务，"而这两重革命任务的领导，都是担负在中国无产阶级的政党——中国共产党的双肩之上，离开了中国共产党的领导，任何革命都不能成功"。[①]此书在1940年出版后，很快在全国引起极大的轰动，使人们对中国革命有了耳目一新的认识。此书从出版到1949年新中国成立，共刊印、翻印、出版了一百一十次之多，是延安时期政治、历史书籍中发行量最大、出版范围最广的几部著作之一。

到1940年1月，毛泽东更是站在时代的高度，以敏锐的政治远见、深刻的文化洞察力，深入思索抗日建国等一系列重大问题。

---

① 毛泽东：《中国革命和中国共产党》，见《毛泽东选集》（第2卷），人民出版社1991年版，第633、651页。

1940年1月,陕甘宁边区文化协会第一次代表大会隆重召开,通过了一系列发展文化(包括文艺)的重要决议,极大地推动了延安文艺运动的发展。毛泽东在陕甘宁边区文化协会第一次代表大会上做《新民主主义的政治与新民主主义的文化》(即后来定名的《新民主主义论》)演讲,阐述道:"民族的科学的大众的文化,就是人民大众反帝反封建的文化,就是新民主主义的文化,就是中华民族的新文化"①,"这种新民主主义的文化是大众的,因而即是民主的。它应为全民族中百分之九十以上的工农劳苦民众服务,并逐渐成为他们的文化"②。

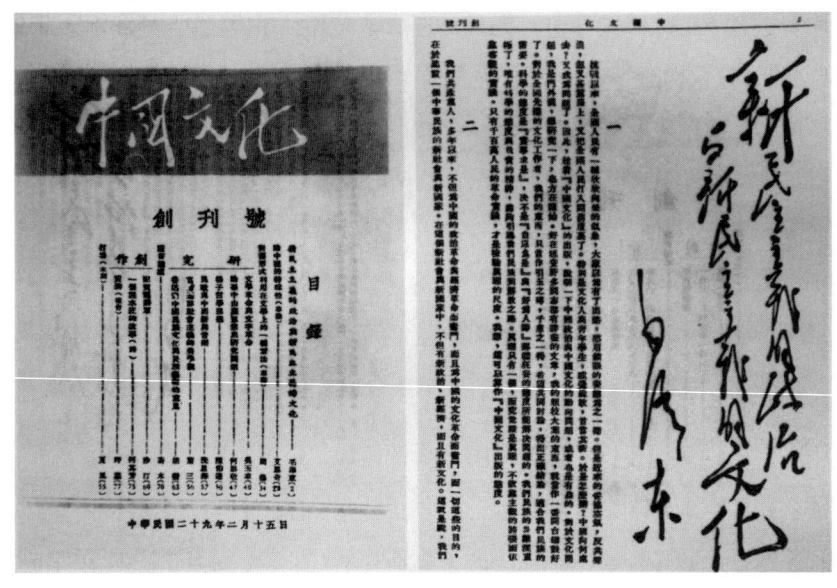

图1-5 《新民主主义的政治与新民主主义的文化》

这篇演讲对中国革命的历史进程做了完整的论述,对中国革命的经验进行了全面的总结,系统地提出了新民主主义的政治、经济、文化纲领,以更为完整的形式表述了新民主主义革命的基本理论,建构了完整的新民主主义文化体系。

1940年2月20日,这篇演讲以《新民主主义论》的题目发表在延安出版的《解

---

① 毛泽东:《新民主主义论》,见《毛泽东选集》(第2卷),人民出版社1991年版,第708—709页。
② 毛泽东:《新民主主义论》,见《毛泽东选集》(第2卷),人民出版社1991年版,第708页。

放》杂志上,标志着毛泽东思想的成熟和中国共产党新民主主义革命理论体系的形成。

到1942年5月,延安文艺座谈会的召开与毛泽东《讲话》的发表,标志着中国共产党以文艺为工农兵服务为主要内涵的文艺政策的初步形成。

通过详细梳理,我们可以看出,延安时期中国共产党的文艺政策既是"应时而为"的产物,也是马克思主义中国化的具体、生动实践。

第三节

抗战初期延安文艺对民间文化的高度重视

中央红军到达陕北后，中国共产党领导的各种文艺组织如雨后春笋般建立，开展多种形式的文艺活动，鼓舞革命士气。

1935年10月19日，中央红军到达陕甘苏区吴起镇后，陕北的文艺队伍与南方长征而来的文艺队伍会合在一起。陕甘军民以粗犷、浑厚、高亢的文艺表演，欢迎党中央和红军的到来。当时，陕甘红军的列宁剧社演出了节目，红一方面军也演唱了从江西带来的歌曲，进行联欢。这次活动，揭开了延安文艺的序幕。从此，两支文艺队伍会合在一起，共同推进革命文艺的发展。

1936年8月，毛泽东、杨尚昆联名发起《红军长征记》的征稿活动，这是延安文艺史上第一次大规模的群众性的写作活动。

1936年10月22日，即鲁迅逝世后的第三天，中共中央和苏维埃政府立即通电全国，提出一系列悼念倡议。10月28日，在保安（今志丹县）城外，近千人冒着寒风参加鲁迅逝世追悼会，毛泽东第一次做了关于鲁迅的讲演。

1936年11月22日，在保安成立以丁玲为主任的中国文艺协会，标志着延安文艺进入有组织、有领导的阶段。中国文艺协会是延安文艺史上第一个以专业作家为主体的文艺团体，得到了中共中央及毛泽东的大力支持。毛泽东亲自到会讲话："中国苏维埃成立已很久，已做了许多伟大惊人的事业，但在文艺创作方面，我们干得很少。今天这个中国文艺协会的成立，是近十年来苏维埃运动的创举。""发扬苏维埃的工农大众文艺，发扬民族革命战争的抗日文艺，这是你们

图1-6 长征到陕北的红军指战员在唱歌

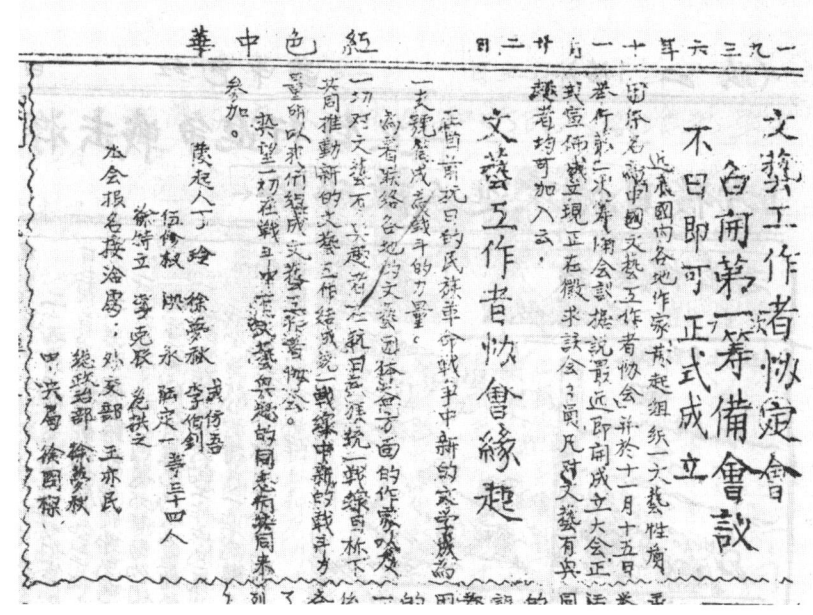

图1-7 《红色中华》刊发中国文艺协会成立的消息

伟大的光荣任务。"①

中国文艺协会成立后,在发扬苏维埃的工农大众文艺上发挥了重要作用。在中国文艺协会的发动与组织下,陕北的戏剧活动、群众性创作、刊物编辑等,便有声有色地开展起来。

西安事变后,红军按照与东北军达成的协议,接管了延安。1937年1月13日,毛泽东等中央领导人到达延安城。1935年至1948年的十三年间,以延安为中心的陕甘宁边区是中共中央的所在地,是中国革命的政治指导中心和中国人民解放斗争的总后方,成为全国人民心目中的革命圣地。延安,这座陕北高原的古老山城,召唤着海内外知识青年和左翼作家络绎不绝奔来,一时间出现"天下人心归延安"的滚滚潮流。从1936年到1941年间,到达延安的知名文化人有丁玲、周扬、冼星海、艾思奇、张庚、周文、徐懋庸、柯仲平、何其芳、陈学昭、萧三、萧军、艾青、欧阳山、草明、光未然、严文井、田间、罗烽等等。

从上海等地来到延安的左联文艺家们,参与到延安的主要文艺社团工作中,还在其中担任重要角色,主编了一系列的文艺期刊,成为延安文艺的重要人才支持。可以这样说,五四新文化运动所点燃的新文艺火炬,经历了文学革命、革命文学的变速与苏区文艺、左联文艺的能量补充,最终投入延安文艺的怀抱。

抗日战争是民族之战,在民族处于危亡之际,民族的凝聚力空前加强。全国抗战爆发后,救亡压倒一切,文艺是宣传、鼓动群众的重要武器,澎湃的街头诗运动和蓬勃发展的群众性戏剧运动成为延安文艺的主潮。这样,左联文艺时期曾广泛号召的文艺大众化,在延安借政治之力,才真正落到实处,变成了现实。

1937年8月,以丁玲为主任的西北战地服务团(简称"西战团")成立,不久便开赴前线。1937年11月,陕甘宁边区文化界救亡协会诞生,下辖文联、剧协、音协、美协等,使延安和边区的专业和业余的文艺组织和活动在统一领导下,以抗战为目标,轰轰烈烈地开展起来。

---

① 毛泽东:《在中国文艺协会成立大会上的讲话》,见中共中央文献研究室编:《毛泽东文艺论集》,中央文献出版社2002年版,第3、4页。

图1-8 抗战时期的西北战地服务团

1938年，是延安文艺迅速发展的一年。1月间，延安举行了第一次诗歌朗诵会，并有盛况空前、连演二十天、观众达万人的《血祭上海》演出。此剧的演出，促成了延安时期中国共产党领导的第一所艺术学院——鲁迅艺术学院的成立。

1938年初，毛泽东与周恩来、林伯渠、徐特立、成仿吾、艾思奇、周扬一起作为发起人，联名发布了沙可夫起草的鲁迅艺术学院《创立缘起》。《创立缘起》这样写道："艺术——戏剧、音乐、美术等是宣传鼓动与组织群众有力的武器。艺术工作者——这是对于目前抗战不可缺少的力量。因之培养抗战的艺术工作干部，在目前也是不容稍缓的工作。……为此我们决定创立这艺术学院，并且以已故的中国最大的文豪鲁迅先生为名，这不仅是为了纪念我们这位伟大的导师，并且表示我们要向着他所开辟的道路大踏步前进。"[1]

1938年4月10日，鲁艺的开学典礼在延安城内的中央大礼堂举行。毛泽东等中央领导人出席了会议，毛泽东做了简短讲话，指出：当前是一个伟大的时代。从大革命到卢沟桥事变，可以说是这个伟大时代的准备时期。在这个准备时期，

---

[1] 刘润为主编：《延安文艺大系·文艺史料卷》（上），湖南文艺出版社2015年版，第688页。

艺术有它的伟大的收获。毛泽东把在上海等城市从事左翼文艺运动的文化人称为"亭子间的人",把在革命根据地从事文艺活动的文化人称为"山顶上的人"。他强调今天主要是组织这两部分人,结成文艺界的抗日民族统一战线。他明确指出:"统一战线同时是艺术的指导方向。"①

图1-9 鲁艺旧址

1938年4月28日,毛泽东再次来到鲁艺讲演。他这次主要讲鲁艺人要走出鲁艺的"小观园",走到太行山、吕梁山的"大观园"的问题。他讲道:"你们鲁迅艺术学院要遵循鲁迅先生的方向。""艺术作品要注重营养,也就是要有好的内容,要适合时代的要求,大众的要求。""鲁迅艺术学院要造就有远大的理想、丰富的生活经验、良好的艺术技巧的一派艺术工作者。"他还讲道:"到群众中去,不但可以丰富自己的生活经验,而且可以提高自己的艺术技巧……民歌中便有许多好诗。我们过去在学校工作的时候,曾让同学趁假期搜集各地的歌谣,其中有许多很好的东西。"②

---

① 毛泽东:《统一战线同时是艺术的指导方向》,见中共中央文献研究室编:《毛泽东文艺论集》,中央文献出版社2002年版,第13页。
② 毛泽东:《在鲁迅艺术学院的讲话》,见中共中央文献研究室编:《毛泽东文艺论集》,中央文献出版社2002年版,第16—19页。

1938年5月,以刘白羽为代表的抗战文艺工作团组成,并分组到前线工作;边区民众娱乐改进会成立,有力地促进了群众文艺活动的开展。7月,延安第一个铅印画刊——《前线画报》创刊;以柯仲平为团长的边区民众剧团成立,这个剧团一直坚持为群众演出,活跃在边区的农村。9月,延安掀起街头诗运动,产生了深远的影响;边区音协成立,领导延安音乐活动;专业作家的组织边区文联成立。10月,延安电影团成立,文学刊物《文艺突击》创刊,鲁迅研究会和部队系统的烽火剧团相继成立,这标志着延安文艺向更广阔的领域发展。

全面抗战爆发不久,音乐家吕骥从绥远到延安,先后在延安和晋察冀边区发起搜集民歌运动。1938年夏天,在他的主持下,延安成立了民歌研究会,动员鲁艺音乐系的学生参加民歌搜集工作。

由于宣传的需要,利用旧形式的通俗化的文艺作品大量出现,大众化问题又重新引起延安文艺界的重视。如民间文学研究专家刘锡诚所言:"在这种情势下,平日被掩盖着的、不被人们注意的民间文化,上升为民族精神和民族传统的体现者,民族间血缘文化的关系纽带。"[1]在与战时政治文化"联姻"的过程中,陕北文化的民族化、大众化特点显现出来,得到了全面的挖掘与呈现。

1938年10月举行的中共中央六届六中全会上,毛泽东在《论新阶段》的报告中,明确提出马克思主义中国化的历史任务是创造"新鲜活泼的、为中国老百姓所喜闻乐见的中国作风和中国气派"。这一号召虽不是专门针对文艺界,却在延安文艺界引起热烈反响。在毛泽东提倡"中国作风"与"中国气派"后,文艺的民族形式和大众化问题又成为当时延安文艺理论工作者热烈讨论的话题。

1939年,延安文艺继续蓬勃发展。边区美协、剧协相继成立;冼星海创作的《黄河大合唱》轰动延安;中华全国文艺界抗敌协会延安分会(简称"延安文抗")成立,使延安的文艺运动与大后方文艺运动联系起来;文艺青年组成的业余文艺小组迅速发展,边区文协成立了文艺顾问委员会,对文艺小组活动加以指导;老舍以中华全国文艺界抗敌协会代表的身份访问延安,进一步沟通了延安与

---

[1] 刘锡诚:《抗日战争和解放战争时期的民间文学运动》,载《新文学史料》1992年第3期,第219页。

大后方的文艺运动。

在这个时期,创作和理论研究也取得了可喜的收获。文艺创作——文学、美术、戏剧、音乐等门类,都有佳作问世;电影事业也开始起步;文学创作以诗歌、报告文学创作成绩最为突出。另外,还产生了如柯仲平的《谈"中国气派"》、陈伯达的《关于文艺的民族形式问题杂记》、艾思奇的《旧形式运用的基本原则》、萧三的《论诗歌的民族形式》等一批专门探讨文艺的民族形式的理论文章。

与此同时,1939年5月,毛泽东为鲁艺周年纪念题词:"抗日的现实主义,革命的浪漫主义。"[①]1939年,毛泽东还为战地文化资料展览会题词:"发展抗日文艺,振奋军民,争取最后胜利。"[②]

1940年2月15日,延安出版的《中国文化》创刊号刊载毛泽东1940年1月在陕甘宁边区文化协会第一次代表大会所做的题为《新民主主义的政治与新民主主义的文化》的报告。毛泽东说:"抗战以来,全国人民有一种欣欣向荣的气象……趁着《中国文化》的出版,说明一下中国政治和中国文化的动向问题,或者也是有益的。……对于全国先进的文化工作者,我们的东西,只当作引玉之砖,千虑之一得,希望共同讨论,得出正确结论,来适应我们民族的需要。……我们民族的灾难深重极了,惟有科学的态度和负责的精神,能够引导我们民族到解放之路。真理只有一个,而究竟谁发现了真理,不依靠主观的夸张,而依靠客观的实践。只有千百万人民的革命实践,才是检验真理的尺度。我想,这可以算作《中国文化》出版的态度。"[③]毛泽东还在文章中明确指出:"中国文化应有自己的形式,这就是民族形式。民族的形式,新民主主义的内容——这就是我们今天的新文化。"[④]

[①] 毛泽东:《为鲁迅艺术学院周年纪念题词》,见中共中央文献研究室编:《毛泽东文艺论集》,中央文献出版社2002年版,第24页。

[②] 毛泽东:《为"战地文化资料展览会"题词》,见中共中央文献研究室编:《毛泽东文艺论集》,中央文献出版社2002年版,第25页。

[③] 毛泽东:《新民主主义论》,见《毛泽东选集》(第2卷),人民出版社1991年版,第662—663页。

[④] 毛泽东:《新民主主义论》,见《毛泽东选集》(第2卷),人民出版社1991年版,第707页。

其时，中国共产党其他领导人也高度重视文艺的大众化及对中国民间文化的利用问题。

1938年4月7日，周恩来在为《新华日报》撰写的专论《怎样进行二期抗战宣传周工作》中明确提出："第一，在文字宣传上，要力求具体、通俗和生动。""第二，在口头宣讲上要力求普遍、通俗和扼要。""第三，在艺术宣传上，要更加普遍、深刻和激越感人。"[①]1938年8月1日，周恩来在抗敌演剧队成立大会上讲话："宣传方法和形式要合民众的口味。你们要入乡随俗，老百姓才能喜闻乐见，才能收到宣传的预期效果。你们是演剧队、工作队，也是战斗队，除了演戏，还要做许多工作。"[②]

1940年7月24日，朱德在鲁艺做报告时指出："我们的艺术作品不是给少数人看的，而是给中国广大民众和军队看的。我们必须认清对象，面向群众，面向士兵。""认清对象，便提出一个问题——艺术的民族形式和民间形式的问题，也就是大众化和通俗化的问题。""提出民族形式和民间形式的重要原因：A. 因为它易为大众理解。我们不能笑它俗气而摒弃它，要知道敌人是利用它作工具的。我们应当使它成为我们手中的武器。B. 因为要创造中国新民主主义的艺术，必须接受民族文化传统中的优良的东西而加以发扬。"[③]

1940年1月，张闻天（洛甫）也在陕甘宁边区文协第一次代表大会上做了《抗战以来中华民族的新文化运动与今后任务》的报告，提出："中华民族的新文化运动，服从于抗战建国的政治目的。这是抗战建国的一种重要的斗争武器。这武器在抗战第一阶段，以配合军事抗战为主，现在则以配合政治抗战为主了。其目的，是要在文化上、思想意识上动员全国人民为抗战建国而奋斗，建立独立、自由、幸福的新中国，建立中华民族的新文化，以最后巩固新中国。""关于新文化，除应该是民族的、民主的、科学的而外，应该又是大众的，这包含着两种意

---

① 中共中央文献研究室编：《周恩来文化文选》，中央文献出版社1998年版，第5—6页。
② 金冲及主编：《周恩来传（1898—1976）》（上），中央文献出版社2008年第2版，第452页。
③ 朱德：《朱德选集》，人民出版社1983年版，第73—74页。

义：甲　新文化必须是代表大众的利益、为大众的解放而斗争的武器。……乙　新文化要完成自己的任务，必须为大众所接受、所把握。"①

延安是陕甘宁边区的首府，在这里生活与战斗的广大工农兵群众是革命的主力军，也自然就是文艺大众化所关注的对象。这样，来自民间、在表现对象上以人民群众为主体、反映陕北人民群众日常生活的情感和精神风貌、为群众喜闻乐见的陕北民间文艺，自然符合民族化、大众化的特点。

茅盾后来回忆："在三十年代，我们都热心于文艺大众化的宣传和讨论，但所花的气力与所收的效果很不相称。究其原因，也就是一条腿走路的缘故——政治环境太恶劣，而作家们又麋集于上海一隅。当然并非没有成绩，进步的作家们都努力使自己的作品减少欧化的或文言的句法，尽力采用民众的口语，也涌现出了一批有才华的青年作家。但是作家们使用的语言，仍旧基本上是'五四'式的白话文，即使他们写的是通俗化的作品。在中国现代文学史上，文艺大众化冲出'文人的聊以自慰'的圈子而真正成为'运动'，还是在抗日战争爆发以后。那时政治上的束缚放松了一些，作家、艺术家们也走出了上海的亭子间，投入到大众的海洋；而在广大的敌后根据地中，在'政治之力的帮助'下，大众文艺已不再一条腿走路了。"②曾参加左联文艺大众化讨论、1937年进入延安的文艺理论家周扬也深有感触地说："我们的艺术教育，文艺运动如果没有和新民主主义政权，和人民的军队，和工农大众密切而且直接地联系，艺术服务政治，就是一句空话。"③

在抗日战争这种特殊环境下，延安文艺运动借助"政治之力"使左翼文艺大众化在文艺与政治的关系上实现了真正的革命性突破。在这样特定的时空环境中，陕北民间文化被一而再、再而三地重视与利用起来，这也是必然的政治逻辑与文化逻辑。

---

① 洛甫：《抗战以来中华民族的新文化运动与今后任务》，载《解放》1940年第103期。
② 茅盾：《文艺大众化讨论及其它》，见文振庭编：《文艺大众化问题讨论资料》，上海文艺出版社1987年版，第421—422页。
③ 周扬：《王实味的文艺观与我们的文艺观》，见《周扬文集》（第1卷），人民文学出版社1984年版，第390—391页。

第二章 民间文化的初步形式化

1937年，抗日战争全面爆发，中日之间的民族矛盾上升为主要矛盾。与此同时，中国社会的文化结构也在发生着重大变化，由五四新文化运动时期的以启蒙文化为主导的精英文化形态向全国抗战时期的以民间文化为主导的民间文化形态转变。这一转变既来自国内政治形势的客观变化，要求文化界将唤醒民众的民族救亡意识作为文化工作的中心任务，又是新文学发展中的一次自我反思和自我调整。五四以来兴起的新文学是具有精英文化背景的知识分子发起的一场自上而下的启蒙文艺运动，无论是在文学理想还是文学形式上，始终存在着与普通大众相脱离的尴尬。中国现代文学先驱们在文学实践过程中已经意识到了这一问题，正如老舍所言："我们也确实认识了军士人民与二十年来的新文艺怎样的缺少联系。"①当然，从五四开始，有一批文化先驱在文艺大众化方面进行了一系列的理论争鸣和实践探索。比如，1918年由北京大学教授发起的征集歌谣的运动，就是一次典型的民间文化与精英文化的融合运动，也被认为是"知识分子'到民间去'的颠覆传统、构建新兴文化的创举，又是他们抵御西方大潮的冲击、坚守本土文化身份的立场表现，是介于理念西方与文化中国之间的平衡之选"②。此外，五四以来新文学内部持久开展的大众化讨论和抗日战争时期关于文学的民族形式问题讨论等文学论争，更是

---

① 转引自罗荪：《抗战文艺运动鸟瞰》，载《文学月报》1940年第1卷第1期创刊特大号。
② 曹成竹：《从"歌谣运动"到"红色歌谣"：歌谣的现代文学之旅》，载《文艺争鸣》2014年第6期。

在思想理念上开始关注民间文化与精英文化的融合问题,探索文艺大众化的实现路径。但是,受历史背景、政治环境、文艺创作主体等多重因素限制,当时的文艺大众化仅仅停留在理念层面的争鸣或者小范围的艺术实践,民间文化与精英文化深度融合的、真正的大众化文艺最终在中国共产党领导的解放区才得以实现。

第一节
《讲话》前民间文化与精英文化的初步融合

以马克思主义为主导的革命文化，从最初引入中国到在中国的传播，其初始主力都是进步的知识分子。正是陈独秀、李大钊等一批从五四新文化阵营中分化出来的进步知识分子，将马克思主义引入中国，并使其逐渐发展壮大。所以，马克思主义在中国的最初发展过程中，精英文化的魅影始终萦绕在革命文化内部，无论是马克思主义理论的舆论宣传，还是"革命+爱情"的革命文艺创作，无不浸染着知识分子的文化想象。精英文化主导下的革命文化与普通民众之间存在文化障碍，这也是导致中国共产党发展路线和道路曲折的一个重要的文化因素。

中国有自身的国情，中国的马克思主义发展必须走马克思主义中国化道路。中国共产党逐渐意识到了这一关键问题。在中央苏区和革命根据地，中国共产党所依托的主体力量是广大农民群众。1929年，古田会议指出：红军宣传工作的任务，就是扩大政治影响，争取广大群众。① 为了发动人民群众，宣传革命政策，中国共产党通过宣传画、革命歌谣、花鼓、快板等民间艺术形式进行革命宣传，文艺在革命宣传中起到了添柴助焰的功效。这一时期的革命宣传中，作为"下里巴人"的民间文化已经开始与"阳春白雪"的革命文艺有机融合，并且激活了革命文艺的生命活力。

当时，受革命环境的限制和宣传任务的影响，各类型的文艺形式的发展并不均衡，最有利于革命宣传的歌谣和戏剧相对成就最高。在歌谣创作中，知识分子

---

① 艾克恩主编：《延安文艺史》（上），河北教育出版社2009年版，第33页。

开始放低精英文化高高在上的姿态，吸收民间文艺的艺术表现形式，创作了一批语言通俗、曲调悠扬、内容新颖的经典红色歌谣。红色歌谣中的一部分作品由民间艺人创作，并在人民群众中口口相传，这部分歌谣经文艺工作者整理传播后，更加扩大了其影响范围。"1934年1月，《青年实话》（共青团中央局机关报，1931年6月创刊）编委会出版了《革命歌谣选集》，编者在后记中说：'我们也知道这些歌谣在格调上来说，是极其单纯的；然而，它是农民作者自己的语句作出来的歌，它道尽农民心坎里面要说的话，它为大众所理解，为大众所传诵，它是广大民众欣赏的艺术。'"另一部分是文艺工作者为了革命宣传需要，根据民歌的曲调，填词编写的红色歌谣。这部分歌曲充分吸收民间曲艺形式，并结合时事发展和革命形势就地取材、随编随唱，这也是后来解放区提出"旧瓶装新酒"创作模式在革命文艺中的最早实践。"苏区的戏剧活动是文艺宣传工作最重要的一种方式，也是最受人民群众欢迎的一种形式。"结合苏区革命斗争和苏区生活实际，苏区戏剧运动中产生了《我——红军》《庐山之雪》《活捉张辉瓒》等一大批优秀剧作。整体来说，苏区的革命文艺因为要配合宣传工作，在审美性和思想性上仍然显得幼稚、粗糙，但是其融入民间艺术形式和走群众化道路的有益尝试，使它呈现出旺盛的艺术生命力。同时，苏区的文艺运动经验，"无论从政治上、组织上还是艺术上，它都给延安文艺运动以强烈而深刻的影响"。①

1935年，中央红军经过二万五千里长征到达陕北。面对中国革命和新文学发展的新形势，苏区文艺发展亟须解决一系列的问题。"如何进一步动员、组织、领导农民进行斗争，成了整个中国革命的关键。从而，文艺如何走出知识分子的圈子，自觉地直接为广大农民、士兵及他们的干部服务，便成了当时的焦点所在。"②1937年11月太原失守后，以中国共产党为主体的游击战争在华北上升至主要地位。继1938年1月中国共产党在敌后建立的第一个抗日民主政权晋察冀行

---

① 艾克恩主编：《延安文艺史》（上），河北教育出版社2009年版，第34、38页。
② 王光东：《民间：作为中国现当代文学研究的视野与方法》，东方出版中心2013年版，第59页。

政委员会成立后，晋绥边区、晋冀鲁豫边区、华中地区、山东地区等敌后抗日政权相继建立，广大人民群众看到了光明和希望。这一时期，文艺成为发动群众、宣传抗战的一种重要形式，只有文艺大众化才能达到这一目标。

要解决文艺大众化问题，需要首先解决文艺与大众的关系问题。一是文艺要深入群众，深入抗战一线，为抗日民族解放战争服务。中国共产党成立了陕甘宁边区文化界救亡协会，中华全国文艺界抗敌协会（延安分会、晋东南分会、晋西分会、晋察冀边区分会等），中华全国戏剧界协会（陕甘宁边区分会、太行山分会、晋察冀边区分会、晋西分会、晋冀鲁豫边区分会等），西战团，鲁艺等文艺团体，依托文艺团体出版文艺刊物、组织战地文化、加强民众教育、开展文艺创作与宣传等工作，推动解放区文艺工作的全面发展。这些文艺团体从筹备成立到工作展开，其立足点或者说是工作原则就是要推动文艺的大众化工作，为抗日战争服务。毛泽东对西战团提出的要求就是"宣传工作要大众化，新瓶新酒也好，旧瓶新酒也好，都应该短小精悍，适合战争环境，为老百姓所喜欢。要向群众、向友军宣传我党的抗日主张，宣传抗日救国十大纲领，扩大我们党和军队的政治影响"[①]。立足于面向群众的出发点，各抗日民主根据地组建的文艺团体有计划有组织地开展了艺术家深入群众、深入前线的工作。仅西战团"在山西抗日前线，他们的行程三千余里，利用各种灵活多样的表演形式共演出113次，观众达二十万左右，写标语一千两百余条，绘漫画六十余幅。还利用各种集会机会，及前往各学校团体教唱抗日歌曲，学唱者达三十余万人，教会歌曲三十余首。此外，还写了七十余篇新闻通讯，发表在《新华日报》、《群众》、《七月》、《战斗》、西安《文化日报》及长沙、香港、广州、河南等地的报刊上"[②]。

二是文艺要深入群众，必须充分挖掘民间文化资源，创作群众喜闻乐见的文艺作品。中国共产党从苏区文艺工作经验出发，充分认识到民间文化资源在发动群众和宣传革命中的重要意义，将民间文化作为延安文艺的重要文化资源加以

[①] 转引自艾克恩主编：《延安文艺史》（上），河北教育出版社2009年版，第46页。
[②] 艾克恩主编：《延安文艺史》（上），河北教育出版社2009年版，第48页。

强调。陕甘宁边区文化界抗日救亡协会提出:"我们是真正的中国文化和东方文化的传统的继承者。我们不但要'开来'而且要'继往'的。"①民间文化得到艺术家的高度重视,作家开始深入群众,走向街头,走向抗敌前线,吸收民间文艺的表现形式,创作出宣传抗战的活报剧、街头诗、街头剧等深受人民喜爱的文艺作品,各抗日民主根据地文艺活动开始活跃起来。1941年,晋察冀曾创造了几十个"模范村剧团",1942年"五一大扫荡"之前,冀中有一千七百多个剧团,北岳区也有一千四百多个剧团、秧歌队、宣传队等。此外,以陕甘宁边区为中心,各抗日民主根据地纷纷成立专业文艺团体、文艺社团、文艺协会,出版了大批文学刊物,文学创作也渐次展开。

三是文艺要深入群众,必须将革命的宣传内容与民族的艺术形式充分结合。在《中国共产党在民族战争中的地位》中,毛泽东指出:"洋八股必须废止,空洞抽象的调头必须少唱,教条主义必须休息,而代之以新鲜活泼的、为中国老百姓所喜闻乐见的中国作风和中国气派。"②毛泽东的这一论述直接引发了各抗日民主根据地文艺界关于民族形式问题的讨论。当然,引发关于民族形式讨论还有其他客观原因,这就是文艺大众化过程中的新形式遇到了种种阻碍。西战团"在从延安出发之前,曾准备了许多游艺节目,但到了各地公演时,这些节目,大不为军民所欢迎;因此,他们后来到处采集当地的谣曲和舞蹈形式,配以新的内容,改编演出,效果很好"③。各抗日民主根据地的美术活动也同样存在这种情况,鲁艺木刻工作团将全国木刻展的作品带到晋东南抗战前线进行展出时,农民对这些作品并不接受,将新兴木刻版画的明暗表现手法称为"阴阳脸",农民不明白"为啥脸孔一片黑一片白,长了那么多黑道

---

① 陕甘宁边区文艺界救亡协会:《我们关于目前文化运动的意见》,见《延安文艺丛书》编委会编:《延安文艺丛书·文艺理论卷》,湖南人民出版社1984年版,第378页。
② 毛泽东:《中国共产党在民族战争中的地位》,见《毛泽东选集》(第2卷),人民出版社1991年版,第534页。
③ 徐懋庸:《民间艺术形式的采用》,见《延安文艺丛书》编委会编:《延安文艺丛书·文艺理论卷》,湖南人民出版社1984年版,第650—651页。

图2-1 毛泽东与秧歌队队员在一起

图2-2 枣园秧歌队

道"①。但是，当鲁艺木刻工作团创作出一批木刻新年画后，深受群众喜爱，很快就被农民抢购一空。应该说，西战团和鲁艺木刻工作团在文艺宣传过程中遇到的问题并非各抗日民主根据地文艺的个例，而是一个普遍现象，这也是民族形式讨论缘起的一个客观原因。毛泽东的《中国共产党在民族战争中的地位》发表后，民族形式讨论逐渐展开，并围绕旧形式利用问题、怎么创造文艺的民族形式、批评民族形式讨论的错误观点等展开了大规模讨论，形成了民族形式讨论的系列文章。民族形式讨论整体上提升了各抗日民主根据地文艺的理论水平，间接推动了文艺大众化的深入开展。当然，民族形式讨论也存在一些局限，如过度局限于形式的表层因素，而未在思想情感等深层次上进行探析。"民族形式的探讨，也就大都限于新旧形式之争、欧化与民间大众之争等问题之上，而未能将民族形式的建设与创造和铸造民族灵魂、改进民族思维方式、建立现代观念系统等重大问题联系起来。"②

经过了理论上的廓清和行动上的实践，文艺大众化运动在各抗日民主根据地文艺田园中破土抽芽，文艺工作者也将精英文化与民间文化有效融合，开始初步走向民间，走入群众，取得了喜人的艺术成就。

在诗歌创作领域，柯仲平领导的战歌社和丁玲领导的西战团联合掀起了街头诗运动，将延安诗歌运动推向了高潮。街头诗具有强烈的时代性、战斗性、群众性，要么直接呼唤民众武装反抗，要么鞭挞封建旧习呼唤翻身解放，要么颂扬党和人民群众，形式简单明快，韵律朗朗上口，语言通俗易懂，深受各抗日民主根据地群众喜爱。街头诗运动中的诗篇大量借鉴民间文艺形式，将民间文艺中的打油诗、顺口溜、民谣、快板等引入诗歌创作，语言上也将民间语言，尤其是老百姓日常用语和方言作为诗歌语言，为各抗日民主根据地诗歌转型发展积累了宝贵经验。杨朔曾谈道："到处可以看到街头诗。这些诗采取短俏的形式，运用民谣的韵律，使用活生生的民间语言，描写抢掠，反扫荡，民主政治，志愿义务兵，

---

① 古元：《摇篮》，见孙新元、尚德周编：《延安岁月——延安时期革命美术活动回忆录》，陕西人民美术出版社1985年版，第69页。
② 艾克恩主编：《延安文艺史》（上），河北教育出版社2009年版，第148页。

以及一切和战争相连结的斗争生活，这些诗人绝不高坐在缪司的宝殿里，凭着灵感来描写爱与死的题材，他们已经走进乡村，走进军队，使诗与大众相结合，同时使大众的生活诗化。”①

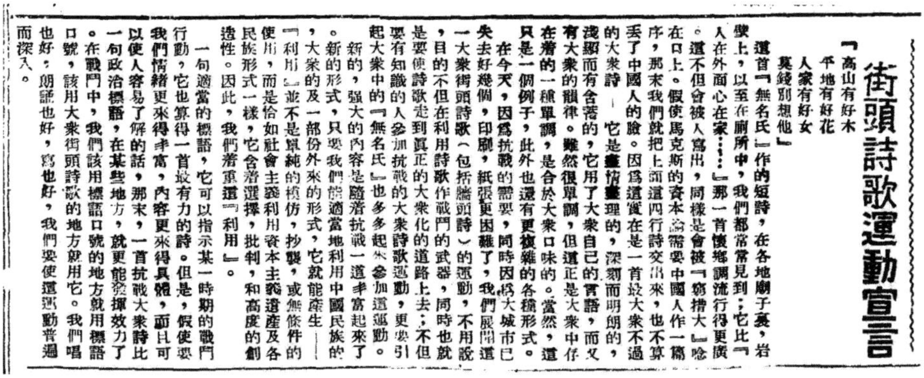

街頭詩歌運動宣言

「高山有好木
平地有好花
人家有好女
莫錢別想他」

這首「無名氏」作的短詩，在各地廟子裏，岩壁上，以至在廁所中，我們都常常見到；它比「人在外面心在家……」那一首懷鄉調流行得更廣。這不但會被人寫出，同樣是會被「窮措大」唸在口上。假使馬克斯的資本論需要中國人作一篇序，那末我們就把上面這四行詩交出來，也不算丟了中國人的臉。因爲這實在是一首最大衆不過的大衆詩——它是盡情盡理的，深刻而明朗的，淺顯而有含蓄的，它用了大衆自己的言語，而又有大衆的韻律。雖然很單調，但這正是大衆中存在着的一種單調，是合於大衆口味的。當然，這只是一個例子，此外也還有更複雜的各種形式。

在今天，因爲抗戰的需要，同時因爲大城市已失去好幾個，印刷，紙張更困難了，我們展開這一大衆街頭詩歌（包括牆頭詩）的運動，不用說，目的不但在利用詩歌作戰鬥的武器，同時也就是要使詩歌走到真正的大衆化的道路上去；不但要有知識的人參加抗戰的大衆詩歌運動，更要引起大衆中的「無名氏」也多多起來參加這運動。

新的，強大的內容是隨着抗戰一道豐富起來了。新的形式，只要我們能適當地利用中國民族的，大衆的及一部份外來的形式，它就能產生——「利用」並不是單純的模仿，抄襲，或無條件的使用，而是恰如社會主義利用資本主義遺產及各民族形式一樣，它含着選擇，批判，和高度的創造性。因此，我們着重這「利用」。

一句適當的標語，它可以指示某一時期的戰鬥行動，它也算得一首最有力的詩。但是，假使要我們情緒更來得豐富，內容更來得具體，而且可以使人容易了解的話，那末，一首抗戰大衆詩比一句政治標語，在某些地方，就更能發揮效力了。在戰鬥中，我們該用標語口號的地方就用標語口號，該用大衆街頭詩歌的地方就用它。我們唱也好，朗誦也好，寫也好，我們要使這運動普遍而深入。

图2–3 《新中华报》发表《街头诗歌运动宣言》

歌曲是革命宣传的重要艺术形式，也是延安文艺尤为活跃的一种艺术样式。“延安歌声，确实构成人们生活中的有机部分，成为沟通感情的媒介，唤醒民众的号角，奋勇杀敌的锐器。”②这一时期，延安大合唱的创作成就尤为突出，如《黄河大合唱》《生产大合唱》《九一八大合唱》《青年大合唱》《牺盟大合唱》《敌后根据地大合唱》《保卫西北大合唱》等。大合唱将民间艺术形式与表现内容完美地结合，呈现出一种大气磅礴又质朴自然的艺术境界。《生产大合唱》“用大众的形式、大众的语言表达了大众的感情和大众的情趣”，“第一场用深厚有力的《拉犁歌》；第二场以陕北《信天游》为基调，突出山村土色香味；第三场用农村牧童喜爱的《酸枣子》儿歌演化，轻快活泼”。《黄河大合唱》中民间音乐发挥了重要作用，作品在“黄河船夫曲”“黄水谣”“河边对口唱”等部分充分吸收民间音乐，将船夫号子、民间歌谣、山西民歌、民间锣鼓乐器等中国民间音乐元素融入其间，使民间音乐与中国古典音乐、西洋音乐完美结合，既婉约动听又气势磅礴，充分表现了中华民族奋争不屈的民族性格。

在戏剧创作领域，陕甘宁边区先后成立了人民抗日剧社、民众剧团、鲁艺实

① 杨朔：《敌后文化简报》，载《解放日报》1942年11月25日。
② 艾克恩主编：《延安文艺史》（上），河北教育出版社2009年版，第76页。

验剧团、烽火剧团、战斗剧社、战士剧社、先锋剧团等戏剧团体，涌现出《农村曲》《小小锄奸队》《治病》《重逢》《河内一郎》《军民进行曲》《红灯》《流寇队长》《棋局未终》《母亲》《秋瑾》《塞北黄昏》等一批优秀剧作，深受群众喜爱。这批戏剧作品挖掘民间文化资源，并局部地借鉴民间艺术，形成了通俗易懂、清新流畅的艺术风格。歌剧《农村曲》"剧本中的唱词通俗易懂，明白流畅，读来朗朗上口，唱起来很有韵味，很符合中国老百姓的欣赏习惯"，曲调"结合中外歌剧、戏曲的表现形式，既运用了欧洲的作曲手法，如主题音调、独唱、对唱、重唱、齐唱、合唱、前奏曲、幕间曲等多种创作手法，也采用了中国的民间音调，甚至完整的民歌旋律"。[①]歌剧《治病》音乐部分同样将民间曲艺融入其中，"巧妙地采用了广东板腔、民歌衬腔、润腔，以及调式的转换与对比等群众熟悉的音乐语言和表现手法"[②]。延安的话剧创作则吸收传统戏剧的表现手法，力争采用通俗的语言、紧凑的结构、紧张的戏剧冲突、性格鲜明的人物来推动话剧创作的大众化和通俗化。但是在戏剧创作上，大众化的探索仍然十分有限，很多作品仍然与普通群众的生活、老百姓的审美趋向脱离，更不要说在延安一度兴起的"大戏热"了。毛泽东在观看了《棋局未终》后就指出了剧作情节的不真实问题，并提出要求："你们鲁艺的人要经常到农村去，要多给农民演戏，认真去了解农民喜欢什么？需要什么？只要你们真正懂得了农民，农民也会懂得你们的。"[③]

在小说创作领域，各抗日民主根据地出现了一批反映战斗生活、根据地巨大变化、人民翻身解放、革命队伍思想斗争、革命新人的短篇小说，如梁彦《磨麦女》、温馨《凤仙花》、洪流《乡长夫妇》、丁玲《一颗未出膛的子弹》、柳青《喜事》等。作家们为了充分发挥文学的战斗作用，在小说创作中融入民间文化，尤其是融入民间语言。在《抗战文学的语言问题》中，姚雪垠谈道："有些作家在抗战前和抗战初期，只能用知识分子的白话写作，而在抗战中逐渐的改变

[①] 艾克恩主编：《延安文艺史》（上），河北教育出版社2009年版，第120页。
[②] 艾克恩主编：《延安文艺史》（上），河北教育出版社2009年版，第123页。
[③] 艾克恩主编：《延安文艺史》（上），河北教育出版社2009年版，第216页。

图2-4 民众剧团在演出

图2-5 战斗剧社在演出

了自己，开始用朴素的民众语言去表现自己的艺术天才。"①比如这一时期丁玲的《一颗未出膛的子弹》、柳青的《喜事》等小说融入了方言词汇，烘托出一种浓郁的地域文化氛围。但是，总体来说，这一阶段小说创作对民间文化的吸纳与应用还处于摸索阶段，呈现出零星化、浅层次的特征，尚未形成大规模、深度化的创作转变。"这时期的小说创作带有一个明显的不足之处，即在艺术表现手法上尚不够大众化，尚不够为工农兵所喜闻乐见，即使批评知识分子弱点的作品，也多是按照知识分子的欣赏习惯和艺术好尚写成的。"②

  总体而言，这一时期中国共产党领导下的各抗日民主根据地文艺在服务抗战、服务群众方针的指导下，开始广泛吸收民间文化资源，并将民间艺术形式有效地融入文艺创作，推动了文艺大众化的深入发展，使各抗日民主根据地文艺呈现出全新的艺术格局。当然，这一时期各抗日民主根据地文艺仍处于一个转型发展时期，一方面通过民族形式讨论在理论层面为民间文化话语建构奠定了基础，另一方面通过民间歌谣的搜集、民间戏曲形式的利用、街头诗运动和民歌体叙事诗创作等创作实践，为《讲话》后的民间文艺蓬勃发展奠定了实践基础。

---

① 姚雪垠：《抗战文学的语言问题》，见姚北桦、贺国璋、俞润生编：《姚雪垠研究专集》，黄河文艺出版社1985年版，第80页。
② 艾克恩主编：《延安文艺史》（上），河北教育出版社2009年版，第204页。

第二节

民族形式讨论与民间文化话语建构

抗战时期，文艺界掀起了民族形式问题的讨论。这场讨论既是五四新文化运动和文艺大众化的继续和发展，又是文艺界顺应抗战爆发的新形势而提出来的。20世纪30年代末，面对日本帝国主义侵略的威胁，以胡适为代表的知识分子已显示出对民族主义和国家的期盼。1936年，胡适曾感慨地说："民族主义已经获得压倒的势力，国家这个东西成了第一线"①。在他看来，利用民族主义动员全民族的力量反对日本帝国主义的侵略，已成为当时首要的事。民族主义思潮逐渐影响到民族文化和民族文学的讨论，正是在此背景下，以延安为起点，全国文艺界掀起了关于民族形式问题的讨论。

一、民族形式的提出和讨论的中心问题

学术界一般认为，民族形式问题讨论是一场具有意识形态背景的文艺论争："毛泽东在1938年《中国共产党在民族战争中的地位》中明确提出的'中国作风和中国气派'的民族性问题，直接引发了'民族形式'的讨论。"②一般认为这是受了共产国际和苏联的影响。十月革命胜利后，面对新的形势，斯大林提出了"共产主义的内容、民族的形式"这一说法：

> 我们在建设无产阶级文化。这是完全对的。但是社会主义内容的无

---

① 室伏高信：《胡适再见记》，载《独立评论》1936年第213号。
② 赵学勇、吕惠静：《延安文学"大众化"理论及其实践》，载《兰州大学学报》（社会科学版）2017年第4期。

产阶级文化，在卷入社会主义建设的各个不同的民族当中，依照不同的语言、生活方式等等，而采取各种不同的表现形式和方法，这同样也是对的。内容是无产阶级的，形式是民族的，——这就是社会主义所要达到的全人类的文化。无产阶级文化并不取消民族文化，而是赋予它内容。相反，民族文化也不取消无产阶级文化，而是赋予它形式。①

斯大林这一关于民族文艺政策的论述，自然会引起中国共产党人的注意。然而，正如郭沫若在1940年所说，民族形式的提出得到苏联的启示，但是苏联的民族形式所指的是各个民族对于同一的内容可以自由发挥为多样的形式，目的是以内容的普遍性扬弃民族的特殊性。而民族形式在中国则是中国化或大众化的同义词，目的是要反映民族的特殊性以推进内容的普遍性。②因此，毛泽东民族形式的提出并非完全照搬斯大林的理论，而是在20世纪30年代末中国左翼知识分子马克思主义实践化，以及陈伯达、何干之、夏征农等马克思主义者"新启蒙运动"和延安"学术中国化"运动的影响下，"毛泽东敏锐地意识到这一系列'民族化''中国化'思潮在文化政治上的积极作用，针对国内外的理论对手，他策略性地提出了'马克思主义中国化'的概念，逐步完成了自己在文化意识形态上的建构"。③

毛泽东提出民族形式是针对马克思主义具体化与中国化问题，最初并不是针对文艺问题。然而，正如陈思和所说："在知识分子的眼中，这个术语代表了另外一种符号，那就是在抗战中崛起，正在被逐渐接受的民间文化形态。"④因此，从20世纪30年代末，文艺界开始了民族形式问题大讨论。

民族形式讨论从陕甘宁边区的新、旧形式论争扩展到国统区的"民族形式中心源泉"论争，一直持续到1942年，盛况空前，影响广泛而深远。如何创造民族

---

① 周扬编：《马克思主义与文艺》，作家出版社1984年版，第156页。
② 郭沫若：《"民族形式"商兑》，载《中国文化》1940年第2卷第1期。
③ 毕海：《中国现代文学论争与文化政治——"民族形式"文艺争论及相关问题》，中国社会科学出版社2017年版，第47页。
④ 陈思和：《民间的浮沉——对抗战到"文革"文学史的一个解释》，见《陈思和自选集》，广西师范大学出版社1997年版，第201页。

形式，民族形式的基础和源泉是什么，始终是民族形式问题讨论的中心。围绕这一中心问题，文艺界对旧形式、民间形式、民间文学在民族形式中的地位做了多角度探讨，初步完成了延安文艺的民间文化话语建构。"换言之，有关'民间文学'的讨论是'民族形式'文艺论争的重要内容，而抗战时期知识分子与政党意识形态对'民间'和'民间文学'不同层面的建构，则充分表现出了'民族形式'文艺论争的文化政治内涵。"①

二、旧形式利用与"民间文学资源论"

民族意识、重视大众的思潮"起初是从适应抗日战争的紧急情况而进行的大量创作通俗文艺对旧形式利用问题的讨论而开始的"②。卢沟桥事变后，抗战救亡文学运动蓬勃发展。在一切为了抗战的语境下，"文章下乡、文章入伍"的口号得到文艺工作者广泛响应，如何利用通俗化的旧形式，创作出能够为广大民众所接受的文艺作品，最大限度地激发民众的抗战热情，为民族解放战争服务，成为当时文艺界所面临的一个问题。1938年2月，《新中华报》刊登了映华的《谈谈边区的群众戏剧运动》、少川的《我对延安话剧界的一点意见》、白苓的《关于戏剧的旧形式与新内容》，都对旧形式的利用和改造发表了看法。映华认为戏剧运动的特点是"剧本的内容、人物、表情完全是群众生活的一页"，"题材与对话的通俗化……把群众生活的题材用群众自己的言语写出来，要他们看得懂也听得懂"，并且主张"采用旧的形式而渗入新的内容的剧本"。③少川则指出：可以用旧形式新内容，但是"不是任何旧形式都可采用，必须能扬弃不合理、要不得的旧形式……把许多旧形式加以改造"④。白苓也同意对旧形式加以改造的利用，他指出："旧形式新内容是我们应该采纳的，但不管这一种旧形式是否

---

① 毕海：《中国现代文学论争与文化政治——"民族形式"文艺争论及相关问题》，中国社会科学出版社2017年版，第202页。
② 金会峻：《中国现代文学史上"民族形式论争"研究》，载《中国现代文学研究丛刊》1996年第3期，第102页。
③ 映华：《谈谈边区的群众戏剧运动》，载《新中华报》1938年2月10日。
④ 少川：《我对延安话剧界的一点意见》，载《新中华报》1938年2月10日。

为这一地区民众所能懂，是否能收到好的效果，只要是旧形式就抓来运用，这是不是对呢？"①同年4月，胡风和七月社在汉口召开座谈会，围绕旧形式的利用问题，各抒己见。5月，通俗读物编刊社（1934年7月由三户社更名）"旧瓶装新酒"的主张引起了中华全国文艺界抗敌协会（1938年3月27日成立于武汉）的重视。在以"怎样编制士兵读物"为主题的座谈会上，中华全国文艺界抗敌协会同人普遍认为"利用旧形式写新作品，在目前是万分必要的"。可见，在民族形式正式提出前，旧形式利用已引起全国文艺界的注意，成为广泛争论的问题，具有了一定的规模，为开展新文艺运动奠定了有利的基础。

图2-6　中华全国文艺界抗敌协会成立

1938年毛泽东提出民族形式后，有关旧形式、民族形式和"中国气派"等问题的讨论便在延安文艺界轰轰烈烈地开展起来。

1939年2月16日，《文艺战线》和《新中华报》同日刊登了周扬的《我们的态度》、艾思奇的《抗战文艺的动向》、陈伯达的《关于文艺的民族形式问题杂记》三篇文章，都强调利用旧形式的重要性和必要性。周扬指出："旧形式利用的问题已成了抗战期文艺上的重要问题……目前把艺术和大众结合的一个最可

---

① 白苓：《关于戏剧的旧形式与新内容》，载《新中华报》1938年2月10日。

靠的办法是利用旧形式。"①艾思奇也认为："利用旧形式,在民族文艺的发扬上,在大众的平民的文学的创造任务上,是一件非常必要的工作"②。尤其是陈伯达从旧形式问题的性质入手,指出:"近来文艺上的所谓'旧形式'问题,实质上、确切地说来是民族形式问题,也就是'新鲜活泼的、为中国老百姓所喜见乐闻的中国作风和中国气派'(毛泽东论新阶段)的问题。"③这不仅直接把旧形式利用和民族形式问题联系起来,而且将旧形式等同于民族形式。然而,在陈伯达的论述中,旧形式仍然是抽象的民众文艺的泛称,既包括全国各地方的歌、剧、舞等地方形式,也包括《三国演义》《水浒传》《儒林外史》《红楼梦》等"全国性的民族形式"。

同年4月至6月,《文艺战线》《文艺突击》等刊物分别刊登了艾思奇的《旧形式运用的基本原则》和《旧形式新问题》、柯仲平的《介绍〈查路条〉并论创造新的民族歌剧》、杨松的《论新文化运动中的两条路线》、罗思的《论美术上的民族形式与抗日内容》、萧三的《论诗歌的民族形式》等文章。随着新、旧形式利用问题的展开,旧形式的所指、旧形式是否就等于民间形式,如何吸取民间文化资源,逐渐成为讨论的话题。尽管对于旧形式的理解存在差异,但大多数讨论者并不否认旧形式与本土传统文学和民间文化的关联,主张在发掘和借鉴民间文艺的基础上,创造新的民族文艺。艾思奇指出:"旧形式是中国民众用来反映自己的生活的一种文艺形式。中国民众习于运用这些形式,而且在长时期运用中使它达到了相当的熟练程度,使它最适于反映民众生活中的某些东西。旧形式并不仅仅是旧的,而且也有许多地方是很发展,很确当的。"④显然,艾思奇是着眼于抗战的现实功利性,把民族形式问题理解为旧形式的利用问题,并由此切入民族形式的建构,主张从民间文学宝藏中探寻可借鉴的资源。他还指出,五四新文化运动开辟的新的道路是"向着创造新形式的路上走",这一运动的根

---

① 周扬:《我们的态度》,载《文艺战线》1939年第1卷创刊号。
② 艾思奇:《抗战文艺的动向》,载《文艺战线》1939年第1卷创刊号。
③ 陈伯达:《关于文艺的民族形式问题杂记》,载《文艺战线》1939年第1卷第3号。
④ 艾思奇:《旧形式运用的基本原则》,载《文艺战线》1939年第1卷第3号。

本主流是为着使文学成为大众的、平民的东西。"在五四的初期,还掘发了中国民间文艺的宝藏,愈到后来,这些宝藏就被搁置起来,而偏向于向外国的文艺里的学习。……渐渐从中国民众远离开,这就是五四以后的文艺上的一个缺点。"①因此,五四新文化运动"并不是建立在真正广大的民众基础上的,主要的是中国的力量薄弱的市民阶级的文艺运动,它并没有向民间深入"②。柯仲平也持有相同的看法,在稍后发表的《论文艺上的中国民族形式》中,他指出五四新文化运动的缺点在于"当时未能批判地接受外来的文艺遗产,未能接受中国文艺传统上的优点——最主要的尤其是未能吸收中国大众中流传着的一部份较生动的民间文艺的优点,尤其尤其是虽然主张白话文,而未能运用大众的生动的口语"③。

表面上看,陈伯达、艾思奇等人提倡旧形式,目的是要打破五四以来文艺与民众的隔膜,蜕去其欧化色彩和外来移植的身份,从而使建立在传统文学和民间文艺基础上的新文艺更好地承担起抗战宣传和民众动员的作用。然而,旧形式不只是动员民众的手段,而且是民族意识和民族传统的象征,利用旧形式,目的是建构民族新文艺。关于这一点,陈伯达、艾思奇、柯仲平都有明确的论述。陈伯达指出:"利用旧形式,不是复古……是新文艺运动的新发展,是要促成更大的,更高的,更深入的新文艺运动。"④艾思奇也说:"运用旧形式,其目的不是要停止于旧形式,而是为要创造新的民族的文艺","民族的新文艺"是"要以我们民族的特色(生活内容方面和表现形式方面包括在一起)而能在世界上站一地位的新文艺。没有鲜明的民族特色的东西,在世界上是站不住脚的"。⑤柯仲平在《谈中国气派》一文中认为:"每一个民族,都有自己的气派。这是由那民族的特殊经济、地理、人种、文化传统造成的。最浓厚的中国气派,正被保

---

① 艾思奇:《旧形式新问题》,载《文艺突击》1939年新1卷第2期。
② 艾思奇:《旧形式运用的基本原则》,载《文艺战线》1939年第1卷第3号。
③ 柯仲平:《论文艺上的中国民族形式》,载《文艺战线》1939年第1卷第5号。
④ 陈伯达:《关于文艺的民族形式问题杂记》,载《文艺战线》1939年第1卷第3号。
⑤ 艾思奇:《旧形式运用的基本原则》,载《文艺战线》1939年第1卷第3号。

留、发展在中国多数的老百姓中。"①这不仅说明利用旧形式是发展新文艺的环节，是创造民族形式的资源，也反映出抗战时期，面对日益严峻的民族危机，文艺界回归本土文化传统，重构民族文化思想谱系的努力和实践。在此过程中，民间被重新发现，民间形式的地位逐渐凸显。

事实上，在抗战时期民族形式讨论中，民间、民间文化是一个被赋予民族文化政治意义的话语符号。正如刘锡诚所说："抗战爆发，在民族和国家处于危亡之际，民族的不屈精神在民众中空前高扬，民族的凝聚力空前加强，在这种情势下，平日被掩盖着的、不被人们注意的民间文化，上升为民族精神和民族传统的体现者，民族间血缘文化关系的纽带。"②一方面，全面抗战爆发后，随着北平、上海、天津、南京、武汉等大都市的相继沦陷，大批知识分子和青年学生从都市转向乡村和城镇，走进民间，搜集、整理民间故事、民间歌谣，从中发掘民族意识和民族精神；另一方面，则正如贺桂梅所言，与"试图以传统文化和传统伦理确立其民族身份合法性的国民党政府"不同，"共产党根据地和左翼文化界对'民族'身份和'民族'文化（文学）的认同，无疑更倾向于以底层民众（工人、农民、士兵及其干部）为主体、以尚未被'五四'现代性统合的'民间文艺'作为核心资源……"③在抗日民族统一战线背景下，随着民族主义政治的转变，利用旧形式，通过对民间文化和民间形式的意识形态重构，获取民族、国家文化认同，正是中国共产党所采取的政治文化策略。因此，"抗战时期，民间文学运动中'民间意识'逐渐和'民族意识'融合在一起，成为新的文化形态，这是知识分子'走向民间'的现实要求，也是政党政治建构意识形态运动的必然结果"④。

---

① 柯仲平：《谈中国气派》，见《柯仲平文集·文论卷》，云南人民出版社2002年版，第94页。
② 刘锡诚：《抗日战争和解放战争时期的民间文学运动》，载《新文学史料》1992年第3期，第219页。
③ 贺桂梅：《转折的时代——40~50年代作家研究》，山东教育出版社2003年版，第341页。
④ 毕海：《中国现代文学论争与文化政治——"民族形式"文艺争论及相关问题》，中国社会科学出版社2017年版，第216页。

此外，毕海还认为："与知识分子们'发现民间'、借助'民族传统'来激起自身以及民众的'民族精神'不同，延安对于'民间文化'的重视有着现实政治功利性的考虑，这与延安特殊的地理文化条件是有着直接关系的。"①艾思奇在1940年发表的《抗战中的陕甘宁边区文化运动》中说：

> 在民国十六年以前，特别是"五四"运动以前，边区是完全在军阀统治下的半殖民地半封建的一个地区，广大的民众受着重重的政治的、经济的剥削，过着牛马的生活，在这样的民众中间，是几乎说不上什么文化生活的，愚昧、迷信、堕落（鸦片、赌博）、不卫生（病疾、死亡）等等文化上的落后现象，是这种政治经济赐予民众的一切！这一切现象，一直到今天还可以看见它的残遗。这里我们只要举一个例子来说，例如人民的教育程度，在□□□□的地方（如华池）是四五百人中还难找一个识字的，受过中学教育的人，在一整县里只能找到两人(如环县)，这就可以看见那文化的落后是到了什么样的程度？倘若说在那时有所谓文化的话，那末主要的只是半封建半殖民地的统治者的文化，是地主豪绅的少数上层分子所专有并且服从于他们的剥削利益的文化，是给帝国主义者作侵略工具的文化。②

除了地理文化条件落后，文艺宣传不得不利用民间旧形式迎合老百姓外，延安所在的陕北地区蕴含着丰厚的民间文艺资源，信天游、说书、秧歌、道情戏、剪纸……形式丰富多彩，深受老百姓的喜爱。正是在这样的背景下，与普通百姓关系更为贴近的民间形式和地方形式自然成为文艺工作者借鉴、利用旧形式的重要内容。在抗战时期尤其是在以延安为中心的民族形式论争中，民间文学逐渐被建构起来，并成为现代文学的重要概念。

总之，民族形式论争中有关民间文化的讨论，其核心问题是在新的历史条件

---

① 毕海：《中国现代文学论争与文化政治——"民族形式"文艺论争及相关问题》，中国社会科学出版社2017年版，第208页。
② 甘肃省社会科学院历史研究所编：《陕甘宁革命根据地史料选辑》（第4辑），甘肃人民出版社1985年版，第235—236页。

和语境下,民间文学和民间形式如何转换为新的民族国家文学建构的资源。然而,随着民族形式问题讨论的深入,如何评价五四新文学运动,如何认识新文学民间形式在民族形式建构中的关系和地位,不可避免地成为争论的话题。

1939年11月16日,《文艺战线》再次开辟《艺术创作者论民族形式》专辑,刊登了罗思的《论美术上的民族形式与抗日内容》、萧三的《论诗歌的民族形式》、柯仲平的《论文艺上的中国民族形式》、冼星海的《论中国音乐的民族形式》、何其芳的《论文学上的民族形式》、沙汀的《民族形式问题》等文章,延安民族形式问题讨论进入高潮。围绕民间形式、五四以来新文学与民族形式的关系、新旧形式的结合及转化等问题,讨论者发表了不同的意见。柯仲平、萧三等坚持以"民间的旧形式"为基础来创造民族形式。柯仲平指出:"关于利用旧形式,我们主要的应该利用存在于民间的活着的旧形式及比较能接近民间的旧形式。"①萧三不仅认为"唱本,弹词,大鼓词……之类是民间习惯了的调子,是老百姓'所喜闻乐见的',是大众文学形式之一种,是民族形式的东西,是'成形'了的",他还宣称"'旧形式'这个名词不妥当。我们要着重地说'民族形式'"。但在随后的叙述中,他又强调发展诗歌的民族形式有两个源泉:"一是中国几千年来文化里许多珍贵的遗产,离骚、诗、词、歌、赋、唐诗、元曲……二是广大民间所流行的民歌、山歌、歌谣、小调、弹词、大鼓词、戏曲……这一切都是我们的先生,我们应向它们学习,虚心用苦功去学习。"②冼星海在文章中首

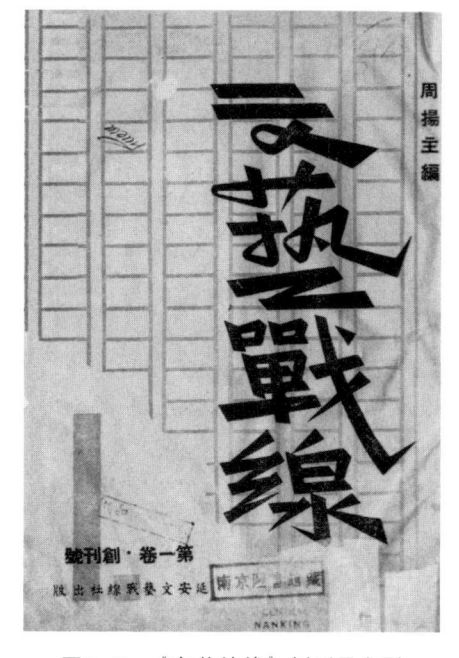

图2-7 《文艺战线》创刊号书影

---

① 柯仲平:《论文艺上的中国民族形式》,载《文艺战线》1939年第1卷第5号。
② 萧三:《论诗歌的民族形式》,载《文艺战线》1939年第1卷第5号。

先指出，目前音乐界对于应用民族形式问题还没有统一的结论，主张用西洋音乐形式和旧的民族形式这两种主张都有点偏见。利用民族旧形式并不是无条件的或盲目的接受。接着，他从七个方面论述了民族形式的历史本质和现实社会功能，特别强调"要改良固有的古乐，使这些古乐经过现在科学方法的改造，能够应用在乐曲里面，表示着更民族化的音色"，"保存我国民族音乐的特殊作风，使中国固有的民族所遗下的小调、民谣，或京调、梆子的旋律，在美、协和及民族浓厚色彩各方面，能胜过世界任何一国。……如二簧是圆稳有趣的，西皮是凄楚激昂，梆子是悲壮激越，昆曲是温雅幽静，高腔是朴直有神。我们如果能运用这里面的民族特殊作风，加以新的组织和发展，无疑地能产生民族新形式"。①何其芳、沙汀则立足于从新文学发展的脉络来认识民族形式问题，认为创造民族形式的基础是五四以来的新文学，民族形式的发展必须建立在五四以来文学新形式的基础上。何其芳在与萧三的争论中认为，五四以来的新文学是旧文学的发展，在形式上更欧化而在内容上更现代化、更中国化，这是一种进步。"目前所提出来的民族形式，不过是有意识地再到旧文学和民间文学里去找更多的营养，无疑地只能是新文学向前发展的方向，而不是重建新文学。因此它的基础无疑的只能放在新文学上面。"尽管何其芳在对五四新文学的评价上与柯仲平、萧三等人产生了分歧，但其也并未完全否认民间文学在创建民族形式中的地位和作用。何其芳不仅充分肯定柯仲平的诗歌在利用民间形式方面的成就，并且指出，作为"一种尚待建立的更中国化"的文学形式，民族形式需要继承旧文学的优良传统，"而尤其重要的是利用大众所能了解、接受和欣赏的民间形式"。②沙汀从文学发展的角度指出："民间好的歌谣虽然极为可贵，但这些东西多半是好多年前的产品，在经过了三十年来社会巨变以后的今日，他们的感情和思虑，是不会像从前那样简单质朴的。"但他同时认

---

① 冼星海：《论中国音乐上的民族形式》，见《延安文艺丛书》编委会编：《延安文艺丛书·文艺理论卷》，湖南人民出版社1984年版，第686页。
② 何其芳：《论文学上的民族形式》，见《延安文艺丛书》编委会编：《延安文艺丛书·文艺理论卷》，湖南人民出版社1984年版，第653页。

为民族形式应该包括"对于长久地,广泛地存在于民间的,曾反映了民族生活的某一方面的旧作品形式的利用"。①

与此同时,音乐界也积极参与民族形式问题讨论,纷纷在《文艺战线》《新青年》《歌曲月刊》《中苏文化》《新音乐》《每月新歌选》《人民音乐》等刊物撰写发表文章,探讨音乐的民族形式。吕骥、李凌、贺绿汀、安波、马可等音乐家都对创造音乐的民族形式发表了看法。贺绿汀在1940年7月发表的《抗战音乐的历程及音乐的民族形式》一文中,认为民族形式应该是一种风格,风格才是"各种不同民族的民族性,发挥成各种不同的民族音乐"②的具体表现。因此,不能把外国的东西原原本本搬到中国音乐上,"这样硬凑起来,会变成不中不西,失去了中国的民族性","我们要仔细研究人家的东西,来创造自己的和声、对位、节奏、结束法、曲体等等这是上策;否则我们无论采用他们的和声对位、曲体等等,一定要能够加强我们民族音乐的效果不妨害民族音乐的特性为原则"。③李凌(绿永)《论新音乐的民族形式》一文中,认为手法技巧只是民族形式中的基本要素,"创造民族形式是为了使音乐更有效地服务抗战,更发挥民族艺术独特的光彩。离开抗战实践尤其离开大众好尚、大众水准,离开了民族艺术的发扬而去谈创造,那是不

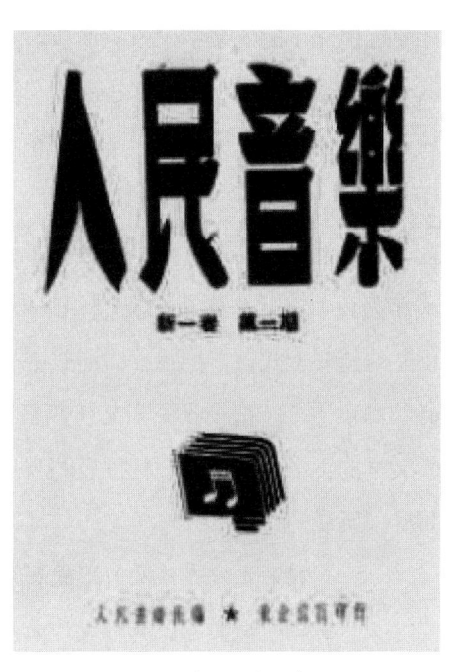

图2-8 《人民音乐》书影

---

① 沙汀:《民族形式问题》,见《延安文艺丛书》编委会编:《延安文艺丛书·文艺理论卷》,湖南人民出版社1984年版,第609页。
② 贺绿汀:《抗战音乐的历程及音乐的民族形式》,见吕骥编:《新音乐运动论文集》,新中国书局1949年版,第138页。
③ 贺绿汀:《抗战音乐的历程及音乐的民族形式》,见吕骥编:《新音乐运动论文集》,新中国书局1949年版,第141页。

堪设想的"①。龙文在《中国音乐的民族形式与利用旧形式》一文中，首先厘清"民族形式"和"中国音乐的民族形式"的概念，指出在音乐上最可利用的旧形式要推民谣和小调，"因为中国的民谣小调是最丰富的，最能够表现出中国民族的个性，也最能够代表中国人民的作风，最能够表露出强烈的地方色彩，也最能够反映出民间实际的生活"。②

相比较而言，周扬对于旧形式和五四新文学之间关系的思考较为系统。在1940年2月发表的《对旧形式利用在文学上的一个看法》一文中，他先区分了旧形式和新形式："所谓旧形式一般地是指旧形式的民间形式，如白话小说、唱本、民歌、民谣以至地方戏、连环画等等，而不是指旧形式的统治阶级的形式，即早已僵化了的死文学……所谓新形式，又是指民族新形式，而不是指国外新形式……"虽然五四以来文学新形式"缺点还严重存在"，但是"新形式比之旧形式，无论如何是进步的"，所以"新文学如要以正确地完全地反映现实为自己的任务，就不能不采取新形式，以发展新形式为主"。对于民间旧形式，周扬认为："'五四'的否定传统旧形式，正是肯定民间旧形式，当时正是以民间旧形式作为白话文学之先行的资料和基础。"因此，他主张"采用批判地利用的态度"改造旧形式，"把吸收旧形式中的优良成果当作新文艺上的现实主义的一个必要源泉"，"把吸收民间文艺养料看作新文艺生存的问题"。③这虽然是站在新文学的立场上采取的一种折衷的观点，却并不能阻止旧形式问题的讨论。正如贺桂梅所说：

> 周扬的文章在谈及旧形式利用的问题时，确立了一个等级序列，即以"五四"新文艺、新形式作为基础，以民间旧形式作为补充的手段，最后达成"文艺与现实之更接近，与大众之更接近的"的"更高更完全的民主主义内容，民族形式的新中国文艺之建立"。在这样一个序列

---

① 绿永：《论新音乐的民族形式》，见吕骥编：《新音乐运动论文集》，新中国书局1949年版，第174页。
② 龙文：《中国音乐的民族形式与利用旧形式》，载《每月新歌选》1940年第7期。
③ 周扬：《对旧形式利用在文学上的一个看法》，载《中国文化》1940年创刊号。

中，尽管旧形式处在最低等级，但由于"五四"新文艺尚未完成与大众的普遍结合，由于创制新的民族形式必须重新整合旧形式，所以对旧形式的讨论就成为核心问题。①

1940年1月，毛泽东在《新民主主义论》中指出："中国文化应有自己的形式，这就是民族形式。民族的形式，新民主主义的内容——这就是我们今天的新文化。"②随着新民主主义文化理论的提出和五四文学传统的确立，"对于旧形式估价过高"的意见受到批判，③民族形式问题讨论从陕甘宁边区扩展到国统区，从旧形式利用发展到"民间形式中心源泉论"，进一步凸显了民间文学的地位。

三、向林冰的"民族形式中心源泉论"

在延安文艺界关于旧形式利用问题的讨论中，民间文学、民间形式是和旧文学、旧形式、地方形式纠缠在一起的，真正将民间形式作为一个独立的对象，探讨其与民族形式关系的，是重庆的向林冰等通俗读物编刊社文人提出的"民族形式中心源泉论"。

1940年二三月，通俗读物编刊社的向林冰接连发表《民间形式的运用与民族形式的创造》《论"民族形式"的中心源泉》等文章，系统阐述自己对民族形式问题的理解。向林冰说："'民族形式'在目前，尚不是一个既成的存在，它的完成形态，尚需我们在抗战建国的过程中，通过螺旋形的实践发展的连锁而战斗的创造起来。"④既然创造民族形式已经是无可争议的共同目标，那么，该如何

---

① 贺桂梅：《转折的时代——40~50年代作家研究》，山东教育出版社2003年版，第341页。
② 毛泽东：《新民主主义论》，见《毛泽东选集》（第2卷），人民出版社1991年版，第707页。
③ 茅盾在1941年的《在戏剧的民族形式问题座谈会上的讲话》中指出，延安文化界对民族形式问题的讨论经历了一个过程："起先，萧三、陈伯达发表了一点个人的意见。不免对于旧形式估价过高，但也并不曾取消'五四'的传统。同时也有相反的意见起来。到了去年年底，他们的意见受了批判，他们也不作那样的主张了。"
④ 向林冰：《论"民族形式"的中心源泉》，见北京大学、北京师范大学、北京师范学院中文系中国现代文学教研室主编：《文学运动史料选》（第4册），上海教育出版社1979年版，第425页。

创造民族形式呢？根据"新质发生于旧质"的原则，他提出在"五四以来的新兴文艺"和"大众所习见常闻的民间文艺形式"两种既有形式中，应以后者为创造民族形式的"中心源泉"的主张：

> 民间形式的批判的运用，是创造民族形式的起点；而民族形式的完成，则是运用民间形式的归宿。换言之，现实主义者应该在民间形式中发现民族形式的中心源泉。①

关于"民族形式中心源泉论"的缘起，学术界一般认为，它是通俗读物编刊社"旧瓶装新酒"的创作方法在新的文化政治形势下的变形。段从学指出，向林冰等编刊社文人的"民族形式中心源泉论"挪用了延安的意识形态话语和陈伯达所阐释的民族形式理论，其真实意图，"是要把通俗读物编刊社'旧瓶装新酒'的创作方法，提升为创造文学的'民族形式'的根本途径"。②宋玉也认为，向林冰提出的"民族形式中心源泉论"，"是他所在的通俗读物编刊社于抗战初期寻求转型的产物。通过批判自身的工具主义取向，编刊社自觉接续'五四'民间文学论的文脉，试图激活'旧形式'的文艺属性。作为编刊社的首席理论家，向林冰以历史唯物主义话语重构'五四文艺史观'，在战时'利用旧形式'的大氛围下，重新确认了民间文学之于新文学创构的重要意义"。③

向林冰的论述中，尽管对民间形式语焉不详，但毕竟将其作为"民族形式的中心源泉"提了出来，循此思路，必然导致对五四新文学的否定。因此，这一观点立刻引起了新文学捍卫者的警惕，葛一虹、光未然、郭沫若、潘梓年、茅盾等纷纷对"民族形式中心论"展开了批判。葛一虹在《民族形式的中心源泉是所谓"民间形式"吗？》一文中指出，民间形式属于旧形式，是"没落文化""封建残余"，是不能用来表现新事物的，发展民族形式必须建立在五四文学新形

---

① 向林冰：《论"民族形式"的中心源泉》，见北京大学、北京师范大学、北京师范学院中文系中国现代文学教研室主编：《文学运动史料选》（第4册），上海教育出版社1979年版，第427页。
② 段从学：《"民族形式"论争的起源与话语形态论析》，载《社会科学研究》2009年第5期。
③ 宋玉：《向林冰"民族形式中心源泉"论再探析》，载《文学评论》2017年第2期。

式的基础上。他还指责向林冰抹杀五四新文学的成绩,是复古的"新的国粹主义"。①郭沫若在《"民族形式"商兑》一文中,以"民间形式权变论"来批判"民间形式中心论",并且指出,民间形式是与士大夫形式相对的大众通俗文学和地方文学,"中国新文艺,事实上也可以说是中国旧有的两种形式——民间形式与士大夫形式——的综合统一,从民间形式取其通俗性,从士大夫形式取其艺术性,而益之以外来的因素,又成为旧有形式与外来形式的综合统一"。②这种综合论的观点,较为辩证全面地阐述了民族形式纵向继承与横向批判的源流问题,逐渐成为民族形式论争后期较为一致的观点。光未然在《文艺的民族形式问题》中指出:"甚么是我们民族的文艺传统呢?这不但包括五千年来一条发展下来的旧文艺,而且包括和这些旧文艺有着血缘关系的现存的民间旧形式,也包括着虽然还未在民间植下坚实的基础,然而也曾在民族生活上起着推动的作用,逐渐把自己的影响扩大于民间,并直接和民族旧文艺起着矛盾作用(虽然还没有解决这矛盾)否定作用(虽然还不曾彻底地否定它)的五四以来的新文艺。"③茅盾在1940年发表的《旧形式、民间形式与民族形式》中,明确反对将民间形式作为民族形式的中心源泉,"因为大体上民间形式只是封建社会所产生的落后的文艺形式",但他同时指出:"我们也承认民间形式中的某些部分(不是民间形式的某一种,而是指若干形式中的某些小部分),尚具有较高的艺术性,可以作为建立民族形式的参考,或作为民族形式的滋养料之一"。④这种综合论的观点,其实又回到了"民间文学资源论"。

---

① 葛一虹:《民族形式的中心源泉是所谓"民间形式"吗?》,载《新蜀报》1940年4月10日。
② 郭沫若:《"民族形式"商兑》,载《中国文化》1940年第2卷第1期。
③ 光未然:《文艺的民族形式问题》,载《文学月报(重庆)》1940年第1卷第5期。
④ 茅盾:《旧形式、民间形式与民族形式》,载《中国文化》1940年第2卷第1期。

第三节

《讲话》前借鉴民间文艺的实践

《讲话》前尤其是民族形式问题讨论过程中,延安文艺工作者对民间文艺的借鉴主要表现在民间歌谣的搜集、民间戏曲形式的利用、街头诗运动和民歌体叙事诗创作等方面。

一、民歌研究会和民歌运动

1939年3月5日,延安的鲁迅艺术学院正式组建成立民歌研究会,1940年10月更名为中国民歌研究会,1941年2月再次更名为中国民间音乐研究会,会长为吕骥,主要成员有向隅、李焕之、安波、马可、张鲁、刘炽、关鹤童等。这是一个以采集、整理、研究民间歌谣和民间音乐为主要工作的艺术团体。它一成立立刻在陕甘宁边区掀起了一场新的民歌运动。冼星海在1940年的《民歌与中国新兴音乐》中指出,这场运动的主旨在于"使音乐的作用能够配合现阶段战争的需要",把中国音乐"从资产阶级小资产阶级的享乐性、感伤性等等倾向中彻底改造过来,建立一种新兴的民族音乐","这种音乐才是我们民族我们时代所要求的,具有民族性而又有世界性的"。①

早在1938年2月边区文协在征求歌谣的启事中指出:"利用歌谣的旧形式装进新的内容,或多少采用歌谣的格调和特点来创造新诗歌,这对抗战和新诗歌的大众化都有很大的作用。因此,我们决定广泛而普遍的收集各地歌谣,加以研究

---

① 《冼星海全集》编辑委员会编:《冼星海全集》(第1卷),广东高等教育出版社1989年版,第82页。

与整理。希望同志们尽量把各地的山歌、民谣小调等等抄给我们,不论新旧都需要。"①民歌研究会成立之初,就把"开始延安范围的采集活动""出版陕北民歌集"等作为主要工作,发起了陕北民歌搜集运动。据安波、马可《八年来的中国民间音乐研究会》梳理,《讲话》前民歌研究会的搜集和研究工作主要有:1939年5月,出版《绥远民歌集》(吕骥记录,计五十余首);7月,吕骥、罗椰波、王莘等赴晋察冀,天风在此期间完成《陕北民歌研究》《绥远民歌研究》,先后发表于《新音乐》第3卷第1期及第4卷第3、4期。1940年初,安波、张鲁等自晋东南归来,带回来所采集的近二百首民歌;6月,吕骥归来,带回前方会员采集的河北、山西民歌五十余首,并拟定了民歌记录纸格式;7月,音协派庄映、马可随民众剧团赴陇东、三边一带推进音乐工作,该会委托他们采集民歌,会员中又高涨起记录和研究的气氛;10月,民歌研究会举行第三次全体大会,改名为中国民歌研究会,除继续进行记录、采集工作外,并开始根据新拟的民歌记录纸格式整理所有以前记录的民歌,总计四百余首。1941年2月,召开第四次全体大会,参加者有鲁艺音乐工作团及四期音乐系同学数十人,重新提出"加强民间音乐的采集与研究工作"的口号,并决议中国民歌研究会更名为中国民间音乐研究会;7月间,鲁艺音乐部下乡宣传,创作民歌十余首,流行民间,并发动会员采集民歌数十首。1942年2月,安波、关鹤童、张鲁、刘炽等四人参加鲁艺河防将士访问团,出发至绥(德)米(脂)一带工作,并从事民间音乐采录工作;3月,向民政厅及边区政府文化工作委员会登记,在他们的直接领导与帮助下,更顺利地开展工作;5月,受边区音协委托编辑音协机关刊物《民族音乐》,河防将士访问团归来,采集民歌四百余首,其中一部分精彩者屡次演出,大受欢迎。②

到1942年,中国民间音乐研究会会员从成立时的十九人增加到了一百多人,并且在陕甘宁、晋冀鲁豫、山东、冀热辽等地成立了分会,初步实现了"由陕北做起,及于华北,以及于全中国"的构想。

---

① 刘润为主编:《延安文艺大系·文艺史料卷》(上),湖南文艺出版社2015年版,第28页。
② 冯希哲、敬晓庆编著:《延安音乐组织》,太白文艺出版社2015年版,第60—62页。

民歌研究会采集民歌所取得的实绩，我们可以从1945年何其芳、张松如编辑的《陕北民歌选》中见其一斑。在"凡例"中，编者写道："从一千余首陕北民歌中，我们只选了这样一册"，"材料的来源主要是中国民间音乐研究会的同志们几年来所采录的歌词，鲁艺文学系和其它文艺团体的同志们也供给了我们一部份"。①这本民歌选共分为五辑，前三辑为传统民歌，包括《揽工调》十二首，《蓝花花》十八首，《信天游》二百九十三首；后二辑为新民歌，其中，第四辑《刘志丹》，包括革命民歌二十四首，新内容的信天游四十六首，差不多全是土地革命时期的新民歌，第五辑《骑白马》共十三首，内容主要是反映抗战和边区新生活和建设，揭露和诅咒国民党反动派。这些民歌有很多都是陕北民歌中的经典，比如《揽工调》《脚夫调》《船夫曲》《蓝花花》《走西口》《刘志丹》《三十里铺》《移民歌》等，传唱至今，久唱不衰。

图2-9 《陕北民歌选》书影

《蓝花花》被称为"一曲哀怨动人的叙事情歌"，歌曲以生动、犀利的语言，优美流畅的信天游曲调，成功塑造了蓝花花形象，歌颂了蓝花花冲破封建礼教束缚，追求理想爱情的反抗精神。关于这首歌曲的来源，《陕北民歌选》脚注说：

> 关于《蓝花花》有这样一个传说：固临县临镇某村有女子名蓝花花，长得很美，被地主周家娶去，她不满意，以后和别的男子恋爱过好几次。各处传唱，词句各有出入。我们这篇系根据临镇、延安、绥德等

---

① 何其芳、张松如选辑：《陕北民歌选》，新文艺出版社1955年版，第1、3页。

地采录稿写定。①

固临县是土地革命时期陕甘宁边区下辖的一个县，驻地在临镇（今延安市宝塔区临镇）。《陕北民歌选》说得很谨慎也很简单，那么，这个传说的具体内容如何？蓝花花的原型是谁呢？最常见的版本是：蓝花花原名姬延芳，乳名叶子，祖籍米脂县姬家峁村。清朝同治年间，陕北大旱，姬家"跑南路"逃荒，到了延安东南的临镇定居下来。姬延芳从小就生得很美，端庄俊秀，到了十六岁，更出脱得亭亭玉立，惹人喜爱，村里后生们都叫她蓝花花。这正是陕北"闹红"的时候，驻扎在临镇的红军中有个战士小周，长得挺拔英俊，在部队兼搞宣传工作，能文能武，唱歌跳舞样样都行。蓝花花和他一见钟情，海誓山盟要终生厮守。1936年春，红军奉命东征，小周只得和蓝花花分别。然而，蓝花花和红军战士的事很快被传扬开来，蓝花花的父母认为女儿败坏门风，十分生气，便托媒人把十七岁的蓝花花许给临镇富户任老五的小儿子任小喜。蓝花花不从，在父母的威迫下被抬进任家。任小喜当过土匪，吃喝嫖赌，还是个大烟鬼，终因匪性不改，在宜川抢劫杀人被处决。第二年，蓝花花又在父母的欺骗和强迫下嫁给了临镇一个姓石的富户人家。面对相貌丑陋、满脸大麻子的丈夫，此时的蓝花花已是心力交瘁，没有多少生命激情，终因过于苦闷，在1940年冬病死，时年仅二十一岁。后成为八路军战士的小周回到陕北，听到蓝花花已离开人世的消息，悲痛欲绝，一病不起。在医院治疗期间，他一边想一边唱，编了很多思念蓝花花的歌词。出院后，他转业到固临县文教科当科员，便把在医院里编的思念蓝花花的歌词整理出来，教学生和村民唱。《蓝花花》很快在延安、宜川、绥德等地传唱开来。后来，经过延安鲁艺音乐工作者收集整理，迅速传遍了陕甘宁边区。

为了增强真实性，有人把蓝花花故事和陕北肃反联系起来。传说蓝花花有个哥哥叫姬延寿，在西北军杨虎城部队工作。在哥哥的鼓动下，十二岁的蓝花花就放了足、剪了发，背上书包上学堂。先生给她改名叫姬青芳，取青出于蓝、芳出

---

① 何其芳、张松如选辑：《陕北民歌选》，新文艺出版社1955年版，第65页。

于花之意。1935年，肃反爆发，因蓝花花的哥哥在国民党部队供职，这更加重了姬家的恐慌。蓝花花的母亲瘫痪在床，不能远走，一家人只能在附近山村里到处躲藏。地主任老五趁虚而入，用银圆和烟土做聘礼，逼蓝花花的父母把女儿嫁给儿子任小喜。西安事变后，蓝花花的哥哥姬延寿当上了国民党驻临镇民团团总，他勾结黄龙山土匪李青伍，于1937年4月25日在甘泉芳山袭击周恩来，企图破坏国共合作。事情败露后，姬延寿被捕，在临镇街上被当众处决。原来蓝花花和临镇富户石家定有"奶头亲"，只因自家儿子不争气，长得满脸麻子，和蓝花花过于悬殊，石家一直不敢理直气壮地提这门亲事。这时蓝花花的父母眼见姬家成了匪属，就谎称红军战士小周已经死在战场上，重新开始筹划两家的亲事。如此，蓝花花又被抬进了石家的门。①

21世纪初开始，陆续有人专程奔赴临镇采访，在报刊上披露出一些不同的说法。

周燕、亚妮《悲情叶子与〈兰花花〉》②一文，来自一位自称是兰花花姑父的老红军口述：兰花花原名姬叶琴，生于富家，从小与门当户对的石姓人家订了娃娃亲，但叶子和石家没有感情，只无奈于父母包办。十八岁时，叶子被迫嫁给一个姓任的镇长的侄子。几经磨难，叶子在走投无路的情况下，又回到了石家，而纯朴善良的石家人也毫无怨言地接受了她。当时红军的一位战士曾多次采访叶子，并融进了一些反封建的情节，编出一个兰花花的故事。这个故事很快被编成民歌，在红军中传唱。这个红军战士在与兰花花的接触过程中，与她产生了爱情，他曾答应等全国解放，一定来接她进城。然而，叶子一等就是好几年，那位红军战士却杳无音讯。后来叶子生了石家的儿子，在郁闷中得病而亡。兰花花嫁到石家的丈夫，名叫石志英。兰花花和他生有一子石彩。

据临镇路先州老人口述：姬青芳与石志英打小指腹为婚，姬青芳生得美貌无比，如仙女下凡，人称"盖临镇"。1935年4月，红军肃反，姬家全跑了，仅丢

---

① 垄耘：《信天而游——陕北民歌考察笔记》，陕西师范大学出版总社2012年版，第290—292页。
② 周燕、亚妮：《悲情叶子与〈兰花花〉》，载《音乐生活》2000年第7期，第30—31页。

下母女二人。同村任老五许以每月三两大烟招呼姬青芳母女二人，目的是让姬青芳与其侄子任小喜成婚，但姬青芳坚决不从。1935年10月，中央红军到达陕北，一名姓周的从事文艺工作的红军干部到临镇采风，和姬青芳邂逅并有了感情，但未成婚。1938年姬青芳嫁给石志英，第二年生子石彩，后姬青芳病逝。石志英二十三岁丧妻后终身未娶，直到1993年去世，享年七十五岁。石彩一生务农，20世纪末因车祸去世，他有六个子女，至今仍住在临镇。

孙韶《〈蓝花花〉还是〈兰花花〉？——兼谈陕北民歌〈蓝花花〉历史真况》一文，依据作者1975、1990年两次赴临镇的采访和延安市干部张德祥的谈话，指出：蓝花花原名姬延玲，民国九年（1920）生于临镇西街一大户人家。1935年4月，陕北红军在临镇一带打土豪分田地，富户人家纷纷外逃。姬延玲因母亲患病，留在临镇，遭镇长任老五逼迫，与任小喜成亲。第二年，任小喜被处决。姬延玲脱离苦海，与红军骑兵团一名姓杨的排长一见钟情，经常暗地来往，竟至发生了关系，后因部队转移，二人不得不暂别。1938年，这件事情暴露，姬家深感不光彩，遂托人说媒，把姬延玲嫁给临镇东村的石志英，婚后，生有一女一子。1942年，姬延玲因病去世。[①]

以上不同版本的传说，主干情节大致相同，但在女主人公几次婚恋事件的顺序、人物姓名上略有差异，尤其是和歌词"周家的猴老子"不符。因此在流传的过程中又出现了新的传说：固周县（今延长县赵家河境内）有一对青年恋人，男的叫杨五娃，女的叫兰花。兰花的母亲贪图彩礼，将女儿许配给周财主。兰花誓死不从，和五娃搂在一起，服毒殉情而亡。这个故事在当地流传很广，有人把它和蓝花花的故事糅合，传唱了下来。

再例如革命民歌《刘志丹》，《陕北民歌选》对此曲作注：这首歌的曲调原名"打宁夏"，是一首旧民歌。"各地传唱很不一样，有的显然有部分旧词混杂在里面，有的部分又似系抗战后所编。我们整理时主要选取了反映土地革命的歌

[①] 孙韶：《〈蓝花花〉还是〈兰花花〉？——兼谈陕北民歌〈蓝花花〉历史真况》，载《前进论坛》2007年第7期，第40—42页。

词。"①可见，当时的民歌采集并不只是原封不动的记录，而是经过了文艺工作者的选择和整理。这些民歌热情颂扬了刘志丹、谢子长、习仲勋等创建西北革命根据地和西北红军的革命功勋，句幅先紧后宽，气势壮阔，是当时最为典型的革命民歌：

> 千里雷声万里闪，
> 一疙瘩云彩来遮严。
>
> 敌人扎在寺儿畔滩，
> 上来些红军要共产。
>
> 共了安定共横山，
> 一心要打寺儿畔滩。
>
> 义勇军打仗真勇敢，
> 墙畔上往下撂炸弹；
>
> 一炸弹炸了三尺深，
> 六连上伤亡几个人；
>
> 一炸弹炸死杨营长，
> 欢迎士兵来缴枪。②

这首《打寺儿畔》真实记叙了陕北红军的战斗场面。1934年11月，陕甘边苏维埃政府及陕甘边区革命军事委员会在荔园堡正式成立，刘志丹任军委主席，习仲勋任苏维埃政府主席。1935年2月5日，中共陕甘边特委和陕北特委在赤源县周家硷举行联席会议，决定成立中共西北工作委员会、西北军事委员会，刘志丹当

---

① 何其芳、张松如选辑：《陕北民歌选》，新文艺出版社1955年版，第165页。
② 何其芳、张松如选辑：《陕北民歌选》，新文艺出版社1955年版，第184页。

选西北军委主席。中共西北工委和西北军委的建立，标志着陕甘边、陕北两块苏区的统一和西北革命根据地的形成。从此，在中共西北工委和刘志丹的领导下，西北根据地进入了一个新的发展时期。1935年2月，蒋介石纠集高桂滋部八十四师及陕、甘、宁、晋四省军阀部队，总兵力约四万人，对西北根据地发动了第二次"围剿"。在刘志丹的指挥下，按照"向南、向西发展，使陕甘和陕北根据地联成一片"的思想，3月初，红二十七军八十四师率先行动，歼灭清涧国民党军一个连。4月24日，刘志丹、郭宝珊率领红二十六军主力和义勇军北上，在寺儿畔首战告捷，歼灭井岳秀一个精锐连。

1935年6月28日，刘志丹又率红军主力挥师北上，奔袭靖边县城镇靖城。主力红军和赤卫队紧密配合，经过多次强攻，最终全歼守军一个营，击毙营长屈子鹏，缴获大量枪支，胜利攻下镇靖城：

> 二月里，刮春风，
> 刘志丹来真英勇；
> 靖边白军都打光，
> 缴来快枪无其数，
> 散给老百姓。[1]

靖边县城解放，保安随之孤立，守敌不战而逃，红军不费一枪一弹解放了保安县城。接着，刘志丹又令贺晋年率红一团乘敌人外出抢劫之际，在老君殿全歼高桂滋部一个营，击溃两个营，击毙团长艾捷三。至此，第二次"围剿"被彻底粉碎，使陕北、陕甘边两根据地连成一片，扩大了根据地范围，主力红军发展到五千人左右，游击队也发展到四千人，革命形势一片大好。

《陕北民歌选》所选录的陕北传统民歌中，《船夫曲》是一首真正具有民族特色的经典歌曲：

> 你晓得天下黄河几十几道湾？
> 几十几道湾上几十几只船？

---

[1] 何其芳、张松如选辑：《陕北民歌选》，新文艺出版社1955年版，第165页。

几十几只船上几十几根杆？

几十几个艄公来把船来搬？

我晓得天下黄河九十九道湾，

九十九道湾上九十九只船，

九十九只船上九十九根杆，

九十九个艄公来把船来搬。①

《陕北民歌选》对此曲作注："'船夫曲'，采录于葭县，传为黄河船夫李思命所作，流行于黄河一带。李为葭县的老船夫，1942年采录此歌时他已六十岁。"②

早在1938年10月30日，光未然带领抗敌演剧第三队从宜川壶口东渡黄河，奔赴吕梁抗日根据地。抗敌演剧队的同志们沿着壶口下游的圪滩渡口艰难前行。"天下黄河一壶收"，黄河水从较宽的河面上奔流而来，水流以雷霆万钧之势从五十米的高处垂直倾泻而下，跃入深潭，溅起浪涛翻滚，如雷鸣般轰响。第二天上午，抗敌演剧队登上渡船，一位老船夫，袒露着赤铜色的脊背站在船头，指挥船工们搬船前行。他神情既庄严又自若，伴着搬船的节奏，一呼一应地呼喊着低沉有力的船夫曲……这段经历成为光未然、冼星海创作《黄河大合唱》的灵感来源。1939年春，光未然在晋西吕梁游击区坠马受伤，再次渡过黄河，回延安边区医院治疗。住院期间，冼星海来看望光未然。在武汉时，他们曾合作《新中国》《新时代的歌手》《戏剧抗战》等十几首歌曲。这次重逢，冼星海提议再来一次合作，光未然愉快地答应了。他把自己两次渡黄河及在黄河边上行军时写的表达感受的长诗《黄河吟》，改写成《黄河大合唱》的歌词。五天后的一个晚上，在西北旅社一间宽敞的窑洞里，他们开了一个小小的联欢会。光未然把歌词朗诵给冼星海和三队同志们听，还谈了写作的动机和意图。冼星海凝神听完后，忽地站起来把歌词一把抓在手上说："我有把握把它写好！"窑洞里响起了热烈的掌声和欢呼声。

---

① 何其芳、张松如选辑：《陕北民歌选》，新文艺出版社1955年版，第62页。
② 何其芳、张松如选辑：《陕北民歌选》，新文艺出版社1955年版，第62页。

早春的延安，春寒料峭，刚刚结束开荒运动的冼星海在山坡上的小窑洞中开始了《黄河大合唱》的创作。他反复与东渡黄河时听过黄河船夫号子的抗敌演剧队负责人兼指挥邬希零交谈，了解抗敌演剧第三队渡河的情形，倾听邬希零哼唱船夫曲，并不时拿起铅笔在纸上记下一连串音符。深夜，冼星海坐在小矮凳上，借着油灯的光亮谱写曲谱。他的夫人钱韵玲燃着一小盆木炭火，放在他身旁给他取暖。冼星海时而斜躺在小床上抱头沉吟，时而起来振笔疾书。他处于一种高度兴奋而无法自抑的精神状态中，脑海里仿佛有无穷无尽的乐语奔流出来。桌上木炭火熄了，小窑洞里非常冷，然而，冼星海的创作热情比火焰还要炽热，他把自己多年来对祖国命运的关注、对民族灾难的忧愤、对革命战争的颂扬以及对抗日胜利的信心全部倾注在这部音乐创作中，倾注在对黄河的歌颂中。据光未然回忆，冼星海爱吃糖果，当时延安买不着糖果，"他要我买两斤白糖送给他。白糖放在桌上，写几句便抓一把送到嘴里，于是一转瞬间，糖水便转化为美妙的乐句了"[①]。经过六个日夜的突击，《黄河大合唱》这部气势磅礴的声乐作品在延安的土窑洞里诞生了。

1939年5月11日，在庆祝鲁艺成立一周年的晚会上，毛泽东观看了由冼星海指挥的《黄河大合唱》的演出。这次演出非常成功，得到毛泽东的高度评价。当年7月，抗敌演剧第三队又用《黄河大合唱》欢迎周恩来回到延安。周恩来听后，曾亲笔为冼星海题词："为抗战发出怒吼，为民众谱出呼声。"郭沫若闻罢也不禁为之动情，即兴抒怀道："听吧！黄河在怒吼！那就是他的灵魂在怒吼，是中国的灵魂在怒吼！"从此，《黄河大合唱》的歌词插上了音乐的翅膀，传遍了延安，飞向全国各大城市、各大战区。这部雄浑磅礴的作品和当时许多抗日救亡歌曲一道，成为抗战中的阳光、空气和水。在烽火连天的抗战年代，唱着它，游击健儿、抗日将士奔赴前线，驰骋敌后；唱着它，后方青年和学生燃起对革命圣地延安的无限向往。

---

① 光未然：《〈黄河大合唱〉的写作故事》，见任文主编：《永远的鲁艺》（下册），陕西师范大学出版总社2014年版，第41页。

图2-10 冼星海指挥《黄河大合唱》

关于延安时期的民歌采集和研究,学术界都给予了高度的评价。宋祥瑞将鲁艺文艺工作者发起的"民歌运动"称为民歌研究的"延安传统",认为它是对五四以后形成的"新音乐"观的回应,"其意义在于,把原先立于西方音乐基础上的'新音乐'观改造为置于本国的民间音乐特性之上;并把这样一种具有民间音乐性质的音乐,当作能代表近现代中国的而与西方音乐又与传统音乐相区别的一种新音乐"。[①]沈洽指出,民歌研究会主要致力于民间音乐的收集和整理,并力图把它与音乐创作实践和"唤起民众,团结抗日"的社会政治运动结合起来,是以"民族救亡"为主旋律的本土音乐的复兴运动。"可以说,这是'五四新文化运动'在战争年代里的一种特殊形式的继续。从世界范围看,则是二次大战激起的世界民族意识大觉醒的一种结果。"[②]乔建中认为,延安时期的民歌搜集、整理工作是具有开创意义的活动,与以往那种只记录歌词而不管音乐或只收集大城市流行的小调的做法不同,这一时期鲁艺的音乐工作者"深入到黄土高原的许多偏僻角落,直接从农民的口耳之间完整地记下了一首首动听的民歌","这是近代史上也可以说是有史以

---

① 宋祥瑞:《民歌研究 一波三折》,载《黄钟》(武汉音乐学院学报)1994年第4期。
② 沈洽:《民族音乐学在中国》,载《中国音乐学》1996年第3期。

来第一次较大规模的全面的（词曲并重）民歌采录活动。它的直接目的是为战争服务（旧民歌填新词），但它的结果却是保存了上千首价值很高的民歌及其他民间音乐，为建国后的更全面的收集、整理工作闯开了一条新路"。①

民歌研究会和鲁艺文艺工作者采集、研究民歌不是为研究而研究，真正的目的还是创作，即借鉴和利用民歌素材，创作出有"中国气派"的音乐作品。音乐家张鲁在《峥嵘岁月的歌——忆"鲁艺"河防将士访问团》一文中，回忆了1942年2月随鲁艺河防将士访问团往绥德、米脂、佳县一带采集民间音乐的情形。访问团慰问保卫河防的将士，深入农村搜集民歌和戏曲、器乐曲、说唱等民间传统音乐，通过整理、加工和再创作，繁荣抗日民主根据地的文艺创作。访问团一行九人，木刻家马达任团长，音乐家安波为副团长，团员来自音乐、美术、文学系等。出发前，吕骥专门召集大家开会，强调收集、整理、研究民间艺术尤其是民间音乐的重要性和意义，指出中国民歌流传了几千年，内容和形式都很丰富，记录了各个时代劳动人民的生活，反映了劳动人民的苦难、欢乐、劳动、爱情和希望。1927年后，中国工农红军和革命根据地军民在极其艰难困苦的斗争中，运用民歌的曲调填入革命内容的歌词，给传统民歌注入新的血液和新的生命活力。这些新民歌揭露地主阶级残酷剥削、歌唱土地革命、宣传妇女解放、鼓励青年参加红军，不仅洋溢着革命的激情，而且富于本地域、本民族音乐特色，起到了巨大的宣传、教育和鼓舞作用。全面抗战时期，陕甘宁、晋察冀等根据地广大人民群众也创作了许多反映抗战生活的民歌，这些民歌都是鼓舞人民将抗战进行到底的有力武器。因此，吕骥勉励鲁艺河防将士访问团的同志们一定要深入实际生活和民众，挖掘那些有积极意义的艺术题材，将其创造成对抗战有益的精神食粮，贡献给浴血奋战的广大军民。

到达绥德之后，张鲁在联欢会上结识了业余文工团和三五九旅宣传队的许多朋友，便通过他们在部队中收集民歌，并辅导宣传队队员，提高歌唱水平。团长马达带人收集民间文学和民间美术作品，安波除收集民歌外还要搞社会调查，收

---

① 乔建中：《土地与歌——传统音乐文化及其地理历史背景研究》（修订版），上海音乐学院出版社2009年版，第365—366页。

集英雄模范人物的素材，刘炽到业余文工团，关鹤童在附近农村进行收集。他们兵分几路，到各自分工的地方去收集。

> 让我至今记忆犹新的是从宣传队的一位陕北小姑娘那里听到的一首很动人的歌，歌名叫作《黑狸猫》。小姑娘年方十八，音域并不太宽，但却是个女中音的材料，歌声醇厚，感情深沉，我向她学了三次才学会了这首歌，并记录下来至今难以忘怀。……这是一首爱情歌曲，在陕北当地，老百姓称这类歌为"酸曲儿"。但我觉得这首歌是千百年来劳动人民对封建婚姻制度和封建礼教的愤怒控诉。在根据地建立之前，这里的青年男女婚姻一直不自由，十几岁的姑娘嫁给六七十岁的老头子是寻常的事，而相爱的青年男女却不能结合也是司空见惯的。所以人们就用民歌来表达他们对这种残酷封建礼教的控诉和他们争取婚姻自主的美好愿望。这首民歌就是一首充满了哀怨、愤怒和渴望的歌。虽然曲调简单，但内在感情却很深厚，而且也很优美。后来回到延安大生产运动时，贺敬之同志听了我记录的这首歌，认为它很有再创作的价值，于是在旋律上用了变奏手法，把节奏加快，略加装饰，填上新词，把它改编成一首新歌《秋收》："九月里九重阳，秋呀秋收忙，谷子呀那个糜子呀上呀上了场……"这首歌由我唱出后很快就在延安流传开来，群众在田间、场院里劳动时就常唱这首歌。①

这段叙述不仅真实回忆了鲁艺文艺工作者收集民间音乐的情形，也说出了当时知识分子对待民间歌曲的态度和改造、利用民间歌曲的方式。

在文章中，张鲁还回忆了利用帮厨的机会向炊事班长老崔学习南方民歌，以及在米脂中学演出，从米脂常石畔村吹手常峁儿、佳县靠黄河边的小村庄、老乡家的喜宴上采录唢呐曲牌、《黄河九十九道湾》和"酒曲"的情形。在"乡乐之地"米脂，张鲁被米脂中学学生的歌唱功底折服，尤其是女声独唱，声音清脆，感情激越，歌声悠扬。经县民政科负责同志介绍，张鲁和关鹤童认识了著名吹奏

---

① 张鲁：《峥嵘岁月的歌——忆"鲁艺"河防将士访问团》，载《音乐研究》2001年第2期。

艺人常峁儿，并登门重点采访：

  经过长途跋涉、翻山越岭，总算来到了有名的吹奏之乡佳县果印斗区常石畔村，见到了陕北闻名的吹手常峁儿。初见常峁儿我们感到很惊讶，原以为他会是个饱经风霜的老艺人，没想到他竟是个四十来岁高大健壮、质朴和善的陕北大汉，听说我们来向他学习民乐，憨厚地笑着迎接我们。村民听说延安"鲁艺"的读书人专门来向常峁儿学吹奏，也都奔走相告，一大早就都聚在常峁儿家的院子里。据他讲，他家的土地并不多，主要是靠给十里八乡的群众办红白喜事，以吹奏养家糊口。这时一位来看我们的老者热情地向我们介绍说："常峁儿可是米脂县吹手的第一把交椅，他一口气能吹二十多里地哩！你们好好向他学吧！"一边说一边伸出大拇指，一脸的自豪与真诚。常峁儿说他的先辈都是以此为生的，他从小就跟父亲学吹唢呐，吃的苦就别提了，每天天亮就开始吹，吃完饭吹，睡觉前还要吹，吹不对就挨打。我们从他朴素直白的叙述中了解了吹手成长的艰辛，对他越加敬佩，就要求他给我们吹几首曲子。他熟练地操起唢呐十分投入地吹了起来。常峁儿是个真正优秀的吹手。他一举手就是一个优美的吹奏手的姿态。再听他的吹奏吧，每一个音节，每一段旋律都充满了人世间的喜怒哀乐，其感情之真，音色之美，乐感之醇都是我从未领略过的。我们三个人都被他的唢呐声陶醉了。他一口气为我们吹了《将军令》《大摆队》等十几首曲牌，以后又陆续吹奏了其它曲牌，我们从他这里共收集了三十多个曲牌。这些曲子在他的口中吹奏出来风格各异，高亢的如行云流水，低沉的如细雨缠绵，欢快如珠撒玉盘，舒缓似春蚕吐丝，喜悦时令人心旷神怡，悲伤时让人鼻酸难捺。无论喜怒哀乐听后都让人回味无穷，颇有绕梁三日之感。①

这不仅是对民间艺人高超演奏技艺的赞美，也是一位知识分子对具有民族特

---

① 张鲁：《峥嵘岁月的歌——忆"鲁艺"河防将士访问团》，载《音乐研究》2001年第2期。

色的传统民间音乐的认同。正是由于这次采访，才诞生了后来通行全国的哀乐。

鲁艺河防将士访问团的民歌采集活动为后来鲁艺的音乐创作提供了丰富的素材。据不完全统计，此次采集的民歌有：《打夯歌》之一、之二（绥德、米脂，张鲁采集），《打地基歌》（绥德、米脂，张鲁采集），《船夫曲》（佳县，安波采集），《走荆州》（米脂，张鲁采集），《种洋烟》之一、之二（绥德、米脂，张鲁采集），《尼姑哭五更》（绥德、米脂，张鲁采集），《秃子尿床》（米脂，张鲁采集），《盼五更》之一、之二（绥德、米脂，张鲁采集），《女娃担水》之一（绥德，关鹤童采集），《信天游》（绥德、米脂，张鲁采集），《情郎害病》之一、之二（米脂，张鲁采集），《情郎害病》之三（米脂，关鹤童采集），《搭伙计》（吴堡，关鹤童采集），《女娃进绣房》（米脂，关鹤童采集），《审录》之一、之二（米脂，关鹤童采集），《游省城》（米脂，关鹤童采集）等。回到延安后，在这些民歌素材的基础上，1942年6月安波与马可、关鹤童、张鲁、刘炽创作了组歌《七月里在边区》，并与张鲁等合作写了《怎样采集民间音乐》。

《七月里在边区》是一部民歌联唱，安波作词，刘炽、马可、安波、关鹤童、张鲁分别谱曲，由《七月里》《纪念碑》《割麦子》《开会来》《自卫军》《在边区》等六首各自独立而又互相联系着的歌曲组成，歌颂陕甘宁边区蓬蓬勃勃的农村革命景象和人民火热的斗争情绪，并以其鲜明的陕北民间音乐风格丰富和发展了延安合唱歌曲的创作。其中，第二首《纪念碑》具有浓郁的陕北民歌风，激荡起伏的旋律表达了千千万万人民对抗日阵亡将士的深深悼念和崇高敬意。第四首《开会来》（男声对唱）运用了陕北说书灵活自如的音调特点，以幽默诙谐的风格歌颂了边区生活。1942年7月7日纪念全面抗战爆发五周年的晚会上，歌曲首次演唱，产生了较大的反响。后来，这五位作曲家便被称为"五人团"。吕骥认为：《七月里在边区》"这部作品事实上是星海同志的《黄河大合唱》之后第一部别开生面的作品，生动地反映了边区人民的民主生活的几个侧面，音乐语言非常亲切动人，群众风格、民族风格十分鲜明。在某个意义上，它实际上是他在1943年秧歌运动中创作的《兄妹开荒》的一次有准备的总练习。……是从《黄河大合唱》到《兄妹开荒》秧歌剧之间的一座桥梁"①。当然，也正如吕骥所言，正是由于他们在河防各地工作了近半年，后来才可能写出《七月里在边区》这部民歌风联唱。这部作品标志着新风格开始形成。不仅如此，《变工队生产》，《翻身道情》，歌剧《白毛女》中"十里风雪"和"红头绳"，《春节序曲》，秧歌剧《血泪仇》《周子山》等的旋律原型也都源自这次采集。

《怎样采集民间音乐》由张鲁执笔，文章采用问答的方式，分别阐述"为什么采集民间音乐""要具备什么条件""采集什么东西""怎样进行采访""怎样进行记谱"五个方面的问题，表达了创造"音乐民族形式"的共同心愿。文章还指出"民间音乐是人民大众自己"的，是能够真正反映人民大众的生活思想与情感的，研究民间音乐"不仅能使我们了解人民大众昨天与今天的生活情形，也可以使我们知道人民大众在音乐上的趣味与要求。采集民间音乐不止于是利用它作为动员与组织广大群众参加民族解放斗争的锐利武器，更其重要的是在研究民间音乐的构成规律，以为创作大众的，民族的新音乐之参考"。②

二、民间戏曲形式的借鉴和利用

民间戏剧的借鉴和利用是民族形式讨论和创造中一个重要的方面。1938年4月，在陕甘宁边区工人代表大会晚会上，毛泽东观看了《升官图》《二进宫》《五典坡》等秦腔戏后，对工会负责人说："你看老百姓来的这么多，老年人穿着新衣服，女青年擦粉戴花的，男女老少把剧场拥挤得满满的，群众非常欢迎这种形式。群众欢迎的形式，我们应该搞，就是内容太旧了。如果加进抗日内容，那就成革命戏了。"又转身对柯仲平说："要搞这种群众喜闻乐见的中国气派的形式。"5月，毛泽东在鲁艺的讲话中提出："除了看书，还要学习民间的东西，演戏要像陕北人。"毛泽东的这些意见很快在陕甘宁边区文化界救亡协会发表的《我们关于目前文化运动的意见》（简称《意见》）中得到反映，除了提倡

---

① 吕骥：《吕骥文选》（下集），人民音乐出版社1988年版，第106页。
② 张鲁执笔：《怎样采集民间音乐》，见中国民间音乐研究会编：《民间音乐论文集》（第2集），东北书店1948年版，第18页。

民族化、大众化外，《意见》明确把"各地应建立民间戏剧、歌曲改进会"列为要具体做好的工作。同年7月4日，边区民众剧团成立，柯仲平任团长，并打出了"中国气派，民族形式，工农大众，喜闻乐见"的旗帜。

民众剧团是中国共产党领导下的第一个地方戏剧团体，开创了以民间戏剧形式表现革命战争、现代生活的先河。从1938年到1942年，民众剧团在柯仲平、马健翎的领导下，利用陕甘宁地区流行的秦腔、眉户民间戏剧形式创作和演出了大批抗日宣传剧，以及动员军民开展大生产、反对

图2-11　马健翎和柯仲平

封建买卖婚姻的剧目，其中，秦腔戏《好男儿》《查路条》《中国魂》《三岔口》《抓破脸》《八千马》及眉户戏《桃花村》《十二把镰刀》《俩亲家》等，都很受民间百姓的喜爱。1939年2月13日，民众剧团从延安出发，到各地巡回演出，途经延长、延川、定边、盐池、志丹等县，步行两千五百里，历时四个月零三天，被誉为"小长征"。在这次巡回演出中，他们演出的《一条路》《查路条》《回关东》等现代秦腔戏备受民众的喜爱与拥护，收到了众多好评，一些地方工作者称赞说："你们演一天戏，胜于我们工作一月。"在下乡演出中，剧团成员还帮助地方政府开展工作，参加反对顽固派的斗争，熟悉根据地生活，为创作和塑造人物积累了丰富的素材。1940年1月，民众剧团再次从延安出发，向关中分区前进，进行第二次巡回演出，经过关中淳化、陇东庆阳及华池、盐池、定边、志丹等地，行程千里，历时近十个月。剧团每到一处，都主动向民间艺人学习，丰富唱腔演技，不断提高艺术水平，先后邀请和吸收了著名眉户艺人李卜、于莲、廖春华等传艺或加入剧团。

《查路条》又名《五里坡》，是马健翎创作的一个现代秦腔剧，通过晋察冀

边区农村刘姥姥放哨查路条捉拿汉奸的故事,歌颂了边区群众在党的宣传下抗日救亡的事迹。柯仲平在《介绍〈查路条〉并论创造新的民族歌剧》一文中,指出:

> 这剧的优点,总括的说,是在它能把握住一段抗战的现实,选用了旧剧的技巧,利用旧形式而不为旧形式所束缚,达到相当谐和的境地,这是我们看过的许多利用旧形式的剧本尚未能达到的。其次是人物个性的真实,明朗,一般的克服了利用旧剧时所易犯的公式主义,脸谱主义。再其次是剧情的发展并不勉强,对话非常活泼(这样的对话,作为话剧看,也是很出色的)。……演给边区民众看,采用了秦腔与眉户的一部份曲调,这不但不使人觉得陈旧,反而觉得很有些新鲜。①

这段话准确地概括了马健翎戏剧创作的特点。尽管利用秦腔旧形式,表现革命的新内容,但戏剧角色、脸谱、服饰都有了新的变化。剧中的刘姥姥穿着黑布袄,腰间系着围裙,手持长矛,面色红润,精神饱满,王二婶、狗娃头戴白羊肚手巾,都是边区百姓平时的着装打扮,形象贴近百姓的生活,摆脱了老戏服饰、旧人物角色及传统戏剧脸谱的束缚,做到了戏剧形式和内容的和谐统一。此外,该剧剧情简单,叙事线索明了。作者利用旧剧的技巧和形式,十分注重人物语言的个性化。例如刘姥姥一段自我介绍的急口令:

> 我、我、我老婆子六十六,
> 三碗五碗吃不够。
> 上山拔黑豆,
> 坐在家里缝棉裤。
> 全家老少七八口,
> 男男女女都受苦,
> 自己种棉纺细布,
> 自己拦羊吃羊肉。

---

① 柯仲平:《介绍〈查路条〉并论创造新的民族歌剧》,载《文艺突击》1939年新1卷第2期。

> 虽然不敢说我有,
>
> 吃穿二事不发愁。①

借鉴传统戏曲人物自报家门的开场白,语句口语化,既风趣幽默,又有点絮絮叨叨,把一个充满革命热情的农村老太太的形象展现得栩栩如生、活灵活现。

《十二把镰刀》创作于1940年至1941年春,由马健翎编导,写青年铁匠王二夫妇为支援部队生产急需,连夜打造十二把镰刀的故事。全剧采用眉户曲牌〔岗调〕〔戏秋千〕〔闪扁担〕〔一串铃〕〔断西凉〕〔五更鸟〕配乐,通过演员精彩的唱、念、做、舞表现小两口在劳动中互帮互助、打闹逗趣及劳动后收获的愉快生活。开场作者借鉴传统戏剧"楔子"中的人物旁白,生动活泼地展现了积极配合革命的铁匠王二的形象:

> 我王二,从前在外边跟师傅打铁,叮当叮当受了几年罪,银钱赚得不少,可是没有我的份。后来改行种庄稼,租子太重,一年到头不够吃,一生气我就参加了革命。现在边区政府给我分得一块土地,我把老婆子也搬来了,夫妻二人好不快活!

图2-12 民众剧团演出《十二把镰刀》

---

① 陈彦主编:《陕西省戏曲研究院剧作选》(第1卷),陕西人民出版社2008年版,第24页。

这个旁白语言简单、质朴，很符合人物身份，凸显了他积极乐观的生活态度。这出戏剧演出后，得到广大群众的热情赞扬，尤其是结尾部分的眉户曲牌〔五更鸟〕，连偏僻山区里的牧童、山沟里的农民也效唱不绝。该剧曾收入张庚编的《秧歌剧选集》，被称作新秧歌剧"开先河的作品"。

《讲话》前，在借鉴和利用民间戏曲方面表现较为突出的还有以丁玲为首的西战团。该团于1937年8月12日在延安正式成立，是一个半军事化的、以宣传为主的文艺团体，一直受到中共中央和毛泽东的直接关怀和热情支持。西战团1937年9月22日从延安出发，东渡黄河，途经临汾、太原，后来又奔赴潼关、西安，转战三千余里，历时十个月。1938年11月20日，在著名音乐家周巍峙率领下，西战团第二次离开延安，奔赴晋察冀边区，进行了长达五年半时间的宣传演出活动。

民间艺术是西战团宣传演出倚重的主要形式，正如该团团员戈矛在《我们的戏剧与杂耍》中所说："一般说来，对民众宣传工作，街头讲演，口头宣传，个别谈话，固然可以起不小的作用，但据我们数月来的工作经验看，收效最大，成绩最优者，还是戏剧的广大诱引鼓动的力量，来得更大更切实些。"①据"西北战地服务团丛书"之三、之七，当时创作和表演的作品有：快板《津浦线》《人民的力量有多大》《东塔镇》《慰劳伤病》，铁片大鼓《战士还家》，京韵大鼓《拥护委员长》《大战平型关》《大战台儿庄》《难民》《全国抗战》，大鼓词《抗战建国纲领》《飞将军阎海文》《李明仲》，相声和街头剧《新打城隍》《双花子拾金》《联庄御侮》等，三幕剧《河内一郎》，新编京剧《白山黑水》，话剧《翻车》《我叫你粉碎》，等等。

此外，据丁玲回忆，西战团离开延安前排练的剧目还有《王老爷》、《东北之光》、《汉奸的末路》（街头剧）、《重逢》、《最后的微笑》、《保卫卢沟桥》（独幕剧）、《放下你的鞭子》，大鼓《劝国民战》《劝夫从军》，快板《大家起来救中国》《卢沟桥》《国共合作》，秧歌舞剧《打倒日本升平舞》，等等。这些作品基本涵盖了西战团首赴前线的主要剧目，内容贴近抗日斗争，多

---

① 戈矛：《我们的戏剧与杂耍》，见西北战地服务团集体创作：《西线生活》，生活·读书·新知三联书店2014年版，第22页。

采用"旧瓶装新酒"的方法，利用民间形式进行抗日宣传。"戏剧我们除少数之煽情短剧和街头剧外，大都采取旧形式，相声、《拾黄金》、《打城隍》等，这些都是平日在民间最受欢迎的形式。我们利用它，放进许多最新的东西进去，一方面可以教育他们，使他们能懂得一些抗日理论，更可提起兴趣。"①戈矛在为《杂技》所作"代序"中指出，大快板、相声、活报、评词等各种通俗文艺样式简单、活泼、诙谐、通俗，民众最欢喜，也最容易懂，最容易接受，"我们每到一处都要唱大鼓给民众们听，每次都得到他们热烈的掌声和彩声……我们认为旧瓶是可以进新酒的，但却并非毫无选择，而是批判地接受。在抗日现阶段，无论哪种形式，只要能够增进一分抗日的力量，毫无疑问地我们就要采取它，利用它"。从中可看出，西战团对待民间文艺的态度。徐懋庸在1938年的《民间艺术形式的采用》中，高度肯定西战团，认为他们最大的贡献和收获"要算民间的艺术形式之采集，并配合了新内容而加以应用"②。

《双花子拾金》写难民辛得胜路拾黄金，与贾斯文商议献给政府的故事。作品采用相声中的学、说、逗、唱等表现手段，剧情生动而富有情趣，寓教于乐，使人们在笑声中不知不觉地接受了抗战教育。

《联庄御侮》演集贤村等几个村镇共签御侮盟约，合力击破日军进犯的故事。剧作者张可借鉴民间艺术褒贬分明的处理方式，通过人物姓名形成鲜明的对比，例如主角游击队长黄炎孙，爱国村民许忠义、王全忠，贪利忘义的汉奸吴治、汪八，爱憎分明地表达出在虎狼成性的侵略者面前，"苟安保命必亡，团结抗敌才是唯一的出路"的主题，很适合一般民众的欣赏习惯，取得了很好的宣传效果。

《新打城隍》写沦陷区三个村民为了逃避日军抓丁，到城隍庙祷告，情急之下，扮作城隍、判官与小鬼。伪警甲、乙被迫四处抓丁，一无所获，也来城隍庙祈祷，愤怒之下竟打泥菩萨，三个村民现形后劝说伪警一起投奔了义勇军。作品极富喜剧色彩，通过一系列"倒错"的叠加，使巧合和荒唐转化为喜剧性场面，

---

① 丁玲：《西北战地服务团出外十月来之工作报告》，见西北战地服务团集体创作：《西线生活》，生活·读书·新知三联书店2014年版，第214页。
② 徐懋庸：《民间艺术形式的采用》，载《新中华报》1938年4月20日。

将严肃的主题用怪诞滑稽的形式表现出来，更加突出了对剧中人物不思反抗、消极逃避的批判。

大鼓是北方民众喜闻乐见的说唱艺术形式，十分适合战争描写和塑造英雄形象。西战团创作的大鼓词具有较高艺术水准，善于刻画人物、描绘场面、渲染气氛。例如《飞将军阎海文》中的一段唱词：

> 阎海文戎装披挂把飞机驾，
> 你看他壮志凌云飞赴疆场。
> 这壮士他纵机高飞到青云之上，
> 一直趋往那淞沪一方。
> 在空中领略那淡云轻风觉得精神爽，
> 往下看见那碧绿的原野似一片汪洋。
> 又见那队队的民族英雄往战场上，
> 那车马奔驰旌旗扬。
> 又仿佛听到在唤呼中华民族求解放，
> 再不能容忍这小三来跳梁；
> 又仿佛见那千万的同胞向他仰首致敬，
> 敬他飞将军去为国争光。
> 阎海文一面飞行一面想，
> 不由得奋感交加慷慨激昂。

唱词写出了抗日英雄的一腔正气。再例如张可创作的京韵大鼓《大战平型关》：

> 霎时间出发的命令发表后，
> 众兄弟都是奋勇百倍的杀气冲天！
> 那炊事员都是忙着造中饭，
> 通讯员传达命令跑的欢，
> 指挥员都是忙着把地图看，
> 战斗员都是披挂装备的恐后争先。
> 打扫了地，上了门板，把借老百姓的东西送回还，

> 弹上了膛，枪上了肩，战马饱草上了鞍，
>
> 那边厢哒哒哒哒哒哒播着无线电，
>
> 这边厢铛琅铛琅铛琅铛琅电流飞速在电话上传，
>
> 马也叫来人也喊，
>
> 出发号嘟嘟嗒嗒震山川。
>
> ……
>
> 那攻击令下杀声震，
>
> 烟尘弥漫飞扬冲天空，
>
> 那战旗飘飘耀眼晃，
>
> 大刀闪光明，
>
> 冲锋军号不住响，
>
> 战马扑扑拉拉似蛟龙，
>
> 那边厢哒哒哒哒机关枪响，
>
> 这边厢咯咯咯咯大炮震山中。

唱词借鉴传统鼓词艺术手法，将八路军紧张有序的临战气氛及进入战斗的场面渲染得酣畅淋漓，气势如虹。

《打倒日本升平舞》是西战团1937年8月排练的一个大型秧歌剧。在延安，该剧是首个利用民间秧歌舞的剧目，也是演出最受欢迎、最成功的剧目之一，为《讲话》后的新秧歌剧运动打开了大门。丁玲曾说：

> 这个舞原是用几种很简单的舞姿，一边扭动一边唱，配以山歌民谣锣鼓唢呐，时作队形之变化。男女对舞，并间以丑角，表示丰收后的狂欢。现在不过将人物加以变化，扮工农兵学商，日本帝国主义及其走狗汉奸。人物按其职业身份化装，加以夸大。内容大概先是安居乐业，以动作表示其工作；后有汉奸挑拨，自相私斗，继之日本来强占财产土地。于是学生宣传，全国团结一致，驱逐日寇，枪毙汉奸，军民同乐，狂欢对舞，非常生动。①

---

① 丁玲：《工作的准备》，见张炯主编：《丁玲全集》（5），河北人民出版社2001年版，第55页。

图2-13　西战团演出《打倒日本升平舞》

最后,还要提到的是,1941年西战团成员邵子南最早在阜平一带搜集了"白毛仙姑"的传说,并写出一篇小说草稿,1944年又把它带到延安改编成歌剧《白毛女》的初稿。可以说,邵子南是白毛女传说的第一个搜集者,是将这一传说形成文学作品的先驱者,为后来的著名歌剧《白毛女》奠定了基础。

三、街头诗运动和民歌体叙事诗创作

郭仁怀认为,街头诗作为一种诗体,早在民间流传,但街头诗的真正崛起,并且形成群众性的运动,则是在抗战时期的延安。①1938年8月7日,陕甘宁边区文协战歌社柯仲平、林山,西战团的田间、邵子南等联合发表《街头诗歌运动宣言》,号召"有名氏,无名氏的诗人们呵,不要让乡村的一堵墙,路旁的一片岩石,白白的空着,也不要让群众会上的空气呆板沉寂,写吧——抗战的,民族的,大众的!"②街头诗运动轰轰烈烈地在延安展开,并推广到各个抗日民主根据地。

---

① 郭仁怀:《田间与街头诗》,载《文艺理论与批评》1995年第4期。
② 《街头诗歌运动宣言》,载《新中华报》1938年8月10日。

图2-14 抗战街头诗

毕海认为,柯仲平和边区诗人共同发起的街头诗运动,实质是20世纪二三十年代中央苏区红色歌谣运动的延续:

> 如果说,红色歌谣主要创制者是中国共产党的文化宣传干部,他们通过对山歌民谣的续写改编,赋予民间歌谣以革命的新内容,通过民歌传唱的方式,将抽象的革命道理转化为通俗的民间歌谣,完成革命主流文化向苏区普通民众的扩散。那么,抗日民族统一战线之后,随着延安成为中国社会主义革命的"圣地",大量知识分子奔赴延安,知识分子对于民间的浪漫想象通过歌谣的跨文化"接近",终于和革命意识形态融合在一起。……柯仲平的诗歌创作最早尝试了将文学与政治政策结合的方式,这显然是延安文人对苏区"红色歌谣"传统的继承和进一步展开。[1]

作为街头诗运动的发起者,柯仲平的创作代表了诗歌大众化、民族化的方向,一直受到毛泽东的支持和激励。1938年1月,战歌社举办了一次新诗朗诵会,"发出三百张入场券,开始时会场坐满三分之二,陆陆续续散去,到末了

---

[1] 毕海:《中国现代文学论争与文化政治——"民族形式"文艺争论及相关问题》,中国社会科学出版社2017年版,第240页。

仅剩下不足一百人"①，毛泽东一直坚持到最后，并激励柯仲平："还要好好搞，方向是对的，头一次嘛！不要灰心"②。同年4月，柯仲平创作了长诗《边区自卫军》，毛泽东高兴地听完柯仲平的朗诵，并且把诗歌带走，批了"此诗很好，赶快发表"几个字，还亲自写信给《解放》周刊，破例全文刊登了这首长诗。接着，柯仲平很快便创作出他的第二首民歌体叙事长诗《平汉路工人破坏大队》。

《边区自卫军》是柯仲平探索民族形式诗歌的代表作，不仅获得毛泽东的赞誉，也被当时的评论家看作利用旧形式创造新形式的新诗典范，是"旧形式的胚胎里产出的优秀孩子"③。这首叙事长诗叙述马福川农民自卫军李排长和战士韩娃智擒敌特的故事，反映了边区自卫军的战斗生活和翻身农民的精神风貌，是解放区最早出现的描写农民斗争的长诗。在形式上，《边区自卫军》广泛吸取民歌的精华和艺术表现手法，利用民间歌谣体的叙事形式，对人物的刻画十分生动形象。例如：

> 左边一条山，
> 右边一条山，
> 一条川在两条山间转；
> 山川喊着要到黄河去，
> 这里碰壁转一转，
> 那里碰壁弯一弯；
> 它的方向永不改，
> 不到黄河心不甘。
> 有个男儿汉，
> 他从左边山上来，
> 他一转一弯，

---

① 骆方：《诗歌民歌演唱晚会记》，载《战地》1938年第1卷第3期。
② 刘锦满、王琳编：《柯仲平研究资料》，陕西人民出版社1988年版，第120页。
③ 张振亚：《读"边区自卫军"》，载《文艺战线》1939年第1卷第3号。

下得山来要过川。

他的身材不高也不矮，
结结实实的一条好汉；
他的服装上下蓝，
腰间缠着一条黄河水色带；
他的背上背着刀，
右手挥着一根旱烟袋，
…………

借鉴民歌铺陈的手法，展示事件的进程和场景的变化，描写人物外貌，引出作品主人公李排长后，接着写道：

他的一生好比这条川，
不知碰过多少壁，
转过多少弯，
他的方向永不改，
他的工作比到黄河更艰难，
他是不达目的心不甘，
不达目的心不甘。[1]

运用民歌重复手法，用奔腾不息的黄河水来比喻，生动形象地表现出革命战士坚韧不拔、勇往直前的精神。

柯仲平认为："诗人向民歌学习，主要是学习它的精神，学习劳动人民的思想、感情；不能单纯从形式上去摹拟。"[2]《边区自卫军》对于民歌形式的利用和借鉴，并不是机械的照搬，而是吸收融化，创造性地运用民歌的节奏和音韵，形成了新的诗歌风格。例如：

---

[1] 阮章竞主编：《中国解放区文学书系·诗歌编》，重庆出版社1992年版，第2772—2773页。
[2] 刘锦满、王琳编：《柯仲平研究资料》，陕西人民出版社1988年版，第114页。

> 要打鱼，先结网，
>
> 要打豺狼先磨枪。
>
> 网还没结紧，
>
> 枪还没磨光，
>
> 罢说鱼儿会漏网，
>
> 你会给那豺狼饱肚肠，
>
> 我们的排长不上这种当。①

诗句采用比兴手法，明白浅易，设喻新鲜，把道理说得透彻明了。冯雪峰（孟辛）赞扬柯仲平是一位"真实的大众诗人"，并高度评价《边区自卫军》对于民歌"精语"的运用："西北民歌的精语的适当选用和以活的大众的口吻为准则的诗的用语的锻炼，不但使他的诗显出了特色，也暗示着我们能够从大众语掘发新诗的语言创造的源泉"②。

何其芳虽然认为柯仲平是"利用民间形式而且有了成就的作者"，但是他同时指出："过度地把民歌之类利用到长诗上有时是并不适当的：或者由于各种不同的形式的兼收并容和突然变换，使人感到不和谐，不统一（'边区自卫军'给我这种印象）；或者由于民间形式的调子太熟，太轻松，太流动得快，破坏了大的诗篇的庄严性（'平汉路工人破坏大队的产生'使我有了这种结论）。"③事实上，柯仲平的民歌体叙事诗确实存在革命新内容与民间旧形式之间的矛盾和冲突，并没有在大众化和新诗发展之间取得平衡，这也正是民族形式尚处在讨论和探索之中，尚未形成统一认识的反映。1942年5月《讲话》发表之后，随着党对民族形式建构的完成，无论新秧歌剧还是民歌体叙事诗，都得到了更大的发展，迎来了创作的高潮。

---

① 阮章竞主编：《中国解放区文学书系·诗歌编》，重庆出版社1992年版，第2778页。
② 孟辛：《论两个诗人及诗的精神和形式》，载《文艺阵地》1940年第4卷第10期。
③ 何其芳：《论文学上的民族形式》，载《文艺战线》1939年第1卷第5号。

第三章 民间文化与延安文艺的转型发展

延安文艺以《讲话》为界，分为前后两个不同的历史时期，两个历史时期的文艺形态既有内在的关联性和衔接性，但差异性也是显在的。《讲话》前延安文艺对民间文化资源的挖掘已初步展开，无论是在理论的构建方面还是在文艺创作实践方面，均取得了不俗的成就。但是，《讲话》前延安文艺对民间文化的利用可以说处于一种自发状态，是知识分子在抗战背景下动员民众的文化选择，并未以文艺政策的方式将其作为延安文艺的主流文化资源加以推行。《讲话》不单单使政治力量介入文艺创作，而且以文艺政策的方式推动了民间文化资源的深入挖掘，并将之转化为延安文艺的主要艺术资源，激发了一大批群众喜闻乐见的大众化文艺作品的出现，最终带动了延安文艺的转型发展。

第一节

《讲话》与民间文化资源的深入挖掘

毛泽东在1938年的《中国共产党在民族战争中的地位》中就强调:"洋八股必须废止,空洞抽象的调头必须少唱,教条主义必须休息,而代之以新鲜活泼的、为中国老百姓所喜闻乐见的中国作风和中国气派。"①尽管毛泽东的这一论述不单纯局限于文艺领域,但是已初步形成了中国共产党文艺政策的基本主张和基本论调。1940年,毛泽东在《新民主主义论》中再次强调:"中国文化应有自己的形式,这就是民族形式。民族的形式,新民主主义的内容——这就是我们今天的新文化。"②这一主张应该说是对以上主张的进一步阐释和论述,在延安乃至各抗日民主根据地文艺界引起强烈影响,一定程度上也引发了延安乃至各抗日民主根据地文艺大众化的前期论争和初步探索。1942年,毛泽东在《反对党八股》中再次重申反对党八股和教条主义。当然,"从根本上解决了革命文艺运动的方向和道路的,是一九四二年五月召开的延安文艺座谈会"③。

一、《讲话》与知识分子转变

毛泽东《讲话》针对各抗日民主根据地文艺的现状、发展及问题进行了论述,

---

① 毛泽东:《中国共产党在民族战争中的地位》,见《毛泽东选集》(第2卷),人民出版社1991年版,第534页。
② 毛泽东:《新民主主义论》,见《毛泽东选集》(第2卷),人民出版社1991年版,第707页。
③ 李葆琰:《试论解放区文学大众化》,载《中国现代文学研究丛刊》1982年第3期,第282页。

系统阐释了文艺与生活、文艺与群众、世界观与创作、文艺与政治等基本问题，强调了文艺为工农兵服务的方向。可以说，《讲话》是对长期以来关于文艺大众化问题和民族形式问题的系统总结，也是开启文艺新局面的一个起点，不但深刻影响了各抗日民主根据地的文艺创作格局，而且随着抗日战争和解放战争的胜利，文艺一体化格局的形成，对当代文学的发展格局和发展走向产生了深远影响。

《讲话》中的知识分子改造理论，主要从思想、立场和语言三个方面提出对知识分子进行改造。第一个方面是思想改造。毛泽东认为"知识分子出身的文艺工作者，要使自己的作品为群众所欢迎，就得把自己的思想感情来一个变化，来一番改造。没有这个变化，没有这个改造，什么事情都是做不好的，都是格格不入的"。在整风运动中他曾说："思想上没有入党的人，头脑里还装着许多剥削阶级的脏东西"，必然会难以分清"无产阶级和小资产阶级的区别"，因此"必须从思想上组织上认真地整顿一番……展开一个无产阶级对非无产阶级的思想斗争"。第二个方面是立场改造。立场的变化是由一个阶级转到另一个阶级的重要标志。毛泽东认为，知识分子只有和广大工农兵相结合，与他们融为一体，才能形成一股强大的合力，也才能有他们光明的前途。他说："在中国的民主革命运动中，……知识分子如果不和工农群众相结合，则将一事无成。革命的或不革命的或反革命的知识分子的最后分界，看其是否愿意并且实行和工农群众相结合。""只有这一个辨别的标准，没有第二个标准。"林默涵说："我们的作家的立场，应该就是工农大众自己的立场。是作为其中的一分子，和工农大众同生死，共苦乐的。只有这样的作家，才能没有歪曲地把工农的姿态真实的表现出来。"①刘白羽说："在今天，我们是站在怎样的立场上呢？我想是为了解放全世界被压迫阶级，而进行的反法西斯的，抗日民族统一战线的立场。一个真正的马列主义（不是主观的，朦胧的，而是真正掌握马列主义的立场，观点，方法，与现实革命斗争结合的）的作家，共产党员的作家，当然，他的立场是马列主义

---

① 林默涵：《关于人民文艺的几个问题》，见《延安文艺丛书》编委会编：《延安文艺丛书·文艺理论卷》，湖南人民出版社1984年版，第223页。

图3-1 《解放日报》刊发《在延安文艺座谈会上的讲话》(一)

图3-2 《解放日报》刊发《在延安文艺座谈会上的讲话》(二)

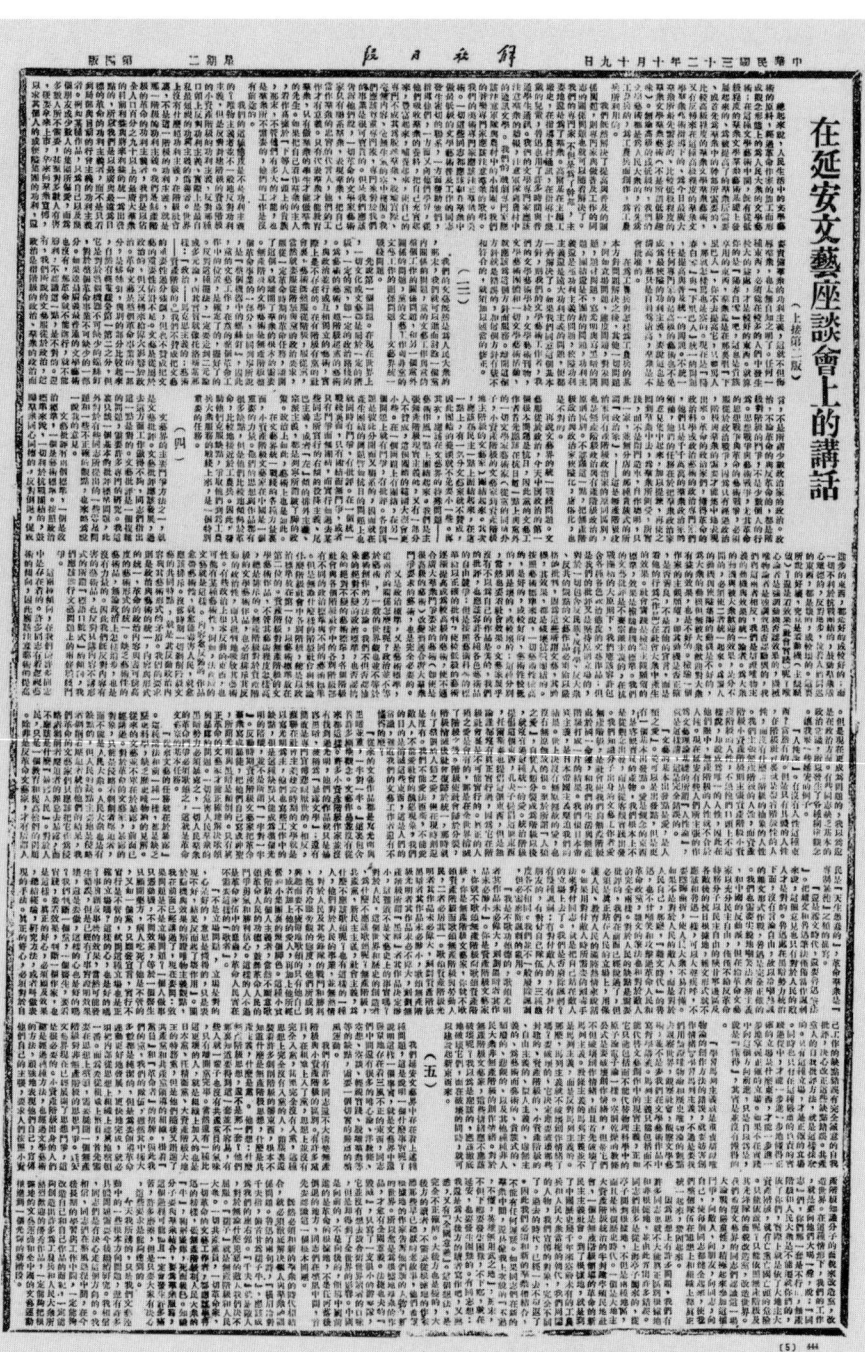

图3-3 《解放日报》刊发《在延安文艺座谈会上的讲话》（三）

的立场——无产阶级立场,党的立场。"①第三个方面是语言改造。文艺工作者创作的作品脱离工农兵,其中很重要的原因是不懂群众的语言。所以,他们的作品"语言无味",不能贴切地表达群众所思所想,而要实现大众化,就要认真学习群众的语言。如果连群众的语言都不懂、不通,文艺创造便无从谈起。关于语言改造,毛泽东多次提到"讲老百姓的话","下决心跟老百姓学"。在《反对党八股》的讲演中他曾说:"我们是革命党,是为群众办事的,如果也不学群众的语言,那就办不好",这样写的宣传文稿枯燥乏味,写的文章没有多少人喜欢看,做的演说也没有多少人想去听。在毛泽东看来,人民的语言是生动活泼的,是内涵丰富的,是表现生产生活的。

图3-4 延安文艺座谈会合影

知识分子必须站在无产阶级的立场上,而不是站在小资产阶级的立场上,才能完成自身真正意义上的蜕变,成为工农兵的一员。改造的途径是什么?毛泽东曾明确指出,改造就是要走与工农兵相结合的道路。毛泽东在《讲话》中批评延安文艺家时强调:"既然文艺工作的对象是工农兵及其干部,就发生一个了解他们熟悉他们的问题。""我们的文艺工作者对于这些,以前是一种什么情形呢?我说以前是不熟,不懂,英雄无用武之地。什么是不熟?人不熟。文艺工作者同自己的描写对象和作品接受者不熟,或者简直生疏得很。……什么是不懂?语

---

① 刘白羽:《对当前文艺上诸问题的意见》,见《延安文艺丛书》编委会编:《延安文艺丛书·文艺理论卷》,湖南人民出版社1984年版,第298页。

图3-5 业余宣传队在田间演出

图3-6 联政宣传队演出秧歌剧《刘顺清开荒》

言不懂,就是说,对于人民群众的丰富的生动的语言,缺乏充分的知识。"①所以,知识分子一定要把立足点转变过来,一定要在深入群众、深入实际的过程中,在学习马克思主义和社会实践的过程中,逐渐地进行转变。

《讲话》有效解决了知识分子思想转变的问题。只有解决了这一问题,才能推动文艺工作者与群众的充分结合,才能从根本上推动文艺工作的民族化、大众化。

二、延安文艺工作者与群众结合

《讲话》后,延安文艺工作者进一步明确了党的文艺方针和文艺为工农兵服务的方向。他们以全新的精神面貌,用马克思主义文艺理论指导自己的行动,走到工农兵中去,投身火热的斗争生活,形成了我国文艺史上前所未有的朝气蓬勃的壮丽图景。文艺工作者表现出了与工农兵相结合的极大热情。②

在《马克思主义与文艺》一书的序言中,周扬写道:"我们要在生活和工作的实践中来进一步地更彻底地改变我们的情感,使得我们的思想情感真正地做到与工农兵大众的思想感情打成一片,这才能完成文艺大众化的任务。"他还说:"我们把'大众化'简单地看做就是创造大众能懂的作品,以为只是一个语言文字的形式问题,而不知道同时甚至更重要、更根本地是思想情绪的内容的问题。"③

对此,早已来到延安的著名作家丁玲也进行了深入分析,她承认了部分文艺工作者的"小资产阶级出身",也指出了要彻底蜕去小资产阶级知识分子思想的难处,同时谈到了如何被改造,怎样主动接受改造:"首先是缴纳一切武装的问题。既然是一个投降者,从那一个阶级投降到这一个阶级来,就必须信任、看重新的阶级,而把自己的甲胄缴纳,即使有等身的著作,也要视为无物,要抹去这些自尊心自傲心,要谦虚地学习新阶级的语言,生活习惯;学习他们的长处,帮助他们工作,不要要求别人看重你,了解你,自己在工作中去建立新的信仰,取

---

① 毛泽东:《在延安文艺座谈会上的讲话》,见《毛泽东选集》(第3卷),人民出版社 1991年版,第850页。
② 艾克恩编纂:《延安文艺运动纪盛》(1937.1—1948.3),文化艺术出版社1987年版,第418页。
③ 周扬编:《马克思主义与文艺》,新华书店1949年版,序言第12、8页。

得新的尊敬和友情。"①

作为延安外来文人，鲁艺文学系系主任何其芳是角色转变最快、自我改造最主动的作家之一。在《讲话》后，何其芳的自我感受是"如梦初醒"，他主动改造自己的思想，开始学习革命理论。他认为："整风运动和毛泽东同志在延安文艺界座谈会上的结论给了我很大的教育。这是到延安来后对于我最有改造意义的教育。许多胡涂观念、许多非无产阶级的思想意识，我都比过去认识得清楚了，因而更增加了我做工作的信心与热忱。"②

怎样与群众结合呢？毛泽东说："一切革命的文学家艺术家只有联系群众，表现群众，把自己当作群众的忠实的代言人，他们的工作才有意义。只有代表群众才能教育群众，只有做群众的学生才能做群众的先生。如果把自己看作群众的主人，看作高踞于'下等人'头上的贵族，那末，不管他们有多大的才能，也是群众所不需要的，他们的工作是没有前途的。"③

艾思奇说："这就要以全身心走入工农群众中，把自己的趣味情趣溶合于工农群众。进行生活体验和意志锻炼。"他指出，要想对生活获得深刻的体验，就必须"有意识地努力锻炼自己的意识，扫除小资产阶级知识分子的个人清高或个人英雄的思想情绪"，进而做到"不是在小资产阶级的立场或个人主义的爱憎上去看人民大众各方面的斗争生活，而是站在人民大众自己的立场上，首先是无产阶级的立场上，使自己的爱憎与无产阶级的爱憎相合拍"。④

凯丰要求文艺工作者打破做客的观念，真正深入生活、深入群众。知识分子要放下高高在上的姿态，去参加工作，把自己当作本地一个工作人员。到部队里去，就是军人；到政府里去，就是政府的职员；到地方党去，就是党务工作者。

---

① 丁玲：《关于立场问题我见》，见张炯主编：《丁玲全集》（7），河北人民出版社2001年版，第69页。
② 何其芳：《论文学教育（续完）》，载《解放日报》1942年10月17日。
③ 毛泽东：《在延安文艺座谈会上的讲话》，见《毛泽东选集》（第3卷），人民出版社1991年版，第864页。
④ 艾思奇：《谈延安文艺工作的立场、态度和任务》，见刘增杰、赵明、王文金等编：《抗日战争时期延安及各抗日民主根据地文学运动资料》（上），山西人民出版社1983年版，第167、164、165页。

不管职务的大小，都能做好本职工作，在不同岗位上体验不同职业的艰辛，从而创作真正反映人民生活的优秀作品。①

延安乃至陕甘宁边区的文艺工作者深深感受到，要使自己的思想感情真正发生变化，深刻认识和体验工农群众的火热生活，创造出工农兵喜闻乐见的优秀作品，就必须真心实意地投入人民群众的斗争生活。在《讲话》精神的感召下，文艺工作者纷纷深入生活一线。萧三、艾青、塞克赴南泥湾，陈荒煤赴延安县，刘白羽到农村，陈学昭到连队，丁玲到工厂，柳青去了米脂。鲁艺、部艺、边艺、平剧院、民众剧团、西北文工团、联政宣传队也纷纷奔赴农村与前线。广大文艺工作者"纷纷准备到群众斗争的各个领域中去寻找自己的工作岗位。延安文艺界的这种动向，不但将助成各抗日根据地的新风气，且在全国文艺界引起普遍的重视，亦在意中"②。

比起以往知识分子下乡，延安文艺界的这次下乡运动呈现出如下特点：首先是指导思想明确。下乡是为了使文艺真正为工农兵服务，反映他们的生活和工作，为了解决"文艺工作者与实际结合，文艺与工农兵结合"这两大问题。其次是积极主动，热情高涨。广大文艺工作者不是迫于形势，而是发自内心地奔赴基层开展工作。最后是决心大，行动迅速，成绩显著。正如作家刘白羽所说："要到下层去，就不能走马看花，而要长期工作，消除不甘寂寞的心情。既然长期工作，那么首先就要把工作做好，其次才是创作，而现在创作的主要方面，则是报告和通讯。"曾一度在国外生活后又奔赴延安的陈学昭也认为"这是划时代的大事"，表示"希望和祖国广大人民在一起生活"，"投身到群众的大海，向群众学习"。③

三、文艺创作大丰收

《讲话》引导和促进了各抗日民主根据地乃至全国的文艺思潮及其表现形式

---

① 凯丰：《中央文委召开党的文艺工作者会议》，载《解放日报》1943年3月13日。
② 凯丰：《中央文委召开党的文艺工作者会议》，载《解放日报》1943年3月13日。
③ 艾克恩编纂：《延安文艺运动纪盛》（1937.1—1948.3），文化艺术出版社1987年版，第430页。

的变化。陕甘宁边区精英知识分子阶层积极响应党的号召，走上了与群众相结合的道路。不久之后，便有一批小说、诗歌、报告文学、音乐、戏剧等竞相发表，出现了可喜的转变。茅盾在盛赞各抗日民主根据地文艺的新发展时说："在'深入社会，面向群众'的基本原则之下，针对着现实的需要，时时总结经验，改正错误，敌后解放区尤其的陕甘宁边区的文艺运动，今天已达到新的阶段，真正彻底做到了'从民间来，到民间去'了。"[1]周恩来欣喜地说："毛主席《讲话》发表后，边区的文化教育和文艺队伍有了飞跃的变化，从文艺工作者生活、学习、精神面貌的变化，到作品和演出质量的变化可谓一日千里"[2]。

延安文艺座谈会之后，延安文艺工作者经过了深刻的自我反思和整风改造，开始积极响应毛泽东关于文艺工作者"到群众中去""到火热的斗争中去"的口号，高举"文艺下乡"的旗帜，从思想、情感和行动上全方位融入人民群众，系统挖掘民间文化资源，迅速地掀起了与工农群众相结合的文艺运动热潮，取得了丰硕的艺术成果。《讲话》后，民间性无疑成为延安文艺的重要特征。

（一）戏剧

在戏剧创作领域，延安戏剧工作者积极实践文艺的工农兵方向，延安的戏剧舞台旧貌换新颜，反映延安和敌后现实生活的戏多了起来，获得了很大的成功。陕甘宁边区通过秧歌剧运动、平剧改革、民族新歌剧创作等文艺运动，吸纳、改造、提升民间艺术资源，推动戏剧艺术的大众化和民间化。

一是延安乃至陕甘宁边区艺术家们将目光投向了陕北民众喜闻乐见的一种民间艺术——陕北秧歌。陕北秧歌是陕北人的一项娱乐形式，在陕北有着广泛的群众基础。鲁艺的艺术家敏锐地感知到陕北秧歌所承载的艺术影响力和群众感召力，利用1943年元旦、春节的大好时机，专门请来了桥儿沟的秧歌把式杨家兄弟等民间艺人来教鲁艺师生闹秧歌。经过了加工改良之后，鲁艺秧歌队利用秧歌的

---

[1] 茅盾：《文艺节的感想》，载《解放日报》1945年6月7日。
[2] 艾克恩编纂：《延安文艺运动纪盛》（1937.1—1948.3），文化艺术出版社1987年版，第558页。

图3-7　鲁艺秧歌队演出《拥军花鼓》

艺术形式，结合陕甘宁边区的革命生活陆续创作并推出了《军民大生产》《兄妹开荒》《拥军花鼓》《二流子变英雄》《七枝花》《夫妻识字》等秧歌剧。这些秧歌剧在表演手法上，"将传统戏曲的写意手法与现代话剧的写实手法相结合"；在语言风格上，"常常采用练子嘴、快板、数来宝等民间曲艺的朗诵形式"，同时吸纳秦腔等地方戏特点，语言是"韵味十足的口语"，是"活生生的'农民话语'"；在配曲上，"以民间歌谣、地方小调为主"。①

这些秧歌剧演出以后，非常受群众欢迎，其中以王大化、李波演出的《兄妹开荒》最为瞩目。该作品把旧秧歌中常演的丑角及男女调情的部分摒弃了，取而代之的是新型农民火热的劳动场景，使一出剧情简单的小戏被演绎得生动活泼，富有感染力，给观众带来了焕然一新、眼前一亮的感觉。毛泽东看后称赞道："这还像个为工农兵服务的样子。"朱德也赞扬说："今年的节目和往年

---

① 沈文慧：《利用　改造　创新——从秧歌看延安文艺对民间文艺的创造性转化》，载《信阳师范学院学报》（哲学社会科学版）2012年第1期。

大不同了！革命的文艺创作，就是要密切结合政治运动和生产斗争啊！"秧歌剧《兄妹开荒》在1943年春节演出取得了巨大成功，一下子轰动延安全城，深受工农兵喜爱。鲁艺学员李群回忆："老乡看了一场还不够，甚至有的自己带着干粮拿着水，跟到我们后头，我们演出多少场，他就看多少场，然后跟着我们再回来，都跟我们喊'鲁艺家的秧歌'。"①村民看见鲁艺秧歌队，说"鲁艺家来了！"周扬听到后说："鲁艺家多亲昵的称呼！过去你们关门提高，自称为'专家'，可是群众不承认这个'家'。如今你们放下架子……他们就称呼你们是'家'了……这头衔，还是要由群众来封的。"②鲁艺家的秧歌走到哪里，群众就跟着看到哪里。逐渐地，老百姓对鲁艺的歌词、曲调都耳熟能详了，鲁艺的秧歌也自然而然成了延安当时的流行歌曲。每当他们唱到"猪呀，羊呀，送到哪里去？"，老百姓即能接着唱："送给那英勇的八路军。""鲁艺家的秧歌"是真正表现工农兵生活与情感的，因而受到了热烈的欢迎，也带动了陕甘宁边区及其他抗日民主根据地的秧歌剧运动。

图3-8　秧歌剧《兄妹开荒》

① 中央电视台等《大鲁艺》摄制组：《大鲁艺·解说词专辑》，中国民主法制出版社2012年版，第85页。
② 艾克恩编纂：《延安文艺运动纪盛》（1937.1—1948.3），文化艺术出版社1987年版，第419页。

二是创作了民族新歌剧《白毛女》。在秧歌剧创作和演出的艺术积淀下,延安艺术家开始探索大型歌剧的创作,创作演出了《赵富贵自新》《模范城壕村》《惯匪周子山》《刘红英》《冯光琪锄奸》《马渠游击小组》等新歌剧,同时为《白毛女》这一民族新歌剧的创作奠定了基础。新歌剧"篇幅较大,场次较多,故事显得完整,情节显得复杂,能够揭示较为重大的主题,并能塑造出性格鲜明的典型人物。在音乐上也突破了原来秧歌剧那种比较单纯的结构形式,开始注意音乐形象的塑造,并进一步学习民族、民间戏曲音乐的表现手法,使音乐更具有歌剧音乐的特征"[①]。歌剧《白毛女》的创作缘起于一个民间传说。1944年5月,西战团从晋察冀边区回到延安,将白毛女的故事传播到了鲁迅艺术文学院。故事得到了延安鲁艺师生的广泛关注,尤其是主持鲁艺工作的周扬对这个蕴含丰富时代和生活内容的故事高度重视,他提议根据这一素材改编一部大型的民族新歌剧,向党的七大献礼。歌剧《白毛女》不但彰显出了"旧社会把人变成鬼,新社会把鬼变成人"的宏大主题,更在艺术形式上有了新的变化。"《白毛

图3-9　鲁艺宣传队演出秧歌剧《赵富贵自新》

[①] 刘增杰、赵明、王文金:《中国解放区文学史》,河南大学出版社1988年版,第272—273页。

女》不是简单地借用,而是在吸收民间曲调、地方戏戏曲曲调和借鉴西洋歌剧的有益经验的基础上进行加工,创造出适合表现新的人物性格和新的思想内容的民族音乐。"①《白毛女》根据人物性格的不同,借鉴、化用、改造了河北民歌、河北梆子、河北花鼓、山西秧歌、山西梆子等民间音乐,既以音乐曲调的变化彰显人物思想性格的变化和冲突,更以群众喜闻乐见的民间化音乐曲调获得群众的喜爱。《白毛女》的演出在延安引起了长久的轰动效应,"每至精彩处,掌声雷动,经久不息;每至悲痛处,台下总是一片唏嘘声,有人甚至从第一幕至第六幕,眼泪始终未干。散戏后,人们无不交相称赞"②。

图3-10 歌剧《白毛女》在延安首演

三是延安艺术家对传统的戏剧进行了系统改革,从初期的"旧瓶装新酒"到后来的历史剧改编和现代戏创作,取得了丰硕的戏剧改革成果。"旧剧是中国民族艺术重要遗产之一,和广大群众有密切联系,为群众所熟悉所爱好,同时旧剧一般地又是旧的反动的统治阶级用以欺骗麻醉劳动群众的一种阶级斗争的工具。因此改造旧剧是一个非常重要的任务,也是一个非常复杂的思想斗争。"③各抗

---

① 刘增杰、赵明、王文金:《中国解放区文学史》,河南大学出版社1988年版,第276页。
② 孙国林编著:《延安文艺大事编年》,陕西师范大学出版总社2016年版,第676页。
③ 周扬:《新的人民的文艺》,见《周扬文集》(第1卷),人民文学出版社1984年版,第527页。

日民主根据地都十分重视传统戏剧的改革工作，陕甘宁、晋察冀、晋冀鲁豫、晋绥、山东等抗日民主根据地均开展了传统戏剧的改革工作，改革涉及京剧、晋剧、秦腔、河北梆子、眉户曲子戏、花鼓戏、评戏等多个传统剧种。改革以毛泽东提出的"推陈出新"方针为指导，从内容到形式进行全面改革，把传统戏剧的旧艺术、旧内容逐步改造成为新政治服务的新艺术，产生了《三打祝家庄》《难民曲》《刘二起家》等一大批传统戏剧改革成果。改革后的新戏剧受到了群众的广泛欢迎。延安民众剧团上演的新编秦腔《穷人恨》和《血泪仇》，生动感人，催人奋发，产生了积极的社会影响。马健翎在谈到创作《血泪仇》时说："过去在旧社会里，我不仅看到听到人家的被压迫受痛苦，我自己就是其中的一个。……可以说《血泪仇》是使我憎恨、怜惜、悲伤、激愤、愉快、赞美的一部份人物与事件，组织结合起来的东西。……那些受难人的情景和哀鸣，在我脑子里演映与哭诉时，我自己禁不住滚滚泪下，常常滴湿了稿纸，……我写《血泪仇》的时候，我自己想出来的几句话，时刻在支撑我，纠正我：'近情近理，红火热闹，教人人得懂，受感动；看完了，明白世事，懂得道理。"①

延安平剧院的《逼上梁山》取材于名著《水浒传》中林冲被逼无奈最终投奔梁山的故事，在创作一开始就有明确的指导思想，确定剧本要"写革命群众的力量、斗争，以及他们的智慧、坚强、果敢"。剧本在创作时把写作过程与演出过程相结合，把演员、剧作者与观众相结合，吸收大家的意见加以分析、集中。因此，《逼上梁山》的成功表明了"创作上的群众路线和集体主义"的成功。②毛泽东看了改编后的《逼上梁山》后回信谈道："历史是人民创造的，但在旧戏舞台上（在一切离开人民的旧文学旧艺术上）人民却成了渣滓，由老爷太太少爷小姐们统治着舞台，这种历史的颠倒，现在由你们再颠倒过来，恢复了历史的面目，从此旧剧开了新生面，所以值得庆贺。"③

---

① 马健翎：《〈血泪仇〉的写作经验》，载《解放日报》1944年6月21日。
② 刘芝明：《从〈逼上梁山〉的出版谈到平剧改造问题》，载《解放日报》1945年2月26日。
③ 中共中央文献研究室编：《毛泽东书信选集》，中央文献出版社2003年版，第199页。

图3-11 民众剧团演出《血泪仇》

(二)诗歌

在诗歌创作领域,延安诗歌从五四以来的新诗的"意象性""欧化""现代白话"向"歌唱性""本土化""民间大众语"转变,积极从民间艺术资源中汲取养分,实现现代新诗的转型发展。延安的新诗创作,从思想内容到艺术形式,都发生了根本性的变化。诗歌在表现形式和语言的运用上,也力求民族化、群众化,为工农兵所喜闻乐见。

在中国传统文学和民间说唱文学中,长期以来一直存在着大量的民间叙事诗和民族史诗,这一民间资源尽管在主流文学中不被重视,但是在民间却通过说唱艺术的形式长期传播,深受群众喜爱,如在民间流传较广的《孔雀东南飞》《胡笳十八拍》《木兰辞》等长篇叙事诗。

《讲话》后,各抗日民主根据地文学家们有效借鉴民间叙事诗的表现形式,用工农兵喜闻乐见的方式进行创作,由衷地抒时代之情、人民之情。各抗日民主根据地涌现出柯仲平、李季、刘御、萧三、李冰、阮章竞、张志民等诗人。萧三的诗追求民族化、大众化和通俗化。他坚信新诗歌要向民歌学习,向古典诗歌学习,他甚至表示:只要自己的诗"听起来比较好懂,我宁可被开除诗人之列",所以他的语言通俗易懂,风格清新质朴,形式与内容和谐统一、深受工农兵喜爱。何其芳作为这一时期活跃在延安诗坛的重要诗人,按照《讲话》精神深刻地进行了自我反思,改变了那种小资产阶级知识分子自我表现的风格,使创作紧贴时代,紧贴生活,紧贴波澜壮阔的阶级斗争和民族斗争,歌颂新时代、新社会、新人物和新英雄。他的《一个泥水匠的故事》用叙事与抒情相结合的手法,描写了一个泥水匠因从事抗日工作被敌人杀害的故事,通过这一人物表现了中国人民与日寇血战到底的英雄气概。艾青主张诗人要关心老百姓,为老百姓服务,诗的语言、形式、风格也要力求大众化、通俗化。他创作的叙事长诗《吴满有》语言通俗浅白,采用陕北地方口语,富于表现力,为工农兵所喜闻乐见。他曾专程到延安附近的吴家枣园去征求吴满有对诗稿的意见。"我把我写的《吴满有》拿出来念给他听——这是我找他的目的。我坐在他身边,慢慢的,一句一句,向着他的耳朵念下去,一边从他的表情观察他接受的程度,以便随时记下来加以修改。"[1]《吴满有》一诗,很好地适应了农民的欣赏习惯和理解能力,让工农兵读者一听就懂,觉得与自己实际生活有关系,因而也就受感动、受教育。李季的长篇叙事诗《王贵与李香香》,以民间传说为基础、利用信天游形式创作。作品以王贵和李香香的爱情故事为线索,展现了三边人民走上革命的历程。主人公爱情的悲欢与革命的发展紧密相关,由此显示了劳动人民的个人命运与整个阶级的革命大业是血肉相连的。故事情节曲折婉转,人物活灵活现,结构浑然一体,语言清新脱俗,读起来朗朗上口,韵味无穷,深受群众喜爱和各界好评。茅盾评价《王贵与李香香》"是一个卓越的创造,就说他是'民族形式'的史诗,似乎也不算过分"。贺敬之称李季"确确实实是诗歌新园地上的一位开拓者。他的经久传诵的杰出的长篇叙事诗《王贵与李香香》,标志着我国新诗发展史上的一个重要的新阶段"。[2]

(三)小说

在延安文学发展的过程中,小说的大众化探索相对于戏剧和诗歌要略显滞后,在《讲话》前尽管也有部分作家在小说大众化方面做了一些尝试和探索,但

---

[1] 艾青:《〈吴满有〉附纪》,载《解放日报》1943年3月9日。
[2] 孙国林编著:《延安文艺大事编年》,陕西师范大学出版总社2016年版,第762页。

是在成效上并未显现出显著的成绩。《讲话》之后，延安乃至各抗日民主根据地的小说家们积极转变创作思想，深入工农兵生活，挖掘工农兵生活素材和民间文化资源，开始形成一批大众化、通俗化、群众喜闻乐见的小说作品。他们的文艺创作出现了新面貌，不仅思想新，而且有不少在艺术上也颇具特色。

孔厥是在小说创作上较早实践文艺"为人民大众的，首先是为工农兵的"新方向的作家。他创作的《一个女人翻身的故事》，在读者中反响很大，他们从小说中看到了自己的影子，从而更加憎恨旧的封建制度，更加热爱人民当家做主的民主政权。孙犁的《荷花淀》通过描写水生媳妇等人物，反映了抗战时期白洋淀人民的生活与战斗，歌颂了白洋淀劳动妇女勇敢的战斗精神，揭示了人民群众在抗战中的地位和作用，形象地体现了毛泽东"兵民是胜利之本"的伟大的人民战争思想。延安作家柯蓝认为《讲话》像一盏明灯，指引了他创作的方向，树立了"写作为人民"的思想和生活是创作唯一源泉的观点。他经常下乡采访，有时还和农民共同生活，回来后写稿子。他的稿子在登报之前，经常念给农民听，以他们能听懂作为修改的标准，很"土"但却很生动。他的《洋铁桶的故事》是"使文艺真能变作'民有民享'，坚决不以'城里带来那一套'满足，而虚心向人民学习，寻找生动朴素的大众化的表现方式"的成功尝试，在我国现代文学史上占有一席之地。

这一时期最值得我们关注的就是赵树理的小说创作。赵树理最早引起抗日民主根据地文艺界关注的是他的短篇小说《小二黑结婚》，它不但代表了赵树理文学的一个全新起点，而且对抗日民主根据地小说发展走向具有重要影响。赵树理在《小二黑结婚》发表之前就十分喜爱和重视民间文学，并坚持以民间文艺形式进行文学创作，以此推动文艺的大众化和通俗化。但是，他的文学探索在《讲话》之前却得不到文艺界的认可。他的成名作《小二黑结婚》如果没有彭德怀的鼎力推荐，恐怕也没有发表出版的可能。尽管发表了，但起初并未获得抗日民主根据地文艺界的认可，甚至被部分批评者认为是"低俗的通俗故事"。与批评界评价不同的是，太行区各村庄的老百姓却对这一小说异常喜爱，小说数次加印仍供不应求，群众甚至把小说改编成秧歌剧演出。1943年，毛泽东看了赵树理的小说后大加赞赏,称:"太行山出了一个了不起的青年作家!"[①]之后,赵树理的小说获得了抗日民主根据地文艺界的高度评价。1947年在晋冀鲁豫边区文联召开的文艺座谈会上,陈荒煤正式提出了"赵树理方向",表明抗日民主根据地确立了通俗化、大众化小说的中心地位。自此,民间艺术质素全面进入小说创作,从小说的艺术形式、故事原型、叙事模式、叙事视角、民风民俗、方言谚语到民间人物、民间情感、民间精神等,共同推动了抗日民主根据地文艺的大众化。

之后,随着革命形势的发展和解放区小说的艺术积淀,开始涌现出一批反映革命斗争、解放区新貌、土地改革等内容的长篇小说,如马烽、西戎的《吕梁英雄传》,孔厥、袁静的《新儿女英雄传》,王希坚的《地覆天翻记》,赵树理的《李家庄的变迁》,柳青的《种谷记》《铜墙铁壁》,欧阳山的《高干大》,丁玲的《太阳照在桑干河上》,周立波的《暴风骤雨》等。

(四)美术

延安美术创作最为主要的艺术类型——木刻版画,在《讲话》后其创作风格发生了大的转变,开始以全新的艺术形式对工农兵的思想感情、生活状态和理想诉求进行刻画。

第一,吸收民间艺术元素。《讲话》后,延安木刻艺术家在创作过程中常常俯下身子,虚心向老百姓请教,按照他们提出的意见、建议创作和修改:在创作题材上,选取与老百姓生活贴近的题材;在艺术技巧上,选取老百姓所熟悉的中国传统民间木刻技法;在艺术趣味上,选取能与老百姓产生情感共鸣的连环画进行创作。从总体上看,这一时期延安乃至各抗日民主根据地木刻艺术在表达方式上更加贴近民间,更加通俗易懂。

这种改变在古元的作品中表现得尤为突出。他的《离婚诉》最初于1940年刻制,在深入领会《讲话》精神之后,他于1943年以全新的木刻技法对这一作品重新进行刻制。从总体风格上对比,先前的作品使用西方木刻技法,黑白阴影面积较大,人物众多,线条密集;之后的作品使用中国民间版画技法,以点、线勾勒

---

① 李永军:《〈小二黑结婚〉的创作历史背景》,载《贵州政协报》2009年8月27日。

为主,主角突出,画面简洁。这样一来,后一幅作品就成功地把创作视角由原来的知识分子俯视转化为民间生活的平面呈现。古元的《减租会》同样是一幅经典作品,该画形象地描绘了觉醒的劳动人民与地主展开减租斗争的故事,通过对这些人物的动作、表情和神态的精心刻画,淋漓尽致地反映了各色人物的心理活动。作品虽然人物众多,但都各有特点,对人物形象的刻画生动鲜明,绘声绘色,既揭示了主题思想,又真实表现了人物的精神面貌。

第二,转变角色,表达民间情感。抗日民主根据地美术工作者在讲话精神的指引和整风运动的规约下,逐渐由画家向工人、农民和战士的角色转变。这种转变对画家来说无疑是一次精神洗礼,使他们在思想情感上也与人民大众紧密相连。他们拿起手中的画笔描摹农村生活,勾勒人民群众的情感诉求。

我国传统民间文化常用物品名称的谐音象征吉祥寓意,表达美好祝愿与期许,例如:"年年有鱼"的"鱼"谐音"余"代表生活富足,"石榴多子"往往代表人们渴望多子多孙,等等。罗工柳的《卫生模范、寿比南山》采用中心式构图,一位留着长须的老农坐在画面中央,胸前戴着卫生模范的大红花,画面上方左右对称刻画了两只象征长寿的仙鹤,下半部分也是对称地写着画题,并且以"回"字形纹来装饰。古元的《讲究卫生、人兴财旺》中,男孩上衣有元宝图案,腿上有一只蝙蝠,女孩手腕上有佛珠,腿上有一个"结"的图案。元宝和佛珠都是吉祥的物品,蝙蝠谐音"福",而"结"谐音"吉",这些都是吉祥如意、福气满满的含义。画面上方的条幅荷花围绕,荷花谐音"和",是和和美美之意。

力群创作的《丰衣足食图》,表现了陕北农家丰收后的美满生活。画面上一家人围坐在一起,劳动果实堆放在四周。几个孩子中,有拿着课本学习的,有抱着南瓜嬉戏的。一旁的父亲惬意地叼着烟袋,爱怜地看着几个孩子。母亲在忙着帮孩子换过年的新衣服。这幅图生动反映了百姓生活的舒适富足。作品中父母的衣服颜色以蓝色为主,配合整个画面金黄的底色还有黄色的谷物和南瓜,儿童的服装颜色则以红、绿色为主。整个画面颜色鲜艳明快,表现出了喜庆的气氛。

第三,塑造全新工农兵形象,高扬民间精神。当时的陕甘宁边区尽管生活艰苦，但是自由民主的社会风气和积极向上的精神状态确实在某种程度上感染了知识分子。木刻工作者从心底里热情讴歌抗日民主根据地自由的空气，通过木刻刀传达出抗日民主根据地全新的工农兵形象。农民一改以往愚昧、麻木、贫穷的形象，展现出健康、向上、乐观的新工农兵形象。

图3-12　古元木刻《秋收》　　　　　图3-13　木刻作品

在延安文艺座谈会之后，力群深刻认识到文艺要为工农兵服务，艺术创作要符合劳动人民的思想感情，因此，他在创作方式上发生了很大转变，逐步运用了一些具有民间色彩的元素，把民间艺术的一些表现手法融入自己的作品，创作出许多深受工农兵喜爱的艺术作品。他的作品《饮》中，一个肌肉强健、身躯魁伟的农民头上裹一块白毛巾，身穿一件土布背心，在强烈的阳光下，抱起罐子喝水。该作品强调光影和素描效果，因而人物的立体感、浑厚如雕塑的感觉被突出了。

彦涵的木刻艺术作品极具艺术张力，令人印象深刻。他创作的《移民到陕北》，画面分为基本相等的上中下三层。上层描绘了陕北当地百姓和八路军欢迎外来移民的场景，当地百姓吹着唢呐，带着吃食十分热情；中层表现了窑洞院子的场景，一男子牵着一头牛准备耕田，画面左侧一妇女在纺织，窑洞门口还挂有"建家立业"的标语，这种种情形表明新来的移居者已经安顿下来开始了新的生活；最下一层表现了农民的日常生活，做木工活、聊天、读报识字等等。画家在构图中用手持红缨枪站立的农民和一棵大树来稍稍打破呆板的三层分段的构图，使得画面生动活泼。

（五）民歌

民歌是民间音乐艺术一种代表性的艺术形式，在《讲话》之前已经成为艺术家关注的一个焦点。各抗日民主根据地各文艺团体曾先后多次组织人员到民间采集各地民歌。在采风的基础上，艺术家结合各抗日民主根据地的革命生产实际，利用陕北民歌、关中民歌、山西民歌、东北民歌、陇东民歌、陇西小调、河北小调等民歌形式改编和创作了大批新民歌作品。其中，以陕北民歌信天游形式创作的新民歌在这一时期占有重要地位，不但数量多，质量上也更为优秀，如《东方红》《南泥湾》《绣金匾》《军民大生产》《翻身道情》等，都脍炙人口。

陕北农民歌手李有源的《移民歌》，名扬四海，传唱至今。这首歌歌唱人民爱戴的伟大领袖毛泽东，赞扬以毛泽东为核心的中国共产党。《移民歌》用中国传统的夸张手法、丰富的想象和形象的比喻，表达群众最浓烈、最深层的感情，如赞扬爱戴的领袖为"大救星"，歌颂伟大的党为"红太阳"。这首歌一经问世，很快传遍全中国。李有源的侄子李增正曾作为移民队的副队长，领着几十位农民浩浩荡荡向南开进。他说："我们编这些歌，就是为了把工作做得更好，因为有些人还有些落后思想，不安心，想家。他们唱了这些歌，红红火火，就提起劲来了，想着南路的好处，就不想家了。"①

由马可和贺敬之创作的《南泥湾》高扬革命的主旋律，通过"花篮的花

图3-14 《移民歌》作者李有源

---

① 马可：《群众是怎样创工作的》，载《解放日报》1944年5月24日。

儿香……鲜花送模范"的欢快歌声，歌唱了革命队伍的战斗豪情、官兵之情、军民之情。现在无论在何方，只要《南泥湾》熟悉的旋律响起，总会让人想起老延安。正如周总理所说：民歌"虽然产生在解放区，但在全国都会受到欢迎，因为它来自人民，来自革命斗争生活，是朴素的，生动的，也是永远有生命力的"[①]。

《军民大生产》唱出了陕甘宁边区人民自力更生、战天斗地、艰苦奋斗的豪情壮志，他们积极响应党中央号召，在轰轰烈烈的大生产运动中，"自己动手，丰衣足食"，迅速改变了物质生活极度匮乏的局面。近半个世纪以来，这首歌广为传唱，鼓舞、激励着千千万万的人民去开拓去奉献去创造。周恩来曾赞誉道：它是当时国民党反动派企图把我们饿死的情况下，陕甘宁边区军民战胜一切困难支持抗战而产生的时代强音。

《绣金匾》是在甘肃庆阳民歌的基础上改编而来的，这首歌抒发了广大工农兵对毛泽东、朱德、周恩来等领导人的由衷热爱，以及对人民子弟兵八路军的无比感激，充分表达了陕甘宁边区人民对党和边区政府的真挚感情。歌曲层次分明、短小精悍，旋律明快畅达、起伏自然。歌词也全部采用老百姓的语言，通俗质朴且朗朗上口，所以一经编成便快速在整个边区广为传唱。

这些作品紧密结合实际，弘扬时代精神，激励人民奋进。正如冼星海所指出的，"在党中央文艺政策的领导之下，一切文艺创作都从大众化入手。因而这些作品更会被大众所接受，它具有简单，雄亮，活泼，轻松和现实等特点。它反映了抗战生活，提高了军队和人民的革命精神和政治觉悟"[②]。这一时期陕甘宁边区的音乐运动，普及范围之广，影响程度之大，堪称前所未有。

（六）民间说唱艺术

民间说唱艺术旧貌换新颜，参与了延安文艺的建构，最为典型的就是陕甘宁

---

① 王昆：《周总理鼓励我为人民歌唱——写在歌剧〈白毛女〉重新上演之际》，载《人民音乐》1977年第1期。
② 徐迺翔主编：《中国新文艺大系（1937—1949）·理论史料卷》，中国文联出版社1998年版，第98页。

边区对陕北说书的艺术改造。对陕北说书的改造主要从改造旧书匠、编印新书和发现并培训新说书人才三个方面进行。

其一，改造旧书匠。旧书匠的转变以韩起祥为代表。韩起祥创造性地改革了说书的音乐伴奏，增加了梆子、耍板等乐器，并把陕北信天游、道情、碗碗腔、秦腔、眉户等剧种的曲调融于说书中，使这一艺术形式更加丰满，尤其是将陕甘宁边区的新人、新事、新风尚融入陕北说书，创作出了《刘巧团圆》《翻身记》《宜川大胜利》等新书，拓展了陕北说书的表现内容。

《刘巧团圆》通过赵柱和刘巧曲折的婚姻经历，真实地反映了陕甘宁边区人民思想道德观念的深刻变化，青年男女勇敢冲破了封建礼教的束缚，有情人终成眷属。作品歌颂了陕甘宁边区政府，歌颂了新型的官民关系，有着十分鲜明的时代特色。作品适合说书艺术的特点，情节简单，节奏感强，人物虽不多，但都个性鲜明。比如刘货郎的奸猾狡诈、视财如命，王财东的恃富骄横、目中无人，赵老汉的憨直老实、盲目轻信，刘巧的天真单纯、爱憎分明，赵柱的勤劳勇敢、遇事沉稳，马专员的认真负责、有错必正，等等，都给听众和读者留下了深刻印象。当时延安文艺界对其评论很多，黎辛（解清）认为："读了《刘巧团圆》就会惊叹这位文盲眼盲的民间艺人对于新社会的深切观察与体验。书中不仅把刘巧、赵柱、马专员描写得自然、生动、贴切，关于'马锡五审判方式'在具体事件进行中的表现，也是非常恰当的。《刘巧团圆》说书的听者都能怀着快乐的心情，我想其主要原因之一应当是这说书使他们确信民主政府的司法能保障真正相爱的人民如意成亲，能保障人民的幸福和自由。民间艺人的创作和革命的具体政策如此亲密的结论，在现

图3-15 《刘巧团圆》书影

在还是罕见的。"①周而复则认为:"《刘巧团圆》以崭新的姿态出现于文坛,在这一意义上,它应该得到很高的评价。……旧说书固然是宣传封建思想的,但也可以宣传进步思想,……刘巧团圆也不免幼稚,然而活泼;不免粗糙,但是生动;这是接近自然状态的文艺,加工不深,刻画不细,不过却是有发展前途的文艺。"②而普通民众喜欢《刘巧团圆》,"更多是因为韩起祥娴熟的说书技巧,生动有趣的故事情节,而非对政治的兴趣"。这一点正说明《刘巧团圆》的民间性、表情达意的口头性。韩起祥不是创作好剧本、按照剧本进行说书,而是在说书中进行创作,因而他的说书"没有定稿",一直在变动。他每次说书都是在进行一次创作,因此高敏夫说道:"最近我又听韩说唱两次,在个别情节、字句方面,每次均有出入,有时增删的更精彩,有时反不如记录的原文,这与他说唱时的个人心境、情绪、周围的环境、人物等,全有不可分离的微妙因果与听众,不是三言两语可以概述的。"③

林山曾明确说:"熟悉旧说书和民间文艺,我以为就是韩起祥的文艺修养。"在韩起祥最初编新书时,延安的县委书记说:"你可以根据旧书的架子编成新书,做个试验嘛。"他于是想到旧书里有一段二流子抽洋烟的故事:二流子因为抽洋烟快死了,阎王说他阳寿未尽,便放他还阳转世。他就把描写阎王放他归阳的那一部分删掉,改写成二流子抽洋烟抽得快死了,政府请来医生给他打针吃药,同时对他进行批评教育。在政府的帮助下,受到感化的二流子戒了洋烟,同其他人一样积极参加劳动,最终过上了好日子。如此一来,就改编成了《吃洋烟二流子转变》这本书。韩起祥说:"我会80多部古书,从十四岁说书,一天没有间断。说书的时间长了,逐渐懂得要将书编好,就要组织好故事,人物是随故事而来的。编书行当有一句话说得好,白是骨头词是肉,内容和故事好比是人身上的血脉,哪些地方应该用唱词,哪些地方应该用道白,都是有一定规律

---

① 解清:《刘巧团圆》,载《解放日报》1946年9月4日。
② 周而复:《周而复六十年文艺漫笔(1935~1996)》,中国工人出版社1997年版,第333—340页。
③ 胡孟祥:《韩起祥评传》,中国民间文艺出版社1989年版,第240页。

的。"①另外，韩起祥编新书的目的不是书面流通，而是口头传播。他提到自己创作的"唯一动机，是认为一般农民会喜欢这个书，需要这个书"。他这儿的"书"指的是说书，而不是简单意义上的读书。因此尽管《时事传》是一本政治性很强的书，但经过韩起祥的改编，民众认为该书"好解下，容易记，说的老百姓话，前前后后有根据，时事说得完全"。由此可见，他的创作仅仅是为了"说"，而不是看。

其二，编印新书。部分专业作家也参与了新书的创作，最为著名的就是陈明创作、安波谱曲的长篇说书《平妖记》。这本书"不仅是写一个故事，并且在这个故事中，生动地揭发了封建鬼把戏"，而且"在这本通俗的诗篇中，人物的形象是不容易忘记的"，还有"作者不仅用了传统的形式，并且有所发展"②，所以在群众中广受欢迎。

其三，发现并培训新说书人才。1944年，丁玲在《解放日报》上介绍了当时颇受欢迎的流浪艺人李卜。丁玲在党报上介绍民间艺人李卜并非孤立事件，延安文艺座谈会后，陕甘宁边区艺术家们开始广泛地关注民间艺术，但是大多集中在秧歌、评剧、秦腔、歌谣、窗花等艺术形式上。说书改造受到关注是在1944年延安文教大会之后。这一时期，《解放日报》报道了各抗日民主根据地大量发现民间艺人的消息，比如木匠诗人汪庭、练子嘴英雄拓老汉、快板诗人孙万福等等。不仅在乡村，部队里也会时常发现文化不高但出口成章的"诗人"，他们都不是专业的文艺家，在当地却很有知名度。发现这些活跃在乡村的"地方人才"，成为延安新文艺的一项重要任务。如何发现？毛泽东要求知识分子"眼睛向下"并曾亲自召集陕北说书艺人韩起祥到他窑洞里说新书，鼓励他将新书"推向全国"，要"多多带徒弟"。

丁玲的文章发表后，冯乃超写文章在国统区的杂志上给予回应，该文发出后，立刻被《解放日报》转载。文章认为，今天的延安，寻找民间艺人的方法，"既不是旧日的抢或绑，也不是今日极为流行的买"，"更不是嫖妓女那样的

---

① 胡孟祥：《韩起祥评传》，中国民间文艺出版社1989年版，第97页。
② 陈明著，安波曲：《平妖记》，生活·读书·新知三联书店1951年版，第131页。

捧，而是尊之为老师，使他自动为人民服务的新方法"。然而这些底层民间艺人与真正的艺术家还是有一定距离的，需要对其培训和改造。

　　1945年4月，陕甘宁边区文协正式成立了说书组，说书组的任务是在发展民间曲艺的同时，对说书艺人进行联系、团结、教育和改造。尽管这些旧艺人对旧社会生活相当熟悉，对民间方式的运用把握得很好，但他们过于守旧，缺乏新颖别致的观点，对新时代新生活新人物不熟悉。说书组对民间艺人改造采取"具体帮扶，个别改造"的政策，分三个步骤进行：第一步，记录旧书目，了解说书人，同时对其进行个别教育，启发他们在原有书目的基础上，取其精华、去其糟粕，适当加入反映陕甘宁边区生产生活的新内容。第二步，向说书艺人灌输新思想新理念，提高他们的思想境界，并由知识分子和说书艺人共同创作出新的说书作品。第三步，由民间艺人改造的榜样韩起祥现身说教，传授自己的经验方法，帮助改造更多的说书艺人。在韩起祥的带动下，陕甘宁边区出现了如杨生福、高永章、冯明山等说书人才，陕甘宁边区说书从此蔚然成风，"至1946年，到处都有新说书，陕北说书已成为新文艺运动中一支重要的力量"[①]。

---

① 曹伯植：《陕北说书概论》，陕西人民出版社2010年版，第143页。

第二节

民间文化与延安文艺家的文艺转型

《讲话》对民间文化的高度肯定和大力弘扬,与中国共产党构建自身的文化秩序密切相关。民间文化的深层介入,打破了历史长河中精英知识分子掌控文化权力的历史情境,一方面强化了党对文化的领导权力,另一方面让文化权力主体由知识分子让位于普通人民。"无论从《讲话》所立尺度还是在其影响下延安文艺的实践来看,瓦解文化上根深蒂固的'知识分子中心论',都是唯一目标。知识分子自命精英,则对以'大众化'和'为工农兵服务';知识分子崇洋媚外,则对以'民族风格''民族气派';知识分子追求高精尖,则对以'普及'、'通俗化'、'民间形式'……要之,一切以抵消知识分子立场为本。"①以此为契机,延安文艺家走上了文艺转型之路。

一、延安文艺家转型中的自觉与迷失

经过整风运动对知识分子精神的洗礼,知识分子对民间文化的认同也从原来的抵触和漠视到主动贴近和深入挖掘。伴随着文化姿态的转变,知识分子的创作转型也成为必然趋势。张庚在1946年所谈到的他的创作转变可以说是延安知识分子转型的一个显在实例:

> 整风以后,毛泽东同志指示我们,先要做老百姓的学生,然后才能够做他们的先生;教我们放下臭架子,甘当小学生。这样大多数戏剧工

---

① 李洁非、杨劼:《解读延安——文学、知识分子和文化》,当代中国出版社2010年版,第143页。

作者才渐渐醒悟过来，开始严肃地注意到陕北民间流行的艺术——秧歌上面来了……把从前那种看不起它的心理完全翻了过来，成为激赏了。①

当然，知识分子的这一转变也并非一帆风顺、顺理成章的，而是经过了一个艰难的转折过程。

草明曾谈到欧阳山和毛泽东在延安文艺座谈会前的交谈时这样说："我正在暗暗惊叹中，听毛主席说作家要改造非无产阶级思想，深入工农兵生活，才能更好地为工农兵服务的道理，心灵不禁震动了一下。我以为自己参加革命都十年了，难道大脑里还是非无产阶级思想？十年来写的是工人和劳动人民，难道我还不熟悉他们？"②直到后来延安文艺座谈会召开，听了朱德、陈云等的发言，草明的思想才产生了大的转变：

> 老革命的一席话，如一把重锤，把我头脑里的小资产阶级思想敲得七零八落。当然，思想这玩意儿是顽强的，并不是锤就能砸没了的。但是可以说，我已自觉得小资产阶级思想感情对一个革命者来说，实在没有保留的价值，应该摈弃它，而且越快越好。后来陈云同志发言时，又提到有些作家以为自己有读者，就骄傲起来，其实，先是工农兵做了事，作家才有得写，有什么可骄傲的呢？群众欢迎作家，是因为他的作品能反映他们的思想感情。一个革命作家，一个和工农兵在一起的作家，才会得到革命群众的欢迎，以为自己无论拿什么作品出来总会有群众，这就错啦……陈云同志的话，明白无误地使我了解到工农兵的斗争生活是第一性的，是我们的写作源泉。资产阶级的唯心论是和无产阶级的唯物史观格格不入的。我愈是琢磨，愈觉深刻，这是他们赠给我们的开窍良药啊！③

转变思想要在基层实际生活的锻炼中完成，是对原本陌生的工农兵群体的归

---

① 张庚：《谈秧歌运动的概况》，见《延安文艺丛书》编委会编：《延安文艺丛书·文艺理论卷》，湖南人民出版社1984年版，第488页。
② 草明：《草明文集》（第5卷），中国青年出版社2012年版，第369页。
③ 草明：《草明文集》（第5卷），中国青年出版社2012年版，第361页。

属及身份的认同。杨朔曾说:

> 抗日战争初期,我在华北敌人后方乱串了几年,长年在农村里,部队里,表面上跟战士、农民混在一起,好像"深入群众"了,骨子里却象一滴油滴到人民的大海里,总是漂在浮面上……是不是我的外貌影响了我接近群众?有一点,但不全是。真正的要害却在于我的思想。我嘴里不说,心里多少有点自大,有意无意地夸大了文艺的功能,以为这是属于高贵的思想领域的工作,不同凡响。自己搞文艺,自然也就不同凡响了,于是表现在外面的言语举动不自觉地带着一种优越感。群众对你望而生畏,你怎能接近他们呢?但也正是敌后那几年,事实教训了我。是谁在火线上冲锋陷阵,拿性命来保卫灾难的祖国?穿了军装的农民!是谁在后方一把汗一把力地生产,支援前线?还是农民!我做了些什么呢?手不能提,肩不能挑,打起仗来,倒变成个累赘,要人家来照顾我。摇摇笔杆子写点东西,比起人民创造历史的伟大斗争,渺小得连肉眼都看不见,有什么值得夸耀的?人民对你却又那么热情。①

这是草明、杨朔对个人改造经历的叙述。他们经受身心的磨难,对小资产阶级思想从坚持到放弃,最终打通了思想上的关节和包袱。尽管他们的转折是个案,但却具有相当的代表性。

由此可见,延安知识分子的转变在《讲话》前已经开始,但是当时还停留在自发状态。知识分子精英话语在延安出现窘境,从杂文运动成为整风重点对象已经开始初步显现。1941年到1942年,延安文坛上掀起了一个创作杂文的文学浪潮,涌现出丁玲的《三八节有感》、萧军的《论同志之"爱"与"耐"》、王实味的《野百合花》、艾青的《了解作家,尊重作家》、罗烽的《还是杂文的时代》等一批杂文作品,对当时的一些问题进行暴露与批判。

与文学领域杂文浪潮几乎同步的还有美术领域的一个事件也值得关注,这就是"讽刺画展"。"讽刺画展"于1942年2月15日至17日在延安军人俱乐部首次展

---

① 杨朔:《我的改造》,见《杨朔文集》(上卷),山东文艺出版社1984年版,第595—560页。

出,展出了张谔、蔡若虹、华君武等艺术家的作品共计七十余幅,对延安新社会残存的某些糟粕进行了批判和讽刺。文艺界的这次"暴露"浪潮,显示出了精英知识阶层在文化权力中的主动状态,也显示出精英知识分子在文化选择上的独立姿态。但是,这种以精英文化为核心的文学实践显然与中国共产党的文化秩序和文化理想存在着明显裂痕,必须予以弥补和矫正。起初的弥补和矫正仍然停留在文艺领域的争论和批评,但随着整风运动的展开,这种弥补和矫正就以政治的强制和思想的批判为主要手段来完成。

即使在《讲话》之后,知识分子的精英化创作也并未彻底消失,间或仍会引起波澜。在延安时期,还有一个较为典型的文艺现象也可以看出知识分子精英化的艺术追求,这就是发生在1942年夏秋之际的"马蒂斯之争"。延安画家庄言在1942年2月参加鲁艺河防将士访问团慰问部队官兵的途中,创作了多幅油画,主要是以看到的山川、田野、农家、窑洞为题材,反映了边区风土人情,农村和部队生活。其中,《陕北农家》描绘的是一位老农妇坐在窑洞门口全神贯注地做鞋子,在她身边有个小孩在无忧无虑地玩耍;《延安军马房》展现了十几匹膘肥体壮的战马在黄土山崖下的马房外安静歇息的情景;《陕北好地方》的画面是五个身形矫健的农民在黄土高坡上辛勤播种;《清涧美丽石窑山村》展现的是清涧县石板窑洞山村古色古香的美丽风景。同年5月下旬,河防将士访问团慰问结束后,庄言回到鲁艺,选择了部分作品,同马达、焦心河共同举办了作品联合展。其间,庄言将赴前线沿途创作的多幅水彩作品及油画展出,给了参observer耳目一新的感觉,却也引起了一场不小的论争。从前线回来的文艺工作者批评指出,前方战士正在激烈打仗,延安竟有人沉迷于马蒂斯、毕加索的色彩和形式,这是非常不合时宜的。

据华君武回忆说,前方的文艺工作者条件十分艰苦,例如木刻工作者陈九就是在战斗中牺牲的。他们回到延安后,看到有的同志还在画田园风景,玩弄色彩,就不免提出批评,因此就爆发了"马蒂斯之争"。"马蒂斯之争"从侧面透露出延安乃至各抗日民主根据地文化权力之间的一种较量,"在延安的政治、文化环境中,马蒂斯之争这一事件像一个信号,显示了乃至预示着西方文化和西方文艺在1942年整风运动以后，以及后来更长的历史时期内在中国陷入的困境"①。

二、延安文艺家的自我更新与文化重构

知识分子精英文化陷入困境，必然会带来知识分子文化转型。当然，这次的知识分子文化转型不仅仅是在原有的文化体系内的自我更新，而且意味着与原有精英文化的彻底决裂；不单单是从艺术形式上，更是从精神层面上投身于民间文化的怀抱，实现自我文化灵魂的彻底转变。毛泽东在《讲话》中举过自己的例子，预示着知识分子的文化破坏和文化重构的转型之路：

> 我是个学生出身的人，在学校养成了一种学生习惯，在一大群肩不能挑手不能提的学生面前做一点劳动的事，比如自己挑行李吧，也觉得不像样子。那时，我觉得世界上干净的人只有知识分子，工人农民总是比较脏的。知识分子的衣服，别人的我可以穿，以为是干净的；工人农民的衣服，我就不愿意穿，以为是脏的。革命了，同工人农民和革命军的战士在一起了，我逐渐熟悉他们，他们也逐渐熟悉了我。这时，只是在这时，我才根本地改变了资产阶级学校所教给我的那种资产阶级的和小资产阶级的感情。这时，拿未曾改造的知识分子和工人农民比较，就觉得知识分子不干净了，最干净的还是工人农民，尽管他们手是黑的，脚上有牛屎，还是比资产阶级和小资产阶级知识分子都干净。这就叫做感情起了变化，由一个阶级变到另一个阶级。我们知识分子出身的文艺工作者，要使自己的作品为群众所欢迎，就得把自己的思想感情来一个变化，来一番改造。没有这个变化，没有这个改造，什么事情都是做不好的，都是格格不入的。②

其实，毛泽东的这段话有两层意味：一是要不要转的问题，二是怎么转的问

---

① 王培元：《抗战时期的延安鲁艺》，广西师范大学出版社1999年版，第149页。
② 毛泽东：《在延安文艺座谈会上的讲话》，见《毛泽东选集》（第3卷），人民出版社1991年版，第851—852页。

题。要不要转的问题很明晰，如果不转变，就不是代表无产阶级的文艺，而是代表资产阶级和小资产阶级的文艺。怎么转的问题，就是要走工农化道路，全身心地、彻头彻尾地转变，其实也意味着彻底的去知识分子化，不但包括言行举止、思想情感，还包括文化体系。

在延安知识分子精英文化陷入困境的同时，具有民族风格和民族气派的民间文化却受到了政治权力的高度认可，也获得了知识分子的广泛关注和深入挖掘，开始成为陕甘宁边区文艺的主要文化资源。在陕甘宁边区，陕北独特的民间文化，尤其是陕北民歌、陕北说书、陕北唢呐、陕北秧歌、陕北剪纸、陕北道情等陕北民间文艺，也从长期的民间传播体系开始进入主流话语体系，并参与到延安文艺的建构中。延安知识分子一方面打破原有文化体系的束缚，开始将民间文化引入文艺创作，创作了一批民间化、大众化的文艺作品，实现了自身的文化转型；另一方面开始思考如何使民间文化与陕甘宁边区的经济社会建设相结合，将旧文艺形式改造成新文艺形式，使民间文化变成延安文艺的一个重要组成部分。

三、延安文艺家的转型路径

当时受五四新文化影响的一大批艺术家都面临着文化转型的问题，但是每个艺术家的转型之路却呈现出不一样的发展路径。对当时延安的艺术家，我们可以大体分三个类型来分析他们的转型之路。

第一类是丁玲、周立波、刘白羽、草明、周而复、卞之琳、欧阳山等外来艺术家。他们大多是大城市出身或者是上过大学的文化人。这些艺术家接受过五四新文化的熏陶，有些更是新文学中重要的创作者，如丁玲来延安之前已经发表了《莎菲女士的日记》《梦珂》等小说，因此成为最早到达延安的知名作家之一。有些艺术家尽管之前在艺术创作上并未充分展开，但是已经接受过系统的西方文化和五四新文化熏陶，如周立波在来延安之前就是左翼文学阵营中一位重要的文学理论批评家和外国文学翻译的行家里手，写出了《文学中的典型人物》《艺术的幻想》《形象的思索》《文学的界限和特性》等一批文学评论文章，并且翻译了基希的《秘密的中国》和肖洛霍夫的《被开垦的处女地》，到达延安之后在鲁艺讲授外国文学，其讲述的《安娜·卡列尼娜》是当时最受学生欢迎的课程之一。这批作家受他们的文化传统和外来者特征的限制，其文化转型之路走得异常艰辛。他们既流连于自我过去的文化表达，又表现出对民间文化的主动亲近。但是，两种文化的冲突和他们对民间文化的隔膜使他们在延安时期的文学表达呈现出一种割裂感，就是民间艺术形式和民间语言游离于文学叙述体系之外，文本内部的方言应用和民间文化烘托无不让人感觉只是为了应用民间形式而生硬地将其加入文学叙述，整个文学基调仍然是知识分子的话语方式。

丁玲的《太阳照在桑干河上》，讲述的是解放战争时期华北地区的土改斗争。作为一部现实主义小说，而且是一部自觉实践《讲话》提出的工农兵文艺方向的作品，写了内战爆发在即，解放区在缺少准备、缺乏经验的种种严峻考验下，进行土改斗争的复杂性和艰巨性。作品塑造了一系列成功的人物形象，生动反映了中国农村正在发生的巨大历史性变革。丁玲对人性的深入挖掘和解剖，使读者看到不同阶级的人性赖以生长的社会制度和历史文化的根基。在这一意义上，《太阳照在桑干河上》具有一种普遍的价值和意义，远远超越了反映土改斗争的题材和主题局限。但是，我们也应该看到，该作品仍然没有完全摆脱作者此前创作中的惯性。我们不仅可以从黑妮等人物身上，看到丁玲早期创作中青年女性的影子，而且作品或多或少地留下了作者早期创作中善于解剖病态的、不幸的灵魂的印记。正因如此，丁玲在这部作品中写到的"新人"形象，或"旧人"身上正在生长着的新品质，较之她剖析过的那些黑暗人物和农民形象而言，就相形见绌，有的人物甚至给人一种平面浮雕式印象。由此可见，批评人士认为作者没有写好写活一些"新人"形象，是有一定道理的。但作者在描写和解剖"旧人"灵魂方面，确实达到了相当的艺术深度。

在《讲话》后，周立波便开始积极反思自我，认为自己骨子里的那种小资产阶级知识分子的阶级意识阻碍了他与群众的接触与交流。为了拉近同群众之间的距离，根除思想中的小资产阶级意识，周立波积极响应党的号召，深入群众，深入生活，从而创作出了《暴风骤雨》。该作品是周立波实际参加土改运动后的产物。这部作品的问世使周立波的创作开始迈向成熟，不仅在创作风格上独树一帜，在语言的运用上也逐渐朝着民间化、大众化方向前进。作者大量借鉴东北的方言土语，使人物的语言同人物的身份更加契合，人物形象生动活泼、富有个性，故事情节贴近生活、质朴而丰盈。小说描写了以萧祥为队长的土改工作队来到了松花江畔的元茂屯，发动贫苦农民与恶霸地主韩老六展开斗争的故事。在处决韩老六后，韩老六的弟弟带领土匪反攻倒算，妄图扼杀新政权。在共产党员赵玉林和青年农民郭全海的带领下，百姓击垮了阴险狡猾的地主杜善人。此后，郭全海报名参军，走上了解放全中国的道路。《暴风骤雨》具有鲜明的民族特色，人物刻画惟妙惟肖，语言极具地方色彩。小说以大气磅礴的革命气势、鲜明的阶级爱憎，再现了新民主主义革命时期中国农村暴风骤雨般的阶级斗争。

欧阳山的长篇小说《高干大》以延安地区的真人真事为题材进行创作。这部小说无论是矛盾冲突的布局、人物形象的塑造，还是文学语言的锤炼，都显得与众不同。作者站在时代的高度上，以一个政治家、哲学家敏锐的眼光，预感到一场伟大的社会主义农村革命即将到来，对于陕甘宁边区的农村新经济建设、合作社的发展方向等一系列现实问题，都做出了生动的艺术概括，启迪了人们对社会主义农村经济建设与农业改造的新探索。作品讲述了任家沟合作社在主任任常有的领导下一直走下坡路，社员对此非常不满。副主任高生亮为满足大家的实际需求，办起了医药合作社。尽管他的这一做法受到了各种势力的反对，但在群众的支持下，他最终抵制了各方阻力，进一步办起了纺织厂，承包了公债、公盐和公粮。这些举措有力推动了生产的发展，使合作社起死回生。该小说批判了某些干部主观主义和官僚主义的倾向，高度赞扬了实事求是的工作作风。高生亮是欧阳山精心刻画的有着鲜明个性的人物，他出身农民，有着强烈的事业心和奉献精神，也有着农民自身的局限性。《高干大》不仅是欧阳山创作道路上向民族化转变的一个新起点，也是《讲话》发表之后认真实践文艺为工农兵服务方向的优秀作品。即便如此，在作品人物结局的安排方面，还是流露出了作者对五四自由精神的眷恋。《高干大》中，在描写合作社经济发展道路的路线之外，还贯穿了一条爱情线索——高生亮的儿子高栓儿与任常有的女儿任桂花的感情纠葛。由于任常有的阻挠，任桂花嫁给了巫神郝四儿。婚后的任桂花经常遭到郝四儿的欺侮，于是多次向上级部门申请离婚，但最终都没有得到批准。相爱的任桂花与高栓儿一直保持着私情，在一次约会中，被郝四儿设计捉奸。郝四儿以此要挟高栓儿和自己一起破坏合作社发展，高栓儿没有答应，随之两个人发生了一场恶斗，在恶斗中，郝四儿不幸摔死在深沟里。这样，高栓儿与任桂花就很自然地结合在一起。欧阳山借助这一对男女的爱情，复苏了五四时期对理想爱情的追求，任桂花和高栓儿这对有情人，是在作者的操控下才得到了完满的结局。郝四儿这个本可以进一步接受改造的反面人物，没有机会再接受改造，只能伴随着欧阳山对爱情理想的执着追求而寂然死去。

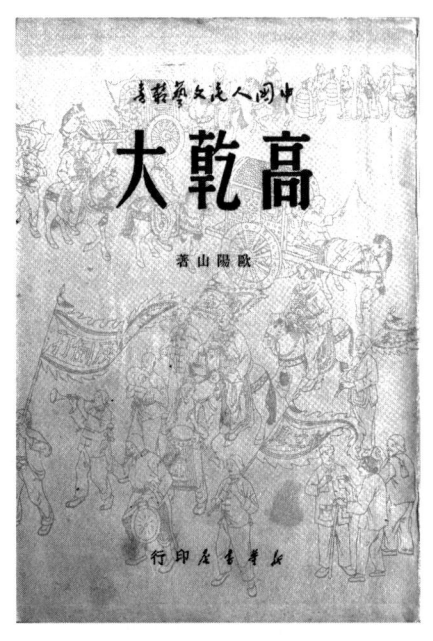

图3-16 《高干大》书影

第二类是柳青、赵树理等作家。这批作家尽管也接触和学习过西方文化和五四新文化，但是这些文化并未在这些作家身上形成固化的文化影响。相反，他们从小生活在边区的文化土壤中，对于北方民间文化的吸收和应用就没有太多的文化隔膜。所以，他们的文化转型之路相对于丁玲、周立波等外来作家要容易很多。正如周立波（立波）所言："在心理上，强调了语言的困难，以为只有北方人才适宜于写北方，因为他们最懂得这里的语言。一个南方人来表现这里的生活，首先碰到的就是语言的困难。"[①]"本土派"作家在《讲话》之后开始充分展现出自身优势，他们对自己生活的地方风俗和民间文化烂熟于心，对民间文化也并没有第一类作家那样抗拒和隔膜，对解放区的民间口语运用娴熟，更对身处其中的群众的思维方式了然于心。

《讲话》后，赵树理以《小二黑结婚》《李有才板话》将民间文化与革命文

---

① 立波：《后悔和前瞻》，载《解放日报》1943年4月3日。

艺巧妙融合,迅速成为抗日民主根据地乃至后来解放区文学的一面旗帜,被树立为"赵树理方向"。他是一位执着于写农村的作家,由于其生长于农村,对农村的田间地头、乡里四邻有着天然的亲近感,也正因为如此,他的作品便注定不是写给知识分子看的。在赵树理心中,他所预定的自己作品的理想阅读者自始至终都是农民。他始终站在工农兵的立场上,通过文学作品传递民间声音。赵树理用质朴无华的语言表现了农民群众丰富的内心世界,以自己独特的视角对广大农村和农民的生活给予了极大关注,他的作品《小二黑结婚》《李有才板话》《锻炼锻炼》《登记》《李家庄的变迁》《三里湾》等,都是为农民而作,这无疑反映了他坚定的民间立场。

《李有才板话》反映了农民与地主之间的斗争。斗争围绕改选村政权与减租两个问题展开。老奸巨猾的老村长阎恒元把持村政,遭到村民不满。李有才编快板这样描述:"村长阎恒元,一手遮住天,自从有村长,一当十几年。年年要投票,嘴说是改选,选来又选去,还是阎恒元。"李有才用他的快板反映了村里的人和事,表达了大家的态度和立场。作者的笔触轻松、幽默,同时又严肃、热情。

柳青也凭借《种谷记》《铜墙铁壁》对陕北民间文化进行了文学呈现,成为延安时期一位重要的作家。这一时期柳青的

图3-17 《小二黑结婚》书影

作品与大众的斗争生活紧密相关,他把人物个人的命运和阶级的命运联系起来,探求生活真理,描述乡村故事,抒发群众情感,并使主人公致力于为人民大众的革命事业而奋斗,表现出革命战士对生活变革的个人体验。由于柳青对中国农村知之甚深,和农民感情甚笃,所以他对农村变革的现实图景和各类人物的描绘就自然要比其他作家更为贴切和深入。柳青长期扎根农村,直接投身斗争,他的文

学创作几乎都是深入生活的产物，能够正确地反映我国农村错综复杂的矛盾。陕甘宁边区时期，柳青在米脂县当了三年文书，整天一身农民装束，与农民在一起，并通过工作、生活上的交流和人民群众在感情上逐渐融合，从实践中积累了大量真实的、生动的创作素材，为他进行文学创作奠定了深厚的基础。之后，他根据在农村生活的体验，成功创作出了反映解放区农村生活的长篇小说《种谷记》。小说通过对王家沟组织集体种谷过程的具体讲述，真实反映了陕北农村由个体农业生产走向集体生产的深刻变革，既写出了各阶级与阶层之间的矛盾斗争，也表现出了农民群众思想上的变化。小说表明，农民只有互助合作，响应集体经济的政策，才能彻底摆脱贫困。作品中的场景、人物、细节等都是生动且真实的材料，反映的也是正在变革的农村发生的真实变化，充溢着浓烈的生活气息，以艺术描写的自然、逼真感染读者，并流传后世。柳青的文学创作基本是以现实主义的精神全景式地展现农村中各个阶层的心理变化。由于柳青拥有丰富的生活阅历，对同一类型的人物从生活习惯、兴趣爱好到动作姿态，甚至思想感情都了如指掌，才能够把典型因素融汇于个性之中，塑造出各式各样有生命的、有魅力的典型人物形象。

第三类是从民间文化内部成长起来的韩起祥、李卜、孙万福等民间艺术家。他们从未接受过西方文化和新文化的熏陶，自幼成长于民间文化之中，并在民间社会中承担着传承民间文化的使命。但是，陕北民间文化因为地理位置的原因，交流的环境相对闭塞，文化传承关系相对简单，因此，陕北民间文化既保存了原始民间艺术的风貌和众多传统艺术样式，也承载了民间文化的诸多污垢。这样一种原初的民间文化显然与中国共产党的民间文化构建存在着诸多不合，必须加以改造，使旧文艺转化为新文艺。

韩起祥就是旧文艺工作者改造为新文艺工作者的一个典型代表。他从小跟着师傅学习陕北说书，辗转各地卖艺。1942年延安文艺座谈会后，边区出现了一大批新戏剧、新秧歌和新曲艺，韩起祥听到后大受启发，于是奔走借新书，得到了《抗日三字经》和两个剧本，对其进行改编演唱。翌年，边区开展反封建迷信运动，由剧团陈新引荐，韩起祥在延安县三干会上说《武松打虎》引起极大反响。

1944年8月，韩起祥在参加陕北说书讨论会时，结识了贺敬之、马昆、桑夫、赵营等文艺界领导与作家，之后便应邀到鲁艺，与张庚、吕骥、马可、安波共同编写了《反巫神》《二流子转变》等新书。他坚持学习科学文化知识，学习毛泽东和马克思列宁的著作，一面体验生活，一面改编旧作，在新书中增添时代内容。同时，他还改进三弦用法，发挥伴奏技巧；研究曲调、板眼，把多种曲调融于唱腔，创造了陕北说书的新特色。经过了这一番文化改造后，韩起祥最终从一个传统民间艺人成长为一个红色说书人。

因为家境贫寒，李卜自幼学做木工、瓦工，后来跟随戏班演唱戏曲。陕西秦腔、河北梆子、河南豫剧他都擅长，尤其喜欢陕西眉户和陕北民歌。一曲《张连卖布》唱红了陕北黄土高原和甘肃陇东地区，使李卜成为当时很有名气的民间艺人，人称"眉户王"。1940年冬，陕甘宁边区民众剧团在富县演出，李卜看后直言："这是一部打富济贫、惩恶扬善的好戏，就是唱腔和做工还不精细，演戏没有功夫不行。"这话恰巧被民众剧团的工作人员听见，他们随即告诉了团长柯仲平。慧眼识人的柯仲平在听其唱腔、观其做戏后，三次登门拜访，最终请来李卜到民众剧团当声乐教练和舞台导演。柯仲平回忆道："为收李卜像请诸葛亮一样。我们把群众送来的羊杀了，摆宴请他吃，对他简直好的不得了，尊之为师，请李卜来，如军队得了大将。"[1]在陕甘宁边区民众剧团，李卜先后协助创作演出了经久不衰的秦腔现代剧《血泪仇》《穷人恨》，秧歌剧《兄妹开荒》《夫妻识字》等。

孙万福幼时家境贫寒，未曾读书，然其天资聪颖，博闻强记，可即景吟唱。陇东乡村办社火，他常扮演"春官"，乡邻过红白喜事，他常当总管，在当地颇有名气。渐渐地，孙万福由一个普通农民成长为一个家喻户晓的劳动诗人，创作了许多耳熟能详的歌曲。其中有颂扬毛主席丰功伟绩的《歌唱毛主席》，有歌唱边区美好生活的《我们边区像清泉》，有赞扬边区党政军干部的《马专员》《王旅长》《自卫军》，有配合政治运动、宣传党的方针政策的《抗战剧团》。这些

---

[1] 柯仲平：《柯仲平文集》（3），云南人民出版社2002年版，第288页。

歌曲以饱满的激情歌颂了人民领袖的光辉形象，赞扬了革命干部、战士为人民鞠躬尽瘁的英雄业绩，无情抨击了压迫人民、破坏革命的阶级敌人。在孙万福的带动下，陕甘宁边区涌现出了不少讴歌革命及解放运动的革命民歌创作者，先后创作的革命民歌有《毛主席像太阳》《做军鞋》《心里好宽畅》《上前线》《人穷心里红》《是你救了我的命》《亮星上来天亮了》《今天我们才富起来》等。这些民歌从各个角度、各个层面，表达了人民热爱共产党，热爱毛主席，热爱边区，支持、相信、依靠共产党，依靠中国工农红军、八路军的真挚感情。

　　《讲话》给延安文艺界带来了新的生机与活力。此后，在马克思列宁主义和毛泽东思想的指导下，延安文艺蓬勃发展，取得了巨大成功。《讲话》后延安文艺的发展经验对于我国社会主义文艺的发展具有重要意义，促进了我国新时期文艺的不断繁荣。《讲话》精神，无论在革命时期，还是在新时代，都指引着民间文化的走向，成为砥砺一代又一代文艺工作者不断前行的精神火炬。

第四章 陕北民间文化与延安文艺的建构

陕北是草原、沙漠和黄土高原的融合区，又是历史上汉族与少数民族频繁往来的交汇地，是我国农耕文化和游牧文化的杂交融合地带。陕北独特的地理地貌特征形成了独具风情、颇具地域文化色彩的黄土文化，独特的黄土文化造就了狂放不羁、朴实憨厚的陕北人。他们吃着小米饭，喝着黄河水，穿着羊皮袄，住着土窑洞，唱着信天游，吸纳异质（非正统）文化功能较其他地方要强，受儒家文化或中原文化影响较弱。

在漫长的封建社会，陕北作为边陲重地，是历朝历代兵家必争之地，因而具有极其重要的战略地位，吴起、蒙恬、范仲淹、狄青、沈括、李自成等历朝历代的文臣武将均在此地叱咤风云，指点江山。尽管历史如此辉煌悠久，但由于山丘连绵，沟壑纵横，战争频仍，气候恶劣，远离中原，直到清末，陕北仍是偏于一隅的边塞之地，荒凉、野蛮、粗俗仍是此地的代名词。

陕北民间文化是由陕北社会底层的劳动人民创造的、古往今来就存在于民间传统中的自发的民众通俗文化。它包括民俗、民间文学、民间艺术三大部分，具有自发性、传承性、俗化和程式化、适用性、娱乐性等几大审美特征。延安时期，革命和战争使民族的凝聚力空前加强，过去被掩盖的、不被人们重视的民间文化，因为抗战的需要逐渐上升为民族精神和民族传统的体现者，受到以毛泽东为核心的中共领导人的高度重视。陕北民间文化尤其陕北民间文艺成为建构"中国作风与中国气派"文艺运动的核心因素备受重视。

这样，陕北民间文艺由最初仅仅活跃于陕北普通民众间的民俗与文艺形式，到逐渐成为被延安时期知识分子借鉴和改造的文艺形式，融进延安文艺之中，成就了延安文艺的民族化、大众化、通俗化特征。陕北民间文艺在知识分子的改造下，成为延安文艺的一个有机组成部分。知识分子将陕北民间文艺，如陕北民歌、陕北说书等，或直接运用于文本之中，或汲取民间文艺本身具有的通俗化、大众化等特点。延安文艺对陕北民间文艺的汲取与改造不仅拉近了作品与普通民众之间的距离，而且在深层次上消除了知识分子和普通民众的精神隔阂。

第一节

走进延安文艺视野的陕北民间文化

一、陕北民间文化的典型形态

陕北说书、陕北民歌、陕北剪纸、陕北秧歌、陕北腰鼓等陕北民间文艺，经过历史长河的冲刷，已然活跃在陕北人民的生活之中，受到人民群众的喜爱，就连非本土的人们在提到陕北民间文艺时，脱口而出的也是陕北民歌、陕北说书等。陕北说书、陕北民歌、陕北剪纸、陕北秧歌、陕北腰鼓等已成为陕北民间文化的典型和代表。同时，这几种陕北民间文艺都有着悠久的历史、独特的艺术特色及一定的社会功用，它们蕴含着陕北人民在长期的生活实践中累积起来的生活理想、价值情感与心理诉求。

不论是陕北说书，还是陕北民歌，或是陕北剪纸，抑或是陕北秧歌、陕北腰鼓等，它们虽然艺术表现形式不同，但作为陕北民间文化的重要组成部分和典型形态，它们又是相互联系的，存在着共性与相通之处。

（一）陕北说书

陕北说书主要流行于延安和榆林等地，最初由陕北民间穷苦盲艺人采用独具陕北地域文化色彩的民歌小调演唱一些传说故事，后来吸收眉户、秦腔、道情和信天游的曲调，逐渐形成由陕北民间艺人说唱、表演故事的说书形式。陕北说书的传统表演形式是艺人采用陕北方言，手持三弦或琵琶自弹自唱、说唱相间地叙述故事。陕北说书的曲调激扬粗犷，优美动听。陕北说书艺术源远流长，但具体起源的时间无法考证。古代文化典籍中有很多关于盲艺人的记载，比如《周礼·春官宗伯》载"瞽矇掌播鼗、柷、敔、埙、箫、管、弦、歌",《诗经·周颂》载"有瞽有瞽,在周之庭",《国语·周语上》载"瞽献曲,史献书"等,这些典籍中的"瞽"指的就是盲艺人,这就为源远流长的陕北说书,增添了丰富的文化底蕴。

陕北传统说书的书目据不完全统计有二百多部,包括《雕翎扇》《对鞋记》《金镯记》《观灯记》《黄鹰记》《白绫记》《花柳记》《万花山》《戏引记》《杨家将》《四岔捎书》《聚仙楼》《偷鞋记》《金钟记》等,内容包括三皇五帝、才子佳人、贤臣良将、神话鬼怪、侠士豪杰等。陕北说书历来深受陕北人民的喜爱,这与陕北说书丰富多样的艺术特色是分不开的。在内容上,陕北说书与人民群众的现实生活紧密相连,它所反映和表现的内容都是人民群众所关心、喜爱的内容,并且通过内容的传达,寄托他们的理想和情感。在具体的作品上,表现为故事都以善恶有报的圆满方式结局,比如长篇《玉簪记》,故事的主人公在历经坎坷和磨难后,最终阖家团圆,恶人也受到相应的惩罚,"刘宝童亲自回到昔阳县,修造了自己的房屋,聚家团圆。……将朱举人家烧成饿马槽坑,浮财底财一律烧尽"[①]。这种善恶有报的结局和听众爱憎分明的观念是密切相连的。在主题上,陕北说书有鲜明的劝世育人的倾向性。人民群众从自己的生产生活实践中,总结出为人处世的道理,并用这些道理来劝人向善,热爱生活,对那些好吃懒做、危害社会的人与事进行批评和劝诫。比如短篇《酒色财气》,酒色财气是每个人都会遇到的,关键在于把握好度,只有这样,才能"增福增寿又增安"[②],否则后果不堪设想。

陕北说书擅长运用夸张、白描、比兴等修辞方式,使其具有人物鲜活、故事形象、叙事直接等特点。比如传统曲目《大脚娘》,为了突出大脚娘的脚大,"做了三年的底,二年的帮,……五年一双鞋没做成"[③],听来使人忍俊不禁,

---

① 曹伯植主编:《陕北说书传统曲目选编·长篇集》(中),陕西人民出版社2010年版,第189页。
② 曹伯植主编:《陕北说书传统曲目选编·短篇集》,陕西人民出版社2010年版,第66页。
③ 曹伯植主编:《陕北说书传统曲目选编·短篇集》,陕西人民出版社2010年版,第104页。

由此也表现出陕北人民粗犷豪放、乐观幽默的性格特点。陕北说书的语言以方言土语为主，通俗易懂，词句鲜活明了。除此之外，陕北说书的内容和语言等也都与时俱进，具有反映当下社会的时代性。

陕北说书的内容丰富多样，除取材于人民群众的生产生活实践之外，有的还取材于中国传统故事和传说。因此，对于生活在陕北农村的人民群众来说，陕北说书有提高他们文化认知的功用。它不仅是一种民间文化的形式，而且蕴含着人民群众的生活理想、价值情感、心理诉求等。人民群众在情感上亲近陕北说书，因此它具有文化展示和文化整合的功用。除此之外，由于陕北说书具有大众化、通俗化和劝世育人等艺术特色，因此，它也具有为人民群众提供娱乐休闲与规训行为、向上向善的功用。陕北说书的受众非常广泛，相较于知识分子的文艺作品即文本而言，它主要属于听觉艺术和视觉艺术，不需要什么文化水平，更不需要满腹经纶，不管读书、识字与否，都可以听懂、看懂说书艺人的表演。因此，赋予陕北说书以新的时代内容，使它成为延安文艺建构必不可少的部分。例如，说书艺人高尔峰创作的《陕北出了个刘志丹》："打窑洞顿开荒办学堂，建立了陕甘革命的总后方。……"内容积极向上，歌颂共产党，歌颂新生活。

（二）陕北民歌

陕北民歌是流传于陕北地区深受广大劳动人民喜爱的传统民歌。独具特色的陕北民歌千百年来唱出了陕北劳动人民的爱恨情仇与喜怒哀乐。陕北民歌最早可以追溯到远古时期，比如古代的占卜巫风中就可以看到陕北民歌的影子。从传统文化的典籍中，我们也可以发现陕北民歌早已存在的踪迹，比如《诗经》中的《国风》就有对陕北民歌的记录。随着历史的不断发展，陕北民歌通过民间艺人和劳动人民的保存、提炼、发展等，涵盖的类型越来越丰富，比如信天游、劳动号子、小调等。

陕北民歌的代表曲目有《走西口》《赶牲灵》《三十里铺》《九曲秧歌黄河阵》《黄河船夫曲》《兰花花》《推炒面》《五哥放羊》《刨洋芋》《想亲亲》《秋收》《翻身道情》《圪梁梁》《泪蛋蛋抛在沙蒿蒿林》《东方红》等。陕北民歌的创作主体并非知识分子，而是人民群众即广大劳动人民。陕北民歌是他们的即景抒情、即兴创作，因此，其语言是通俗而朴实的，是人民群众熟悉和惯用的，比如，一首来自佳县的信天游《好婆姨好汉天配就》："好骡子好马自生哪走，好婆姨好汉天配（哪）就。"①这里的骡子与马都是人民群众平常劳作时经常会用到的，即使在追求爱情时，所选用的事物也都是双方熟悉的，这里没有玫瑰，也没有钻戒，听来却使人感到幽默和朴实。陕北民歌与陕北说书一样，也擅长运用比、兴等修辞，"大量方言土语入词，使其生活气息、地方色彩更为浓郁"②。比如《我送哥哥花椒林》："我送哥哥花椒林，手摸上花椒表衷情，不要要那辣子，脸皮儿红……"③歌曲语言简练生动，比喻又非常贴切，富有生活气息。陕北民歌广泛使用叠词，增强了民歌的节奏感和韵律感，为其情感的传达增加了一种气势。比如《你是哥哥的心锤锤》："茄子开花吊锤锤，你是哥哥的心锤锤，你是哥哥的命蛋蛋，搂在怀里打颤颤。"④叠词的使用，不仅增加了节奏感和韵律感，而且也朗朗上口，容易记、容易学。

陕北民歌是与时俱进的，具有时代性与文化性的特色。时代在发展，民歌所反映的内容也会随之发生改变。当全面抗战爆发时，广大人民都渴望加入共产党，都渴望为抗战出一份力，陕北民歌便会把这种渴望唱进歌里，如《单等哥哥当了共产党》："七九子弹六五枪，终究当上了共产党。"⑤正是由于陕北民歌具有时代性，它可以很灵巧和便捷地反映人民群众当下的愿望和理想。

陕北民歌的内容，以人民群众的日常生活为主，在表达主题上，苦乐交织，苦中寻乐。陕北民歌的风格是乐观、明快与豁达的。陕北民歌多来自人民群众的日常生活与劳作，是为了舒缓和减轻劳作的压力，抒发感情的烦闷或相思之苦。相思是一种苦，劳累是一种苦，但陕北人民性格乐观豁达，又使这种苦不悲伤、不绝望，反而成为生活的一种调味剂，使听众从中感到一种昂扬奋发的精神力量。正如垄耘在《说陕北民歌》一书中所讲："在困苦和贫穷缠绕的日子里，

---

① 白进暄主编：《绥德文库·民歌卷》（上），中国文史出版社2004年版，第648页。
② 白进暄主编：《绥德文库·民歌卷》（上），中国文史出版社2004年版，第87页。
③ 白进暄主编：《绥德文库·民歌卷》（上），中国文史出版社2004年版，第447页。
④ 白进暄主编：《绥德文库·民歌卷》（上），中国文史出版社2004年版，第655页。
⑤ 白进暄主编：《绥德文库·民歌卷》（上），中国文史出版社2004年版，第1104页。

'苦'和'乐'也就这样紧紧缠绕在一起，伴随在陕北民众的平常日子里，成为日常的状态。"[1]

陕北民歌中所蕴含的乐观豁达的精神力量，具有鼓舞人心、增强人们战胜一切困难与坎坷的决心和勇气的作用。陕北民歌根植和产生于人民群众的生产与生活中，囊括了人民群众日常生活的各个方面，对人民群众的行为具有规范和指导作用。除此之外，陕北民歌是人民群众的集体创作，所代表与反映的不是一个人的心声，而是具有共性，能引起和激发大多数人的情感共鸣，因此，它具有联络情感、团结大众的社会功用。

（三）陕北剪纸

在纸张发明和普及之前，剪纸艺术就已经产生，西周时周成王"剪桐封侯"的故事就是最好的例证。陕北剪纸的具体起源无法精确考证。陕北民间剪纸是深深扎根于群众的，是民俗文化活动中必不可少的重要载体。陕北民间剪纸的分布范围是广泛的，主要有榆林地区的定边、靖边、米脂、佳县等，延安地区的延长、洛川、子长、安塞等。不同地区的剪纸由于地域、文化等的差异，其风格也略有不同。

陕北民间剪纸与民俗文化密切相关。陕北人民用剪刀把生活理想、美好愿望、心理期待等映照在纸上，用形式各异、图案丰富的纸花展现出来。陕北民间剪纸中的鼠、兔、蛇等动物图案，"也在很大程度上反映了最初人们崇尚祈福驱祸的民间巫术，寄寓着早期人们对于自然现象种种表象缺乏理性认识的蒙昧的世界观"[2]。陕北剪纸的题材广泛，人民群众的日常所见所闻所感都可以作为剪纸的题材，任意而剪。而且，陕北民间剪纸还有即兴创作、即兴发挥的艺术特色，想到什么就剪什么，想到哪儿就剪到哪儿，自由简单，约束性小，具有较强的个性色彩。另外，陕北民间剪纸流露出的是陕北人民乐观豁达、饱含希望的精神状态，悲观、绝望等风格的剪纸作品几乎没有。

陕北民间剪纸具有很强的地域性特征和乡土特色，这种地域性特征主要指的

---

[1] 垄耘：《说陕北民歌》，文化艺术出版社2011年版，第18页。
[2] 王文权编著：《陕北民间剪纸精粹》，陕西人民美术出版社2009年版，第6页。

是陕北民间剪纸题材都来自地域特有的事物，并且也是为人民群众所熟悉的事物，比如牛、马等动物形象常出现在陕北民间剪纸中，但没有虾、蟹等动物形象，这是因为牛、马等动物是陕北人民日常生活和劳作时经常见到的动物。除此之外，陕北民间剪纸也重视所剪事物的外部轮廓，追求神似和写意性，所剪之物既具有栩栩如生的特点，又有一定程度的夸张与突出，展现出事物所蕴含的生命力量与意识，也寄托着剪纸人的思想情感。

陕北剪纸具有乐观向上、淳朴大气等风格，具有振奋人心、团结民众的社会功用。千百年来，陕北剪纸以窗花、喜花、寿花、炕围花、祭祀花等形式，融入陕北人民的日常生活，具有丰富的哲学、美学、考古学、历史学、社会学和文化人类学的内涵。陕北剪纸和陕北民俗文化紧密相连，具有传承古老文化与文明的作用。无论是陕北人民，还是其他地域的人民，都可以从陕北剪纸中学习和领悟到中华文化的灿烂历史。另外，陕北剪纸与人民群众的日常生活密切联系，并且与时俱进，所以，陕北剪纸对"记录文化与时俱进的新风貌，都起着积极的推动作用和广泛而深刻的社会影响"[1]。

（四）陕北秧歌

陕北秧歌的起源与陕北民歌的起源一样，都可以追溯至远古时期。最初人们称秧歌为"阳歌"或"闹阳歌"，也有地方称之为"闹红火""闹社火"等。远古时期生产力水平低，认识水平有限，人们在面对一些无法解释的自然现象时，便对其产生了神秘感和崇拜感。因为对太阳的崇拜，所以便有了歌舞等形式的祭日活动，即"阳歌"。当然，这只是秧歌众多起源说法中的一种，但从中可以看出秧歌的历史悠久，并与巫术文化有着不可分割的关系。秧歌是"用之于祭天祈愿和年节庆典的欢娱，和社火这种祭祀方域神祇的展演形式相配合……人民群众广泛参与的艺术表现形式"[2]。

陕北秧歌具有原始性的艺术特色，集地域特色、时代色彩、民族风格于一体，无论是其舞蹈动作，还是其内在蕴含的情感，都与陕北这片黄土地以及在这

---

[1] 王文权编著：《陕北民间剪纸精粹》，陕西人民美术出版社2009年版，第6页。
[2] 石荣海主编：《黄陵文典·民间艺术卷》，陕西人民出版社2008年版，第135页。

片黄土地上生长的人的特征密切相关。因此，陕北秧歌深深烙印上了黄土高原的地域特色。陕北秧歌主要有三种角色，即伞头、文武身子和丑角。领头人叫伞头，一手持伞，一手持虎撑。伞有庇护众生之意；虎撑寓意消灾祛病，又是指挥秧歌队表演和变化队形图案的响器。伞头是秧歌队的灵魂人物，能够根据环境气氛即兴演唱。陕北秧歌就是陕北人民的情感狂欢，无论是审美性，还是表现内容，都具有大众化的艺术特色。从陕北秧歌中，我们可以领悟和感受到陕北人民强烈的生命意识，哪怕环境再恶劣、物质再匮乏，都无法抹杀陕北人天生的乐观与自信。有的陕北秧歌，比如秧歌小剧、秧歌剧等，既有唱词，又有独白，都以陕北方言为主，具有大众化、通俗化、日常化的特点，妙趣横生，为人民群众所喜闻乐见。

陕北秧歌是一种群体性的艺术活动，具有凝聚人心、团结群众的社会功用。它所反映的求真务实、不追名逐利的思想，有助于规范和引导人们形成正确的价值观念。除此之外，陕北秧歌所蕴含的强烈的生命意识，有助于人们不管在多么艰难困苦的环境中，都能够奋发拼搏、乐观向上。因此，它具有振奋人心，增强人们战胜困难的决心与毅力，以及勇于开拓进取的社会功用。

（五）陕北腰鼓

陕北腰鼓是长期生活在黄土高原的陕北人古老的传统民间娱乐性舞蹈。每到节日或庆祝喜事的时候，陕北人就以这种特有的方式来欢庆节日或表达喜悦心情。按照民间的说法，陕北腰鼓在遥远的古代就已产生，主要用在军旅征战上，作为鼓舞士气和防范敌人来袭时报警的一种工具。另外，文化典籍中有不少对腰鼓的描写，尤其是宋代关于腰鼓表演的诗歌有很多，比如北宋苏轼的《惜花》一诗中所写："道人劝我清明来，腰鼓百面如春雷。"[1]安塞腰鼓作为陕北腰鼓的代表，据科学考证距今已有两千多年的历史，由此可见陕北腰鼓的历史久远。

古代的腰鼓主要用于军事方面，随着历史的发展，陕北腰鼓成为一种民间性

---

[1] 陈迩冬选注：《苏轼诗选》，人民文学出版社1957年版，第112页。

的群体活动，成为陕北人民寄托理想愿望的方式之一。陕北腰鼓不仅有广泛的群众性，而且有很强的灵活性。灵活性主要指的是它逐渐摆脱固定地点、固定节日的演出，在日常生活中，在高兴欢愉时，在重大事件时，都可以进行演出。除此之外，灵活性也指陕北腰鼓表演形式的多样、表演类型的繁多，它不仅可以和人民生活相联系，而且，在特定时期和环境下，它也可以和政治、军事等相联系。或者可以说，陕北腰鼓不仅可以抒发人民群众的生活情感，也可以服务于政治等其他领域。

陕北腰鼓类型多样，最为有名也最具代表性的是安塞腰鼓。"安塞腰鼓源远流长，文化底蕴深厚"，"是华夏儿女精神风貌的集中展示"。[1]安塞腰鼓场牌变换多样，代表性的有"绵羊碰头""童子拜观音""枣核掏心"等。表演时用鼓、锣、铙、钹和唢呐伴奏。鼓点雄浑有力，动作刚劲洒脱，散开聚拢，穿插交替，犹如龙腾虎跃，万马奔腾，体现出陕北人豪迈洒脱、浑厚大气的性格特点与精神气质。

陕北腰鼓所蕴含的陕北人民的智慧与奋发向上、不屈不挠的品格，感染和鼓舞着每一个中华儿女，激励着他们勇往直前、奋发进取。作为一笔宝贵的精神财富，它集中展示了陕北人民的精神风貌与状态。陕北腰鼓所体现的丰富的民俗性，同样是中华文化的宝贵财富。它对于记录、传承与发展陕北民俗文化具有重要的作用，而且能够让更多的人了解陕北、了解陕北人民与陕北的黄土文化风情，在展示陕北黄土高原浓郁的地方文化方面具有不可替代的作用。

除此之外，这几种陕北民间文艺的典型形态，都是与时俱进、不断发展的，既具有原始性、地域性，又具有时代性、当代性。其作品都具有乐观向上的精神状态，凸显着陕北人民的性格特征和生活理想，表达着陕北人民的心理诉求，蕴含着陕北人民的奋发拼搏与昂扬向上的个性特点。比如陕北民歌《夫妻识趣》中："奴家打扮一朵花，但不动怎把个奴家说。脚大脸丑这怨我妈，奴家不去怕什么？"[2]

另外，陕北民间文艺彼此之间也相互融合、相互借鉴。例如陕北秧歌与陕

---

[1] 张新德、张熙智编著：《安塞腰鼓》，陕西人民出版社2013年版，第3、63页。
[2] 白进暄主编：《绥德文库·民歌卷》（下），中国文史出版社2004年版，第4007页。

北腰鼓的结合,既没有抹杀各自独特的个性,又给人焕然一新、自由浪漫的感受。不同形式的民间文艺之间的相互借鉴与融合,使得陕北民间文艺不断散发着光彩,保持着活力。而也正是因为陕北民间文艺自身所具有的历史性(悠久的历史、厚重的文化意蕴)、创新性(随时代、社会的改变而不断丰富自身的特性)、民间性(与主流的知识分子推崇的文艺有异)等鲜明的特性,才使其有走进延安文艺视野、进入延安文艺的建构过程并被汲取与改造从而对中国现当代文学发生作用的可能。

二、民族抗战对延安时期文艺方针政策的影响

1937年7月,抗日战争全面爆发。抗日战争是全民族的抗战,不论是在国统区、沦陷区还是各抗日民主根据地,广大的普通民众是抗战的主要力量,活跃于普通民众中的民间文艺在战时的形势下,也愈加凸显。正如刘锡诚所说:"在这种情势下,平日被掩盖着的、不被人们注意的民间文化,上升为民族精神和民族传统的体现者,民族间血缘文化关系的纽带。"[1]共产党所领导下的各抗日民主根据地,虽然经济落后,地处偏僻,物质较为匮乏,但这里的民间文化却非常发达,而要取得抗战的胜利,就要动员和团结最广大的普通民众。陕北民间文艺真正被知识分子发掘和重视并不是在抗战的形势下一蹴而就的,而是经历了复杂而曲折的过程,其中自然也走了不少弯路。

1939年冬,毛泽东在与张庚等人的谈话中指出:"延安也应当上演一点国统区名作家的作品,《日出》就可以上演。"[2]根据这一指示,鲁艺组织人员进行排演,并于1940年元旦在延安公演,引起了很大反响。此后,延安出现了争演大戏的风气,"大洋古"(大戏、洋戏、古戏)一度占据延安的舞台。

大戏是指抗战期间国统区剧作名家的"与抗战无关"的多幕话剧作品,包括曹禺的《日出》《雷雨》《北京人》《蜕变》,夏衍的《上海屋檐下》,阳翰笙

---

[1] 刘锡诚:《抗日战争和解放战争时期的民间文学运动》,载《新文学史料》1992年第3期,第219页。
[2] 艾克恩主编:《延安文艺史》(上),河北教育出版社2009年版,第227页。

的《李秀成之死》等五四以来的优秀剧目。

洋戏是指外国名家的经典剧作,包括1940年演出的俄国果戈理的《婚事》《钦差大臣》,法国莫里哀的《伪君子》,俄国契诃夫的独幕剧《求婚》《蠢货》《纪念日》,1941年演出的莫里哀的《悭吝人》,等等。

古戏包括以鲁艺领衔,延安十余家社团单位演出的《法门寺》《打渔杀家》《嘉兴府》《四进士》《巴骆和》《古城会》《清风寨》等一批传统戏,至少有五十六种古装传统京剧和六个新编古装京剧。

一大批国统区著名剧作家的作品和一些外国名剧陆续出现在延安的舞台上,这些大戏对提高艺术家的表演技巧和水平有很大作用,受到了知识分子的热烈欢迎,但这些剧目却脱离了普通群众的需要,缺乏直接服务于战争的功能。青年剧作家刘因创作的《中秋》更是引起了工农干部的极大不满。这是一部描写沦陷区农民悲惨生活和抗日斗争的悲剧,气氛阴郁低沉,结局是主人公妻离子散、家破人亡。这部戏在人物塑造、语言表现、细节刻画上都很细腻,艺术上也颇具特色,受到了一些文化人的好评。但更多的观众尤其是工农出身的军队干部却十分不满,甚至有人看完后骂着走出剧场。剧本在晋西北演出时,贺龙亲自率领八路军指战员前来观看。当戏演到中间时,贺龙在台下忍不住大声说:"你们演这种悲观失望的戏干什么!真是乱弹琴!"剧社的人听后吃了一惊,但只好仍旧演下去。这时台下响起了一片"起立!向后转"的口令,看戏的八路军指战员纷纷跑步退场。戏还没有演完,台下的观众已经寥寥无几。事后,贺龙对戏剧社负责人说:"我们现在要打仗,要打日本救中国,争取抗战胜利,你们演的那个戏,能提高抗战信心吗?能鼓舞士气吗?"①

边区老百姓对于"高大上"但却不接地气的艺术活动并不领情,编了歌谣讽刺鲁艺"戏剧系装疯卖傻,音乐系哭爹叫妈(指练声),美术系不知画啥"②。马可在《延安鲁艺生活杂忆》中写道:"有些女同志读了外国古典名著后,就陶醉在那种生活情调里,学《安娜·卡列尼娜》中的女主人公,细察自己的睫毛长

---

① 王培元:《延安鲁艺风云录》,广西师范大学出版社2004年版,第230页。
② 任宏、高梅主编:《精神的魅力:延安时期生活往事》,济南出版社2005年版,第160页。

短怎样、是否在日光下也有影子。还有些同志轻视民歌，认为不能拿到'正规'音乐会上演唱。有一次下乡宣传，绝大部分节目是外国的，老乡听不懂、看不懂，提了很多意见"①。

由鲁艺带动的延安戏剧界争演大戏的风气，就是在当时偏重提高而忽视普及的大环境下发生的，没有顾及广大老百姓的欣赏趣味与陕甘宁边区的实际状况。江布在《剧运二三问题》中谈道："在这荒山黄土贫困的境域上，去花万千元置堂皇的布景，这种技术的炫耀，是提高了观众的眼光呢？还是提高了戏剧工作者的本领呢？有时不能不感到有些惶惑了。""听说为了苏德战争之宣传，曾把《滨海渔夫》之类的外国戏搬到了陕北的工农观众面前……老百姓却给我们点戏，要个《小放牛》。"②同时，作家对结社和办刊物等活动的热衷，也使得他们有意无意地把自己的活动局限在文人内部的小圈子。广大文艺工作者的心还没有真正扑到工农兵那里，还没有形成有效的文化合力。在延安文艺整风中，"演大戏"的错误倾向受到严厉批判，被认为是脱离实际政治来谈技术，是"自觉不自觉地把观众对象限于延安公务人员、学生、知识分子的狭小圈子，而忽视了更广大的民众士兵观众"③。这些大戏、洋戏和普通民众的生活存在着较远的距离，很难得到普通民众的喜爱。正如当时任鲁艺戏剧系主任的张庚在后来说道："如《日出》《带枪的人》等，外国的、中国的都有。……我们搞出来的这些戏和农民没有关系，农民也不喜欢看。"④再比如，《解放日报》于1941年6月10日第二版上刊登了一则消息——《鲁艺确立正规学制基础》，消息中说道："鲁艺为建立正规学制，已根据该院最近之全院工作检查意见，成立戏剧、音乐、文学、美术四部。"⑤实际上，在1940年初的时候，鲁艺就已经提过要培养专门的人才，要进行"关门提高"，但那个时候还没有建立起正规的学制，直到1941

---

① 任宏、高梅主编：《精神的魅力：延安时期生活往事》，济南出版社2005年版，第160页。
② 江布：《剧运二三问题》，载《谷雨》1942年4月15日第4期。
③ 张庚：《论边区剧运和戏剧的技术教育》，载《解放日报》1942年9月11日。
④ 张军锋编：《延安文艺座谈会的台前幕后》（上册），陕西师范大学出版总社2014年版，第82页。
⑤ 《鲁艺确立正规学制基础》，载《解放日报》1941年6月10日。

年4月28日在鲁艺三年工作总结大会上，时任中共中央宣传部副部长的罗迈说："同意周扬同志的意见——要专门化。"①这些都是或多或少脱离普通民众、脱离抗战的时代环境的做法。

从1936年到1940年末，全国各地到达延安的知识分子有四万余人，其中知名的文艺家就有丁玲、冼星海、艾青、周扬、周立波、萧军、萧三、何其芳、徐懋庸、柯仲平、田间、陈学昭、草明、欧阳山、刘白羽、舒群、张庚、林默涵等。由于文艺家们对工农兵"不熟、不懂"，只好在知识分子圈内找朋友。严文井说："我的朋友是何其芳、周立波、陈荒煤，何其芳的朋友是我、周立波、陈荒煤，周立波的朋友又是何其芳、陈荒煤和我。这是什么意思？这是说除了我们几个搞文学的知识分子在很小的一个圈子里面彼此来往来往以外，我们没有另外的朋友。没有农民的朋友。当然，更没有同工人、同兵士交朋友。"②因此，创作自然局限于狭小的范围，成为个人情绪的表露，有人主张还是杂文时代，有人提倡超阶级的人类爱，有人甚至认为马列主义会破坏创作情绪，等等。

更严重的是政治思想混乱，如：认为延安一片"黑暗"，没有光明；延安"衣分三色，食分五等"，视而不见从领导到下级、从长官到伙夫之间的政治平等与团结友爱；认为延安生活"单调""枯燥""没有趣味"，感觉不到延安那种生机勃勃、歌声朗朗的景象。当时一些文章和作品，明显反映了这种观点和情绪，产生了涣散军心、瓦解斗志的不良影响，一些作家的文艺作品甚至成为敌人攻击陕甘宁边区的武器。国民党特务机关曾经编印《关于〈野百合花〉及其他》的小册子，油印铅印，四处散发，并加编者按语说："中共歌颂延安是革命的圣地，然而，在陕北，贪污，腐化，首长路线，派系交哄，'歌啭玉堂春，舞回金莲步'……的情况之下，使为了抗日号召跑向陕北的青年大失所望，更使许多老共产党员感到前途没落的悲愁"。③有的刊物还出了专号，题为《从〈野百合

---

① 中国鲁艺校友会主编：《中国革命文艺的摇篮》，内部资料，1998年，第95页。
② 艾克恩：《延安文艺运动纪实——毛主席〈在延安文艺座谈会上的讲话〉的前前后后》，载《新文学史料》1992年第3期，第203页。
③ 艾克恩：《延安文艺运动纪实——毛主席〈在延安文艺座谈会上的讲话〉的前前后后》，载《新文学史料》1992年第3期，第204页。

花〉中看到延安之黑暗》,以此作为攻击中国共产党和陕甘宁边区的炮弹。

面对这种情况,战斗在晋西北前线的贺龙将军愤然指出:"我们的战士在前方保卫毛主席,保卫党中央,保卫延安,你们却在后方'说延安黑暗'。如果真是这样,我们就要'班师回朝'了。"毛泽东曾对艾青讲道:"现在延安文艺界有很多问题,很多文章大家看了有意见。有的文章像是从日本飞机上撒下来的;有的文章应该登在国民党的《良心话》上的。"①

据此,毛泽东认为:"有许多知识分子,他们自以为很有知识,大摆其知识架子,而不知道这种架子是不好的,是有害的,是阻碍他们前进的。他们应该知道一个真理,就是许多所谓知识分子,其实是比较地最无知识的,工农分子的知识有时倒比他们多一点。"②"文艺界中还严重地存在着作风不正的东西,同志们中间还有很多的唯心论、教条主义、空想、空谈、轻视实践、脱离群众等等的缺点,需要有一个切实的严肃的整风运动。"③

因此,在全党普遍开展整顿三风的同时,为了推进文艺界的整风学习,为了指导文艺界的整风运动,毛泽东经过认真调查研究,通过和众多文艺工作者交换意见,摸清了文艺工作中存在的问题,认为有召开一个文艺座谈会的必要,于是便在5月2日至23日,在杨家岭中央办公厅的一楼小会议室,召开了延安文艺座谈会。

延安文艺座谈会是在抗日战争期间,于延安整风运动的过程中,作为文艺方面的整风运动而召开的。这一时期党内存在的最主要矛盾是文艺思想上的矛盾,许多领导干部对群众的冷暖、百姓的疾苦不闻不问,还有许多文艺工作者不接触群众,不深入实际,不调查研究。为了总结五四以来文艺运动的历史经验,解决当时延安暴露出的一系列问题,"研究文艺工作和一般革命工作的关系,求得革

---

① 艾克恩:《延安文艺运动纪实——毛主席〈在延安文艺座谈会上的讲话〉的前前后后》,载《新文学史料》1992年第3期,第204、205页。
② 毛泽东:《整顿党的作风》,见《毛泽东选集》(第3卷),人民出版社1991年版,第815页。
③ 毛泽东:《在延安文艺座谈会上的讲话》,见《毛泽东选集》(第3卷),人民出版社1991年版,第875页。

命文艺的正确发展，求得革命文艺对其他革命工作的更好的协助，借以打倒我们民族的敌人，完成民族解放的任务"①，毛泽东要求无产阶级的革命文艺家深入社会生活，亲近人民群众，联系客观实际，创造出为人民群众所喜闻乐见的文艺作品，使文艺适应抗战的需求，成为为抗战服务的武器。"一切革命的文学家艺术家只有联系群众，表现群众，把自己当作群众的忠实的代言人，他们的工作才有意义。"②在这个时期强调文艺的战斗性要求，从根本上说，是由无产阶级革命的性质、任务和要求所决定的。

毛泽东亲自主持延安文艺座谈会并发表《讲话》。他在《讲话》中号召文艺工作者与工农兵结合，为人民群众服务。随即就有许多同志要求下农村、进工厂，但是由于正值整风运动期间，为了切实地把整风的精神运用到工作中去，更加直接地用新的文艺方针指导实际工作，毛泽东又呼吁大家暂时先留在延安整风，之后再下乡。总之，在延安文艺座谈会的影响下，在《讲话》精神的指引下，延安文艺界的整风运动深入展开，文艺工作者纷纷响应党的号召，在整风情况稳定后深入实际生活，亲近人民群众。萧三、艾青、塞克赴南泥湾，陈荒煤赴延安县，刘白羽、陈学昭下农村与连队，高原去陇东，柳青去米脂，丁玲到工厂。鲁艺、边艺、部艺、平剧院、民众剧团、西北文工团、联政宣传队等也纷纷奔赴农村与前线。于是，一大批深受人民群众喜爱的反映边区民众斗争生活的文艺作品应运而生，这使得延安文艺运动得到了空前的繁荣发展。

经过整风运动，延安文人由劳心者变成劳力者，知识分子概念发生根本改变。小资产阶级思想被清除后，个人主义、温情主义、自我意识、自由精神都随着"小我"的灭亡而消失了，汇入"大我"集体的是会识字的人民群众之一分子。正如丁玲所说："在整顿三风中，我学习的不够好，但我已经开始有点恍然大悟，我把过去很多想不通的问题渐渐都想明白了，大有回头是岸的感觉。回溯

---

① 毛泽东：《在延安文艺座谈会上的讲话》，见《毛泽东选集》（第3卷），人民出版社1991年版，第847页。
② 毛泽东：《在延安文艺座谈会上的讲话》，见《毛泽东选集》（第3卷），人民出版社1991年版，第864页。

过去的所有的烦闷，所有的努力，所有的顾忌和过错，就像唐三藏站在到达天界的河边看自己的躯壳顺水流去的感觉，一种幡然而悟，憬然而惧的感觉。"①文字仅仅是一种工具，知识分子是善操此工具的普通劳动者，文学艺术家就是掌握了语言文字技巧的工人阶级之一分子。

延安文艺座谈会之后，广大文艺工作者走出自己生活的小圈子、文艺的小天地，深入实际生活和普通民众，从生活实践中获取知识，向普通民众学习。也正是在这样的文艺政策之下，陕北民间文艺逐渐被激活、发掘与利用。

文艺工作者对陕北民间文艺进行发掘和学习，而文艺政策对他们而言如同催化剂，加速了这些文艺工作者挖掘民间文艺的速度，使他们积极而迅速地投身到普通民众之中，学习蕴藏于日常生活中的文艺，创作出能够团结和激发普通民众的作品。这样的作品，在一定程度上也是知识分子和普通民众的精神纽带，它代表着知识分子对普通民众文艺的认同，代表着知识分子思想上真正向普通民众靠拢。如柯仲平、田间等人倡导诗歌大众化，他们深入群众，经常到各乡镇去演出，学习人民群众的语言，运用普通民众喜爱的文艺形式进行表演。抗战对于有些一直生活在象牙塔之中的知识分子来说，是警钟，它震碎了知识分子固守的私生活圈子。或是迫于政治压力，或是出于对民族危亡的考虑，他们不得不进行角色和姿态由高到低、由俯视到平视甚至是仰视的转变，这种转变无疑是艰难而又无奈的，甚至只是流于形式和表面的，因此，他们所创作的作品"衣服是劳动人民，面孔却是小资产阶级知识分子"②。比如当时鲁艺排演俄罗斯柴可夫斯基的《天鹅湖》，"鲁艺的老师、学生都欣赏。可是鲁艺到乡下演出，老百姓一点不喜欢"③。面对同样一件作品，知识分子很欣赏，而普通民众却不喜欢，从这巨大的反差中，可以看出当时有些知识分子与普通民众的思想隔阂。也就是说，知识分子如果不从思想上真正地转变，从行动上实践中深入工农兵，了解他们的生

---

① 陈明编：《丁玲延安作品集·我在霞村的时候》，陕西人民教育出版社1999年版，第272页。
② 毛泽东：《在延安文艺座谈会上的讲话》，见《毛泽东选集》（第3卷），人民出版社1991年版，第857页。
③ 中国鲁艺校友会主编：《中国革命文艺的摇篮》，内部资料，1998年，第77页。

活和情感,那么他们即使利用了普通民众的文艺形式,也只是"四不像",得不到群众的欢迎和喜爱。

不管是抗战,还是文艺政策,它们对于陕北民间文艺逐渐被知识分子发掘和汲取来说,都是外在的因素。在这些因素的影响下,陕北民间文艺逐渐得到重视,但文艺工作者能否利用民间文艺创作出真正为普通民众所喜闻乐见的作品,其关键在于文艺工作者是否能站在与普通民众平等的地位来看待民间文艺、汲取民间文艺的营养。唯有如此,才能创作出与普通民众精神相连并使民众产生共鸣的文艺作品。

第二节

文艺工作者对陕北民间文化的改造

一、文艺工作者对陕北民间艺人的改造

民间艺人作为普通民众中的一部分，他们和普通民众的生活理想、思想情感相通，在普通民众中有着较大的影响力及较高的地位，受到普通民众的尊重与喜爱。而之所以要对民间艺人进行改造，是在于"他们缺乏的是新的观点，对新生活新人物不熟悉，他们却拥有听众、读者。时代变了……从思想上改造这些人，帮助他们创作，使他们能很好地为人民服务"①。

延安的知识分子看到了民间艺人的影响力与创造力，也看到了他们身上的缺点。1945年8月5日《解放日报》第四版刊登林山的《改造说书》一文，文中把改造说书艺人作为"改造说书的中心环节"。这是因为林山看到了说书艺人"有熟练的说书技巧，又有很强的创作才能"，他对如何改造说书艺人提出了建议："最好是从具体帮助，个别改造入手。"因为"书匠的竞争心是很强的，又颇重视法令，这样一来，一定有更多的书匠愿意学说新书或编新书，改造说书就可能成为一种运动"。②

对民间艺人的改造并不是轻而易举、一帆风顺的，民间艺人同普通民众一样也是有缺点的。他们在文化价值、审美意识等方面和官方的价值观念、意识形态

---

① 丁玲：《从群众中来，到群众中去》，见张炯主编：《丁玲全集》（7），河北人民出版社2001年版，第115页。
② 林山：《改造说书》，载《解放日报》1945年8月5日。

等存在着出入和差异，再加上他们长期生活在社会底层，难免存在一些封建和守旧的思想，有的还染上吃喝嫖赌、吸食鸦片等恶习，因此，对民间艺人进行改造存在着一些困难与争论。

1941年10月4日《解放日报》第四版刊登的石毅的《旧剧人的改造》一文中就讲到对旧剧人改造时所遇到的困难："招呼这七个人是很困难的，在戏剧的表演上，总是坚持着他们师傅的老一套办法，同时每天要钱、要鸦片、要吃的"①。因此，有的人就认为对民间艺人进行改造很困难，甚至是无法改造的。但这些只是少数现象，大部分的民间艺人还是有着与时代共同进步的主观倾向，愿意也乐于接受改造。

对民间艺人李卜的改造就是很好的例证。1944年10月30日《解放日报》第四版刊登了丁玲的《民间艺人李卜》。李卜本是洛川一个戏班子的演员，擅长眉户戏，同时有着丰富的演出经验和演唱技巧，在普通民众中很受欢迎。有时候他的戏唱完了，"观众听完了还不肯散"。但他身上也有着民间艺人普遍存在的一些恶习，"刚来时，他还抽些自己带着的洋烟"。民众剧团的团长柯仲平对民间艺人的改造讲究方法和技巧，因此，他虽然知道李卜身上的恶习，但并不直接揭发使他难堪，而是"装做不知道，只从旁劝说；别的人也给他暗示"。因此，李卜慢慢转变了自己固守的思想，努力改掉了自己的恶习。"李卜是一个爱和平的人……他从此明白了共产党与抗日的关系，抗日与人民的关系。"于是，他改掉自己的恶习，"一狠心，难受了几天，也就熬过去了"。最后，他决定加入民众剧团，从思想上转变了，"自觉到公家的东西就是自己的东西，公家的事就是自己的事"。因此，当有人在边区文教大会上认为旧艺人难于改造的时候，李卜立即站起来以自己的亲身改造"做了说明"，认为旧艺人是有一些恶习，他自己也是，但他改过来了，他指出旧艺人"在旧社会里是受压迫的，只要一解开革命道理，头脑弄通了，改起来也很容易"。②从这段话中可以看出，对旧艺人的改造，转变他们的思想是关键，他们是支持革命的，只要文艺工作者耐心劝导，讲

---

① 石毅：《旧剧人的改造》，载《解放日报》1941年10月4日。
② 丁玲：《民间艺人李卜》，见张炯主编：《丁玲全集》（5），河北人民出版社2001年版，第231—233页。

清道理,对旧艺人的改造就很容易了。

再比如对民间说书艺人韩起祥的改造。说书在陕北具有悠久的历史,在陕北农村非常流行,有着深厚的群众基础。陕北说书人是陕北说书的主要传播者,他们走乡串村,熟知人民群众的思想与情感,熟悉农村的大事小事,能熟练地运用说书表达人民的心声和愿望,并且具有不竭的创造力,可以出口成"书",因此,他们在人民群众中具有一定的地位,受到人民群众的尊重与喜爱。1945年8月5日《解放日报》第四版刊登了笑俗的木版画《陕北民间说书》,画中一个陕北说书人在村边空地的树下,手中拿着一把乐器,单膝跪地,为乡民弹唱说书,周围挤满了男女老少,人们听得津津有味。从中可以看出,说书所受欢迎的程度及说书人在人们心中的地位。

韩起祥出生于陕北横山党岔乡韩家园子村,三岁患天花导致双目失明,六岁丧父,八岁起给地主放驴推磨,九岁自制三弦弹唱,十三岁拜米脂杜维新为师学艺说书。在动乱的年代里,他的说书生涯也不是一帆风顺的。他遇到过土匪,被抢劫、勒索过,本来就身无分文的他生活愈加窘迫。是共产党给予他帮助,给他鞋穿,给他饭吃。因此,他从心底里感谢共产党,想要为革命出自己的一份力。他有着自觉接受改造的意识,并且也乐于接受改造,以适应时代的发

图4-1 韩起祥说书

展,更好地为革命服务。1944年8月2日,韩起祥正式参加革命工作,并开始编撰新书。当时《白毛女》《兄妹开荒》等一大批作品广为流传,受到群众的喜爱。韩起祥受此影响,也想编撰受欢迎的新作品,但又没有新书可说,于是他找到边区文协,请求组织帮助。之后文协成立了说书小组。可以看出,民间艺人有主

— 175 —

动、自觉接受改造的意识，延安文艺工作者也对此很重视，乐于帮助他们改造。

1945年8月5日《解放日报》第四版刊登了傅克的《记说书人韩起祥》。文中提到，韩起祥说唱了自己新编的书目，这些书目是经过了他的改造，"为的是帮助革命做宣传"，"在言语上他用的是最活泼最生动的人民大众的语言；他很少用旧艺人所惯用的那套公式，……他的话不但本地人懂，外来人也是很容易懂的"。[①]

陕甘宁边区大部分的民间艺人都出身于贫困家庭，生活艰难困苦，是中国共产党在战火纷飞的年代里给予了他们稳定的生活，因此，他们从心底里感激共产党，渴望能为革命贡献自己的一份力。这就为民间艺人的改造提供了天然的契机，只需要运用适当的手段和策略，正确地加以引导，民间艺人的改造并不是十分困难的。而且，民间艺人主要为了养家糊口，或者说混一口饭吃，本身就具有很强的适应能力和创新能力，他们善于揣摩农民群众的心思，也善于因时因地因人而变。比如韩起祥最初说书时只有一把三弦、一个刷版，后来他改成了同时使用三弦、刷版、小钗、"蚂蚱蚱"（韩起祥用讨饭的小竹板为原料，制作的一种类似蚂蚱叫声的伴奏乐器）四种乐器，很受普通民众的喜欢。

同时，从知识分子对陕北民间艺人的改造中可以看出，知识分子对民间艺人的改造并不是单向的。在改造民间艺人的过程中，知识分子本身也在不断改造和改变，外在的表现是作品的叙述内容、叙述语言等更加贴近人民群众，在内心情感上也越来越接近普通民众，内在情感的变化又通过文艺作品的外在形式表现出来。

二、文艺工作者对陕北民间文艺的改造

在延安文艺座谈会召开之前，就已经有延安文人意识到了民间文艺在普通民众中的重要地位和影响，但也看到了民间文艺中有和时代、和革命相脱离的东西，因此，他们提出要给旧形式赋予新内容，以适应革命发展的需要。《新中华报》1938年2月10日第三版刊登了一则启事："利用歌谣的旧形式装进新的内容"。这里所说的"歌谣"，其实指的就是陕北民歌。有着相类似观点的还

[①] 傅克：《记说书人韩起祥》，载《解放日报》1945年8月5日。

有《新中华报》1938年2月10日第四版刊登的白芩的《关于戏剧的旧形式与新内容——问题的提起》一文。文中谈道:"我们对于旧形式,不但民歌小调都采用,连旧戏有时也宜采用","但同样它要扬弃不合理的、腐旧的、不适宜的旧形式"。①《新中华报》1938年2月10日第四版刊登了少川的《我对延安话剧界的一点意见》一文中说:"希望多多产生新形式新内容的作品及利用旧形式装新内容。"同时,作者也强调:"不是任何旧形式都可采取,必须能扬弃不合理、要不得的旧形式"。②正如陈思和在《民间的还原——"文革"后文学史某种走向的解释》一文中所说:"民间文化具有藏污纳垢的特点……,但即使在污秽的一面里,仍然有我们新文化传统所不能理解的东西。"③延安文人对陕北民间文艺持辩证的态度,对有助于宣传革命的形式或内容予以保留和发扬,而对不符合革命的内容予以改造,这种改造是在抗战时期为政治而服务的改造,其中渗透着强烈的政治意识。

(一)陕北说书的改造

陕北说书作为长期活跃在陕北普通民众中的艺术形式之一,和普通民众的生活习惯、心理诉求等息息相关,有的说书内容带有明显的封建迷信等色彩,有的说书语言带有粗俗、色情等特征,这些都和抗战的时代环境、氛围等极不相称。因此,对隐藏在陕北说书中的封建、落后等内容进行改造势在必行。

具体来说,陕北说书的改造主要包括两个方面:一是说书内容,即思想主题的改造,将封建、落后、迷信的内容改造为积极、健康、向上的,使之与时代环境氛围相符。《解放日报》1945年8月5日第四版刊登了林山的《改造说书》一文,文中说:"边区的说书,绝大多数还是'奸臣害忠良,相公招姑娘'那一套,有意或无意地在宣传封建伦理道德、因果报应的思想,或多或少总是含着对群众有害的毒素。"④比如说书《请神》中的唱词"送子菩萨""催生神童"等

---

① 白芩:《关于戏剧的旧形式与新内容——问题的提起》,载《新中华报》1938年2月10日。
② 少川:《我对延安话剧界的一点意见》,载《新中华报》1938年2月10日。
③ 陈思和:《民间的还原——"文革"后文学史某种走向的解释》,见《陈思和自选集》,广西师范大学出版社1997年版,第240页。
④ 林山:《改造说书》,载《解放日报》1945年8月5日。

是和时代主题相背离的。在延安文人和民间艺人的共同努力下，陕北说书的内容和思想有了很大的变化。比如说书艺人高尔峰创作的《陕北出了个刘志丹》，其内容和思想就与他之前演唱的说书曲目有很大的不同："打窑洞开荒办学堂，建立了陕甘革命的总后方。"新书在内容上被赋予了新的时代内涵，剔除了封建迷信色彩，积极向上，歌颂共产党，歌颂新生活。二是说书语言的改造。说书语言的改造，除了将粗俗、色情的词语进行删减或改造，还有重要的一点就是创造富有时代色彩的新词新句。著名说书艺人韩起祥在谈到自己编书的用词时说："只懂得把好的高尚的词句来歌颂共产党，把丑的坏的词句，骂国民党。"①如韩起祥在新编说书《宜川大胜利》中歌唱共产党为"解放军""英雄"，而针对胡宗南部队的唱词则是"胡匪"，其中还有"美国枪""美国弹"等新词新句。从中可以看出，经过改造，说书艺人在思想上有了很大的转变，继而说书的内容、语言等都有了很大的不同，而且与时代、政治等的联系也更为紧密。

相较于知识分子的文艺作品——文本——而言，陕北说书主要属于听觉和视觉艺术，它不需要太高的文化水平，也不需要满腹经纶，不管读没读过书、识不识字，都可以听懂、看懂说书艺人的表演。陕北说书在之前主要是一种口头表演艺术，很少编辑成书，一方面是由于普通民众的文化水平不高、识字的不多，没有编辑成书的必要；另一方面是由于经济水平落后，编辑成书不仅要耗费人力、财力、物力等，还需要一定的技术支持，这对身处底层的民间艺人与劳苦大众来说，是很困难的。然而，在《讲话》的号召下，知识分子把这些经过改造的说书编辑成书，扩大了其流传范围，不仅识字的普通民众可以阅读，更重要的是它可以在知识分子当中传阅，供更多的文艺工作者学习和研究。

（二）陕北民歌的改造

延安文艺工作者在利用陕北民歌旧的曲调的基础上，对其歌词进行改造，重新填写新词，这些词积极向上，表现新的时代和生活，讴歌新政权。比如《解放日报》1944年12月22日第四版刊登的根据陇东民歌《织手巾》改编的由塞克作

---

① 胡孟祥：《韩起祥评传》，中国民间文艺出版社1989年版，第106页。

词、紫光编曲的新民歌《新秧歌》①，节奏明快有力，歌词积极向上，与时代环境紧密相关，听后使人精神振奋、情绪高涨，对未来生活充满信心和希望，贴合群众的心理期望，因此，改造得比较成功。

在革命的思想指导和延安文艺工作者的帮助下，工农兵群众也成了延安时期文艺的创作主体，讴歌共产党和赞美新生活是他们作品的主要基调。比如《解放日报》1944年4月24日第四版刊登了佳县移民队长屈增全仿《骑白马持洋枪调》而创作的《边区办得没穷人》，民歌中唱道："多生产，多打粮，边区政府为人民……老百姓光景过美炸。"②在边区政府的领导下，边区人民生活幸福，日子一天比一天好，边区人民的喜悦之情溢于言表。除此之外，新改造的民歌中，渗透和弥漫着一种英雄气息，其中不乏对个人的崇拜。使用民间文艺的形式歌颂英雄，既可以看出英雄在人民群众中的地位与影响，也可以看出人民群众对民族独立与统一的希冀。比如至今传唱的由佳县民间歌手李有源仿《骑白马持洋枪调》而创作的《移民歌》，后来经过延安文人公木加工，最终成为《东方红》，简单

图4-2 《东方红》曲谱

---

① 《新秧歌》，载《解放日报》1944年12月22日。
② 屈增全：《边区办得没穷人》，载《解放日报》1944年4月24日。

的歌词，却蕴含丰富、真挚的情感。

李季在对陕北民歌、民间传说等陕北民间艺术借鉴和改造的基础上创作了民歌体叙事诗《王贵与李香香》。传统信天游主要抒发男女之爱，传达着人们对美好爱情的渴望与追求，李季对这一主题进行了改造，在传统民歌的基础上增添了新的与时代、革命紧密相连的内容。在《王贵与李香香》中，主要表现的是红红火火的革命生活，即使有对爱情的书写，也是革命之爱。传统的民歌以抒情为主，而在新民歌中，则是叙事和抒情相连，叙事中含有抒情，抒情中夹杂叙事。

（三）陕北剪纸的改造

传统的陕北剪纸带有远古图腾崇拜的色彩，以鸟、蛇、牛等动物图案为主，其次为花草、人物等。延安文人对其进行改造后，其图案与内容更加丰富，多以革命和延安新生活为主。《解放日报》1944年12月4日第四版刊登艾青的《窗花剪纸》一文，文中提到陕甘宁边区文教大会陈列室中陈列了由古元、夏风等根据民间剪纸所创作的新的剪纸，"老百姓非常喜欢这些新的窗花，其中尤以古元同志的《卫生》、《装粮》、《喂猪》、《送饭》这四幅最受欢迎"[1]。延安文人

图4-3 剪纸《夫妻识字》

拓宽了陕北传统剪纸的内容，增添了表现边区新生活和军民齐心抗战等新内容，表达了边区群众的心声。"老百姓的生活改变了，新的生活渴望着新的艺术去表现它。"[2]延安文人正是做到了这一点，因此改造后的剪纸也为普通民众所喜闻乐见。

---

[1] 艾青：《窗花剪纸》，载《解放日报》1944年12月4日。
[2] 艾青：《窗花剪纸》，载《解放日报》1944年12月4日。

除此之外，延安文人也拓宽了剪纸的用途。传统的剪纸主要贴在窗户上装饰房屋，而延安文人，比如"李景林同志所搜集的那幅陇东的《顶棚剪纸》，既可以做印花布（被面）的底样，也可以做了绒毯（炕垫）的底样"①。除此之外，剪纸还可以作为书本的封面等。从这些具体的实例可以看出，延安文人对传统陕北剪纸的改造，不仅拓宽了陕北剪纸的用途，增添了新的时代内容，而且还丰富了人民群众的精神生活，起到了动员、组织、教育广大劳动群众的作用。

（四）陕北秧歌的改造

《新中华报》1938年4月20日第四版刊登了徐懋庸的《民间艺术形式的采用》一文。在文中，作者对西战团到民间采风、学习而取得的显著成绩给予了肯定和赞扬。②秧歌剧中有许多封建的内容，延安文人在利用其形式上，把和革命无关及相悖的内容、人物等改造成与革命息息相关的人和事。《解放日报》1944年7月24日第四版刊登沙可夫的《晋察冀新文艺运动发展的道路》一文，文中谈到秧歌改造时说："这种'秧歌'活动虽充实了些新的内容，但由于在形式上未经多少改造，有的还保留了某些旧'秧歌'中所含的封建毒素（如色情，神怪等），以致不完全合适的来反映今天的现实生活。"③因此，在旧形式中装进新内容的同时，也要对传统秧歌形式进行改造，对不适应时代的内容予以剔除和改造。

《解放日报》1942年9月23日第四版刊登了丁里的《秧歌舞简论》一文，文中不仅讲述了秧歌的起源与演化的过程、作用及在人民群众中的地位等，而且特别强调"秧歌舞是需要变，需要起质的变，应当从带有浓重的原始的样式下，变成活泼生动的现实的舞蹈"。④存在于民间的原生形态的秧歌具有历史的局限性，有和时代、革命斗争等相背离的一面，因此，延安文人在《讲话》精

---

① 艾青：《窗花剪纸》，载《解放日报》1944年12月4日。
② 徐懋庸：《民间艺术形式的采用》，载《新中华报》1938年4月20日。
③ 沙可夫：《晋察冀新文艺运动发展的道路》，载《解放日报》1944年7月24日。
④ 丁里：《秧歌舞简论》，载《解放日报》1942年9月23日。

图4-4　秧歌剧《牛永贵挂彩》剧照

神的指引下,"对'民间'予以意识形态化的改写和重塑,并在此之上创制出新的文化形态"①。

在秧歌剧的基础上,延安文人创作出的最著名、最具代表性的或者说改造最为成功的就是被称为街头秧歌剧的《兄妹开荒》。《兄妹开荒》由王大化、李波、路由集体编剧,路由写词,安波作曲。在演出形式上,它汲取了陕北传统秧歌在街头、在群众中演出的形式,脱离了正规舞台的限制;在内容方面,它被赋予了新的时代内容,剔除了传统秧歌剧中封建、低俗的内容;在语言上,它既通俗易懂,又加入了许多新鲜的、贴合革命的语言,比如"今年政府号召生产,……人人赶上劳动英雄,个个都要加油干来么加油干"②。"劳动英

---

① 袁盛勇:《延安文人视域中的"民间艺人"——从一个侧面理解延安时期的"民间"》,载《文艺理论研究》2006年第4期,第111页。
② 王大化、李波、路由:《兄妹开荒》,载《解放日报》1943年4月25日。

雄""加油干"等都是时代新词。全剧既采用了普通民众喜爱的形式,又增添了新的内容。由此可见,对民间文艺中旧形式的利用并不是最终目的,而是为革命和政治服务。

图4-5 秧歌剧《兄妹开荒》

(五)陕北腰鼓的改造

延安时期,对陕北腰鼓的改造主要是对动作、服饰及参与人员的改造。传统的安塞腰鼓动作粗犷豪迈,舞蹈动作幅度大,因此,安塞腰鼓主要的参与人员是男青壮年,这样便将一部分妇女、儿童和老人拒之门外了。延安文人正是看到了传统腰鼓存在的这个不足,因此,他们将其改为幅度较小、易学的舞蹈动作。这样,就可以有更多的人员参与其中,也在一定程度上扩展了革命宣传的范围。传统的安塞腰鼓服饰较为繁重,如头戴盔缨、脚蹬马靴等,改造后服饰轻盈、简单、便捷,腰间系一条红腰带,头戴白羊肚手巾。例如由《解放日报》1944年5月23日第四版刊登的计桂森的作品《学腰鼓》[①]就可以真切地看到改造之后的腰

---

① 计桂森:《学腰鼓》,载《解放日报》1944年5月23日。

鼓。图中共有五个人，既有老人，也有妇女。图中有老人，说明改造之后的腰鼓动作幅度和力度不是很大，舞蹈动作也简单易学，适合老人参与其中；有妇女，则说明腰鼓表演的参与人员更广更多，没有了以前妇女不能参与活动的限制。而且从图中人物的服装、头饰等可以看出，改造之后的腰鼓摆脱了以前较为烦琐、厚重的服装，倾向于便捷轻盈。

《讲话》很重要的一个方面，就是对流行于普通群众日常生活之中的民间文艺的重视和汲取，真正做到民族化与大众化。因而，许多作家在文艺创作中借鉴与汲取民间文艺，或是使用方言土语，或是直接将陕北民间文艺形式贯穿于作品之中，抑或是汲取陕北民间文艺中所蕴含的风格与精神，使其投射于自己创作的文本之中。

延安文艺工作者对陕北民间文艺的改造，不论是在内容、形式还是语言上，都渗透着强烈的政治意识形态，是在革命战争形势的驱使和《讲话》精神的指引下，自发或自觉、主动或被动地在普及的基础上逐渐提高。从延安文艺工作者对陕北民间文艺的改造可以看出，延安文艺工作者在利用旧形式、增添新内容上是成功的，他们把革命、抗战、斗争等普及给了普通群众，收到了很好的效果，起到了战争动员的作用。他们在普及的基础上，在对旧形式的利用上，逐渐地提高了普通群众的文化水平和欣赏水平。陕北民间文艺原有的自在的艺术形态逐渐被打破，改造后的陕北民间文艺已不是纯粹的、只供普通群众自娱自乐的民间文艺了，而是在时代主题裹挟下具有一定政治立场与政治倾向的文艺类型了。

第三节

延安文艺对陕北民间文化的借鉴

一、《讲话》与陕北民间文艺的凸显

延安文艺座谈会召开之前,以书本、期刊、杂志等为载体的流传于知识分子中间的主流文化和以口头、表演、说书等形式为主的盛传于普通民众中间的民间文化如同两条河流,各自奔腾,鲜有融合。这两种文化的主体——知识分子和普通民众——在思想情感上也并未真正地打成一片,存在着一定的隔阂与距离。正如杨劼在《旧形式与"延安体"》一文中所说:"1942年以前,民间的东西也很少有知识分子真正地在内心重视它"①。当然,这里并不是指所有的知识分子,而是指大多数的知识分子,这样一种普遍现象,不可能不引起领导者的重视。因此,虽然民族形式的论争使陕北民间文艺得到了一定程度的发掘,但知识分子真正以学习甚至是仰视的态度对待民间文艺,使陕北民间文艺得到凸显,则是在《讲话》之后了。

在《讲话》中,毛泽东论述了召开文艺座谈会的目的:"求得革命文艺的正确发展……借以打倒我们民族的敌人,完成民族解放的任务。"②在全民抗战的时代里,在国家生死存亡的关头,文艺的首要任务就是要动员一切可以动员的力量,赶走外国侵略者,实现民族解放。毛泽东在谈到文艺为什么人的问题时说

---

① 杨劼:《旧形式与"延安体"》,载《文艺理论与批评》2003年第6期,第89页。
② 毛泽东:《在延安文艺座谈会上的讲话》,见《毛泽东选集》(第3卷),人民出版社1991年版,第847页。

道:"我们鼓励革命文艺家积极地亲近工农兵,给他们以到群众中去的完全自由,给他们以创作真正革命文艺的完全自由。"①这就为延安乃至各抗日民主根据地文艺工作者接近群众、深入群众提供了政治上的支持与鼓励,也为文艺工作者的实践活动指明了方向。紧接着,毛泽东提出了怎样为人民的问题,"只有用工农兵自己所需要、所便于接受的东西。因此在教育工农兵的任务之前,就先有一个学习工农兵的任务"②。"工农兵自己所需要、所便于接受的东西"就是长期以来一直存在于人民群众中并为他们所独有的民间文艺。它产生于人民群众生产生活的实践之中,和他们的血液相通、气质相连,蕴含着他们的精神状态与生活理想,正如《讲话》中所说:"人民生活中本来存在着文学艺术原料的矿藏……它们是一切文学艺术的取之不尽、用之不竭的唯一的源泉。"③相对于知识分子来说,普通民众虽然文化水平不高,认字读字的能力差,缺乏书本知识,但他们在民间文艺,也就是"他们自己的东西"上却很丰富,这是知识分子望尘莫及的,正如卢燕娟在《〈在延安文艺座谈会上的讲话〉与人民文化权力的兴起》一文中所说:"相对于劳动者所掌握的劳动技能和生产知识,(知识分子)失去了天然优越性,退居次要地位。"④由此可见,在抗战的大时代背景和解放区特殊的环境下,普通民众的地位逐渐优于知识分子,受到重视,而民间文艺的地位也随之凸显出来,成为知识分子需要学习和借鉴的艺术形式。

在教育工农兵之前要学习工农兵,其实质就是知识分子农民化,也就是思想上、情感上要与农民相通。不仅知识分子的文艺要"化"为农民喜闻乐见的文艺,而且知识分子在思想上也要"化"为农民。"化"为农民的目的是要创作出能团结和鼓舞人民群众的作品,为抗战服务。然而,要真正创作出普通民众喜闻

---

① 毛泽东:《在延安文艺座谈会上的讲话》,见《毛泽东选集》(第3卷),人民出版社1991年版,第858页。
② 毛泽东:《在延安文艺座谈会上的讲话》,见《毛泽东选集》(第3卷),人民出版社1991年版,第859页。
③ 毛泽东:《在延安文艺座谈会上的讲话》,见《毛泽东选集》(第3卷),人民出版社1991年版,第860页。
④ 卢燕娟:《〈在延安文艺座谈会上的讲话〉与人民文化权力的兴起》,载《中国现代文学研究丛刊》2012年第6期,第31页。

乐见的文艺，一个重要的途径便是汲取民间文艺的力量和营养。也就是说，《讲话》使人民群众的地位提高了，知识分子的地位下降了；文艺不再是个人感情的吐露，而是服务于政治的工具。在《讲话》精神的指引下，文艺工作者不仅要深入普通民众的生活，在思想、情感等方面与普通民众融为一体，而且还要学习和利用普通民众喜闻乐见的民间文艺形式，为革命服务。

二、陕北民间文艺对延安文艺的多重启示

《讲话》之后，陕北民间文艺得到凸显。知识分子主动学习与借鉴陕北民间文艺，并从中获取营养，这对其创作具有多重启示。

（一）集体创作的成果

陕北民间文艺，不论是说书、民歌，还是秧歌、腰鼓等，它们的创作主体从来不是个人，而是集体共同参与的成果。比如，陕北说书的剧目，并没有具体的作者，它是口耳相传、世代流传下来的，是集体创作的成果，因此，它的创作者是集体，是一代又一代的人民群众，所以，最多能看到某一个说书剧目由某人整理或改编，不可能是某人所作。

陕甘宁边区文艺工作者正是看到了民间文艺的这种特点，从中获得启示，因此，他们在进行文艺创作时，善于听取各方的意见，将小我融入集体，掩盖自身锋利的个性光芒，创作出和普通民众情感相连的作品，即使有些作品署名作者为某个人，但或多或少都带有集体创作的痕迹。一件作品从构思、创作到完成及最后的面世，在各个阶段都会有来自各方面的意见或帮助，比如，定稿后有同行或组织的意见，出版后会有人民群众与读者的意见。因此，个人创作的作品也常常带有集体创作的痕迹。值得注意的是，在各方面的意见中，居重要地位和起重要作用的是普通民众的意见。普通民众成了知识分子学习的对象，流行于普通民众间的文艺是知识分子文艺创作的源头活水，普通民众的意见在知识分子的创作中起着重要的作用，这也是知识分子自觉和主动向普通民众学习的一个过程。

1944年10月8日《抗战日报》刊登亚马的《关于戏剧运动的三题》一文，文中就特别指出了人民群众在戏剧创作中的重要作用，"把群众看作是集体的批评

家和导演,才能真正学到很实际的东西"①。从中可以看出,知识分子在思想情感上逐渐向普通民众靠拢,重视普通民众的意见,每一部作品的完成、每一出戏的排演,都有普通民众的参与,这一点在歌剧《白毛女》的创作中体现得较为明显。

《白毛女》从收集材料、确定主题再到最终完成,这一系列的过程都有来自各方面人员的广泛参与。就收集材料而言,它是"1944年秋,西北战地服务团的邵子南在晋察冀阜平县,听到一个'白毛仙姑'的故事,便收集带回延安"②的。《白毛女》的故事素材是这样的:有一个被地主奸污迫害的农村姑娘只身逃入深山,在山洞中生活多年。她平时仅靠偷吃庙宇供果为生,因长期营养不良,加之缺少阳光与食盐,全身毛发变白,被附近村民称为"白毛仙姑"。后来,在八路军的帮助下,"白毛仙姑"得到解放。

鲁艺院长周扬敏锐地感觉到这个民间传说中蕴含着积极的意义,立即决定由鲁艺以"白毛仙姑"为素材,创作并演出一部大型舞台剧,向即将召开的中共七大献礼。他认为这个民间传说既有浪漫主义色彩,又有现实意义,凸显了"旧社会把人逼成鬼,新社会把鬼变成人"的深刻主题。周扬主张这个戏应该抓住农民与地主阶级斗争这个重点,把两个时代、两种社会制度进行鲜明的对比。如此,具有多重发展可能性的民间传奇故事被纳入阶级压迫和反抗压迫的叙事框架。

为了满足群众的欣赏习惯,《白毛女》改变了传奇故事的倒叙方式,采用了老百姓喜闻乐见的顺叙形式。剧中曾写到喜儿受黄世仁母亲虐待非常想家,思念父亲和大春,做了一场梦,于是梦境中出现一段舞蹈,试图表现一点浪漫主义的色彩,结果彩排时被群众否定。第三幕曾写到喜儿被抢到黄家受黄世仁的污辱并怀孕后,一度误认为黄世仁要与自己成亲,便内心高兴,披上红棉袄在舞台上载歌载舞。不少人特别是知识分子喜欢这场戏,认为技巧高,工农群众对此却意见很大,周扬也批评道:"你们为贪恋这场戏的戏剧性,却把它所建立起来的形象

---

① 亚马:《关于戏剧运动的三题》,载《抗战日报》1944年10月8日。
② 孙国林编著:《延安文艺大事编年》,陕西师范大学出版总社2016年版,第674页。

图4-6 《白毛女》剧照(一)

图4-7 《白毛女》剧照(二)

扼杀了。"①第四幕原来还有喜儿在山洞生活的情节叙述。喜儿在山洞生下孩子后,传统封建节操观念和羞耻感使她一度想掐死孩子,然而孩子无辜的啼哭唤醒了她的母爱和人性,经历了心灵痛苦和矛盾之后的喜儿,从此坚强地在绝境中生存下去,等待复仇那一天的到来。但是这些情节引起了激烈的争论,一些人认为这一设置表明喜儿没有骨气。②在民间话语和政治话语的共同作用下,喜儿的形象被不断美化和纯化,一方面符合民间简单的"爱恨"模式,另一方面在政治上被树立为"复仇女神"的形象,其性格中软弱、妥协的一面则被舍弃。第六幕末一场曾写喜儿和大春婚后的幸福生活及喜儿送大春参军的"尾声",被周扬批评为"这样写法把这个斗争性很强的故事庸俗化了"③,于是做了修改,喜儿和村民一起斗争黄世仁成了作品现在的结局。

参与《白毛女》创作与演出的戏剧家张庚回忆:有一个厨房的大师傅在看了《白毛女》演出后,一边切菜一边使劲地剁着砧板说:"戏是好,可是那么混蛋的黄世仁不枪毙,太不公平!"④演出的第二天,中央办公厅派人传达了中央书记处的意见。"意见一共有三条:第一,这个戏是非常适合时宜的;第二,黄世仁应当枪毙;第三,艺术上是成功的。传达者并且解释这些意见说:农民是中国的最大多数,所谓农民问题,就是农民反对地主阶级剥削的问题。这个戏反映了这种矛盾。在抗日战争胜利后,这种阶级斗争必然尖锐化起来,这个戏既然反映了这种现实,一定会很快广泛地流行起来的。不过黄世仁如此作恶多端,还不枪毙他,是不恰当的,广大观众一定不答应的。"⑤张庚等编剧这才恍然大悟:"我们演《白毛女》,并没有认识到中央同志们所说的这种深刻的政治意义,更没有理会到对于黄世仁的处理关系有如此之大。中国又到了形势转变的关头,而

---

① 转引自何火任:《〈白毛女〉与贺敬之》,载《文艺理论与批评》1998年第2期,第86页。
② 顾玮:《歌剧〈白毛女〉的文本生成与叙事策略》,载《山东文学》2004年第2期。
③ 张庚:《回忆延安文艺座谈会前后"鲁艺"的戏剧活动》,载《戏剧报》1962年第5期,第11页。
④ 张庚:《回忆延安文艺座谈会前后"鲁艺"的戏剧活动》,载《戏剧报》1962年第5期,第11页。
⑤ 张庚:《回忆延安文艺座谈会前后"鲁艺"的戏剧活动》,载《戏剧报》1962年第5期,第11—12页。

我们却认识不到，仍旧拿老眼光去看正在变化中的阶级关系。不仅如此，这也反映了我们很缺乏群众观点，不深入群众，也不了解群众，我们对于厨房大师傅的意见是不重视的，看不出来他的意见有广大的代表性，而中央的最高负责同志们的意见却是和群众的意见一致的。"①于是编剧立刻动手修改，用枪毙黄世仁结尾。

这部民族新歌剧集中了鲁艺文学、戏剧、音乐、美术等方面人才，经过一年多的集体创作，在1945年4月召开的中共七大上正式首演，并引起轰动。该剧成功地塑造了

图4-8 《同志，你走错了路！》书影

杨白劳、喜儿等被地主阶级残酷迫害的农民形象，通过新旧两重天的鲜明对比，既表现了"只有共产党才是农民的救星"这一主题，也显示了五四新文化运动"人的文学"在解放区文学中的承传和拓展。在艺术上，《白毛女》继承了民间歌舞的传统，也借鉴了我国古典戏曲和西洋歌舞的表现方法，创造出了为老百姓所喜闻乐见的崭新的歌剧形式，为新中国成立后我国民族歌剧的发展积累了重要经验。《白毛女》的音乐广泛吸取各种民间音调，包括民歌、说唱、戏曲和器乐等，作为表现剧中各种人物主题的音调基础，并根据人物性格和剧情发展的需要加以改造，使歌剧音乐既有鲜明的民族特点，又有强烈的戏剧性。《白毛女》这部在土窑洞里孕育出来的民族新歌剧的成功创作与演出，说明《讲话》提出的文艺为工农兵服务的方向是正确的，也说明革命的政治内容与艺术形式是可以做到完美统一的。

再比如在当时影响较大的话剧《同志，你走错了路！》，则把集体创作的深度和广度更大地推进了一步。《解放日报》1944年12月15日第四版和12月17日第

---

① 张庚：《回忆延安文艺座谈会前后"鲁艺"的戏剧活动》，载《戏剧报》1962年第5期，第12页。

四版分别刊登了该剧创作参与者姚仲明的《〈同志，你走错了路！〉的创作介绍》和陈波儿的《集体导演的经验》。姚仲明在《〈同志，你走错了路！〉的创作介绍》一文中说道："我深深的体验到集体的力量，这个戏是集体创作，陈波儿同志，塞克同志，全体演员及后台工作人员都是创作人之一。"①这部戏的内容、情节及人物对话所用的语言等，都体现了工农干部、群众和知识分子的结合，正如姚仲明所说："我感到知识分子和工农干部结合的重要，这个戏光靠文化水准不高的工农干部当然难于写出，假如光靠缺乏生活经验的知识分子，……不容易写的有血有肉"②。工农群众文化水平虽然不高，但他们有实际的生活经验和素材积累；而知识分子虽然有一定的文化水平，但却缺乏实际生活经验。因此，二者的结合就显得非常重要。从更深层次来看，知识分子和工农群众相结合，知识分子真正放低姿态学习工农群众并向工农群众靠拢的过程，实际上也是知识分子逐渐进行政治与文艺的双重改造的过程。

（二）使用方言，语言口语化、大众化

在众多的陕北民间文艺中，和说话、语言打交道最多的要数陕北民间文艺的典型——陕北说书。

陕北说书地域性强，它所面向的主要就是生活在陕北地区的群众。说书艺人在演唱剧目时，所使用的语言都是白话的、通俗易懂的，即使是没有上过学的文盲都能听得懂。口语化、大众化是它主要的语言特点。生活在陕北黄土高原的男女老少都爱听陕北说书，那熟悉的乡音、直白的语言，在任何时候都会让他们感觉到亲切和热烈。因此，延安文艺工作者把陕北方言融入他们的文艺作品，就显得尤为重要。

普通民众的文化水平不高，他们听不懂、看不懂，也不爱听、不爱看知识分子的"亭子间式"的书面语言，知识分子与普通民众之间距离很远，这是其中的一个方面。另一个方面是知识分子对于普通群众语言的态度和看法。延安文艺座谈会召开之前，知识分子在思想和感情上都没有真正地深入群众，他们不了解群

---

① 姚仲明：《〈同志，你走错了路！〉的创作介绍》，载《解放日报》1944年12月15日。
② 姚仲明：《〈同志，你走错了路！〉的创作介绍》，载《解放日报》1944年12月15日。

众的生活，相应的，对于普通民众的语言也不熟悉，甚至听不懂，也就更谈不上运用于文艺创作之中了。

语言是文学的载体，普通民众的语言和知识分子的语言是截然不同的，语言成了区别文艺是否大众化、通俗化的一个重要标志。《讲话》之前或者说抗战之前，知识分子文艺作品中的语言比较书面化，带有知识分子自身的特点，这种语言不太容易被普通民众接受。因此，学习普通民众的语言、运用普通民众的语言，从民间文艺中汲取启示，有利于拉近知识分子与普通民众的距离。

知识分子深入群众，在生活实践和学习民间文艺中，取得了实质性的成果。《解放日报》1942年11月10日第四版刊登了季纯的《谈方言演剧》，文中说："所以用方言来演剧的事，不仅是没有问题，并且是为了适合最多数农村环境的需要，不得不选取的主要办法。"[1]从中可以看到，文艺工作者受陕北民间文艺和生活实践的启发用方言演剧，不仅可以使作品富有浓厚的地方特色，而且最重要的是，能联系普通民众，拉近和普通民众的距离。比如由涉县劳动剧团集体创作、孙应南执笔的话剧《王好善翻身》，剧中人物对话所用语言都通俗易懂、口语化，还穿插方言的使用。比如地主李德旺的侄儿李小丑向王好善收租，王好善没钱还租，李小丑闹着要去村公所，这时王自清出来调和，王自清对王好善说："我给您和说和说，叫小丑说个亏，你受点紧，把这事了结了结就算了，你看怎样大哥？"王好善无奈地说："要不……唉！怎也没法，你看着办吧。"[2]正是通俗化语言和方言的使用，使得作品富有浓厚的生活气息，剧中人物的个性鲜明、生动。

延安文艺工作者不仅在戏剧、小说等作品中使用方言，而且在诗歌中，也融入了普通民众常用的语言。比如，《解放日报》1942年8月7日第四版登了诗人艾青的短诗《秋天的早晨》："他又从屋里搬出一筐小米……，放到嘴里用黄色的

---

[1] 季纯：《谈方言演剧》，载《解放日报》1942年11月10日。
[2] 黄金涛整理：《八路军抗战文艺作品整理与研究·话剧卷》（上册），武汉大学出版社2015年版，第60页。

大牙咬着。"①诗中没有艰深晦涩的语言，大众化与口语化是其主要特色。语言的改变虽然只是形式上的变化，但这种改变也是最直观、最容易看得出的，同时是最容易见效果的。再比如《解放日报》1944年8月29日第四版刊登任琛的短篇小说《借粮》中写道："那个任连长，可是能行哩。……一个麻脸的中年人，在一边圪蹴了好久。"②这里的"能行""圪蹴"等都属于具有陕北地域色彩的方言，不仅使作品中的人物性格更加鲜明，而且使文本更加鲜活，受到群众的喜爱。

（三）形式灵活多样，内容贴合实际

陕北民间文艺的形式丰富多样，普通民众发掘和利用一切能够利用的文艺形式来寄寓生活理想，表达思想感情，且每一种文艺形式都有广泛的受众对象和群众基础。这些民间文艺的内容，是普通民众在日常生产生活中的所见所闻所感，贴合普通民众的实际，因此，才能受到普通民众的喜爱，并随着时代的变化而不断发展。

延安文艺工作者将陕北民间文艺形式灵活多样、内容贴合实际等特点运用于创作之中，使得延安文艺不仅在形式、题材方面丰富多样，而且受到人民群众的支持和喜爱。不同形式的文艺具有不同的作用和效果，文艺工作者把文艺细分为不同的类型，就是要发挥每一种文艺形式独特的优势，全面展开，充分发挥文艺的作用，把每一个群众都动员起来，共同为抗战服务。正如《解放日报》1944年7月15日第二版刊登的一则报讯《鄘县街头宣传，形式多样新鲜活泼》中所说："二次演出亦受到群众很大欢迎。但以上方式还嫌不够，以后决定：形式应该多样化，创造群众所喜爱的新形式"③。因此，形式的多样化对动员群众是必要的。比如当时的诗歌被划分为街头诗、朗诵诗等不同类型。

就街头诗和朗诵诗这两种诗歌类型而言，同属于诗歌，但朗诵诗有的优势，街头诗却没有。朗诵诗主要是诗人直接面向人民群众，通过语言直接与他们交流，具有互动和现场感，尤其对于边区的文盲、盲人来说，听是他们接触文艺最

---

① 艾青：《秋天的早晨》，载《解放日报》1942年8月7日。
② 任琛：《借粮》，载《解放日报》1944年8月29日。
③ 《鄘县街头宣传，形式多样新鲜活泼》，载《解放日报》1944年7月15日。

重要的途径，语言比文字更具力度，因此，朗诵诗在他们之中更受欢迎，这是街头诗等其他诗歌形式所不具有的。再比如，美术分为墙报、街头画、木刻版画、漫画等，戏剧分为街头剧、秧歌剧、独幕歌剧、话剧等，报告文学又分为速写、报告、通讯等。总而言之，文艺形式纷繁多样，不同的文艺形式互为补充，才能共同服务于抗战的大局。

另外，在抗战时期，题材多样的文艺形式又和文艺的内容紧密相连。各抗日民主根据地的民间文艺形式不论是小说、诗歌，还是戏剧、美术等，都与抗战相关，和普通民众生活贴合。

（四）精神乐观向上，富有鼓动性

在陕北这片厚重的黄土地上世代生活的陕北人民，他们天生的顽强不屈、乐观向上的性格特征在陕北民间文艺中表现得淋漓尽致。尤其是作为陕北艺术代表的安塞腰鼓，它是"陕北高原特有的地域文化现象，也是陕北人精神风貌的象征和符号"①。陕北腰鼓奔放的姿态蕴含着生命的顽强与乐观，不管遇见什么样的艰难险阻，都无所畏惧、勇往直前，生命的力量在腰鼓中得到完美的彰显。

在《讲话》之前，延安文艺界存在着许多暴露黑暗、揭露社会现实的作品，其中所流露出的悲观与失望、对边区社会的讽刺等，不仅成为国民党攻击共产党的把柄，而且也影响人民群众高昂的抗战热情。初来延安的文人们大多是五四文学的传承人，他们怀揣炽烈的启蒙理想抵达延安，但是延安当时的社会现实与文人们在国统区对陕甘宁边区的浪漫憧憬有着较大差异，尤其在以生活习俗为特征的文化观念上有较大冲突。冲突包含着雅文化与俗文化、民间文化与精英文化之间的较量、冲撞，延安文艺就在这样的文化氛围中诞生、发展。文艺不是政治的附庸，但文艺和政治绝不可能脱离关系。延安时期存在精英知识分子文化与农民文化之间的争斗，如何引导这两种文化和谐相处是关系到革命成败的重要问题。

---

① 梁向阳：《陕北文化血脉与文学呈现》，载《光明日报》2017年3月21日。

图4-9 延安街头的腰鼓队

当时延安的墙报《轻骑队》，主要针对延安的一些干部、具有资产阶级思想的知识分子等进行批评和讽刺。黎辛后来在谈到《轻骑队》时说："他们有些稿件就像《野百合花》那样批评延安，甚至有的更厉害。这造成大家思想混乱"①。延安确实存在一些不好的现象，但《轻骑队》在批评和讽刺之时难免有夸大和以偏概全之感。除此之外，当时的《解放日报》还刊登了很多暴露延安"黑暗"的文章，比如1942年3月9日第四版刊登丁玲的《三八节有感》，1942年3月12日第四版刊登罗烽的《还是杂文的时代》，1942年3月13日第四版刊登王实味的《野百合花》等。这些文章多少带有一些悲观、低沉的情调，又加上这时已是全面抗战的第五个年头了，在"外患"与"内忧"的双重夹击下，人民群众的抗战热情自然有所退却。因此，要重新点燃人们抗战的信心，改变文艺界暴露黑暗的不良倾向，文艺工作者需要《讲话》精神的指引。《讲话》说："我们所写的

---

① 张军锋编：《延安文艺座谈会的台前幕后》（上册），陕西师范大学出版总社2014年版，第155页。

东西，应该是使他们团结，使他们进步，使他们同心同德，向前奋斗"[①]。在陕北民间文艺的启示下，知识分子创作出了许多乐观向上、激励人心的好作品，比如《解放日报》1943年1月20日第四版刊登的夏风的漫画《加紧生产努力学习（工厂生活之一）》，1944年4月14日第四版刊登的辛束的短篇小说《爱护群众、帮助群众》等。这些作品共同的特点就是格调高昂、振奋人心，给人以希望和力量，一改过去失望、悲观的文风。

延安时期以毛泽东为代表的中国共产党人成功解决了民间文化与精英文化、雅文化与俗文化、知识分子文化与农民文化之间的融合问题，寻找到了马克思主义中国化的正确道路，创立和建设了无产阶级新民主主义文化。新民主主义的大众文化是确定新民主主义文化发展方向的基础，大众的文化必定要为全民族绝大多数的工农劳苦大众服务。民众是革命文化无限丰富的源泉，这又要求从事文化的革命工作者用工农大众的生活、工农大众的感情、工农大众的语言和工农大众的形式去发展大众的文化。在这样的时代背景下，精英知识分子深入民间，融合吸纳民间文化，创制出不同于中国历史上任何时代的新型文艺。这种文艺以服务社会最大多数的群众为宗旨，老百姓喜闻乐见，具有中国特色、中国作风、民族气派。事实最终证明，延安文艺是体现中国革命前进方向、服务大众生活、激扬群众精神的文艺。在成功创建延安文艺体制的过程中，知识分子、农民大众都是延安文艺的参与者和创造者，陕北民间文化为延安文艺提供了新鲜气血和富足营养。例如陕北民歌、秧歌，语言生动，内容丰富，节奏自由，音域宽广，适于大众欣赏，为延安时期新秧歌、新歌剧运动提供了丰富养分。陕北人民在偏僻干旱、贫瘠荒凉的黄土高原上长期生活，铸就了坚韧不拔、吃苦耐劳的文化品质，养成了克服一切困难的优良作风，这些文化品质和优良作风为延安精神的形成奠定了坚实基础，使延安精神成为中国现代优秀文化的主流。

经过改造的陕北民间文艺，成了延安文艺的有机组成部分。改造后的陕北民

---

① 毛泽东：《在延安文艺座谈会上的讲话》，见《毛泽东选集》（第3卷），人民出版社1991年版，第849页。

间文艺因此也就具有了双重性的特点。一是民间性，这是陕北民间文艺自身所固有的，它来自民间、来自人民，经过历史长河的不断洗刷，积淀着浓厚的民间性。二是政治性，也就是说，陕北民间文艺在《讲话》精神的指引下，进行了意识形态、内容语言等各方面的改造，已经不再是纯粹的民间文艺了，它成为延安文艺的重要组成部分。它的内容、主题思想等都是认真改造的成果，和上层建筑，即中国共产党的意识形态保持一致，并为之服务。

第五章 民间文化：从延安文艺到当代文学

"民间"是一个相对宽泛的概念，也是一个内涵特征复杂、外延流动变化的社会空间。故而不同历史时期，"民间"涵盖的内容并非一成不变的，而是在各种文化、社会、经济等要素的交融磨合下呈现出一个个既有共同特征又有不同特质的"民间"历史场域。总体而言，"民间是与国家相对的一个概念，民间文化形态是指在国家权力中心控制范围的边缘区域形成的文化空间"[①]。随着20世纪社会政治形势的发展（尤其是抗日战争的爆发），人民群众的重要性开始凸显，与人民群众相伴生的民间文化也从被遗忘、忽视到被有限度地吸收再到被高度重视，开始进入新文学的视野，并经新文学的吸纳、改造最终进入当代文学。

---

① 陈思和：《民间的浮沉——从抗战到"文革"文学史的一个解释》，见《陈思和自选集》，广西师范大学出版社1997年版，第200页。

第一节

民间话语的沉浮

中国长期以来的社会结构是农耕文明占主导、农民占主体,即使近代工业有了初步发展,但是这一社会结构并未像西方国家一样发生根本性的转变。这一社会结构的稳定发展也决定了中国民间文化的主体部分是在农民和农村中形成的文化体系。在过往的历史长河中,精英文化"凭藉权力以呈现自己(在中国传统社会里,包括钦定史书经籍,八股科举制度,纲常伦理教育等)、并通过学校教育和正式出版机构来传播";民间文化则"有意回避了政治意识形态的思维定势,用民间的眼光来看待生活现实,更多的注意表述下层社会,尤其是农村宗法社会形态下的生活面貌"。[①]在这两种文化体系中,精英文化以权力作为支撑,处于主导地位,而民间文化则常常以弱势姿态呈现出来,甚至在一定情况下受到精英文化的改造、利用。这两种文化体系尽管也有交融和渗透,但是总体上两种文化在各自封闭的文化体系内实现着自我的循环。

从19世纪中后期开始,中国社会发生急剧变化,西方列强瓜分中国,救亡图存成为社会各阶层关注的焦点。为了救亡图存,中国精英社会阶层先后掀起了洋务运动、戊戌变法、辛亥革命等,但纷纷宣告失败。历次革命运动失败后,精英阶层开始反思问题出在哪里。最后,他们将视线从经济变革、政治改良、政治革命投射到了文化启蒙,欲通过文化启蒙建立中华民族的新文化。这样,新文化运动便轰轰烈烈地展开。新文化运动将民间文化放置于新文化的视野下审视,形成

[①] 陈思和:《民间的浮沉——从抗战到"文革"文学史的一个解释》,见《陈思和自选集》,广西师范大学出版社1997年版,第201—202页。

了启蒙与被启蒙的关系。尽管新文化运动并非来自民间文化自身的变革，但是在启蒙过程中，民间文化作为重要的启蒙工具，开始有限度地参与到新文化建设当中。这一时期的白话文运动、新歌谣运动便是显在例证。然而，新文化运动尽管发现了民间世界，但是这个民间世界仍然是知识分子启蒙话语权力关照下的民间世界。所以，民间文化在得到有限度的肯定的同时，受到了浓重批判，这一批判往往以知识分子"回乡"的叙事模式呈现出来，如鲁迅的《祝福》《阿Q正传》等小说以及二三十年代的很多乡土小说，呈现出的都是一个愚昧落后的民间世界。这一"民间"，不过是启蒙话语下的"他者"，"是一块有待他们去征服的'殖民地'"①，没有自我表述的权力。对于普通民众而言，无论从新文学的语言形式还是内容精神上都没有找到文化共鸣，更没有在文化启蒙下真正实现精神转型。

同时，随着马克思主义传入中国和中国共产党的成立，广大农民成为中国共产党革命的重要依托力量，如何发动农民、组织农民参与革命斗争成为革命文艺必须直面的一个问题。那么，"要领导、提高他们，就首先有如何适应他们（包括适应他们的文化水平和欣赏习惯）的巨大问题。从民歌、快板、说书到旧戏、章回小说，'民间形式'本身在这里具有了某种非文艺本身（特别是非审美本身）所必然要求的社会功能、文化效应和政治价值"②。这一问题随着抗日战争的全面爆发，在中日民族矛盾上升为中华民族的主要矛盾时显得尤为紧迫和重要。正是在这一背景下，才有了左翼内部的文学论争以及左翼、苏区和各抗日民主根据地以及解放区文艺中的艺术实践。无论是革命文学的文学论争还是艺术实践，其主导性的话语权力始终是政治话语和知识分子话语，而"民间形式的利用，始终是教育问题，宣传问题"③，民间文艺是以工具性质进入革命文学的。因此，民间文艺形式最早得到重视，但是与民间文艺形式相伴而生的民间立场、

---

① 陈思和：《民间的浮沉——从抗战到"文革"文学史的一个解释》，见《陈思和自选集》，广西师范大学出版社1997年版，第203页。
② 王光东：《民间：作为中国现当代文学研究的视野与方法》，东方出版中心2013年版，第59页。
③ 郭沫若：《"民族形式"商兑》，载《中国文化》1940年第2卷第1期。

民间情感、民间思想、民间精神却未得到充分体现。

　　新文化运动和革命文学对民间文化的发现和利用，虽然是从外部话语体系对民间文化的激活，但是民间话语也开始在主流话语体系的间隙彰显出自身的力量，尽管这一力量被双重话语挤压还略显微弱。真正扭转民间文化地位的是毛泽东的《讲话》。毛泽东在《讲话》中谈道："人民生活中本来存在着文学艺术原料的矿藏，这是自然形态的东西，是粗糙的东西，但也是最生动、最丰富、最基本的东西；在这点上说，它们使一切文学艺术相形见绌，它们是一切文学艺术的取之不尽、用之不竭的唯一的源泉"，更明确要求"我们的文学专门家应该注意群众的墙报，注意军队和农村中的通讯文学。我们的戏剧专门家应该注意军队和农村中的小剧团。我们的音乐专门家应该注意群众的歌唱。我们的美术专门家们应该注意群众的美术"。[①]那么，何为"人民生活存在着文学艺术原料的矿藏"？其实从某种意义上可以说，是产生于人民、流播于人民中间的民间文化，更准确的说是民间文化中的民间艺术。这一论断不但对民间文化予以全面肯定，更将长期以来被排斥在主流文艺话语体系之外的民间文艺全面纳入。如果说各抗日民主根据地前期的文艺大众化对民间文化的挪用和借鉴还属于艺术家的自发行为或者说是社会形势推动下不得不为之的转向探索，那么，《讲话》则以政治权力的推动，将民间文化形态提高到了文学的重要位置，并开始演变为衡量文艺作品优劣性的一个重要标准。

　　毛泽东发表《讲话》之后，各抗日民主根据地文艺格局发生了明显转变，文艺内部的文化形态或者说是权力关系也发生了根本性转变。从新文学发展的历程可以看到，新文学内部的文化权力关系也在发生着微妙的变化，五四时期新文学的主导文化权力为知识分子的启蒙文化，民间在启蒙文化视角下呈现为一种愚昧落后、需要改造拯救的原初状态。随着革命文学和左翼文学的兴起，以马克思主义为指导的革命话语开始与启蒙话语并置，开始以革命话语对民间进行叙述和改造。无论是启蒙话语的民间呈现，还是革命话语的民间叙述，民间始终是一个被

---

① 毛泽东：《在延安文艺座谈会上的讲话》，见《毛泽东选集》（第3卷），人民出版社1991年版，第860、863—864页。

争夺的对象，民间文化形态也始终在两种话语的压制下，没有自我表述的可能。在各抗日民主根据地，革命文化以优越的姿态压制了启蒙文化，并开始对民间文化进行吸纳和改造。《讲话》前民间文化开始被纳入延安文艺，这是权力关系发生转化的一个明显表征。但是，这一时期启蒙文化还未上升到被打击、被批判的地步，所以，仍然可以看出革命文化和启蒙文化在文艺创作中的权力角逐。比如这一时期的"关于演大戏问题争论""关于讽刺画展争论"以及一系列的文学批评活动，是仍然停留在文艺范畴内的自由论争，而尚未形成带有政治倾向性的批评。

毛泽东在《讲话》中指出很多文艺工作者"偏爱小资产阶级知识分子的乃至资产阶级的东西"，"他们灵魂深处还是一个小资产阶级知识分子的王国"，并要求"时间无论怎样长，我们却必须解决它，必须明确地彻底地解决它"，"一定要把立足点移过来，一定要在深入工农兵群众、深入实际斗争的过程中，在学习马克思主义和学习社会的过程中，逐渐地移过来，移到工农兵这方面来，移到无产阶级这方面来"，最后提出"为什么人的问题，是一个根本的问题，原则的问题"。[①]可以看出，《讲话》对知识分子的文化体系进行了全面否定，并以政治力量开启了对知识分子的改造之路。在《讲话》的规约和延安文艺的整风运动下，延安文艺界对丁玲的《在医院中》《三八节有感》，艾青的《了解作家、尊重作家》，罗烽的《还是杂文的时代》，萧军的《论同志之"爱"与"耐"》，王实味的《野百合花》《政治家·艺术家》等进行了集中批判。当然，这次批判活动已不再单纯局限于文艺范畴，而是有了政治权力的广泛参与，并且最终的定性也非文艺原则，而更多的是政治规约。丁玲回忆毛泽东在高级干部会议上的总结："《三八节有感》同《野百合花》不一样，《三八节有感》虽然有批评，但还有建议。"[②]毛泽东的总结发言显然是以政治标准而发的。尽管这一总结使丁

---

① 毛泽东：《在延安文艺座谈会上的讲话》，见《毛泽东选集》（第3卷），人民出版社1991年版，第857页。
② 丁玲：《我在延安文艺座谈会前后的经历》，见张军锋编：《延安文艺座谈会的台前幕后》（下册），陕西师范大学出版总社2014年版，第42页。

玲暂渡难关，但是丁玲这一时期的作品在之后的历次政治斗争中仍然受到批斗，并造成她之后多舛的命运。由于政治上的定论，王实味就没有那么幸运，不但遭受轮番批斗，还因此付出了生命的代价。至此，知识分子启蒙话语在各抗日民主根据地文化权力的角逐中失去能力，而革命话语与民间话语开始联姻，开启了各抗日民主根据地文艺的全新时期。

当然，在政治权力的主导下，民间文化成为革命文艺的一种主导性文化形态，但是政治意识形态却绝不允许民间文化形态按照自身逻辑任性发展，当民间话语与政治话语之间出现抵触的时候，民间文化形态被改造、被批判也将成为历史必然。这一矛盾冲突从各抗日民主根据地及解放区文艺一直延伸到了当代的十七年文学和"文革"文学。如延安时期对传统旧文艺的改造，新中国成立后赵树理道路的困境，以及"文革"期间的样板戏对民间文化的进一步改造，等等。此外，从革命文艺的版本变迁中也可以管窥到民间话语与政治话语的磨合与消解。

歌剧《白毛女》的创作中，"白毛仙姑"的故事原型仅仅是革命文艺创作的一个最为原始的素材，更为重要的是要在歌剧中呈现"旧社会将人变成鬼，新社会将鬼变成人"的宏大革命主题。因此，在呈现民间伦理秩序的基础上，政治力量开始通过民间的形式进入文本，并且逐渐成为主宰文本的中心力量。歌剧中，赵大叔在吃饺子过程中讲到了共产党，但讲述中浸润了丰厚的民间传奇色彩和离奇的神话想象。赵大叔版的红军故事以"关老爷磨刀之日"开始。红军像戏台上的人物一样"身上披红挂红，腰里缠着个红疙瘩，个个都是红脸大汉"[1]。之后这一故事夸张性地彰显了红军来后的革命举措，而后以"到了关老爷磨刀的那一天，红军还会来的"神秘性的话语结尾。正是这一传奇性、想象化、民间视角的话语传达，使政治力量开始巧妙地进入文本，成为文本叙述走向的一种话语力量，寄予了复归民间秩序的想象图景。这一图景在文本演变的过程中逐渐具化，具体到了大春以及大春带领的八路军。当然，在这一演进过程中，民间法则仍然

---

[1] 延安鲁迅文艺学院集体创作：《白毛女》，人民文学出版社1952年版，第24页。

起引导作用,政治力量按照民间伦理的道德秩序进入民间。如一身戎装的大春回到村里后,以政治化的姿态喊出"老乡们,我们是共产党八路军!"这样不但没有获得回应,反而吓跑了乡亲们,最后不得不喊"我是大春"。"共产党八路军"这一政治身份一开始并未得到民间秩序的认同,只有在大春的民间身份得到确认后,其所代表的政治权力才能进入民间社会。在民间身份确认后,民间秩序的归复者和新政权代表合二为一,政治力量巧妙地完成了角色转化,逐渐成为主导和归复民间秩序的拯救者,最终就有了结尾部分的区长以权威的身份对黄世仁的宣判。"民间伦理逻辑和政治话语逻辑在这个场面中汇在一起,并在汇合的一瞬互换了权威与非权威的位置"①。

图5-1 电影《白毛女》剧照

在电影版《白毛女》中,政治话语进一步得到强化。其一,电影《白毛女》以其特有的媒体优势,利用镜头和场景的变化,以对比的形式凸显了地主阶级与农民阶级之间的差异性。赵大叔在电影开头唱道:"高粱谷子望不到边,黄家的

---

① 孟悦:《〈白毛女〉演变的启示——兼论延安文艺的历史多质性》,见唐小兵编:《再解读:大众文艺与意识形态》(增订版),北京大学出版社2007年版,第58页。

土地数不完。东家在高楼，佃户来收秋。老人折断腰，儿孙筋骨瘦，这样的苦罪没有头。"配合唱词，镜头中出现了佃户们汗流浃背收割庄稼的艰辛场景和黄母在丫鬟侍奉下悠闲自得的生活，鲜明地表现了"朱门酒肉臭，路有冻死骨"的生活反差。同时，电影以其独特的技术优势，将杨白劳到黄家还债的情形与喜儿在家的举动并行于镜头，喜儿在家贴窗花、扎头绳的喜庆场景与杨白劳的还债按手印的悲苦场景形成鲜明的画面对比感，在视觉上和接受心理上强烈地激发起受众的善恶感和同情心。此外，黄家表里不一的对比镜头也在电影作品中得到进一步的放大，凸显了黄家的虚伪性和残忍性。其二，电影通过增加故事情节来凸显旧社会沉重的阶级压迫。电影中增加了佃户们秋收交租的艰难场景，杨白劳为了给喜儿办喜事，还清租子后还留下六斗谷子没有还，尽管电影展现了喜儿、大春艰辛劳作的画面，但是利滚利的租金最终仍然导致杨家悲剧的产生。还有老五叔，尽管连种子都还给了黄家，黄家仍然不依不饶，最终老五叔被逼跳井自尽。影片中的这些画面对阶级矛盾的尖锐性进行了大幅度的铺排和渲染，无限地放大阶级矛盾，凸显政治主题。

芭蕾舞剧《白毛女》裁剪掉了不适于表现"文化革命"的民间伦理法则，甚至政治法则中的一部分不合时宜的内容也被剔除，仅仅保留了本质化、抽象化、阶级化的艺术与政治质素。"按照文化革命的逻辑，表现'周扬写实主义美学思想'的歌剧《白毛女》显然已经过时，不仅无法表现新的意识形态诉求，更重要的是，歌剧《白毛女》对民间伦理的借用已经成为了新意识形态生长的障碍。政治已经无须借助道德伦理的力量，它将自我证实，自我呈现。"因

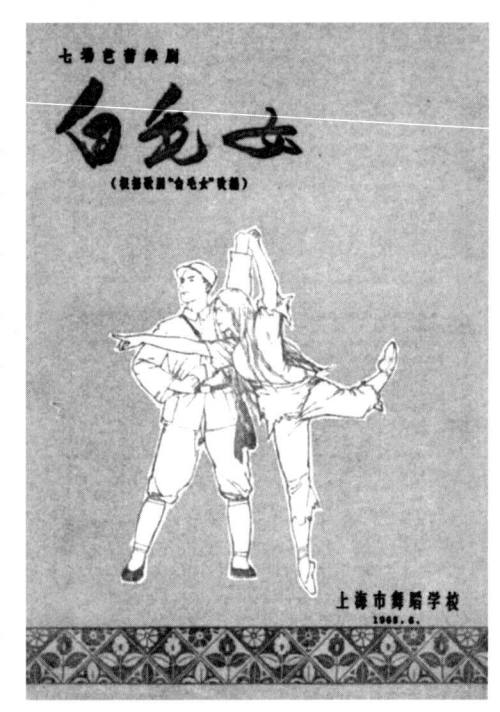

图5-2 芭蕾舞剧《白毛女》海报

此,"芭蕾舞剧《白毛女》与歌剧《白毛女》的最大不同,就在于以'文化革命'的主题取代了后者的'旧社会把人变成鬼,新社会把鬼变成人'的政治革命的主题"。①基于主题上的极大差异,芭蕾舞剧《白毛女》在艺术形式改编的同时,在人物和情节的本质化、抽象化、阶级化方面做了大幅度的修改。芭蕾舞剧《白毛女》已经抛弃歌剧和电影中个性发展的历程,直接表现这两个群体与生俱来的特性本质。故此,喜儿和杨白劳从一出场就表现出对黄世仁的深仇大恨和势不两立,也从一开始就展现出坚决的斗争与顽强的抗争,而黄世仁一出场已经带有了剥削阶级的深刻烙印,凶残、狠毒、卖国等阴暗性格无所不有。与歌剧、电影相比,芭蕾舞剧《白毛女》除了抽象化的阶级本质和符号化的阶级人物,舞台上民间文化浸润下的人情、人性已经荡然无存。

从《白毛女》的版本演变不难看出,随着文学一体化时代的到来和极左政治思潮的出现,革命话语对民间话语的挤压已成必然趋势。《白毛女》的版本变迁并非特例,在新中国成立后,红色经典作品多次出现版本变迁和改编问题,尤其是"文革"期间的革命样板戏改编,将革命话语上升到独尊位置,民间话语或者知识分子话语被否定和排斥,彻底失去了言说的权力。

---

① 李杨:《50～70年代中国文学经典再解读》,山东教育出版社2003年版,第289—290页。

第二节

民族形式的复苏

民间文学是民间文化的重要组成部分，也是承载民间文化形态的重要文化载体。那么，何为民间文学？有学者认为，"民间文学是这样一种口头文学，它俯拾即是。无论在原始封闭的荒漠，还是在文明发达的社会，无论在都市，还是在农村，也无论在统治集团，还是在被统治的人们中间，你都能把它找到"①。各抗日民主根据地文学、解放区文学和当代文学的重要来源就是民间文学，但是并非如向林冰所说的民间形式是民族形式的中心源泉，它还应包含流播于社会底层的通俗文学。有学者认为，民间文学是自然的流露，通俗文学是迎合制作；民间文学是不求名利的创作，而通俗文学则是有利可图的商品②；所以，二者之间有着本质的差异。但是，从革命视域出发，"民间形式的利用，始终是教育问题，宣传问题，那和文艺创造的本身是另外一回事"③。在此意义上，通俗文学与民间文学的边界并非那么明显。其一，通俗文学很多的故事原型、故事素材、故事演变最早来源于民间，并在民间口头叙事文学中广为传播，是在民间基础上经文人加工润色后的最终呈现，如《杨家将》《说岳全传》《三国演义》《水浒传》《西游记》等。其二，尽管这些通俗文学最早产生于城市，但是在农业文明中，这些通俗文学很快就流播到了农村，并通过民间的戏剧、说书等说唱艺术传播开

---

① Francis Lee Utley, *Folk Literature:An Operational Definition*，转引自洪长泰：《到民间去——1918—1937年的中国知识分子与民间文学运动》，董晓萍译，上海文艺出版社1993年版，第10页。
② 谭正璧编：《中国文学进化史》，光明书局1929年版，第241页。
③ 郭沫若：《"民族形式"商兑》，载《中国文化》1940年第2卷第1期。

来，成为民间文学的一个重要组成部分。在民族形式问题的讨论过程中，茅盾提出："大众自己所创造者，其'形式'并不尽善尽美，而经过了庙堂中人沾手以后的更进步的形式，也并不为大众所歧视；所以，如果我国固有的文艺形式而有所可取，或不应不有所取，那么，一切旧形式皆当有份，不应只推崇民间形式，甚至应该多取民间形式以外的旧形式，因为它们在形式上，确是更进步的。"[①]所以，下文所讨论的民族形式尽管以民间艺术形式为主体，但是也包括传统文学的艺术样式、叙事原型、叙事范式、艺术语言等多重内涵。

一、民间艺术样式的"化妆"回归

全面抗战爆发后，民间艺术形式、民族形式的借鉴和利用成为全国文艺界的一种共识。在这种共识的基础上，民间艺术形式进入各民主抗日根据地文艺的艺术创作实践。各民主抗日根据地文艺开始将民间的各种艺术形式嫁接过来，旧瓶装新酒，出现了一批民族化、大众化的艺术作品。这一点我们在上文已做了详细阐释，不再赘述。但是，民间艺术来自民间，骨子里承载着民间社会对统治意识或者权威规范的野性反抗。民间艺术形式与民间文化形态在传统民间艺术中是一个相得益彰、互为补充的完整体系。故而，对民间艺术形式的嫁接和利用，或者说用旧瓶装新酒，必然会带来一系列文化冲突问题。这一冲突问题最早在延安时期的秧歌利用中凸显出来。起初，延安文艺工作者并未对旧秧歌进行改造利用，而是直接移植，呈现出"最初演那老太太的是个男同志，脸上画的红的，这地儿挂两个辣椒当耳环，都丑化了，男的也是"[②]。旧秧歌的这种"丑化""戏谑""骚情"的特征，已经不单纯是民间审美趣味的一种表达，更是以诙谐、戏谑的形式来破坏正统、严肃的权威文化规范。尽管革命文化中也有对传统正统文化的破坏特质，在这一点上两者达到某种程度的暗合，但是革命文化"内含有走向'庙堂'的指向，它不是一味地破坏下去，相反，它具有建构的企图，而且终

---

① 茅盾：《旧形式、民间形式与民族形式》，载《中国文化》1940年第2卷第1期。
② 中央电视台等《大鲁艺》摄制组：《大鲁艺·解说词专辑》，中国民主法制出版社2012年版，第82页。

将成为一种秩序的持有者、统治者。正是后者，令革命意识形态与旧形式在彼此投合的同时，发生了立场和旨趣的矛盾"[1]。所以，各民主抗日根据地文艺对民间形式的利用从开始时期的"旧瓶装新酒"向推陈出新转变。如果说"旧瓶装新酒"还停留在简单的革命内容加民间形式的层面，那么推陈出新则突出在旧形式改造的基础上，创造革命新形式。从延安文艺到当代文学，改编成为革命文艺吸收民间文艺的重要方式。从延安文艺中的《兄妹开荒》《夫妻识字》《十二把镰刀》等秧歌剧，《东方红》《南泥湾》等民歌，《白毛女》《逼上梁山》《王贵与李香香》等文学作品，到新中国成立后的民歌体诗歌、革命传奇小说、现代戏汇演和革命样板戏，无不是民间艺术的一种改编。通过这种改编创作，民间形式在革命意识形态的规约下进入革命文学的艺术规范，民间文艺与革命文艺开始并轨前行，并成为解放区文艺和当代文学的重要艺术样式。当然，这种去民间化的形式利用，其积极意义是使民间文化形态被主流话语接纳，为新时期文学与民间文艺深度结合奠定了基础。同时，民间文化形态在这一时期以单一化的特征呈现出来，肢解了其多维向度的丰富内涵。这一问题在新时期文学中逐渐得到了扭转，尤其是在寻根文学思潮中开始得到了多维度的深化和探索。

图5-3 《兄妹开荒》书影　　图5-4 《王贵与李香香》书影

---

[1] 李洁非、杨劼：《解读延安——文学、知识分子和文化》，当代中国出版社2010年版，第207页。

二、传统叙事范式的隐性表达

民间文学最为重要的传统就是叙事传统,叙事文学也成为民间文学的重要艺术类型。由于叙事文学受到群众的广泛喜爱,因而解放区文学对于民间叙事文学的传承和利用也是其民族形式利用的一个重要方面。对民间文学叙事性的重视,使得解放区小说的叙述方式和叙述重心发生了大的转变。在叙述方式上,解放区文学开始将新文学排斥在外的章回体、评书体等传统叙事文学的形式引入小说创作,产生了《洋铁桶的故事》《吕梁英雄传》《地覆天翻记》《李有才板话》等民族形式的系列小说;在叙述重心上,突出小说的故事性。现代短篇小说"由注重纵剖面转为注重横断面,绝不只是追求表现时间的集中,而是代表非情节因素的崛起与情节功能的削弱这一现代小说的总体趋向"①。解放区文学可以说是对现代小说叙述重心的再次反拨,突出小说的情节化特征,注重以故事发展作为小说的叙述时序,按照情节的起源、发展、高潮、结尾进行小说叙述,呈现出有头有尾、结构完整的故事情节。同时,这种故事性的凸显不单纯局限于小说和戏剧等叙事文学的创作中,散文、诗歌等文体也增强了叙事色彩,造成了诗歌、散文、小说等文体特征的模糊,如《王贵与李香香》《赶车传》《圈套》《漳河水》《王九诉苦》等民间叙事诗。

除了叙述方式和叙述重心的显在转变,民间叙事文学的叙事范式、叙事原型、叙事主题等隐形结构也被深度地移植到革命文艺,经过革命意识形态的改造和置换后,形成了新的叙述范式。

首先,"家族复仇"叙事原型的转化。"在中国文化中,'人'的确立与构造首先是在血缘关系中完成的,'家'既是人的生活的归依,更是人格成长的母胎。"②因此,"家"成为传统叙事文学最为关注的一个意象,"家族复仇"也成为传统叙事文学一个重要母题。《红旗谱》《林海雪原》《新儿女英雄传》

---

① 陈平原:《中国现代小说的起点——清末民初小说研究》,北京大学出版社2005年版,第156页。
② 李杨:《50~70年代中国文学经典再解读》,山东教育出版社2003年版,第51页。

《小城春秋》等革命历史题材小说,有效地将这一叙事原型吸纳进文本,将"家族复仇"的叙事模式巧妙地隐含在革命斗争的框架之下,呈现出一种新的革命叙事模式。《红旗谱》开头设置了朱老巩护钟失败身亡、朱老忠为父报仇千里还乡的情节,以"家族复仇"的母题展开了小说叙事,之后的一系列斗争既蕴含着阶级斗争的内涵,更包含着为父报仇的动机。这一过程中,革命文学将"家族复仇"和"阶级斗争"两个主题合二为一。最终,从另一层意义上来看,"阶级斗争"的胜利何尝不是传统的"血债血偿"结局的翻版。

其次,"儿女情仇"叙事原型的转化。爱情是古今中外文学中一个最为常见的母题,也是中国民间文学中的重要母题。中国民间文学中的经典爱情比比皆是,如"梁山伯与祝英台""白娘子与许仙""薛平贵与王宝钏"等等。爱情主题尽管在革命文学中表现得并不是很充分,但是它的叙事原型却隐含在叙事文学的文本内部,形成了独特的叙事模式。赵树理的《小二黑结婚》是一部典型的提倡爱情自由的小说,传统爱情小说的叙事模式在作品中得到了充分彰显,体现出"男女有情私幽会—爱情受阻遭迫害—清官主政还公道—苦命鸳鸯结连理"的传统爱情叙事模式。其实,这一叙事模式在民族新歌剧《白毛女》、民间叙事诗《王贵与李香香》、革命历史题材小说《新儿女英雄传》中都有不同程度的体现,喜儿与大春、王贵与李香香、牛大水与杨小梅的爱情之路何尝不是经过了这样一个历程,才有情人终成眷属。只不过在这一过程中,革命话语对传统爱情叙事的某些要素进行了巧妙置换,爱情阻力置换为阶级敌人(地主阶级或者是日本侵略者),而清官置换为中国共产党,实现了爱情追求与革命斗争的和谐统一。另外,在这批小说中还能够看到传统《好逑传》《儿女英雄传》等才子佳人小说的显在影响。这些小说中的男主人公最终参加了中国共产党,以新的身份荣归故里,不但打倒了崔二爷、黄世仁等阶级敌人,更以英雄的形象出现,"带着尚方宝剑","带领着千军万马",拯救了红颜知己,爱情破镜重圆,有情人终成眷属。

最后,"神魔斗法"叙事原型的转化。中国神魔小说在明清时期较为兴盛,涌现出《西游记》《封神演义》《镜花缘》等一批优秀的神魔小说。这些小说中蕴含着一套神魔斗法、正邪对立、邪不压正的道德主题。这一道德主题在革命历史题材小说中得到了移植和借用，"正"与"邪"的道德对立转化为敌我之间的阶级对立，"神"与"魔"之间的斗法较量转化为革命斗争。这样，革命历史题材小说中塑造出了两个类型化的人物群体，一个是带有"神性"光辉的革命英雄形象系列，如《林海雪原》中的少剑波、杨子荣，《烈火金刚》中的史更新、丁尚武、肖飞，《新儿女英雄传》中的黑老蔡、牛大水等，这些人物不但有着救苦救难、拯救万民的"神性"情怀，更有着"无边法力"的神性能力。另一个是带有"魔性"色彩的反革命人物系列，如《林海雪原》中的座山雕、许大马棒、蝴蝶迷，《烈火金刚》中的猫眼司令、毛驴队长、猪头小队长等。在塑造"魔性"人物的时候，作者充分吸收神魔小说中的人物符号化特征，从人物的称呼绰号、人物的形象描绘和人物的兽性书写等方面将人物妖魔化、动物化，呈现出一个群魔乱舞的魔道世界。这批妖魔化的反面人物，既是民间伦理道德秩序的破坏者，更是革命事业的破坏者，所以，对他们的打击斗争也就有了降妖除魔和革命斗争的双重性质，于是民间道德伦理与革命斗争伦理在此合二为一。

三、民间大众语言的有效利用

语言不仅是文学形式的重要组成部分，更是文化形态表达的一个重要载体。文学的叙事语言，间接呈现出文学所要表达的思想和所秉持的文化态度。传统的文言文创作承载了封建精英知识阶层的文化态度和文学思想，新文化运动要打破这一文化体系，其突破口是语言的变革，所以就有了"言文一致"的白话文运动。白话文运动的发起与五四新文化运动所提倡的"人的文学""平民文学"的文化主张紧密相关，白话文也成为承载五四新文化的重要语言载体。"语言的力量是五四新文化运动和新文学运动最深刻的原因之一。新的语言系统不仅使五四新文化运动得以发生、得以成功，而且使中国现代文学得以定型。"[1]随着革命文艺的兴起，革命文化取代了启蒙文化，也必然会带来语言文字上的重大变革。从革命视角出发，中国共产党领导下的革命文化需要建立起自己的语言体系，用

---

[1] 高玉：《现代汉语与中国现代文学》，中国社会科学出版社2003年版，第83页。

以表达自己的革命思想,用于革命的宣传与教育。由于革命的主体是人民群众,所以决定了中国共产党的革命语言体系必须以广大民众为出发点。

其实,语言变革不仅仅表现在文学艺术领域,在文字改革领域也有充分的表现。中国共产党的语言文字改革始于20世纪20年代末的苏联远东地区,之后陕甘宁边区及各抗日民主根据地开展了长期的语言文字改革试验。毛泽东在《新民主主义论》中提出:"这种新民主主义的文化是大众的,因而即是民主的。它应为全民族中百分之九十以上的工农劳苦大众服务……为达此目的,文字必须在一定条件下加以改革,言语必须接近民众"①。因此,中共中央领导人高度重视语言文字改革工作,大力推进新文字运动,掀起了一场轰轰烈烈的新文字扫盲运动。同时,整风运动提出反对主观主义以整顿学风,反对宗派主义以整顿党风,反对党八股以整顿文风,语言问题在整风运动中再次被提上重要日程。"一九四二年整风运动中的语言问题——从社会语言学的出发点来看——是一九一九年'五四'运动中文白之争的继续,也是三十年代民族解放运动中的大众语论争的继续。那两次论争所没有能解决的某些语言理论问题,在这又一次思想解放运动中被正确地解决了。"②但是,整风运动特别重视语言问题,其根本原因是语言问题并不单纯解决"某些语言理论问题",而是涉及话语权力变更的根本所在。在整风运动的重要学习文件《反对党八股》中着重强调要反对党八股以整顿文风,"洋八股必须废止,空洞抽象的调头必须少唱,教条主义必须休息,而代之以新鲜活泼的、为中国老百姓所喜闻乐见的中国作风和中国气派"。何为党八股?就是"空话连篇,言之无物""装腔作势,借以吓人""无的放矢,不看对象""语言无味,像个瘪三""甲乙丙丁,开中药铺""不负责任,到处害人""流毒全党,妨害革命""传播出去,祸国殃民"。③党八股的前六条谈的是语言问题,后两条是其影响。其实,反对党八股着重解决的就是语言的大众化

---

① 毛泽东:《新民主主义论》,见《毛泽东选集》(第2卷),人民出版社1991年版,第708页。
② 陈原:《社会语言学》,学林出版社1983年版,第141页。
③ 毛泽东:《反对党八股》,见《毛泽东选集》(第3卷),人民出版社1991年版,第833—840页。

问题。如何推动语言的大众化，在毛泽东看来是关系到全党、全国、全民的关键，更是关系到中国共产党文化体系和话语权力构建的关键。语言变革直接针对的是五四新文化运动以来的欧化语言，其目标是通过语言的改造，瓦解五四新文化运动以来形成的文化格局，打破知识分子对于知识文化的垄断专权，实现文化话语权力的向下转移。因此，只有把语言文字大众化这一基本问题破解了，才可能实现文艺大众化、宣传大众化、工作大众化，才能迎来为大众服务的新的文风和新的文化的建立，才能最终构建起真正的新民主主义文化。

因此，延安时期语言文字改革是五四新文化运动之后的又一次重要的语言变革浪潮。这一时期，中国共产党通过系统的语言文字改革实现了话语权力的转移和话语体系的构建。其时的语言文字改革和新中国成立后实施的推广普通话、简化汉字、制定汉语拼音方案等语言文字系列改革，不单单带来了现代汉语的转型发展，实现了文化权力的转移，改变了现代文艺的发展走向，而且深层次地影响了中国人的语言生态与思维模式，对当代社会文化发展产生了重要影响。

在文学领域，语言的变革首先来自作家创作立场和创作视角的转变，这一身份的转变带来语言风格的全新改变。毛泽东在《讲话》中提出"语言不懂，就是说，对于人民群众的丰富的生动的语言，缺乏充分的认识"，这一现象最为主要的问题是没有搞清楚"文艺作品给谁看的问题"，还明确提出了"为什么人的问题，是一个根本的问题，原则的问题"，①它也必然会决定文艺以什么样的语言来进行文学叙述。其实毛泽东在《反对党八股》中已经提出："要向人民群众学习语言。人民的语汇是很丰富的，生动活泼的，表现实际生活的。我们很多人没有学好语言，所以我们在写文章做演说时没有几句生动活泼切实有力的话，只有死板板的几条筋，像瘪三一样，瘦得难看，不像一个健康的人。"②

在《讲话》精神的指引下，延安乃至各抗日民主根据地文艺工作者从思想

---

① 毛泽东：《在延安文艺座谈会上的讲话》，见《毛泽东选集》（第3卷），人民出版社1991年版，第850、857页。
② 毛泽东：《反对党八股》，见《毛泽东选集》（第3卷），人民出版社1991年版，第837页。

上、情感上、行动上发生了转变，开始深入农村，自觉以农民视角和民间语言进行文学创作，作家们的文学语言和艺术风格发生了大变化。丁玲就是在文学语言和艺术风格方面转变较为明显的一位作家。

丁玲最早开始创作是在1927年，这一年她发表了第一部短篇小说《梦珂》。关于创作初衷与缘由，她是这样说的："我那时为什么写小说，我以为是因为寂寞，对社会不满，自己生活无出路，有许多话需要说出来，却找不到人听，很想做些事，又找不到机会，于是便提起了笔，要代替自己给这社会一个分析。"①可见，丁玲最初开始创作小说并非出于任何社会目的，纯粹是为抒发个人情感。因此，她的早期作品，个人化情绪比较突出，作品的主人公大多沉浸在自我的孤独、寂寞与痛苦中，想寻找救赎自我的路，但往往又深陷其中不能自拔。这一时期其作品的语言比较内敛、沉静，委婉而率真。为了尽可能地表现人物的内心，丁玲运用了大量的心理描写，而在这些心理描写中，又充斥着大量的欧化词语及艰涩难懂的长句，这便是五四新文化运动对她的影响。五四时期为了宣传新文化、新思想，先进知识分子大量引进西方文学作品，作家的创作不仅在思想上借鉴西方，连形式上也模仿西方。丁玲深受这些西方文学作品的影响，因而她早期的文学作品有着明显的欧化色彩。丁玲对自己的早期创作做过总结，她说："我是受'五四'的影响而从事写作的。因此，我开始写的作品是很欧化的，有很多欧化的句子。当时我们读了一些翻译小说，许多翻译作品的文字很别扭，原作的文字、语言真正美的东西传达不出来，只把表面的一些形式介绍过来了。"②可见，丁玲早期的创作语言深受翻译语体的影响，过于注重语言的形式反而忽略了语言最初的简洁、凝练。这些特点在她的早期小说创作中深有体现，如《莎菲女士的日记》《阿毛姑娘》《自杀日记》等。

1936年11月，几经波折与辗转，丁玲来到了陕北，在浓厚的革命气息及革命

---

① 丁玲：《我的创作生活》，见张炯主编：《丁玲全集》（7），河北人民出版社2001年版，第15页。
② 丁玲：《和湖南青年谈创作》，见张炯主编：《丁玲全集》（8），河北人民出版社2001年版，第317页。

政治话语的感召下，丁玲的生活与创作发生了重大转折，她从一个单纯追求个人化艺术的创作者转变为一个为了国家命运、人民困苦而摇旗呐喊的革命者，将她最擅长的笔杆子武装成为枪杆子，用她最有力的文字去鼓舞民众、激励战士。但由于丁玲主观上拥有独立的自我立场，个性上又深受五四时期自由、民主之风的影响，因此，延安时期的丁玲，在创作上"始终处于自发的情绪创作向自觉的政治创作靠拢的过程"[1]。初到陕北的丁玲，一度掩藏起自我的主张和立场，自觉向党的政治纲领靠拢，下意识地想要创作出迎合民众审美趣味和革命要求的小说，于是丁玲到达陕北后的第一部短篇小说《一颗没有出膛的子弹》便诞生了。在这篇小说中，丁玲为我们讲述了一个掉队的红军小战士凭借自己的刚强意志和无惧生死的毅力从东北军的枪膛下逃生的故事。从这篇小说中我们可以发现，在语言的运用上，丁玲已经自觉地朝着大众化靠拢，欧化的长句被简单凝练的短句代替，平实质朴的对话取代了深沉委婉的心理描写，偶尔蹦出的几句方言也使小说的趣味性凸显。但由于丁玲此时对于革命不甚了解，仅凭借个人的想象创作小说，不免使作品的故事情节过于简单，人物形象的塑造也不够饱满。当然，这也从另一个方面反映了丁玲迫切想要向党组织靠拢的决心，但过于迫切的心理又使她在创作中陷入混乱而不得要领的境地。

到了20世纪30年代后期，丁玲逐渐从革命小说的僵化模式中走出来，语言上不再只是空洞的革命话语的拼凑，开始注入个人叙事风格，融入细腻的心理描写和生动的细节描绘。她将之前文人化、欧化语言的精华同大众语言相融合，并提炼出凝练、质朴的文学语言，这标志着她在文学创作上逐渐走向成熟，在文学语言的运用上也逐渐形成自我的独特风格，这个时期的代表作有《东村事件》《新的信念》等。随着在延安生活阅历的增加，丁玲对延安革命有了一定的了解，洞悉了延安革命所存在的问题，从一味地认同与跟风到重拾自我独立认识，她的女性自我意识同党的政治话语开始出现分歧。凭借着自身从事写作的责任感与正义感，丁玲在1940到1942年间接连创作了《夜》《我在霞村的时候》《在医院中》

---

[1] 王中：《论丁玲小说的语言变迁》，载《中国现代文学研究丛刊》2008年第5期，第135页。

三篇小说。在这些作品中,丁玲摆脱了之前一味歌颂的创作模式,开始尝试揭露与改造的转折模式,人物形象的个性特征逐渐有了取代革命共性的趋势。此时的丁玲已经形成了成熟、稳定的话语模式,行文大气、流畅,多了几分自我的思考,少了初始的粗糙与仓促,不再为了凸显大众而运用大众语。民众的话语可以毫不违和地融入她的作品,而被刻意回避的文人化色彩也逐渐在这些作品中复苏,欧化长句的时而点缀反而使这些作品别具一番韵味。因为在丁玲眼中,语言的大众化与艺术化、个性化是相辅相成的,它既不是政治的产物,也不是生活原生态的照搬,它是作家的独特颖悟同自然流露的情感相碰撞的产物。丁玲用她的创作证实了这一点,可也正是这些凸显自我的作品成为她后来屡遭批判的"罪证"。

《讲话》之后,丁玲便积极响应中共中央的号召下到基层锻炼,深入体会工农兵的生活。她渴望在实践的基础上创作出符合党的要求、迎合人民生活趣味的作品来,但《讲话》对作家描写工农兵是有特殊要求的,"特别重视党性原则,重视革命纪律性,重视革命功利主义,重视文艺作品的歌颂人民、揭露敌人,等等"①。这些要求在写作倾向上已经趋于理想化,对于骨子里还残留着小资产阶级生活体验的丁玲来说,更是一道难以跨越的屏障。在延安待了几年的丁玲对描写工农兵生活已经有了一定的自我理解,但《我在霞村的时候》《在医院中》等作品受到批判之后,丁玲在创作上再次陷入了迷茫。她在《讲话》后虽然创作了大量的报告文学和通讯文章,但在小说创作上却出现了停滞。直到1945年,丁玲离开延安来到晋绥解放区,在这里她先后参加了河北怀来县辛庄和涿鹿县温泉屯的土改运动,这为她后来创作《太阳照在桑干河上》积累了大量的素材。这部长篇小说的问世,是丁玲沉潜之后的薄发之作,也是丁玲描写工农兵生活的扛鼎之作。这部小说的问世不仅寄托着丁玲深沉的文学期待,也标志着丁玲小说创作语言的进一步转变,她将文学与生活紧密结合,积极学习群众的语言,将质朴粗犷的方言土语同细腻柔和的书面语相结合,为我们描摹了一幅别样的乡村图景。但

---

① 胡采:《回顾昨天是为了开拓今天——在中国解放区文学讨论会上的发言》,载《文艺理论与批评》1988年第2期,第21页。

在具体的语言选择与运用上，丁玲并没有一味地迎合政治的需求而放弃自我的个性追求，而是采用了"去其糟粕、取其精华"的方式对自我的创作语言进行了提炼，将西方温婉、细腻的文学语言同地方大众化的方言土语进行糅合，从而营造出一种别具特色的语言风格。总体而言，这一时期丁玲的小说语言相比之前有了较大转变，不但通过细部描绘细微地呈现出鲜活的乡村景象和乡村秩序，而且将群众的鲜活语言以及地道的方言土语有效融入小说叙事，呈现出一种全新的语言风格。但是，在《太阳照在桑干河上》中，丁玲"知识分子习惯的想象，还不时侵入到关于农民生活的描写中去，知识分子的语汇也就不时的出现"[①]，与真正的群众语言还有着明显的距离。

如果说丁玲的语言体现了知识分子的文学语言转型，那么赵树理的语言则是民间语言的文学呈现。赵树理在文学创作中自觉坚持民间立场，以民间的视角和民间的语言来书写民间世界和传达民间声音。赵树理曾说："我写的东西，大部分是想写给农村中的识字人读，并且想通过他们介绍给不识字人听的"[②]。所以，赵树理在《小二黑结婚》《李有才板话》《三里湾》等小说中所要表达的就是山西农村人的具体情感和思想，运用的就是民间最为鲜活、最为生动的语言。"把叙述语言与人物语言混成一片，实际上是用民间口语高度统一的小说叙事，表现出内在的和谐和朴素"[③]，这就消除了丁玲、周立波等知识分子语言与农民语言在文本中的冲突问题。但是，在革命文学的视域下，民间语言的表达是有限度的，必须在革命的话语规范下才能予以肯定。尤其是随着文学一体化时代的到来，革命文学更加需要一种国家民族的建构性文学语言，革命语言与民间语言也度过了革命时代的蜜月期，出现话语裂痕。这样，赵树理所秉承的民间语言必将受到革命话语的批评和规约，赵树理的《邪不压正》《锻炼锻炼》等小说受到批评，赵树理也经历了从"方向"到"现象"的命运转变。

---

① 陈涌：《丁玲的〈太阳照在桑干河上〉》，见袁良骏编：《丁玲研究资料》，天津人民出版社1982年版，第316页。
② 赵树理：《〈三里湾〉写作前后》，见董大中主编：《赵树理全集》（4），北岳文艺出版社2019年版，第300页。
③ 陈思和主编：《中国当代文学史教程》，复旦大学出版社1999年版，第42页。

四、地域色彩的文学呈现

地域性是民间文化的一个显著特征。中国不同的地域有着不同的民间文化，更有艺术样式和艺术风格迥异的民间艺术。民间艺术通过各个地域群众耳熟能详的艺术形式，传达着民间社会的思想诉求、情感追求、民风民俗、民间伦理，并长期流播于民间社会，汇集成中国丰富多彩的民间艺术宝库。各地风土人情、乡风民俗、乡间艺术、平民语言从五四时期开始得到了现代作家的整理挖掘和艺术表现。在20世纪二三十年代的乡土小说中，民间的祭祖、求雨、沉潭、冥婚、水葬等民风民俗开始在文学中大量出现，形成了文学独特的地域色彩。解放区文学由于服务对象的变化，其对民间地域文化的表述可以说是更进一步，不但系统地呈现了各地的民风民俗，而且在艺术形式、叙事范式、艺术语言等方面有全方位的体现，因此，其将文学的地域色彩表现得更为浓厚。前面我们已经对艺术形式、叙事范式、艺术语言等做了阐释，下面主要对解放区文学和当代文学中的民俗事象做简要分析。

解放区文学和当代文学对民俗事象的文学呈现不同于五四时期乡土文学的启蒙视角，而是大多将其变异和置换为革命叙事的有机要素。所以，在解放区文学和当代文学中，民俗仪式既是构筑文学地域风情的关键因素，又隐含着革命叙事的典型符号，它勾连起民间与革命两个话语体系，形成一种独特的叙事张力。

首先是"地理空间"的隐喻功能。解放区文学和当代文学对各个地域的农村景物有生动的文学描绘，呈现出特色鲜明的自然风貌、水土气候、风土人情等。但是这些景物描绘并非单纯为了展示地域风土人情，而是蕴含着丰富的隐喻性。如孙犁的《荷花淀》开头描绘了一幅优美纯净的生活画面："月亮升起来，院子里凉爽得很，干净得很，白天破好的苇眉子潮润润的，正好编席。""这女人编着席。不久在她的身子下面，就编成了一大片。她像坐在一片洁白的雪地上，也像坐在一片洁白的云彩上。她有时望望淀里，淀里也是一片银白世界。水面笼起一层薄薄透明的雾，风吹过来，带着新鲜的荷叶荷花香。"[①]这样一个宁静、纯美、和谐的乡间

[①] 孙犁：《荷花淀》，见《孙犁文集》（1），百花文艺出版社2002年版，第90页。

世界不但寄托了人民群众对美好、安定生活的精神向往，更为革命叙事的展开构建了起点，展现出民间生活伦理秩序的"美好—破坏—修复—复归"的过程。赵树理的《李有才板话》中也有景物描绘，如："阎家山这地方有点古怪：村西头是砖楼房，中间是平房，东头的老槐树下是一排二三十孔土窑。地势看来也还平，可是从房顶上看起来，从西到东却是一道斜坡。西头住的都是姓阎的；中间也有姓阎的也有杂姓，不过都是些在地户；只有东头特别，外来的开荒的占一半，日子过倒霉了的本村的杂姓，也差不多占一半，姓阎的只有三家，也是破了产卖了房子才搬来的。"①这段景物描绘不是对阎家山地理地势和建筑风貌的单纯呈现，而是通过地理地貌和居住空间的描写生动呈现了阎家山的阶级分层情况。

其次是"民俗空间"的权力转化。"空间在其本身也许是原始赐予的，但空间的组织和意义却是社会变化、社会转型和社会经验的产物。"②解放区文学和当代文学中书写了大量的婚丧嫁娶和敬神祭祀的民俗空间，如庙堂、祠堂、婚礼现场等。这些民俗空间和民风民俗的文学呈现让读者看到了各个地域与众不同、色彩斑斓的民风民俗，呈现出鲜明的地域文化色彩，但是这一文学呈现并非原汁原味的文学描绘，而是一种革命话语改造下的民俗呈现。在革命话语的改造下，民俗空间象征的权力特征发生了根本性的转变。小说《李家庄的变迁》中，阶级敌人李如珍被枪毙，革命斗争取得了胜利，老百姓才可以堂堂正正、欢欣鼓舞地进入过去"连句响话也不敢说"的龙王庙。"乡村世界的原始权力形态就像《李家庄的变迁》中的龙王庙，既'办祭祀'，又算'村公所'；既是个'说理的地方'，又可以转身而变为拘押人的牢狱，这是一个具有丰富隐喻意味的乡村权力的能指——神道力量、世俗政权和宗法势力的复合体，在这个时候，农民的'理'和权力形态的'理'显然是相互分离的和冲突的，而在龙王庙这种地方说理，像前者——贫农铁锁们的'理'就只能是处在乡村权力的绝对统治之下，呈

---

① 赵树理：《李有才板话》，见董大中主编：《赵树理全集》（1），北岳文艺出版社2019年版，第163—164页。
② 爱德华·W.苏贾：《后现代地理学——重申批判社会理论中的空间》，王文斌译，商务印书馆2004年版，第121页。

现为一种被压抑的、弱势的前革命（pre-revolution）形态，它与乡村权力对峙并具有抗争的潜在意味"①。在解放区文学和当代文学中，这一象征传统乡村权力的民俗空间开始被置换，被革命化改造。在《吕梁英雄传》《三里湾》《暴风骤雨》等小说中，原来神圣的祭祀祠堂或者森严的"旗杆院"，在革命的过程中变成了"村公所"，以空间的意义变迁象征着政治权力中心的转移。总之，"从'旗杆院'到'村公所'，是解放区文学中空间变迁的进一步发展，形象又典型地刻画出了政治意识形态下民俗空间的变迁和颠覆，昭示了政治对民俗的内在规定性和外在束约性"②。当然，这种民俗空间的变化还体现在婚俗空间的变化上，这在西戎《喜事》、周立波《暴风骤雨》以及孔厥和袁静合著的《新儿女英雄传》等小说中均有充分的体现。《新儿女英雄传》中牛大水和杨小梅的婚礼现场，不但保留了传统婚俗中的红蜡烛、红剪纸等民俗象征性物件，更增加了墙上的毛主席、朱总司令像和写着"新人儿推倒旧社会，老战友结成新夫妇""革命的爱"的红对联等新婚俗的象征符号。

此外，农村的公共空间的职能也在解放区文学和当代文学中发生了根本性的转变。在传统的民间社会中，庙宇、田间地头、打麦场、村口等公共空间场域，是农民赶集聚会、打情骂俏、闲话聊天、集体娱乐的重要场域，也是民间社会集体狂欢的重要场所。"乡村公共空间是一个交流情感、传播信息、产生故事、教育、游戏、审美的场所，也就是一个世俗性的公共空间"③。在解放区文学和当代文学中，这一空间从民间狂欢的公共空间转化为带有政治立场的斗争空间，"展开了一系列与政治符号密切相关的社会活动——批斗会、动员会、欢庆会、公审、公祭等等"④，展现出全新的空间象征意义。

---

① 王光东、刘子杰、杨位俭等：《20世纪中国文学与民间文化》，复旦大学出版社2007年版，第152—153页。
② 张霞：《民俗与政治的互动——解放区文学新论》，山东师范大学博士论文，2014年，第55页。
③ 张柠：《土地的黄昏——乡村经验的微权力分析》，东方出版社2005年版，第53页。
④ 张霞：《民俗与政治的互动——解放区文学新论》，山东师范大学博士论文，2014年，第61页。

总之，解放区文学和当代文学中所描写的民风民俗在革命话语的涤荡下，呈现出政治化的符号特征。但是，民间文化自身拥有完善的体系，其在被改造的过程中也在一定程度上矫正和消解着革命话语权力，在革命话语的间隙展现出民间文化强大的生命力。作为民间文化体系内的民风民俗，同样以其自身的民间性特征曲折地展现出顽强的生命力，并在一定程度上消解着政治权力的话语改造，赋予文学作品以独特的审美特征和地域色彩。当然，伴随着"文革"的结束和新时期的到来，民间地域文化摆脱了政治文化的羁绊，再次展现出鲜活而强大的生命力，在新时期文学的土壤中破土抽芽，呈现出一幅幅色彩斑斓的地域文学景观。

第三节

民间精神的激活

民间文化是一个内涵丰富、包罗万象的文化体系，既包含现实的民间世界，也包含固化于广大民间世界的生存逻辑、伦理法则、民风民俗、审美趣味，更包含铸于广大民众灵魂深处的民间精神与民间信仰。当然，民间文化具有极大的包容性，既包纳了长期凝聚而成的民族精神，更具有藏污纳垢的特点，包纳着封建精神、迷信精神等非现代性精神内涵。正是由于民间文化具有包容性的特点，所以中国历史发展中各个阶层都会将自己的价值理念通过民间文化渗透到民众中，也会在民间文化中找寻契合自我文化体系的精神内涵，加以挖掘和利用。在新文学发展过程中，知识分子发起新文化运动，以启蒙视角审视民间文化，他们看到了民间文化形态中蕴含着"反抗封建束缚的个性自由精神和对自我生命的认同"，找到了五四时期寻求个性解放的文学理念的现实依据；左翼文学和解放区文学则从革命视角看到民间文化中蕴含的斗争精神和反抗压迫精神，为马克思主义中国化寻找到了民族精神根源；抗战文艺则是从民族救亡图存的视角看到了民间文化中彰显出的反抗外侮的民族精神，以此激发民众的抗日救亡热情。

1942年延安文艺座谈会后，民间文艺作为延安文艺创作的主流地位被明确，民间文艺形式开始大规模地被运用到文艺的创作中，带来了文艺创作格局的新转变。伴随着民间文艺形式的全面复苏，附着于民间形式上的民间精神也开始全面地进入文艺创作，呈现出全新的文艺精神。当然，由于话语权力的制约，民间文化精神的引入标准要符合革命文学的现实任务和审美原则，只有在这一点上实现契合，民间精神才有被利用的价值，才有被叙述的可能。在革命话语的选择下，从延安文艺开始，民间文化中的爱国精神、英雄精神、自由精神等与革命精神有效结合，共同凝铸为解放区文艺和当代文艺的新精神。

一、爱国精神

在中华民族文化体系中，家国意识始终是一个重要的精神维度，是中国人精神的根脉。"齐家治国平天下"不但是历朝历代统治阶层、文人墨客的人生理想，也是普通民众的精神寄托。民间文艺无不体现着这种民族情怀和爱国精神，尤其是当国家遭受外侮时，这一种爱国精神得到了最集中的彰显。从民间叙事诗《木兰辞》，民间故事"屈原投河""岳母刺字"，到民间英雄史诗《格萨尔王传》（藏族）、《玛纳斯》（柯尔克孜族）、《格斯尔》（蒙古族），再到流播于民间说唱文学的"杨家将""岳家军""薛仁贵征东""戚继光抗击倭寇"等民间演义，为我们构筑起一幅幅表现爱国精神的艺术画卷。从1840年鸦片战争爆发到1937年抗日战争全面爆发，中国遭受到了西方列强的轮番侵略，面临着生死存亡的历史考验，爱国精神成为首要的民族精神被新文学纳入文学叙述。尤其是在抗日战争全面爆发后，民间文化中的爱国精神得到了高度重视，并在文学中得到系统呈现。

民间文化中的爱国精神集中表现在民族气节和忠义精神方面。民族气节主要体现在对敌抗战的同仇敌忾和不妥协的抗争中；忠义精神主要体现为对国家忠贞不贰和舍生取义的精神。在书写抗战题材的文学中，这两种精神在民间爱国精神的基础上，融入了全新的革命质素，国家的形象在原有的民族共同体基础上加入了中国共产党领导下的抗日民主政权。在《新儿女英雄传》《烈火金刚》《铁道游击队》等小说中，抗日英雄既是拯救民族危亡的民族英雄，更是中国共产党员或者是共产党领导下的抗日民众，民族英雄与革命英雄在此合二为一，形成了新的英雄形象。这些抗日英雄除拥有传统民族英雄所具有的保家卫国、抗击外侮、舍生取义的爱国精神之外，增加了革命成长、革命受难等思想和精神磨炼，所以像牛大水等抗日英雄在敌方的受难，就不单纯彰显了民族英雄落难时所激发出的爱国精神，更彰显了革命英雄受难时所磨砺出的革命精神。同样，作为英雄形象的对立面，日本侵略者的残忍特性通过烧、杀、抢、掠等违背人性、违背道德的非人行径得到具象呈现。更有意思的是，抗日题材小说中日伪势力具有双重特征：一是民族敌人，不顾民族大义，烧杀抢掠，无恶不作，呈现出民间文学中民族敌人和叛徒形象的所有特征；二是中国共产党民主政治的反面势力，这些人物群体大多是共产党要打倒和推翻的阶级群体。所以，这部分人要么是国民党武装力量，要么是旧社会地痞流氓，要么是各地地主老财。

二、英雄精神

中国民间文化从它的原初状态就有着对英雄的崇拜情结，英雄叙事也成为民间文艺重要的一个叙事范式。中国古代的神话传说中有盘古开天辟地、女娲炼石补天、大禹治水、后羿射日等，凸显出英雄不屈不挠的斗争精神。"中国神话的一个最主要的特色，就是从神话里英雄们的斗争中，我们常常可以见到那种为了某种理想，敢于斗争、勇于牺牲、自强不息、舍己为人的博大坚韧的精神。"①上文所提到的古代民族英雄史诗，通过"特异出生—苦难童年—少年建功—娶妻成家—外出征战—家乡遭难—杀死敌人—再次征战—英雄凯旋"的叙事模式来书写民族英雄，高扬英雄精神。中国古代民间广为流传的传奇、话本、戏剧、小说等文学体裁中，英雄叙事传统更是得到了进一步的彰显，如唐传奇《虬髯客传》，元末明初的《三国演义》《水浒传》，清代侠义小说《三侠五义》《儿女英雄传》，等等。

随着民间形式在解放区文学中的广泛应用，民间文化的英雄精神也被引入解放区文艺和当代文学的叙事，成为革命文艺的重要精神资源。另外，中国共产党所从事的民族解放事业和共产主义事业其宗旨就是为人民谋幸福，这项事业本身是一项崇高而悲壮的英雄事业，具备扶危济困、为民斗争、舍己为人等传统英雄精神的核心特征，这种英雄精神在革命历史题材小说中表现得尤为突出。如以《林海雪原》为代表的革命历史题材的小说在叙事模式上继承了民间英雄叙事模式，总体呈现出"灾难降临（土匪猖獗、杀害百姓）—英雄救世（小分队到

---

① 袁珂：《中国神话通论》，四川人民出版社2019年版，第51页。

来)—消灭灾难(系列剿匪活动)—百姓和平(消除了匪患、百姓过上和平生活)"的叙事模式;人物形象上也借鉴《三国演义》的"五虎将"的英雄塑形方式;道德冲突上则传承了民间英雄小说中的忠奸、善恶、正邪的道德冲突。

革命历史题材小说的英雄精神在民间英雄内涵的基础上增加了全新的精神内蕴——革命精神。革命历史题材小说中的英雄首先是革命上的积极分子或者是坚定的共产党员,然后才能成为拯救万民于水火的英雄人物。所以,共产主义精神成为新英雄人物的必备精神。正因如此,革命历史题材小说中的英雄人物往往要有一个成长过程和革命考验过程,只有经历了这样的过程,才有可能成为新的英雄人物。《新儿女英雄传》就写到牛大水参加县上的培训,提升自身的思想认识和革命精神;又写到牛大水被捕遭酷刑,考验其革命意志。通过这两个环节,牛大水最终成长为新的革命英雄。

这些革命新英雄在坚定共产主义信念不动摇的前提下,还具备两种精神特质。一是大公无私,富有牺牲精神。为了广大群众利益,为了革命胜利,革命者需抛弃个人私欲、爱情羁绊和家庭束缚,这一倾向在众多红色经典作品中集中体现为鳏寡组合式隐言,鳏是指情爱关系中的男性没有婚姻经历,寡是指情爱关系中的女性失夫待嫁。所以,《铁道游击队》中的刘洪、芳林嫂,《野火春风斗古城》中的梁队长、金环,《新儿女英雄传》中的牛大水、杨小梅,均是此类的典型,他们只有斩断了个人情感上的羁绊,才能成长为革命新英雄,他们情感的重新组合与其说是情感发展的皈依,不如说是革命伴侣的重新组合。这一模式发展到了《红岩》,"不仅再现了这种'去家庭化'的过程中家庭关系的弱化,更重要的是展示了家庭与革命之间势不两立的冲突"[①];发展到革命样板戏则直接去除了家庭、情感羁绊,《沙家浜》的阿庆嫂出现时已然没有了丈夫,《红灯记》中李奶奶、李玉和、李铁梅的家庭是三个没有任何血缘关系的人组建的革命家庭。二是以常人无法忍受的艰难困苦凸显伟大的革命精神。在革命文学中,身体的隐喻意义进一步强化,不但成为区分敌我性质、考量革命意志、争夺话语的主

[①] 李杨:《50~70年代中国文学经典再解读》,山东教育出版社2003年版,第181页。

战场，而且成为精神的对立面。所以，越是战斗环境艰难、身体经受磨难越大，革命英雄的革命意志越坚定，精神品格越崇高。这一方面最为典型的一个英雄人物就是《红岩》中的江姐。以上两个革命英雄的新精神特质尽管在民间文化中可以找到其根脉（如大禹的"三过家门不入"、关羽的"刮骨疗伤"），但是革命话语的介入却为其增添了新的精神特质。

三、自由精神

民间是一个多维的概念，其最核心、最基本的内涵无疑是自由自在。陈思和认为："自由自在是它最基本的审美风格。"[①]王光东也认为"'民间'的核心内涵是'自由——自在'"[②]。恰是这种自由自在的特征，使民间尽管受到其他势力的挤压呈现出一种弱势的姿态，但其顽强生命力和自身发展逻辑却能化解各种压力、各种困难，甚至以特定的方式予以抗争和反击，当然这种抗争和反击有时是以暴力手段进行的，但是大多时候曲折地呈现在民间文化形态中。"民间文化形态正是以这种'自由——自在'的精神特质，参与自由的、批判的、战斗的现代文化、文学的建构过程。"[③]在新文化运动时期，知识分子以启蒙视角审视民间文化，既发现了民间文学中反抗封建束缚的个性自由精神，也看到了民间文化形态中包含的与个性解放格格不入的封建意识。所以，在鲁迅笔下，我们既能看到《社戏》中田园牧歌、自由纯美的民间世界，也可以看到《祝福》《阿Q正传》中等级森严、愚昧麻木、逆来顺受的民间世界。

但是，以革命视角看待民间，民间是一个充满活力的、蕴含着深厚革命精神的场域，民间文化的自由自在形态不单纯包纳民众追求个性解放的内容，还包含反抗阶级压迫、反抗阶级剥削的革命斗争内容。所以，在解放区文学和当代文学

---

① 陈思和：《民间的浮沉——从抗战到"文革"文学史的一个解释》，见《陈思和自选集》，广西师范大学出版社1997年版，第207页。
② 王光东：《"民间"的现代价值——中国现代文学与民间文化形态》，载《中国社会科学》2003年第6期，第164页。
③ 王光东：《"民间"的现代价值——中国现代文学与民间文化形态》，载《中国社会科学》2003年第6期，第164页。

中，这种自由精神表现出一些新的特点。

一是民间自由精神成为革命叙事的逻辑起点。民间自由自在的生活秩序与和谐有序的生活伦理秩序是革命叙述的起点，也是革命叙述要复归的目标。这使革命文学呈现出独特的叙事模式：民间伦理秩序的和谐—伦理秩序的破坏—革命对伦理秩序的修复—民间伦理秩序的复归。民族新歌剧《白毛女》中，杨白劳、喜儿的父女亲情、乡邻之间的乡情、喜儿与大春之间青梅竹马的爱情，被黄世仁代表的恶势力打破，中国共产党领导的抗日民主政权通过政治权力对黄世仁进行批斗打击，对喜儿进行拯救，最后乡间再次恢复了原有的民间伦理秩序。小说《小二黑结婚》中，小二黑和小芹两情相悦的民间爱情秩序受到封建势力和农村恶势力的阻挠和破坏，共产党通过政权力量打击了阻碍力量，小二黑和小芹最终有情人终成眷属。政治力量通过这样一种叙事模式巧妙地进入文本，成为拯救和复归民间自由秩序和保障民间自由精神的关键要素。

二是斗争精神成为民间自由精神的一个核心内涵。由于权力的弱势，民间文化追求自由精神的时候，往往会寻求外来力量的保障。所以，在民间叙事文学中，保障的力量并非出于自身，而更多的是来自清官、侠客，这一典型就是《窦娥冤》《秦香莲》等传统戏剧。在革命文学中，这种情况发生了较大的变化，外来的力量置换为中国共产党领导下的革命政权。另外，内部的抗争力量也得到了有效彰显。在革命文学中，最能体现这一抗争力量觉醒的是批斗会，《吕梁英雄传》《白毛女》《暴风骤雨》《太阳照在桑干河上》等文本中都有批斗会场面的精彩描绘。通过这样一种仪式化的叙述，民间自由精神和抗争精神得到了集中的呈现，民间自由精神升华为革命自由精神。

此外，民间文化还通过曲折隐晦的方式表达自身的反抗，这在民间艺术中表现得最为充分。民歌和秧歌这些民间艺术虽然多是表现民间男欢女爱的内容，但何尝不是民众在艰难困苦环境中无奈的"集体狂欢"。周扬在《表现新的群众的时代》中谈道：旧秧歌中"恋爱的鼓吹，色情的露骨的描写，在爱情得不到正当满足的封建社会里，往往达到对于封建秩序、封建道德的猛烈的抗议和破

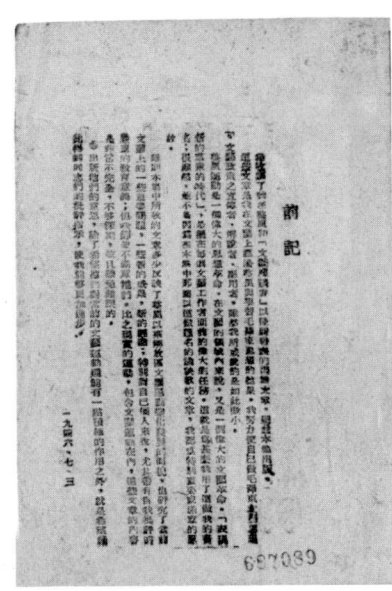

图5-5 《表现新的群众的时代》书影

坏"①。但是，在革命文艺中这种曲折表达的自由心声和抗争意识被彻底改写，转变为明确的革命斗争。在革命文艺中，斗争成为争取民主自由的唯一手段，得到了集中的书写。从解放区文艺"斗争秧歌"的出现，反映农民斗争反抗的《水浒传》被改编成《逼上梁山》《三打祝家庄》《打渔杀家》等新编历史剧，再到新中国成立后的革命历史题材小说和革命样板戏，斗争成为文学表达的一个核心意象。新中国成立后，随着革命形势和社会发展形势的变化，斗争也不仅仅局限于单纯的革命历史题材的文学作品，甚至扩展到其他领域的文艺作品，展现出"与天斗，与地斗，与人斗"的创作格局。

---

① 周扬：《表现新的群众的时代》，见《周扬文集》（第1卷），人民文学出版社1984年版，第441页。

第四节

审美主体的移位

随着抗日战争的全面爆发,宣传抗日、动员民众成为中国共产党一项非常紧迫的政治任务,文艺的功利性和文艺的大众化也再次成为文艺转型亟须解决的主要问题。这一转型最为根本的就是审美主体的变化,要求文艺要解决为什么人服务的问题。左翼知识分子曾对文艺大众化问题做了深入的讨论和探索,但仅仅停留在理论探索阶段。延安时期,文艺大众化开始被提上文艺改革的日程,并开始广泛地进行实践。1940年,毛泽东在《新民主主义论》中就明确提出:"这种新民主主义的文化是大众的,因而即是民主的。它应为全民族中百分之九十以上的工农劳苦民众服务,并逐渐成为他们的文化"①,开始将新民主主义文化主体定位为工农劳苦民众。

毛泽东的《讲话》可以说是延安文艺的纲领性文件,他在结论中谈的第一个问题就是"我们的文艺是为什么人服务的",并且提出文艺要为"最广大的人民大众"服务,包括"工人、农民、兵士和城市小资产阶级",同时强调,"为什么人的问题,是一个根本的问题,原则的问题",而具体到抗日民主根据地,"我们周围的人物,我们宣传的对象,完全不同了……因此,我们必须和新的群众相结合,不能有任何迟疑"②。《讲话》对延安文艺的审美主体做了具体明确

---

① 毛泽东:《新民主主义论》,见《毛泽东选集》(第2卷),人民出版社1991年版,第708页。
② 毛泽东:《在延安文艺座谈会上的讲话》,见《毛泽东选集》(第3卷),人民出版社1991年版,第876页。

的限定，从根本上改变了抗日民主根据地文艺、解放区文艺和当代文学的创作思想和创作方向。随着审美主体的转型，抗日民主根据地文艺、解放区文艺和当代文学在文学书写对象、文学评价标准、文学创作主体等方面有了一系列的转变。

一、文学书写对象的变化

尽管《讲话》提出革命文学的书写对象为"工人、农民、兵士和城市小资产阶级"，但是鉴于当时中国的经济发展状况和革命形势，革命文学书写的对象主要集中在工农兵，关于城市小资产阶级的作品相对较少，而且发表之后也屡屡受到批判。工农兵作品也是以反映农民和士兵的作品居多，主要体现在农村题材和革命斗争题材方面中，书写工人题材的相对较少。受革命话语和民间话语的双重影响，革命斗争题材小说中的战士形象既有民间英雄的光辉形象，又有革命英雄的无畏精神，展现出浓厚的革命浪漫主义情怀。这部分在前面已做了充分论述，此处不再赘述。农民形象在抗日民主根据地文学、解放区文学和当代文学中得到了集中的文学书写，铸成了这一时期文学上色彩斑斓的人物画廊。

首先是"旧农民"的"新面孔"。作为中国社会群体中最为主要的一个群体——农民，在中国文学中长期处于"被忽视"或者是"被想象"的尴尬境遇，其形象也长期被排斥在"帝王将相""才子佳人"的主流文学话语体系之外，只有在民间文学和通俗文学中才能略见其风采。五四新文化运动开始，农民形象的塑造和农民命运的书写成为新文学关注的一个重要维度。在启蒙主义视域下，农民形象尽管进入主流文学话语体系，但是仍然处于被启蒙的状态，从而整体上呈现为一个个封建落后、愚昧麻木的农民形象。这些农民形象在一定程度上揭示了农民群体的真实生活状态和精神境遇，但也遮蔽了农民群体的复杂精神内涵。随着农民成为革命的主体力量，革命文艺中的农民形象发生了较大的转变，由鲁迅笔下的"革命看客"转变为"革命群众"，其形象也一扫新文学中愚昧麻木的"旧农民"形象，成为性格开朗、革命自觉、精神自由的"新农民"。这一转变可以从鲁迅的《故乡》和孙犁的《芦花荡》的农民形象比较中得到更直观的体现。闰土"头上是一顶破毡帽,身上只一件极薄的棉衣,浑身瑟索着;手里提着一个纸包和一支长烟管,那手也不是我所记得的红活圆实的手,却又粗又笨而且开裂,像是松树皮了",不单单是身体的变化,更在精神上"他的态度终于恭敬起来了,分明的叫道:'老爷!……'"①而《芦花荡》中的老头子"浑身没有多少肉,干瘦得像老了的鱼鹰。可是那晒得干黑的脸,短短的花白胡子却特别精神,那一对深陷的眼睛却特别明亮",更从事着"里外交通,运输粮草,护送干部"的革命任务。②老头子的这一形象和身体特征已然不是个例,而是抗日民主根据地文学、解放区文学和当代文学中农民形象的一个缩影。此后的革命文学不断通过身体叙写加强这一人物序列的形象塑造,如《创业史》中的梁生宝,"红脸、浓眉、大眼睛、身派不低,一眼看上去,就知道能出息一个结实的庄稼汉"③。通过身体书写与精神呈现,农民开始以全新姿态出现在新文学的人物画廊中。

其次是"老农民"的"艰难转变"。在革命文化的视野下,民间场域中的农民按照阶级标准划分为不同的人物类别,主要为农村的剥削阶级(包括地主和富农)和被剥削阶级(包括贫下中农)。在抗日民主根据地文学、解放区文学和当代文学中,不同的阶级群体往往被赋予不同的道德属性,剥削阶级不但在政治上被赋予"反革命"的特性,甚至投降、叛变为日伪势力,而且还被赋予道德上的人格污点。这一塑形范式直到新中国成立后的农村题材小说中仍然表现得非常明显。《创业史》中的姚世杰对共产党的仇恨来自骨子中,"他最喜愿听见共产党和人民政府号召的事情,发生问题。听见什么地方有了问题,他走路脚步也轻快了,回家能够吃一老碗饭,心里有说不出地畅快"④,表现了其政治上的反动本质。通过奸污素芳事件的叙述,作品将其人性恶展示出来,将其塑造为一个民间

---

① 鲁迅:《故乡》,见《鲁迅选集》(第1卷),中国青年出版社1956年版,第52页。
② 孙犁:《芦花荡》,见《孙犁文集》(1),百花文艺出版社2002年版,第113、114页。
③ 柳青:《创业史》(第1部),见《柳青文集》(上),陕西人民出版社1991年版,第10页。
④ 柳青:《创业史》(第1部),见《柳青文集》(上),陕西人民出版社1991年版,第450页。

道德伦理上的败类。

另一类农民形象是长期受到地主富农剥削的贫下中农。他们对共产党的革命斗争非常支持、拥护，因为共产党让他们翻身做了主人，更通过土地改革让他们获得了土地所有权，因此他们成为革命斗争的积极拥护者和主体力量。但是，他们在长期的政治和精神压迫下，身上也背负着几千年封建思想或小农思想的重负。当他们背负着沉重的精神负担走入新社会后，必然将走上一条艰难的转变之路。《创业史》中的梁三老汉就是其中的典型代表。他既拥护共产党，欣喜于共产党让他拥有了土地，也存在着传统农民发家致富的小农梦想。但是，他的这一梦想在新的集体化时代显然是不合时宜的，因此也必然会成为革命改造和规范的对象。作品描写了梁三老汉这样一个老农民如何在社会主义道路的规约下，实现其思想和精神的艰难转变。柳青并没有单纯采用革命视角粗暴地考量和评判这个人物，而更多的是以民间视角叙写了他的转变过程中所展现出的爱憎交织的复杂情感和丰富内涵，因此使这一人物充满了艺术上的鲜活魅力。

最后是"新农民"的"英雄化"。在农民整体形象转变的基础上，革命话语需要文艺塑造一批走在农民前列、承载革命理想的"新农民"形象。这批"新农民"既要成为革命时代的中流砥柱，也要成为社会主义建设时期的时代新人，这样就有了以牛大水、杨小梅等为代表的革命斗争的典型农民形象，就有了以梁生宝为代表的农村社会主义建设的典型农民形象。这批"新农民"既保留了传统农民的勤劳、吃苦、能干、善良等优秀品质，也抛弃了自私、狭隘、狡奸等小生产者的劣根性，将农民优秀品质与革命伦理有效融合，表现出农民性与非农民性的双重特征，从而成为全新的农民英雄。梁生宝就是这一农民英雄的典型人物。"梁生宝不是传统意义上的农民英雄，这一形象的现代性意义体现在他不是在非时间的传统伦理价值中获得个人的实现，而是在对'党'、'国家'这些'想象的共同体'的认同中实现对日常生活与个人生活的超越。"[①]所以，梁生宝不再是从民间文化体系中成长起来的农民英雄，而是在革命文化体系中塑造出来的农

---

① 李杨：《50～70年代中国文学经典再解读》，山东教育出版社2003年版，第157页。

民英雄。他的精神本能地与传统农民文化拉开距离,在文本中作者为他设置了一个没有血缘关系的"继父",隐含梁生宝与传统农民文化之间的彻底割裂。这也保证了"精神之父"——共产党——全面塑造其精神的纯洁性。梁生宝的英雄举动尽管是在民间社会秩序下展开的,但是其精神源泉和指导话语却来源于革命文化。

二、文学评价主体的变化

文艺思想和文艺政策的变化,不单单带来了审美风格和描写对象的变化,也带来了审美主体(也可以说是读者群体)的变化。从过去文学以知识分子为主体向革命文学以人民大众为主体转变,人民群众的读者地位得以确立。读者群体的流变使得人民大众参与到文学创作、流通、评价等各个环节,当然这种人民群众的参与不单纯是审美主体的变化,也是革命文化的政治需要。人民大众参与文学创作的现象在延安文艺各类文艺作品的创作过程中已初现端倪。民族新歌剧《白毛女》在创作过程中,"每幕完后总排,请鲁艺师生、干部群众和桥儿沟老乡观看并评论,边写作边排演边修改"[1],包括大春的戏份和结尾的斗争会都是在群众意见的基础上增加的,之后在陕甘宁边区乃至其他解放区演出过程中又根据群众意见做了多次版本修改。同时,解放区开始初步形成读者批评制度。毛泽东《对晋绥日报编辑人员的谈话》中指出:"我们历来主张革命要依靠群众,大家动手,反对只依靠少数人发号施令。……办报和办别的事一样……我们的报纸也要靠大家来办,靠全体人民群众来办,靠全党来办,而不能只靠少数人关起门来办"[2],这也使读者批评有了政治上的依据和保障。

新中国成立后,读者广泛参与文学批评活动主要是通过读者来信的方式展开的。"过去和文艺作品没有接触或很少接触的劳动人民今天已成为文艺的基本读者和观众了。广大读者不仅热情地关怀和支持作家的创作活动,并且认真地监

---

[1] 何火任:《〈白毛女〉与贺敬之》,载《文艺理论与批评》1998年第2期,第85页。
[2] 毛泽东:《对晋绥日报编辑人员的谈话》,见《毛泽东选集》(第4卷),人民出版社1991年版,第1318—1319页。

督了我们的文学活动,来自读者的意见不但很快,而且非常热烈和尖锐。我们的作家和各个文学刊物的编辑部经常收到大量的来信,对于作品提出了宝贵的意见"①。这样,以工农兵为主体的大众读者参与文学批评成为当代文学批评的一个重要现象。这一现象的出现打破了以往知识分子对文学的专利特权,让广大的民众顺利跻身文学领域,并通过读者来信这一途径参与其中。这不仅有助于文艺的大众化,更激发了民间文学创作的热情。所以,部分论者对读者来信中的群众意见予以充分肯定:"虽不免素朴,……却往往看得很尖锐,也很中肯。……意见即使很零碎,但却非常具体扼要,而且包含富有积极性的建设因素在内。"②尽管这一肯定中包含着浓厚的政治化色彩,但是足以说明,这些文学的门外汉通过这些"朴素""零碎"的话语参与到了原来遥不可及的文学话语体系中,开始敢于奢望和憧憬原来遥不可及的文学梦想。

当然,在文学一体化的时代,来自大众的民间批评话语也只有被纳入政治文化的框架才能得以呈现。政治对读者的规约、改造和重构也成为当代文学批评的一种趋势。新中国成立以后,各个文艺期刊上的读者来信除很少一部分是真实的读者来信之外,更多的是经过编辑部删改、润色、综合后的广大读者来信,或者是文人捉刀代笔后冠名读者的来信。"在当代,'读者'在大多数情况下,是被构造出来的,是不被具体分析的概念……权威批评往往用'群众'、'读者'(尤其是'工农兵读者'),来囊括事实上并不存在的,在思想观念和艺术趣味上完全一致的读者群。"③这些读者来信也成为当代文学历次文艺批判运动的一个重要组成部分或者一个重要的导火索。这方面最具代表性的就是冯雪峰化名读者李定中对萧也牧《我们夫妇之间》的批判。1950年1月1日,《人民文学》第1卷第3期以"新年号"的特别名义出版,上面刊登了萧也牧的短篇小说《我们夫妇之间》。这篇文章发表后引起了强烈的社会反响,也经历了复杂的命运变迁。小说发表后,起先是广受欢迎,赞誉不断,但是到了次年的6月,舆情突变,一跃

---

① 茅盾:《新的现实和新的任务》,载《红岩》1953年第12期。
② 王淑明:《群众看法与专家看法》,载《人民文学》1950年第3卷第1期。
③ 洪子诚:《中国当代文学史》,北京大学出版社1999年版,第26页。

而被列为文坛头号批判对象。1951年6月18日《人民日报》发表了陈涌的《萧也牧创作的一些倾向》的批评文章。文章从文艺批评家视角进入，尽管不无政治上的论断，但整体而言，仍然是就事论事，分析较为理性，没有刻意扣政治帽子。真正将《我们夫妇之间》推上政治批判风口浪尖的是来自《文艺报》第4卷第5期的一篇李定中写的《反对玩弄人民的态度，反对新的低级趣味》的批判文章。文章直接从政治视角切入："假如作者萧也牧同志真的也是一个小资产阶级分子，那么，他还是一个最坏的小资产阶级分子！"①"总之，李定中信是一个转折。此信发表之后，萧也牧问题大大恶化了，批判也成为有组织的了。"②李定中这个神秘的读者，在20世纪80年代初期，经丁玲亲口确认就是冯雪峰。③涂光群在《五十年文坛亲历记》中有一段比较逼真的记述："丁玲问雪峰看过萧的这篇小说没有，雪峰说读后感觉不好……于是丁玲要他给《文艺报》写篇文章。雪峰用一个普通读者口气，写了篇文章，署了个化名，他要求对作者真名保密。"④这次读者来信也成为推动萧也牧小说批判的一个导火索，是从文艺批评到政治批判的过渡。"综观'十七年'的每一次文艺批判运动，几乎都能在'读者来信'栏目中得到回应，在确保文艺朝着既定目标迈进的征程中，'读者来信'是各种文艺力量交锋的一块主战场。"⑤

回望革命文艺中的读者批评，尽管读者在政治话语的干预下呈现出一种政治化、虚伪化的面孔，但是对当代文学的发展走向却意义重大。这一重大意义表现在，一方面是读者批评意识的觉醒，另一方面是作家读者意识的增强。这种读者意识不单单在十七年文学中有充分体现，即作家重视读者对作品的接受情况，会

---

① 李定中：《反对玩弄人民的态度，反对新的低级趣味》，载《文艺报》1951年第4卷第5期。
② 李洁非：《萧也牧和〈我们夫妇之间〉》，载《中华读书报》2009年8月12日。
③ 丁玲：《谈写作》，见张炯主编：《丁玲全集》（8），河北人民出版社2001年版，第267页。
④ 涂光群：《雪峰》，见《五十年文坛亲历记》（1949—1999），辽宁教育出版社2005年版，第314页。
⑤ 斯炎伟：《"有意味的形式"——"十七年"文艺报刊中的"读者来信"》，载《中国现代文学研究丛刊》2011年第4期，第96页。

就某一问题与读者进行交流,一定程度上还影响到了新时期以后作家的文学创作意识。路遥在《早晨从中午开始》中就谈道:"考察一种文学现象是否'过时',目光应该投向读者大众。一般情况下,读者仍然接受和欢迎的东西,就说明它有理由继续存在。"①路遥的这一论断无疑是对读者批评的一个时代回应。

三、文学创作主体的变化

随着《讲话》之后文艺政策的调整和新中国成立后文学一体化时代的到来,解放区文学和当代文学的审美主体也转变为以工农兵为主体的人民大众。审美主体的变化带来了文学创作主体的分化。所以,20世纪40年代末到50年代初,中国文坛的作家队伍有了大规模的更替和位置上的转移。40年代活跃于文坛的一批重要作家,有的被限制了写作权利,有的被批判,有的无力适应新时代,纷纷被边缘化。而坚持延安文艺传统,切合时代主潮的一批作家成为新中国成立后文学的中流砥柱,进入新中国文学的中心位置。"总体上看,来自解放区的作家(包括进入解放区和在解放区成长两部分)和四五十年代之交开始写作的青年作家,是这一时期作家的主要构成。"文学中心位置作家群体的转移,不但带来了文学地域中心的转移,出现了"从东南沿海到西北、中原的转移",也带来了文学观念的全面转移,"从比较重视学识、才情、文人传统,到重视政治意识、社会政治生活经验的倾斜,从较多注意市民、知识分子到重视农民生活的表现的变化"。②

与主体作家群体转移同步的是群众文艺创作运动的轮番出现。其实,群众文艺创作在中国共产党领导的各抗日民主根据地及各解放区早已出现,如华北地区的农村戏剧运动"到了一九四〇年已发展到具有群众性的规模,仅冀中一带一九四二年'五一大扫荡'前即成立了一千七百个农村剧团;北岳地区建有

---

① 路遥:《早晨从中午开始》,见《路遥文集》(第5卷),人民文学出版社2005年版,第257—258页。
② 洪子诚:《中国当代文学史》,北京大学出版社1999年版,第30、31页。

一千四百多个剧团和秧歌队"①。新中国成立后,这种群众文艺运动集中体现在"大跃进"时期的新民歌运动和"文革"期间的革命样板戏学唱、学演及工农兵创作热潮。"大跃进"时期,仅吉林省白城专区,"就有20多万人动笔,辉南县、海龙县、农安的巴吉公社,长铁列车段养路工区等地方,真是'一夜春风诗满城',处处都有新民歌"②。"文化大革命"时期,除了全国各地全面铺开的革命样板戏学唱、学演运动,工农兵文学创作热潮也不断涌现。如在延安地区的延川县就"编辑了一本《工农兵定弦我唱歌》的诗集。1971年在县内油印,1972年5月将其更名为《延安山花》,由陕西人民出版社出版,一版再版,国内外发行28万册"③。

抗日民主根据地文学、解放区文学和当代文学审美主体的变化与中国共产党的文艺政策,甚至中国共产党的执政理念有密切关系,转变不单纯是一种文学内部的、自然的起承转合,而是有着浓厚的政治权力色彩。但是,审美主体的变化对于新文学走向民间来说无疑有着重大意义。它不但使抗日民主根据地文学、解放区文学和当代文学涌现出赵树理、柳青、曲波、李季等一批从民间和底层走出来的文学创作者和一大批书写农村的优秀作品,而且通过群众文艺创作运动从普通民众中培育了一批新时期文学重要的创作者,更为新时期乡土小说的书写提供了前期的生活探索与艺术积淀。在此意义上,审美主体的转变有其自身的文学史意义,一定程度上助推了新时期文学的多样化发展。

---

① 冯光廉、朱德发、查国华等编著:《中国现代文学史教程》(上册),山东教育出版社1984年版,第159页。
② 冯聚中、李文瑞、大海:《群众文艺创作伟大胜利》,见长春文学月刊编辑部编:《群众文艺创作运动的胜利》,吉林人民出版社1960年版,第55页。
③ 曲光:《从〈延安山花〉到〈山花朵朵〉》,载《当代》2015年第3期,第198页。

第六章 民间文化作为新时期文学的一种资源

民间文化，是影响20世纪中国文学创作的三种文化资源之一。其与战时中国的革命文化、知识分子的精英文化三分天下。这三种文化形态虽各自分立，但在精神源流与文学表现上存在着深层的相伴互渗关系。延安时期是20世纪中国文学与民间文化之间关系最为密切的阶段，也是较早尝试将民间文化在文学创作资源中的地位推向中心的阶段，更是大规模实现民间文艺创制的阶段。毛泽东在《中国共产党在民族战争中的地位》中指出："洋八股必须废止，空洞抽象的调头必须少唱，教条主义必须休息，而代之以新鲜活泼的、为中国老百姓所喜闻乐见的中国作风与中国气派。"[1]正是在延安文艺对民间文化的倚重之下，知识分子屡次展开有关民族形式的讨论，在战时特殊背景中真正达成了民间文化、革命文化以及精英文化的某种融合。对于新时期文学而言，这种相伴与互渗的深度依然没有减弱，只是随着历史场景的变化，三种文化资源的渗透力量并不均衡，呈现方式或隐或显。但相对而言，民间文化对新时期文学的影响更为深刻，这与当时人文主义语境下民间精神的复归有很大关系。从这个意义而言，以延安时期为肇始，民间文化继而成为影响与推动新时期文学思潮发展、流变的重要力量，也成为建构新时期文学审美范式的重要资源。

---

[1] 毛泽东：《中国共产党在民族战争中的地位》，见《毛泽东选集》（第2卷），人民出版社1991年版，第534页。

第一节

民间文化与新时期文学思潮

就新时期文学而言,其文学思潮的发展史,大致以伤痕文学、反思文学、改革文学为开端,继而出现借助民间文化来反哺文学创作的知青文学、地域文学、寻根文学,而后在反思与抗争姿态中走向现代主义文学、新写实主义小说、新历史主义小说等等。在此期间,民间文化一直与新时期文学呈现出一种交织复现的复杂关系,并通过多样化的路径与呈现方式映射于新时期的文学创作当中。值得思考的是,在参与新时期文学的历史进程中,民间文化以其丰富的内涵、广博的外延、自由灵活的表现形式,在新时期诸多文学思潮的创作中整体铺展开来,并以不同层面的文化质素进入文本之中,故而在一定程度上使新时期文学思潮的命名、边界以及依赖的文化视阈发生了微妙的偏离。由此,以民间文化的理论视野来考察新时期以来的作家创作,是我们认识新时期文学思潮变迁与创作资源重组的一个特殊入口。

一、民间文化再释义

在讨论新时期文学思潮与民间文化的关系之前,需要先对民间文化的范畴与内涵进行清理。西方学者从人类学与社会学的角度,曾对"民间"有过不同程度的探讨。其中,人类学家罗伯特·芮德菲尔德基于二元社会中的都市与乡村,提出相互对立的"大传统"与"小传统"概念。他认为"在某一种文明里面,总会存在着两个传统:其一是一个由为数很少的一些善于思考的人们创造出的一种大传统,其二是一个由为数很大的、但基本上是不会思考的人们创造出的一个小传统"①，分别对应着古典文化与民俗文化，上流社会传统与通俗传统，等等。这一理论被后来的西方学者视作人类文明史研究的重要理论源头，进而在西方文化语境中演变为相互对立的精英文化与大众文化。

哈贝马斯同样以二元对立的角度涉及民间，提出了与公共领域相对的市民社会。基于17、18世纪的西欧社会体系，哈贝马斯认为，来自政治的公共领域处在国家体系中的绝对中心位置，其他诸如国家的公共权力领域、文学公共领域、市民社会的私人领域，均围绕着政治公共领域这一中心。1990年，作者在再版序言中指出，近年来的市民社会与近代的有所不同，"它不再包括控制劳动市场、资本市场和商品市场的经济领域"；它的"核心机制是由非国家和非经济组织在自愿基础上组成的。这样的组织包括教会、文化团体与学会，还包括了独立的传媒、运动和娱乐协会、辩论俱乐部、市民论坛和市民协会，此外还包括职业团体、政治党派、工会和其他组织等"。②这里的市民社会与公共领域之间形成相互角力的二元关系，打破了政治力量的唯一权威，但仍然没有在一个开放的空间中赋予社会更多的参与力量与文化多元构成的可能性。

1980年代，民俗学家钟敬文指出，民族文化由上层文化和下层文化共同构成，分别指"过去主要为封建阶级所创造的文化"和"过去广大农民、工匠等所创造的文化"③，其中下层文化就是"广大群众在长期社会生活中所创造、继承和发展而成的"民间文化，它包括"物质文化、精神文化以及社会组织（如家族、村落及各种形式的社会团体）"④。这种对民间文化的认知是从社会文化史的角度出发，强调民族精神与物质文明的二元特性，将民间文化视作传统文化的深层肌理，进而将其整合为人类社会文明进程的重要资源。

---

① 罗伯特·芮德菲尔德：《农民社会与文化：人类学对文明的一种诠释》，王莹译，中国社会科学出版社2013年版，第95页。
② 哈贝马斯：《公共领域的结构转型》，曹卫东、王晓珏、刘北城等译，学林出版社1999年版，1990年版序言第29页。
③ 钟敬文：《传统文化应该受到重视》，见董晓萍编：《钟敬文教育及文化文存》，南海出版公司1992年版，第154页。
④ 钟敬文：《民族民间文化的收集、保存与新文化创造》，见董晓萍编：《钟敬文教育及文化文存》，南海出版公司1992年版，第168页。

陈思和在1990年代曾对民间的文学呈现和审美形态有深入探讨，他认为民间是指"20世纪中国文学史上已经出现，并且就其本身的方式得以生存、发展，并孕育了某种文学史前景的现实性文化空间"①。他指出，文学史意义上的民间具备以下几个特点：

（一）它是在国家权力控制相对薄弱的领域产生的，保存了相对自由活泼的形式，能够比较真实地表达出民间社会生活的面貌和下层人民的情绪世界；虽然在政治权力面前民间总是以弱势的形态出现，但总是在一定限度内被接纳，并与国家权力相互渗透。……（二）自由自在是它最基本的审美风格。民间的传统意味着人类原始的生命力紧紧拥抱生活本身的过程，由此迸发出对生活的爱和憎，对人生欲望的追求，这是任何道德说教都无法规范，任何政治条律都无法约束，甚至连文明、进步、美这样一些抽象概念也无法涵盖的自由自在。在一个生命力普遍受到压抑的文明社会里，这种境界的最高表现形态，只能是审美的。所以民间往往是文学艺术产生的源泉。（三）它既然拥有民间宗教、哲学、文学艺术的传统背景，用政治术语说，民主性的精华与封建性的糟粕交杂在一起，构成了独特的藏污纳垢的形态，因而要对它作一个简单的价值判断，是困难的。②

陈思和的民间观，细致剖析了民间文化的内涵与外延，并在民间文化与政治文化显在的二元对立关系之下，发现其中潜在的联系与互动。这是对民间文化理论视野的扩展与推进，也对民间文化与文学的借用、再造、疏离等复杂关系进行了深入挖掘与系统构建。

总体来看，新时期文学思潮中的民间文化，主要在文化资源、文化空间与文化因子三个层面，发挥着调和单一文学资源、引入现代文化思维、延续民间文化

---

① 陈思和：《民间的浮沉——从抗战到"文革"文学史的一个解释》，见《陈思和自选集》，广西师范大学出版社1997年版，第200页。
② 陈思和：《民间的浮沉——从抗战到"文革"文学史的一个解释》，见《陈思和自选集》，广西师范大学出版社1997年版，第207—208页。

力量的重要意义。

二、民间文化在新时期文学中的存在路径

毛泽东在《讲话》中指出："人民生活中本来存在着文学艺术原料的矿藏……它们是一切文学艺术的取之不尽、用之不竭的唯一的源泉。"[①]这里所言的"矿藏"分明包含着民间文化这种形态。事实上，延安时期的民间文艺内容和样式也正是因之而趋于丰富，地域性的民间文艺样式诸如民歌、秧歌、说书等逐渐成为当时文学创作中最为重要的资源。

在延安文艺的基础上，新时期文学在民间文化的存在路径上得到了更大时空范围的延伸。

民间文化在新时期文学中的存在路径，大致可以分为两种：其一是作为文艺审美领域的文化符号，其二是作为精神文化范畴的原型母题。作为文艺审美价值文化符号的民间文艺，其是以作家精神文化记忆的审美意象呈现出来的。承载着作家文化记忆的审美意象，多以环境气候、自然风貌、社会风俗、地方语言、象征器物、民间传说、传统文艺样式等形式存在于作品之中。当然，其中也包括了作家创作中有意识的风格化书写，以及注入象征意味的再造符号。

书写藏地社会面貌与文化精神的藏族作家扎西达娃，创作的"藏地三部曲"《西藏，系在皮绳扣上的魂》《夏天酸溜溜的日子》《西藏，隐秘岁月》，与其创作的"虚幻三部曲"《世纪之邀》《风马之耀》《悬崖之光》等，都是以西藏特有的精神文化为背景的作品。他笔下的香巴拉作为一个崇高的宗教符号与文化空间，是延续民族信仰与极致追求的魂，也是凝结藏地精神文化想象的根。西藏宗教神秘文化中的至高幻象，正是香巴拉的符号化意象。西藏地域文化作为一种文化象征符号，同样出现在以创作先锋小说而知名的作家马原的笔下，如其作品《冈底斯的诱惑》等。

作家红柯则长期致力于戈壁、大漠的边地书写，在其短篇小说《过年》中，

---

① 毛泽东：《在延安文艺座谈会上的讲话》，见《毛泽东选集》（第3卷），人民出版社1991年版，第860页。

"皮芽子""油葫芦""莫合烟""红纱丽"等意象，准确定位了故事发生的地域背景。作者借助过年的特定民间文化场景，书写新疆人民的居住环境、饮食习惯、风土人情，表达了他们的生存状态与生命渴望。在长篇小说《喀拉布风暴》中，作者将地域意象符号进行了风格化的再创造，"地精"成了自然欲望与人类精神意识的象征。同时，生命意识的幻境与诗性语言的结合，使作品形成了一种独特的审美意境的符号化效果，也由此表现出自然幻境与生存现实之间的某种冲突。

陈忠实《白鹿原》中描摹的厚重土地，路遥作品中的黄土颂歌，贾平凹笔下灵秀的陕南风光，以及高建群"最后三部曲"中的乡土书写，均对秦地独特的自然生态文明着墨不少，他们所描画的地理文化环境，凝聚成为陕西的地域审美趣味与文化符号。阎连科笔下反复出现的耙耧山脉，刘震云的"故乡"系列小说，周大新的《小盆地》《走出盆地》等，将河洛文化、南阳小盆地文化等地域色彩充分表现出来。融海洋、原野、山地等不同文化区域于一体的齐鲁文化空间，在张炜、莫言、尤凤伟等人的笔下，均成为文学创作中精神记忆的符号化存在。

此外，从王蒙"在伊犁"系列作品，邓友梅的《烟壶》《寻访画儿韩》，王安忆的《小鲍庄》《大刘庄》，到铁凝笔下的冀中平原，再到张贤亮的《灵与肉》《绿化树》，我们可以通过作家们在细微处的符号化艺术创造，窥见民间文化生活的多元之美。另外，在新时期以来文学作品的民间文化表达中，家乡故土的深层记忆是文学创作的一贯中心与文化底色。冯骥才的津味小说，如《雕花烟斗》《三寸金莲》《神鞭》等，用情感化的艺术风格，再现了新旧时代更替中"藏污纳垢"的俗世人间；擅长在蛮荒之所寻找原始文明与"异乡异闻"的作家郑万隆，在作品《空山》《黄烟》《野店》中，不断追索自然素朴的原始文化；书写葛川江的李杭育，也从乡土民间中找寻精神滋养；苏童的"枫杨树乡村"中，地域风情空间的引入，为文学创作带来了新的灵感；秦淮河畔的叶兆言，在寻访历史的旅程中，为现代的市井民间注入了一种特殊的古典韵味。

可以说，将历史故事和民间文化进行复合、重组，扩展民间文化想象，再造民间文化符号的现象，在新时期的文学创作中层出不穷。莫言的《红高粱家族》，讲述了战争年代乡村土匪的传奇故事。作品并未借重战争与革命的文化要素，而是将其放置在民间的广阔背景中，由此，红高粱成为将政治文化与民间文化成功实现置换的尝试。余华的《古典爱情》在人鬼情缘的民间传说中，增添了对无常的感慨和追问，使原本文化元素单一的故事折射出反思和质询的哲理之光。苏童的小说《碧奴》以民间传说改编的民间文学为原型，在"孟姜女哭长城"的故事中，注入民间神秘文化的神鬼巫术，成为再造民间传说内涵的文化符号。叶兆言的作品《后羿》在远古传说的基础上，重新书写了人类对欲望的想象与生命意识。

而作为精神文化范畴的原型母题，是民间文化介入新时期文学思潮的另一种路径。这种深藏于人类文明史源头的原型母题，以宗教崇拜与母性崇拜两个层面呈现出来。

其中，宗教崇拜来自远古部落对神秘力量的敬畏和信仰。对宗教、巫术等神秘文化的崇拜，是远古先人长期对抗荒芜与恐怖环境所形成的心理机制。宗教崇拜通过逐步建立起自足的文化精神体系，为民间文化的精神源头提供了祭祀的崇高感与仪式感、实用的道德劝诫色彩、原始人性的无意识精神空间、自然物普遍生灵化的思维传统、对未知世界的实用审美趣味等等。

如韩少功的小说《爸爸爸》，以鸡头寨作为承载巫楚民间神秘文化传统的地域背景。这是作者在浸淫着奇幻灵异色彩的湘地古老村寨中，探访阴森、恐怖、原始、悲凉的寓言故事后，对人性中充满的荒谬怪诞与丑陋畸形进行的有力的现代性反思。阿城的小说《棋王》，将佛家的苦行意识、得道的精神境界、清心寡欲的禅宗思想整合为民间文化的根基，进而借助对阴阳术数与仙道世界的追求，使作品饱含着馥郁的神秘文化色彩。

阿来的长篇小说《尘埃落定》，书写了藏族贵族麦其土司家族的兴衰史。作品介绍了西藏民间宗法制度、密宗佛教、神秘神教结合的藏地文化、西藏贵族与平民的生活状态，以及区别于汉族人的藏族人的思维方式等。在阿来的叙述中，不是将西藏民间的神秘文化气息作为艺术想象的文学点缀，而是通过藏族土司、继承者、汉族妻子、贫民奴隶等一系列人物，表现宗教文化对民族心理构成与思维模式的深刻影响。

迟子建的作品《额尔古纳河右岸》，以萨满教为中心，书写了黑龙江流域鄂温克族等少数民族的传奇故事与心灵史诗。鄂温克族等少数民族先民，通过萨满跳神等宗教仪式活动来驱病、禳灾、祭祀等，进而形成了以自然生命崇拜与祖先图腾崇拜于一体的多神宗教体系。由于作家本人深受地域宗教文化的影响，相信万物有灵论和泛神论等神秘文化，故而作品中所氤氲的神秘气息以一种完整的文化体系的方式出现。其实，迟子建的早期作品，如《北极村童话》《越过云层的晴朗》等，便开始涉足神秘文化的书写。

宗教文化作为一种文明体系，始终烛照着作家的精神故乡，构建起作家思想意识和整体的价值观念。张承志的作品《黑骏马》《北方的河》等，存在着这种民间文化形态，而体现更为完满、深刻、超脱的宗教理想的作品，是张承志成为哲合忍耶教派皈依者之后创作的长篇小说《心灵史》。1980年代初期开始"商州"系列小说创作的贾平凹，将波澜诡谲的道家文化、虚无幻化的历史掌故，蕴藏在《白朗》《烟》《太白山记》《高老庄》等作品的文化意涵之中。作者借由宗教文化母题，表现民间文化形态的生命感与神秘感，书写了山乡人民浑朴的精神世界。

至于贾平凹1990年代的作品《废都》中的民间文化，首先是以衰败的地域文明出现，进而营造古典文化韵味，并与缥缈莫测的文化气韵相结合，形成了自成一派的民间神秘文化的文学表达。其中，作家借用人与动物相互幻化的生灵视角，表达了人与自然生命之间的奇异转化，将道家天人合一的精神追求与神秘文化中的自然人化传说实现内在的融合。这种自然与人的互通关系，还表现在韩少功作品《爸爸爸》中动物与人之间的审美与情感交流。文中的蛇是中国古典民间传说中极具灵气的动物，它与人类能建立起感情联系这一点，正说明了民间神秘文化气息在文学作品中的深层渗透。

原始文明对生殖力与暴力的推崇，是远古部落得以壮大、文明进而得以延续的前提，也是母性崇拜的根源。在古典文艺的演化过程中，母性崇拜母题形成了以"俄狄浦斯情结"（恋母倾向）作为文学创作主题的现象。这种现象在新时期以来的文学创作中也时有出现，如在张贤亮、莫言等人的作品中，女性身份的复合多义性便是以男性形象的需要为前提而进行的置换、叠加与改造。因母性崇拜的价值体系中有对民间原典性文化质素的思考，故而丰富了民间文化的多重空间，也为文学创作提供了丰富的艺术素材。

铁凝的作品《麦秸垛》中仁义、包容、宽厚的大芝娘，是冀中平原村落中知青的"母亲"。她不是作为与"父亲"相对的"母亲"的存在，而是在失去了丈夫与女儿之后，将女性原始的母性光芒辐射开来，具有人类起源之母的原始神话意味。大芝娘敦硕的体态、丰满的身躯，是从性别与生殖文化的角度描绘母性崇拜的原始生命动力。痛失女儿的大芝娘对知青们的"移情"，是从事实母亲的崇高之爱，转化为具有本源性意涵的人类之爱。同样，王安忆作品《小鲍庄》中的"大姑"，将母性的爱放置于城市文明与乡村文化的冲突之中，成了具有沟通与联结意义的特殊情感力量。

在新时期以来的作家创作中，母性崇拜一直是不衰的话题。莫言的作品是其中的典型代表，诸如《红高粱家族》中的"我奶奶"、《蛙》中的生育主题、《丰乳肥臀》中的"母亲"、《檀香刑》中在感情线索上占据主导地位的孙媚娘等等，都将母性的爱与生殖力量作为创作主线或内在驱动力。在张贤亮的《绿化树》《男人的一半是女人》等作品中，马缨花成为重合性别之爱与母性之爱的统一体，而后，在黄香久那里，这种原始的母性情感得以延续。作品将她们和羸弱的"章永璘"对比，深刻表达出人对母性原始情感的渴望，以及对原发生命土壤的追求。

张承志笔下的母性崇拜是从人类情感的维度泛化到自然生灵之间的情感关系。作为一个在宗教文化环境中成长起来的作家，张承志深受万物有灵、天人合一观念的影响，其作品中所追索的精神理想国，可视作母性崇拜的一种存在方式，它借由草原、大地等自然意象表达出来。而在人际的母性崇拜维度，张承志的作品《黑骏马》《骑手为什么歌唱母亲》等，向读者描绘出汇聚了崇高感与普遍性的"白发奶奶""额吉"等经典的母亲形象。

三、民间文化在新时期文学中的存在方式

延安文艺在特殊的战争环境下呈现民间文化时，注重挖掘其战斗性、革命性、积极性的一面，而适度祛除其原有的娱乐庸俗与封建陈旧的倾向，因此也带来了延安时期民间文艺较为单一的特点。从这个角度来看，新时期文学在民间文化面貌的整体呈现方面展现出更大的包容性，其存在方式也更加多元。

民间文化在新时期文学中的存在方式，可以从文化资源、文化空间与文化因子三个层面进行观照。新时期以来的文学，伴随着特定时代对文学艺术适度抑制的节奏而发展。在经历了具有文化缓冲意义的伤痕文学、反思文学与改革文学的变迁后，随着社会环境的变化，中国作家开始有意识地冲破政治的幕布，进而在民间文化的矿藏中不断汲取养分，创作出借重民间艺术样式、探寻古典传说掌故、贯通民间文化精神血脉的艺术作品。

在新时期以来的文学创作中，民间被作为一种文化资源，作家最初正是借此来表现一种反叛主流政治文化的姿态。文化资源的民间在1990年代以来乡土作家笔下，亦被用以阐发他们对现代社会文明与生态意识的批判性思考。在许多作家的创作中，乡土民间的意象常被安置在现代社会的对立面，民间土壤所滋养的人民，同样处在纯朴农民与"异化"市民的二元认知之中。以文化资源的方式书写民间，还表现为政治文化与民间文化的联姻。民间文化场域的开放性与松散性，使得政治文化开始对民间文化层层渗透，民间文化在被压制的境遇中沦落为边缘话语。

生态环境的恶化往往和人的异化相伴而生。以生态意识切入文化对立关系，则显示出现代意味和社会价值。周大新的长篇小说《湖光山色》，讲述了现代社会文明辐射乡村之后，民间文化与城市物质观念之间的交换与搏斗。在这场文化交换中，生态环境作为代价被支付，历史文化古迹也在现代文明的入侵之下走向颓败。生态与物质的冲突，成为现代人类自省与救赎的契机。

阎连科的长篇小说《日光流年》，以三姓村村民"短寿"问题切入，开始了一场反抗命运、探索人性的解惑旅程。经过几代人的摸索与付出，三姓村在司马

蓝的带领下，依靠一村人民之力，孤注一掷、愚公移山般地打通大山、挖渠引流，目的是引入传说中能延续寿命的"灵隐水"。然而不可抗拒的悲剧命运带给他们的是沉痛的绝望，在现代文明的漠视与践踏之下已成枯潭死水的"灵隐水"，使三姓村人最后的希望终于破灭。在作品中，三姓村村民与外界的联系主要有两个窗口：其一，为实现挖渠引水，发动全村人挣命似的换钱；其二，村民在"灵隐水"前感受到的震撼。在现代社会与封闭乡村的联系中，作者表达了现代人的无力感与决绝感，而其中的民间作为牺牲品，横亘于文明社会的进程当中。

在长篇小说《生命册》中，李佩甫将民间文化对人的抚育、教养、关怀，与城市文明中人们的生存需要、物质需求、精神蚕食，置于极端对立的位置。在与现代社会的较量中，处于边缘地位的民间，被视作人类精神园地最后的净土。阎连科的长篇小说《受活》是一部人性悲剧，受活村身体残疾的农民群体在现代物质中心主义价值观的支配下，以"病"之名组建"绝术团"进入城市场域。受活村农民残疾的躯体，无疑是现代社会文化精神缺失的象征。

处在民间场域内部显著位置的政治文化，在新时期以来的作家笔下延伸为权力话语书写与乡村政治书写，诸如在阎连科的《日光流年》中，表现为家族伦理与政治权力的角逐；在刘震云的《故乡天下黄花》中，表现为政治力量的内部轮回和民间权力文化的全面释放；在李洱的《石榴树上结樱桃》中，看似和谐的政治与民间文化领域的交叉关系往往隐现着一种荒诞意味与悖论色彩。

作为一种空间或场景的民间文化，在新时期文学创作中，其存在着以下三种表现方式。其一，作家对乡村民间与城市民间的真实再现和还原；其二，以现实主义的表现手法，关注乡土民间与市井民间交叉地带的冲突；其三，民间文化作为一个想象空间，象征着作家的理想精神家园。

在铁凝的作品《哦，香雪》中，封闭村庄台儿沟修起的第一个火车站台，将乡村民间与外部社会联系起来，由此催生了村里学生们对站台的围观，以及在火车一分钟的停留时间里学生与乘客的物品交换。丰富的物件伴随着现代化的发展闯入了学生们的世界，中学生香雪就是其中的一个。她在火车上用一篮子鸡蛋交换了一个能够自动开关的铅笔盒,但火车即刻开动了,次站下车的香雪徒步三十里回到村庄。这场惊险的旅程,将香雪们推向现代物质文明的同时,也引发了她们自我更新与变革的意识。作为审美文化场域的乡土民间,其进一步发展为具有强烈主体性与自我意识的现代性文化场域,这正是1980年代初期的作品《哦,香雪》的深层意蕴。

韩少功的作品《马桥词典》以语言符号的角度切入民间文化,并以此作为认识与考察乡土民间的独特窗口。马桥的地理文化特征,如地处南方的闭塞乡村,临山傍水的自然风光,神秘缥缈的传奇色彩,以及与外部社会文明隔绝的文化场景,与《爸爸爸》《山南水北》《暗示》等作品中的地域环境存在相承关系。韩少功笔下的巫楚民间是其文化书写中的重要场景,也是其借以观照中国乡土文明进程与人民生存情状的缩影。

新时期以来围绕着城市民间展开叙述的作品《长恨歌》,将市井居民的生存状态、风情民俗以及上海的都市风貌一一展现。王安忆所讲述的故事深深扎根于城市民间,体现出市井生活的日常琐碎感,以及物质刺激之下滋生的光怪陆离与传奇意味。铁凝的长篇小说《玫瑰门》同样是以城市民间为背景,通过深刻描画人性中的丑恶面向,对城市民间文化中藏污纳垢的褶皱进行了痛彻的撕裂与审视。同样关注城市民间文化的作家陆文夫,则根据苏州城的传统美食文化创作了小说《美食家》,记录了世俗民间的生活趣味与生活美学。

1980年代后期,新时期作家中出现了一支书写市井民间的创作队伍,他们对民间场景的选择一致,均致力于再现代化与世俗化相捆绑的早期城市民间底层人民的生活情状。以刘震云的小说《单位》《一地鸡毛》、池莉的《烦恼人生》、方方的《风景》、刘恒的《狗日的粮食》等为例,可以发现作家们已经开始将传统的叙述视点转移,由以人为中心,向现实中的生存与存在转移。城市居民中的一部分,在作家笔下,被各种恼人的困境尾随、追逐。刚被裹入现代文明裂变的市民,他们多半被湮没在琐碎中无法抽离,谈及自省自审的精神对话实属奢侈。与这种无力无聊的实际生活状态相适应的,是作家们运用自然主义的创作手法,以一种还原真实的写作手法书写生活真实。

民间的多元文化领域，在社会历史的发展与变迁中，存在着相互冲撞、挤压甚至吞噬的阶段性现象。不同民间文化场域间所发生的冲突，在新时期以来的作家笔下得以充分铺展，反映出社会文明演变中看似对立的精神文化质素所蕴含的变革动力与思考空间。在《人生》《平凡的世界》等作品中，土地一贯是作家精神世界的中心，也是孕育其笔下人物的土壤。关注城乡交叉地带人民的生存状态，体现了路遥从乡土民间的视角对市井民间进行窥探、想象的文学探索过程。陈忠实的史诗巨著《白鹿原》中，存在着乡土文化边界的对立，即白鹿原与西安城。同样，在贾平凹的《废都》中，女性身份的差异象征了不同的社会文明阶段，也藏匿着社会发展中的某种异化。

对充满民间文化色彩的精神家园的想象，同样作为民间文化的一种存在方式，进入新时期以来的作家创作。史铁生的作品《我的遥远的清平湾》，以他在陕北的知青生活为书写对象，将乡村生活的日常美学与地域风光的自然审美相结合，形成了具有独异精神追求和诗意文学情调的艺术创作。作家以散文化的笔触，闪现的哲理锋芒，以及陕北民间真淳的文化境界，点染出清平湾这一原始、素朴的理想原乡。

而汪曾祺的《受戒》《大淖纪事》等作品，则向读者描绘了一幅超脱世俗的民间文化幻境，象征着人类精神追求的至高境界。阎连科作品《丁庄梦》的结局，是以一对艾滋病人的执意结合，作为这部悲剧的透光口。这场形式上的短暂婚姻是作家寄予精神家园的温暖想象，沉痛书写着绝境中的人们对生命延续的悲剧性控诉。铁凝的短篇小说《孕妇与牛》，以田园牧歌般的文学表达，创作出饱含生命意识与天人合一境界的乡土民间图景。

作为一种文化因子形式的民间文化，其一直处在潜流的位置，深存于民族文化品格之中。民间的传统精神文化，以儒家文化中的仁义观、济世精神、耕读情结等传统文化价值为中心。同时，民间文化中地域性的传统道德习见与精神文明特征，体现着不同地区和民族的人民在心理机制、认知思维与文化结构上的差异。

儒家文化中"仁义"的终极追求，在铁凝的作品中得到了充分体现。她的短篇小说《永远有多远》，建构起被现代社会驱逐于边缘，甚至几近消失的理想国。至真至纯的道德追求与不合时宜的现实处境，正是作为潜流的民间文化因子在现实社会中的真实写照，同时暗示出仁义精神与世俗逻辑的某种悖论关系。在长篇小说《笨花》中，为官一生的向喜，为追求理想人格而退居乡间故土，以化粪场为命运归宿，显示出儒家文化传统中济世精神向耕读情结的转化。

陈忠实的作品《白鹿原》中的民间文化因子，是来自农耕民族精神结构中的土地意识和家国观念，缘于耕读传家、兼济天下的儒家文化品格。同时，从作家驾驭历史题材的角度看，作品的时间跨度从辛亥革命纵贯新中国成立后，反映了整个中国革命战争史，涉及国家、社会、宗法、民间等方方面面，以宏大叙事与史实品格书写了白鹿原的家族兴衰。作品传达的审美风格不仅承接了现代小说创作的史诗化趋向，引领了新时期以来作家书写民间的艺术趣味，更以其文学成就将这种艺术趣味在当代文学中巩固、奠基，以此推进了西部文学的高度、广度与深度。陈忠实真正持守着来自民间文化的因子，在新时期以来的文学创作中影响并启发了许多作家，成为书写民间文化的作家中，极具磅礴气度、恢宏格局等艺术风貌的文学创作典型。

民间文化中的悲剧书写，作为一种文化因子，在新时期以来的作家笔下，形成了苦难叙事的文学表达。河南地区历史上所遭遇的天灾与人祸是作家的创作素材，也是其深层文化心理构成的关键。李準的作品《黄河东流去》，以真实的历史事件为基础，书写了炸毁花园口之后，河南人民所遭受的苦痛，进而在历史文化基因中找寻共有的苦难记忆。在历史与现实的重创中，坚韧、自立、乐观、好施、求变等精神质素，成为现代河南文化的典型特征。这在刘震云的《温故一九四二》等作品中也有突出表现。

杨显惠描写藏地文化的短篇小说集《甘南纪事》，以汉族人的角度书写甘南地区藏族人的日常生活故事，呈现出汉族文化语境与藏族文化心理的不同，以及这种藏族民间文化与现代社会文化的冲撞关系。其中，藏族青年中"连手"所代表的兄弟情谊、藏族对民间社会执法系统的尊重和信任、青年男女对爱情的自由开放态度，以及对于被视作经济共同体、经由宗教仪式缔结的婚姻形式的执着恪守等等,将藏族文化价值观念中宗教神性的隐形权威表达得淋漓尽致。和扎西达娃笔下宗教文化符号的显性存在不同,杨显惠的作品向读者呈现了更多内在于民间文化心理的无形文化,以及这种无形文化作为民间文化因子在人性的张扬和约束中所产生的深刻影响。

四、对新时期文学中民间文化因素的反思

新时期文学思潮借重民间文化的广博意涵,逐渐衍生出多元、丰富的文学现象。早在寻根文学形成之际,阿城曾撰文《文化制约着人类》。的确,文化作为一个具有极强包容性与涵盖性的意义体系,包揽了许多难以理清的问题。在文化的范畴之下,中国文学得到了多重角度的整合与统一。在刚刚脱离政治文化的母体后,新时期文学便从民间文化中得到哺育,并获得长足的发展。

民间文化是较民俗文化更为宏大的概念,它将来自中国传统的儒家文化、道家文化,以及民族精神结构、文化心理等全方位的价值体系容纳其中,进而在文学创作中扩展了作家的思想维度,升华为高远的精神境界。但是,值得思考的是,民间文化内部沟壑纵横、枝蔓丛生,致使其价值判断体系呈现出复杂多元的现象。民间文化精神的包容性与开阔性,消解了道德文化体系的"是""非"判断;蛰伏于民间的人群身份的多重变异性,瓦解了二元线性的传统认识方式;世故人情的复杂向度,决定了民间文化思维的自由、灵活特性。

建基于民间文化土壤的文学创作,绕开了传统善、恶观念的脸谱化书写,致力于创造一个复合向度的无限阐释空间。文学作品中所塑造的人物、讲述的故事,在转化与变异中丰富了自己的文学意涵,也是读者在宏观视野中审视世界、思考人性的重要方式。但同时,我们也应看到这种书写的局限性。诸如铁凝的短篇小说《秀色》与《逃跑》,都是在讲述现代人生存的无奈,无奈中隐藏着生命的无常与宿命的虚无。刘震云的作品《温故一九四二》,用人对生命的渴望,来回答历史与现实给人类抛出的难题,同样折射出人类在宿命面前的无力。而"有奶便是娘"的民谚,更是透露着人类在困境下的狡黠与变通。

从民间文化中汲取养分的新时期文学,在走向开源的收获与成就中,也可能出现另一个极端，即陷入民间这一话语空间的桎梏。对民俗与地域文化的过度倚重，无疑会导向民间文献的堆砌和拼贴。引证大量的文化材料，并对历史源流进行无限上溯，也是民间文化书写中可能存在的问题。事实上，民间文化资源在文学作品中，应该表现为一种气息与精神，而不是用以点缀的佐料。另外，在文学创作中过分倚重民间文化也可能出现某种程式化的写作，即作家过度关注文化材料，对人事与家国等问题较少追问与探索，进而将创作简化为一种操作，难免取消或淡化了人的创造力。更需注意的是，程式化的书写不单是把文化作为表现内容的调剂，甚至将其作为表现内容本身。

当然，随着文化意识的长期渗透，民间文化在新时期以来的作家创作中，逐渐呈现出一种新的叙事结构。如乡土民间与城市民间、传统民间与现代文明、精神文化与物质观念、农耕文明与工业文明，以及文化内部所指向的大众文化与精英文化、民族文化幻象与现实生存情状等种种二元对立的思维方式。这就将文学创作的资源纳入一种轮回式的游戏，进而以此消彼长、相互占领的方式循环。文学的复杂向度，本要求作家在对象的"间性"关系中思考问题，在主流与潜流之间达成联结。这样来看，让民间文化资源在一种更为开放的场域中呈现，以实现文学创作中各种文化力量的共存共生，才是民间文化在当代文学中较为合理、健康的存在方式。

第二节

物质形态的民间文化与新时期文学

依照民俗学家钟敬文所言:"民间文化是广大群众在长期社会生活中所创造、继承和发展而成的民族文化。它的范围很广泛,包括我们常说的物质文化、精神文化以及社会组织(如家庭、村落及各种形式的社会团体)。"[①]所以,民间文化不仅是人们衣食住行、生产交易、年节习俗、生死嫁娶、禳灾祈福等人生礼仪的总和,也是整个民族价值观念、精神信仰的总和。

从延安时期开始,民间文化中的自然环境和风土民情就成为作家笔下的独特风景与文化基因。在解放区成长起来的赵树理、柳青等,更是自觉将民间口语等地域性特征融入文学创作,体现出对民间文化利用与改造的高度自觉。

民间文化在不同地域有不同的呈现,而民俗风貌又往往最能体现一个地区的民风、民情,也最能投射人类发展、社会前行的步履。所以,作家才"在一个时期内以自己熟稔的地域为素材,深入地探求民族文化滋生的原因,并且企图将失落的自然旺盛的生命力找回来"[②]。换句话说,作家看似描写每个地方的风俗习惯,写生活在这个地方的人们的生活趣事,实际上却是在刻画人的心路历程,书写历史的斗移星转。因此,民间文化作为新时期文学的重要写作资源,它更"表达着民间的生存状况、理想意愿、情感态度和思想智慧,成为维系民间生存和发

[①] 钟敬文:《民族民间文化的收集、保存与新文化创造》,见董晓萍编:《钟敬文教育及文化文存》,南海出版公司1992年版,第168页。
[②] 吴亮、章平、宗仁发编:《民族文化派小说》,时代文艺出版社1989年版,第3页。

展，决定民间生存境遇、前途命运，乃至影响整个社会的重要力量"[①]。下面，我们就新时期文学中呈现出来的民间物质文化形态做简要阐述。

一、殊异有致的民风民性

在新时期文学中，物质形态的民间文化首先以殊异有致的民风、民性体现出来。这些民风、民性在揭示地域与人的特殊关系的同时，也对"存在"本身进行了勇敢的触摸与深切的追问。

红柯的《军酒》讲述了一个异乡人在新疆大地一生的故事。濒临死亡的蒙古汉子告诉王尚荣他不要被葬在沙子里，他要和土地融合在一起，于是，"刨一个半人深的坑……地面抹平，贴上带草根的湿土，把羊赶过去走几圈，墓地踏得实实的"[②]。马背上的民族，其生命之初来于天地，生命结束也归于天地，留给这片大地的也只是三魂中的转生魂。当蒙古汉子违背蒙古人规程将自己的酒囊送给王尚荣时，他也便把自己的灵魂留给了王尚荣。"制作一个酒囊是很费功夫的，刮皮子、熏烧、用牛筋缝起来、压上图案可以用七八十年几百年，可以陪你一辈子甚至几代人。"[③]在这片信奉图腾和神灵的土地上，他们更加珍惜这种从一而终的品质，王尚荣和斜眼的友谊便发端于他俩相同的酒囊，"不要小看那两朵云，在草原上，图腾相同的两个陌生人立马就成为亲兄弟，相同图案意味着他们有共同的祖先和神灵"[④]。所以，王尚荣在斜眼坐牢之后，几十年如一日地照顾他的孩子，看着幼儿长大成材，幼儿从叫他"二爸"到叫他"爸爸"。王尚荣并非草原上土生土长的人，但当他选择拿起酒囊的瞬间，他便转生成为一个具有信仰的新疆汉子，他和孩子驰骋在新疆草原，继续守候着从一而终的信仰，直到这个孩子为追随所爱之人而亡，他也走到了自己生命的尽头。他们父子二人正是用

---

① 肖远平：《传统文化与现代语境的交融——黄永林〈中国民间文化与新时期小说述评〉》，见黄永林：《文化传承与文化创新探析——黄永林自选集》，华中师范大学出版社2013年版，第291页。
② 红柯：《额尔齐斯河波浪》，上海文艺出版社2011年版，第5—6页。
③ 红柯：《额尔齐斯河波浪》，上海文艺出版社2011年版，第44页。
④ 红柯：《额尔齐斯河波浪》，上海文艺出版社2011年版，第7页。

身灭的方式来诠释新疆大地的文明,自由自在却又初心不改。新疆之地不是苦寒便是骄阳,物资匮乏且以畜牧为主,鲜能吃上山珍海味,在王尚荣的婚筵上,一道道佳肴为草原人民所称赞:

> 大盘大盘的糊拉羊蹄、牛蹄筋、牛头条子、烤羊肝,最绝的是十五只烤全羊。一周前斜眼就从唐布拉草原买来一群大肥羊,断了草料,只喂清水,两三天后,大肥羊的肠胃清理干净了,换成盐水,大肥羊在有炉火的地窝子里关着,干渴难忍,只能喝拌了调料的盐水。最后全是木炭火,烤两天两夜。肥羊是用鸡蛋抹过的,上了釉子似的……没有馒头没有面条,连菜都没有,全是肉和酒,还有茯砖煮的热茶。①

这便是新疆顶好的吃食,也是人们每每盼求的饕餮庆典,他们天生的自然之气与豪放不羁也在烹饪中得到了舒展。

王安忆的《长恨歌》则向我们展示了近半个世纪以来的上海变迁。这须臾几十载,在作者心中不单单是上海民间文化的沉淀,也是上海亘古不变的文化内核。这里曾是波云诡谲的地方,但作者却有意淡化历史氛围,只是以时间节点为我们理清一条时间线。在她的笔下,离开了对政治环境的描述,独独展现了一个女人悲情的一生,而这个女人正是旧上海的缩影,也是上海弄堂文化的过去、现在和将来。正如作者所言:

> 王琦瑶是典型的上海弄堂的女儿。每天早上,后弄的门一响,提着花书包出来的,就是王琦瑶;下午,跟着隔壁留声机哼唱《四季调》的就是王琦瑶;结伴到电影院看费雯丽主演的《乱世佳人》,是一群王琦瑶;到照相馆去拍小照的,则是两个特别要好的王琦瑶。每间偏厢房或者亭子间里,几乎都坐着一个王琦瑶。②

王琦瑶们是这样,王琦瑶们的父亲则多是乘着电车上着平淡无奇的班,母亲则在下午坐着三轮车去剪旗袍料子。任凭内战在即、时局动荡,在王安忆的笔下,上海这座城市仿佛远离了世间纷争,人们生活的全部都是日常琐碎,忙着

---

① 红柯:《额尔齐斯河波浪》,上海文艺出版社2011年版,第33页。
② 王安忆:《长恨歌》,人民文学出版社2004年版,第19页。

"上海小姐"的评选,忙着拍电影追星,忙着参加派对舞会,忙着打牌聊天,忙着喝茶解闷……上海的一切日常社交都散发着柔情与蜜意,连屋宇楼阁也被作者倾注了感情,"最先跳出来的是老式弄堂房顶的老虎天窗,它们在晨雾里有一种精致乖巧的模样,那木框窗扇是细雕细做的;那屋披上的瓦是细工细排的;窗台上花盆里的月季花也是细心细养的"。正如书中写道:"这城市本身就像是个大女人似的,羽衣霓裳,天空洒金洒银,五彩云是飞上天的女人的衣袂。"[①]在这个城市里,吃穿玩乐、逢场作戏就是他们生活的重心,衣服更是女人们的蝉蜕,从旗袍洋装、西服礼帽到清一色的工装服,再到后来的羊毛斗篷、喇叭裤,这是她们生活美学的必修课之一,无一不在彰显着上海民间文化的妖冶风姿。

但是王安忆的上海,不只有纸醉金迷、藏污纳垢,它还有自己的骄傲与矜持。在这家长里短的弄堂里,"每一件事情都是那样富于情调,富于人生的涵义:一盘切成细丝的萝卜丝,再放上一撮葱的细末,浇上一勺热油,便有轻而热烈的声响嗞啦啦地升起。即便是一块最粗俗的红腐乳,都要撒上白糖,滴上麻油。油条是剪碎在细瓷碗里,有调稀的花生酱作佐料。它把人生的日常需求雕琢到精妙的极处,使它变成一个艺术。主妇们择菜是一个典型的情景,尤其是择那种名叫'草头'的蔬菜,那样细碎如羊齿的草叶,一株一株地摘去老叶,留下嫩叶,这带有修身养性的意味。上海的生活就是这样将人生、艺术、修养全都日常化,具体化,它笼罩了你,使你走不出去"[②]。

上海的市井文化就是这样细腻、精致而多面,是"淡妆浓抹总相宜"的。一面它像吴侬软语般对人们娓娓道来,淡泊持重,充满生命的仪式感;另一面它十里洋场的绰约风姿,让人醉生梦死,乐不思蜀。这两样气质交织在一起,塑造了上海的人事风貌,它生生不息,回旋往复,多情、柔情却也最是无情。

汪曾祺的民间世界则与传统儒家文化熏陶下的世界不尽相同,它没有那么多繁文缛节,作品中的风俗习惯也有自己家乡高邮的影子,汪曾祺自己说过:"大淖的景物,大体就是像我所写的那样。居住在大淖附近的人,看了我的小说,都

---

① 王安忆:《长恨歌》,人民文学出版社2004年版,第3、50页。
② 王安忆:《"文革"轶事》,见《王安忆自选集》,天地出版社2017年版,第307页。

说'写得很像'。"①生活在这里的人们大多朴实勤劳，乐天知命，他们有着最良善的心地，也有着最宽容的举止。在《大淖记事》中，大淖的人们几乎都是做生意的小贩、锡匠或者挑夫，尽管大家都不是什么达官显贵，生活也只是过得去饿不着，但是人人都安贫乐道，日子过得随性洒脱。在他们的文化里，"没出门子的姑娘还文雅一点，一做了媳妇就简直是'姜太公在此百无禁忌'"②。男人、女人在他们眼中无甚不同，大家都是平等的，做一样的工作，玩一样的游戏，女子不用故作骄矜，也不必遵循伦理妇道，一切都是民间最原生态的东西。

> 这里人家的婚嫁极少明媒正娶，花轿吹鼓手是挣不着他们的钱的。媳妇，多是自己跑来的；姑娘，一般是自己找人。她们在男女关系上是比较随便的。姑娘在家生私孩子；一个媳妇，在丈夫之外，再"靠"一个，不是稀奇事。这里的女人和男人好，还是恼，只有一个标准：情愿。有的姑娘、媳妇相与了一个男人，自然也跟他要钱买花戴，但是有的不但不要他们的钱，反而把钱给他花，叫作"倒贴"。③

当巧云被刘号子玷污了身体，她的父亲没有因此而感到颜面丧尽，乡间邻里也没有对她指指点点，她自己更没有哭闹，寻死觅活，唯一后悔的是没有把自己给了十一子。这就是大淖的风俗人情，淳朴自然，宽厚敦实，人们的所作所为都是心之所向。我们感受到他们无拘无束的世界，并没有觉得他们的行为有悖人伦传统，反而有一种"复得返自然"的境地。这里的文化是美的，人也是美的，就连憾事也充满了珠玉般千古不磨的美。

这样的文化氛围在他的《受戒》中依然感受得到。在明海的家乡，出家不叫出家，叫当和尚，就像生活中的一个职业那样稀松平常，并且这里的和尚除了诵经礼佛，其他与常人无异，他们不用过青灯常伴、清规戒律的苦修僧生活。汪曾祺将作品中的和尚们塑造成偏食人间烟火的寻常男子，连带着明海与小英子的爱

---

① 汪曾祺：《〈大淖记事〉是怎样写出来的》，见赵坤主编：《汪曾祺全集》（9），人民文学出版社2019年版，第183页。
② 汪曾祺：《受戒》，四川人民出版社2019年版，第79页。
③ 汪曾祺：《受戒》，四川人民出版社2019年版，第80页。

情也充满浪漫气息。所有的一切都是汪曾祺在感受过高邮的宽容与宁静后得来的，他将民间文化中蕴含的真善美融汇在自己的小说中，让我们在他的字里行间感受到文化润物细无声的美。

迟子建的《额尔古纳河右岸》则讲述了鄂温克族最后一位部落酋长女人一生的故事。族人们从走出山林迁徙放牧，到最后举族移居到山下定居圈养，只留下这位酋长女人和她的孙儿坚守鄂温克族人的游牧传统。不得不说，这是历史发展的必然，却同样是他们民族文化令人叹惋的失落。故事从民国时期讲述到新世纪开始，久居山林的鄂温克民族，以放养驯鹿、打猎为生，他们的生活朴实而简单，驯鹿吃到哪里，房屋就建到哪里，"砍上二三十根的落叶松杆，锯成两人高的样子，剥了皮，将一头削尖了，让尖头朝向天空，汇集在一起；松木杆的另一端则戳着地，均匀地散布开来，好像无数条跳舞的腿，形成一个大圆圈，外面苫上挡风御寒的围子，希楞柱就建成了"。这就是他们的家园，以天为盖、地为床、星为伴。平日里，男子外出打猎放牧，女子则留守希楞柱（房屋）学活计，"熟皮子，熏肉干，做桦皮篓和桦皮船，缝狍皮靴子和手套，还有烙格列巴饼，挤驯鹿奶，做鞍桥等等"。①如此日日复月月，月月复年年，他们与外人唯一的交流就是用鹿茸、猎物皮张来换取酒、盐、茶、糖等一类的日常用品。正是在这种取于自然、归于自然的生活方式中他们习得随遇而安，习得自由畅意，习得敬仰神灵，习得尊重万物。在他们眼中，万物皆有灵性，他们猎杀熊、吃熊肉，但也崇拜熊，他们会在吃熊肉前，给熊举行风葬仪式，会请萨满唱祭熊的歌，吃熊肉时也会有诸多禁忌；他们也从来不砍伐鲜活的树木，而是用自然死亡的树木枯枝等做柴火。他们以虔诚的心来对待大自然的馈赠，在漫长的岁月里保持着人与自然的和谐相处。

即使在面对死亡时，如果是小孩夭亡，"一般都是被装在白布口袋里，扔在向阳的山坡上。那里的草在春天时发芽最早，野花也开得最早"。如果是成年人，则举行"风葬"，"选择四棵挺直相对的大树，将木杆横在树枝上，做成一

---

① 迟子建：《额尔古纳河右岸》，北京十月文艺出版社2008年第2版，第7、9页。

个四方的平面,然后将人的尸体头朝北脚朝南地放在上面,再覆盖上树枝"。"尼都萨满用桦树皮铰了两个物件,一个图形是太阳的,一个是月亮的,把他们放在父亲的头部。我想他一定是希望父亲在另一个世界中还拥有光明。"[1]从鄂温克族人的葬礼仪式中,我们可以感受到这是生者对亡灵的超度与祈愿。那些没有长大的孩子,他们洁白纯净,还没有感受生命的绚丽,就被神收走,所以人们将他们放在山坡上,让他们即便是死了也依旧可以感受每天第一缕阳光的温暖,看到第一朵鲜花的盛放;而饱经风霜的成年人在走完沧桑的一生后,人们将他们生前使用的器物作为陪葬,无论他们是否带着遗憾离开人世,活着的人都希望他们可以在另一个世界生活无虞。

在鄂温克民族文化中,最为神秘的莫过于跳神这一活动,小说也出现多次跳神仪式。尼都萨满跳神,用一头驯鹿仔的灵魂救回了列娜的灵魂;为日本人吉田跳神,以吉田战马的生命为代价治好了吉田的腿伤。妮浩萨满跳神,以自己儿子的生命换回了别人孩子的生命;为救被熊骨卡住喉咙的马粪包,妮浩萨满再次以自己还未降世的女儿的生命为代价跳神救回了马粪包。

这一场又一场的跳神,是以生命换生命,妮浩萨满每次跳神都会预知她将失去一个孩子,但她仍然选择继续跳神,在她心中,无分自己的孩子和他人的孩子。在她当上萨满的那一刻,她就有了拯救一切生命的责任。众生平等,不分贵贱,每一条生命都是宝贵的,你想要得到什么就要付出什么,这便是鄂温克族人的生命观。我们从作品中感受萨满文化神秘力量的同时,亦能感受到鄂温克族人身上所体现出的包容和温暖,以及对于存在本身的深刻理解。

而李传锋的《白虎寨》主要讲述了鄂西土家族白虎寨人民为了脱贫致富所进行的一系列改革的故事。作者把故事背景放在了2008年全球金融危机的影响之下,在城里打工的土家儿女因为这场风波,无奈只得返乡。然而,在现代化已经深入城市的角角落落的时候,这座寨子仍像生活在古代一般。"我们在地里劳动,渴了就去喝山泉水,累了,就躺在山坡上,风吹草动,听鸟儿唱歌,看白

---

[1] 迟子建:《额尔古纳河右岸》,北京十月文艺出版社2008年第2版,第17、49—50、55页。

云翻卷，觉得很有趣。"①这就是白虎寨祖祖辈辈的日常活动，颇有"敌军围困万千重，我自岿然不动"的风范，可是他们真的甘心不动吗？在幺妹子小时候，全村人都遵循着百年来土家族土地神生日的禁忌：不动土、不下地、不在家煮饭，在土地庙旁不高声、不说不敬的话、不吐口水擤鼻涕。但随着时代的发展，土地神也逐渐失去它的地位，变得形同虚设。白虎寨的人们能吃到的饭食也不过是腊猪蹄、魔芋豆腐、炒腊肉、炸广椒、苞谷酒等这些土家酒菜，种类少之又少。寨子的落后闭塞，让这里的女人守着一个不成文的传统："有客人吃饭，她们就不上桌子，这一方面是贫困生活的印记，表示家里没什么好吃食招待，得让客人先吃，再一层就是男人们在桌子上喝酒谈事，女人要回避。"②没出嫁的女儿不能主动跟陌生男人说话，不能随便给陌生男人用自己房里的东西。这就是2008年的白虎寨，在这个讲求男女平等的世界里，看到土家族民间文化中还流传着如此男尊女卑的习俗，我们不禁感到愕然与难堪，也让我们意识到想要彻底实现男女平等道阻且长。不过，在这个落后闭塞的山寨之中，人们对自然、对祖先的敬畏之心比城市中追名逐利的人却要强上十倍、百倍。费孝通曾说："在乡土社会中，传统的重要性比现代社会更甚。那是因为在乡土社会里传统的效力更大。"③所以，在金幺爹为众人"讲古"的时候，他先进行了一场仪式性的准备工作，虽"没有焚香叩拜，但还是净了手，用茶水漱了口，端坐下来，闭目养神"④。从这里我们能感受到白虎寨人对传统、对先祖的崇敬之情，而这种情感又恰恰是现代社会生活所缺失、所追寻的。

陕北自古以来就是荒凉贫瘠之地。清代光绪年间，朝廷翰林王培芬巡察三边。在亲临这片土地之后，他写下诗作《七笔勾》，将万紫千红、雕梁画栋、绫

---

① 李传峰：《白虎寨》，见《李传峰文集》（长篇小说卷），武汉大学出版社2018年版，第19页。
② 李传峰：《白虎寨》，见《李传峰文集》（长篇小说卷），武汉大学出版社2018年版，第46页。
③ 费孝通：《乡土中国》（经典珍藏版），上海人民出版社2013年版，第48页。
④ 李传峰：《白虎寨》，见《李传峰文集》（长篇小说卷），武汉大学出版社2018年版，第20页。

罗绸缎、山珍海味、金榜题名、粉黛佳人、礼义廉耻统统与陕北隔绝开来，他笔下的陕北一派原始野蛮之风。诚然，陕北穷山恶水、物资匮乏、民风剽悍，没有丝毫秀美之气，在这片黄土高原上，有的只是漫天黄沙、深沟险壑、五谷杂粮与酸白菜；婚嫁之时，能够住上三面接口的石窑就足以羡煞旁人。高建群《最后一个匈奴》中写道：

> 他们衣衫褴褛，冬天，常常是一领磨得半光的羊皮袄，袄上的羊毛里藏着虱子和苍耳，随着走动，给空气中留下淡淡的膻味；夏天，则是一领粗布做的半衫，胸部敞着。他们的头上，永远蒙一条脏尔巴唧的白羊肚手巾，脚下，则是一双百衲鞋。①

这就是陕北人的生存条件，从古到今，哪怕是到了现在，大多数身处陕北大地的农民仍然过着清贫的日子。然而，正是这样艰苦的生存环境，成就了陕北文化独特的气质。

曾经作为边塞之地的陕北，是农耕文明与游牧文明相互碰撞的地界，这里的民风也必然融合了农耕民族的朴实敦厚与游牧民族的豁达自由。路遥的《人生》中，就有这样一群可爱淳朴的农民。由于物质水平低下，住在乡里的人们平日里都穿着布衣布裤，打赤脚，只有在重要的场合才把"见人衣裳"穿在身上。马栓为了给相亲对象留下好印象，把自己打扮得甚是体面："大热的天，一身灰的确良衬衣外面又套一身蓝涤卡罩衣；头上戴着黄的确良军式帽，晒得焦黑的胳膊上撑一支明晃晃的镀金链手表。"县城的赶集买卖会场面盛大，庄稼人"都穿上了崭新的'见人'衣裳，不是涤卡，就是的确良，看起来时兴得很。粗糙的庄稼人的赤脚片上，庄重地穿上尼龙袜和塑料凉鞋。脸洗得干干净净，头梳得光光溜溜，兴高采烈地去县城露面：去逛商店，去看戏，去买时兴货，去交朋友，去和对象见面……"②陕北农民日复一日年复一年地种地、打粮、放养牛羊，他们之中有人甚至一辈子没有走出过自己生长的村子，在他们单调孤寂的岁月里，能有多少次场合值得他们装扮自己？这些在城里人看来土得掉渣的装束在他们眼中却

---

① 高建群：《最后一个匈奴》，北京十月文艺出版社2010年第2版，第25页。
② 路遥：《人生》，见《路遥文集》（第4卷），人民文学出版社2005年版，第10、16页。

是门面，是隆重而珍贵的。他们以自己能达到的最好的条件去面对他们的大日子，殊不知这就是陕北农民的淳朴与虔诚。在高加林黯然回到农村时，村民们毫无怨言地再次接纳他、包容他。在这片土地上，人们始终铭记着"命里有时终须有，命里无时莫强求"的天命观，他们努力过、奋斗过，这一点一滴的过程记录着他们的抗争，也淡化了他们的结果，这就是陕北人的人生信仰。

陕北人有着浓重的生命意识。地势险峻、人烟稀少，加之受泛灵观念的影响，陕北人格外重视生命。在他们看来，一切生命都是值得尊重与爱护的，他们的牲口不叫牲口而叫牲灵，正如高建群在《最后一个匈奴》中所说："在这荒凉的难以生存的地方，对生命的崇拜高于一切，人种灭绝，香火不续被看做是大逆不道的事情。"[①]所以，当吴儿堡的一名女子与一位匈奴青年士兵在野地苟合被族人发现后，按族规女子本该立即被处死，却因为怀有身孕而被一位神秘的巫医接生婆救下性命。而族人们最终在看到接生婆那绣着《伏羲女娲交媾图》的肚兜后，怀着敬畏之感打破族规，同意让他们远走他乡。

在陕北，人们对新生儿怀有无比殷切的希望，他们给孕妇剪抓髻娃娃图，给婴儿做虎头鞋虎头枕，给婴儿打石锁拴红绳直到虚岁13岁，将婴儿的胎衣妥善埋藏好，给婴儿人为地打造"天庭饱满四方平"的福相。种种这些，都表达了他们对生命的美好祝愿与悉心呵护。

二、民间文化的另外一面

当然，我们在感受民间物质文化魅力的同时，也不可避免地看到民间文化自然裹挟着的糟粕性的质素。正如前面所述，民间是一个藏污纳垢的世界，在瑰丽绚烂的民间文化里也生长着愚昧的种子，开着鲜艳却恶毒的花。

韩少功的《爸爸爸》通过描写一个虚幻的原始部落鸡头寨的历史变迁，向我们展示了一种陷入死循环的、落后的小农经济的民族文化形态。在这座寨子里，人们保持着日出而作、日落而息的生活习惯，漫漫长夜也在"串门，唱歌，摆

---

① 高建群：《最后一个匈奴》，北京十月文艺出版社2010年第2版，第19页。

古,说农事,说匪患,打瞌睡"中度过。在这平平无奇的岁月里,鸡头寨的人们仍然坚守着自己如一潭死水的传统文化。每当寨子里有红白喜事,或是逢年过节,大家就要唱"简","即唱古,唱死去的人。……从父亲唱到祖父,从祖父唱到曾祖父,从曾祖父唱到太祖父,一直唱到远古的姜凉"①。然而,当族人因饥馑被迫举寨外迁时,伴随着他们出走的歌谣却丝毫没有对战争和灾害的记叙,他们一边唱诵历史,一边遗忘历史,不去挣脱束缚,也不去思索未来,在年复一年中遗忘了自己的血性,只留下心灵的麻木无知与生活的原始风貌。每当寨子的粮食收成不好,就会引发杀人祭谷神的话题,"这可是个老规矩呐。不杀人是不能祭谷神的,要杀人就要杀个男的,选头发最密的杀,肉块都分给狗吃"②。这个能够接收到现代文明的寨子里依旧流传着古老而残忍的风俗,不免让人心中一颤。尤其当鸡头寨的人们因听信巫师的主意,决心炸掉鸡头峰以求得丰收,并与鸡尾寨发生"打冤家"时,他们凶戮的本性更是发挥到了极致:

  按照打冤家的老规矩,对敌人必须食肉寝皮,取尸体若干,切成了一块块,与猪肉块混成一锅,最能让战士们吃出豪气与勇气。……为了怕人们专挑猪肉,也为了避免抢食之下秩序混乱,肉块必须公平分配,由一个汉子站在木凳上,抄一杆梭镖往锅里胡乱去戳,戳到什么就是什么,戳给谁谁就得吃。这叫吃"枪头肉"。③

然而令人感到可笑的是,他们在打仗前用砍牛头看牛身是向前倒还是向后倒的方法来预测胜利或失败,借此来鼓舞士气。在战败后,为了缓解粮食危机,也为了鸡头寨的种族延续,仲满裁缝带领寨中耄耋、稚子服毒自杀,他们各自坐在家门口面向东方等待死亡,只因祖先会从那里来,只因这是本族规矩。在阅读过程中,我们在感受鸡头寨猎奇、神秘的文化的同时,也深深感受到民间文化的愚陋、民众理性的缺失。

与韩少功不同,冯骥才的《三寸金莲》则借在中国有着千年历史传统的缠足

---

① 韩少功:《爸爸爸》,上海文艺出版社2017年版,第62、64页。
② 韩少功:《爸爸爸》,上海文艺出版社2017年版,第74页。
③ 韩少功:《爸爸爸》,上海文艺出版社2017年版,第87页。

现象，来思辨中国文化的缠与放。正如作者所说："小脚里头，藏着一部中国历史"①。在这里，作者一反世人对缠足的恶俗评价，反倒以揭秘性的叙述来展示缠足的文化内涵，使读者认识到中国传统文化的精髓与缠足相通。从某种意义上讲，中国文化，成也缠足败也缠足，妙绝也恶绝。在文中，冯骥才详细地叙述了裹小脚的步骤，前期准备的裹脚工具"炕桌、凳子、菜刀、剪子、矾罐、糖罐、水壶、棉花、烂布，浆好的裹脚条子卷成卷儿放在桌上"，让人不寒而栗。紧接着就开始裹脚：

> 奶奶……操起菜刀，噗噗给两只大鸡都开了膛……两手各抓香莲一只脚，塞进鸡肚子里……拉过木盆，把她的脚涮净擦干……先右后左，让开大脚趾，拢着余下四个脚指头，斜向脚掌下边用劲一掰，骨头嘎儿一响……那脚布裹住四趾……硬把四趾煞得往脚心下头卷……一分一毫半分半毫也动弹不了。

然而，这只是香莲缠足的第一步，她转天就要下地走，为的是把脚趾头踩断，使小脚成型，再过段时日：

> 把连着小脚趾头的脚巴骨也折下去，四个卷在脚心下边的小脚趾头更向里压，这下裹得更窄更尖也更疼……去拾些碎碗片，敲碎，裹脚时给香莲垫在脚下边，一走碎碗碴就把脚硌破了……其实这是北方乡间裹脚的老法子。只有肉烂骨损，才能随心所欲改变模样。②

这一套裹脚方法看得人胆战心惊，联想到"三寸金莲"的小鞋、脚型的图片，我们不敢想象这是怎样的一种"刑法"，锥心之痛只怕也难及此痛吧。与"三寸金莲"相伴的是旧时女人的审美、地位与富贵，正如小说中的香莲，她见到其他姑娘精巧的小脚，后而狠下心对自己的脚"精益求精"，也因一双小脚，她成为佟家当家女眷。男人的恋足癖进一步巩固与加深了缠足的现实意义。他们举办"赛脚大会"，提出品鉴小脚的七字法门"灵、瘦、弯、小、软、正、香"，这不单是对脚的要求，更是古人审美的要领。由此看来，一双小脚里，其

---

① 冯骥才：《三寸金莲》，浙江文艺出版社2019年版，第168页。
② 冯骥才：《三寸金莲》，浙江文艺出版社2019年版，第175、176、177页。

实体现的是男人的霸权、女人的规矩。

冯骥才将缠足这个传统习俗放在天津这个五方杂处、西学东渐、风气初开的地界，让天足与小脚碰撞，让中国文化的缠与放相互碰撞。也许，只有当人们深刻领悟到"三寸金莲"的审美性与审丑性，才能跳出民间文化的二元对立，才能真正领悟到民间文化的精髓。

而陈忠实的《白鹿原》和阿来的《尘埃落定》则有着异曲同工之妙。前者讲述关中平原历史进程中儒家宗法制的消解，后者记录了川西康巴土司制度的灭亡。在白鹿原这片关中大地上，人们迷信"泡枣"，认为经由女子阴道润泽过的枣，男子吃了可以焕发雄风；在土司掌管的这片土地上，人们认为男子与女子互摔跟头、胡扯衣衫的春耕游戏不仅可以使人快乐，还能增加地里的收成。这些充斥着野性蛮横味道的古老民间习俗，挑战着现代人的人生观与价值观。为了匡扶所谓封建伦理大义，白鹿原的子民筑塔镇压田小娥的鬼魂；为了巩固土司地位，麦其土司家族与汪波土司家族展开如火如荼的"巫战"。这些奇闻逸事被传得神乎其神，然而当支撑这些荒谬习俗的制度轰然崩塌的一瞬间，这些文化习俗也将必然沦落为人们茶余饭后的谈资，成为令人惊愕并嘲笑的民族秘闻，永远地退出历史舞台。

三、余论

我们常说艺术源于生活又高于生活，一部文学作品不可避免地要放在一定的社会背景下叙述，势必会反映特定人物特定的生活状态与文化氛围，这也是民间文化灿烂不息、充满诱惑力的一个原因。因为，"在社会生活中，成文法所规定的行为准则只不过是必须强制执行的一小部分，而民俗却像一只看不见的手，无形中支配着人们的所有行为。从吃穿住行到婚丧嫁娶，从社会交际到精神信仰，人们都在不自觉地遵从着民俗的指令"[1]。所以，民间物质文化作为新时期文学的重要资源，它给小说营造出具有真实感、厚重感、神秘感、俗世感的特殊文化

---

[1] 钟敬文主编：《民俗学概论》，上海文艺出版社1998年版，第29页。

氛围，不仅提高了新时期文学的艺术价值，丰富了新时期文学的思想内涵，而且也引发了我们对传统文化与现代文化二者内在复杂关系的思考。《三寸金莲》中对缠脚的细致描写，使我们仿佛亲眼看到了旧时代女子那被生生掰折的脚趾以及扭曲变形的脚骨；《白鹿原》中村民对田小娥的迫害，让我们看清了传统儒家文化对人性的阉割；《额尔古纳河右岸》中的"跳神"，《尘埃落定》中的"巫战"，带我们进入一种荒诞、超验的神秘文化境界，从而深深影响了我们的文化心理；《大淖记事》带领我们进入世外桃源般的世界，那里的人们摒弃了传统儒家的伦理价值观念，显示出最单纯的生活环境，给我们传达了最淳朴的生命活力；《长恨歌》里人物之间的爱恨情仇、家长里短，交织成上海市民的生活图鉴，谱写了一曲现代杨玉环的历史悲歌。

同时，我们应看到，作家们创作这些作品，不是为了写风俗传统而写风俗传统，而是为了探索一种隐性的民族文化诉求，即借风俗来反映时代的历史变迁与普通民众的心理嬗变。对此，汪曾祺曾这样指出：

> 我给自己提出的要求是回到现实主义、回到民族传统。我也曾经接受过外国文学的影响，包括"意识流"的作品的影响，就是现在的某些作品也有外国文学影响的蛛丝马迹。但是，总的来说，我还是要回到现实主义，回到民族传统。这种现实主义是容纳各种流派的现实主义；这种民族传统是对外来文化的精华兼收并蓄的民族传统，路子应该更宽一些。[①]

由此看来，在民间文化与新时期文学思潮的关系上，需要思考的不只是民间文化以何种方式、何种形态参与了新时期文学的创作流程，还需要思考的是民间文化能否作为一种单一的创作资源来支撑新时期文学的进一步发展。

---

① 汪曾祺：《回到现实主义，回到民族传统》，见赵坤主编：《汪曾祺全集》（9），人民文学出版社2019年版，第247页。

第三节

精神形态的民间文化与新时期文学

"民间文学精神是整个民间精神最重要的组成部分，原因在于，民间精神大量地以文学陈述来作为其精神表达方式"①。当然，精神形态的文化是在物质形态的文化基础上孕育产生的，也是在实践的过程中不断丰富和完善的。精神形态的民间文化，是指物质形态的文化在发展过程中所蕴含的人类独有的或感性或理性的思想意识与价值观念。这种思想意识与价值观念主要表现在民众所喜闻乐见的掌故传说、舞蹈、民歌、戏曲和口头文艺、典故辞藻等多个方面。

陈思和认为，民间文化是在国家权力相对薄弱的领域产生的，能够较为真实地反映民间生活的现状，表达底层人民的心声。精神形态的民间文化是普通百姓意志力的集中体现，是劳苦大众的智慧结晶，是民间价值观念、道德伦理和宗教信仰的全部核心。民间文化总是在浅显质朴的表现形式中，传达出民众安身立命的准则和对美好未来的无限憧憬。但正如延安时期有关民间文艺的形式与内容改造问题，反映出民间文艺内涵的多义性及汲取过程的复杂性。延安时期对民间形式的利用与改造也经历过长时期的探索，"对于旧形式，不但民歌小调都采用，连旧剧有时也宜采用"，但同时"要扬弃不合理的、腐旧的、不适宜的旧形式"。②

同样的，民间文化对当代文学的渗透之路并不平坦。"文革"时期，民间话语在很大程度上被政治话语打压，被压制的民间文化在"不见光"的角落里暗自

---

① 王列生：《世界文学背景下的民族文学道路》，安徽教育出版社2000年版，第220页。
② 白苓：《关于戏剧的旧形式与新内容——问题的提起》，载《新中华报》1938年2月10日。

残喘。进入新时期之后，一拥而入的西方文化覆盖了整个中国，不断渗透到思想文化的各个领域。还未适应阳光照射的民间文化又一次被堵得喘不上气来。一时间，各种文化现象纷至沓来，可谓"乱花渐欲迷人眼"。但不容忽略的是，一种民族文化失语的状况正在形成，即疏离已久的传统文化还未拾起，陌生的外来文化又无法迎接。于是，人们开始怀念过去，反思当下，重回民间传统文化成为新时期小说家们的共同趋向。他们自觉地站在民间的立场写作，开始了艰难的并引发了多种争论的"寻根"之旅。但不管怎么样，民间文化由此开始登上了新时期文学的殿堂，作家们或是化用民间传说的原型和叙事结构，或是在作品中融入民间歌谣和戏曲，或者用民间语言来写作……民间文化已经成为新时期小说创作的重要母题。本节主要探讨精神形态的民间文化与新时期小说的内在关系。

一、民间故事的借用

民间故事是几千年来植根于中华沃土的胡杨，千年不死，死后千年不倒，倒后千年不朽。数千年的生命历程使它们成为作家们进行文学艺术创作的重要源泉。故事，似乎是最为古老的一种文学形式，从远古时期就在人与人之间口耳相传，题材广泛且充满奇异的想象。在一定程度上，故事为我们初识这个世界奠定了基础。广义上的故事以神话为源头，而后出现的传说、寓言、童话和动物故事等形式，丰富了故事的内涵和范畴。

小说，则是以故事为母体而产生的一种文学形式。中外文学史皆认为小说最早是以故事的形态存在的。英国小说家、理论家爱德华·摩根·福斯特在《小说面面观》一书中认为故事的起源可追溯到新石器时代，乃至旧石器时代。被野兽折磨的人类，只有在围着篝火讲故事时才能保持清醒。[1]鲁迅则更明确地讲道："至于小说，我以为倒是起于休息的。人在劳动时，既用歌吟以自娱，借它忘却劳苦了，则到休息时，亦必要寻一种事情以消遣闲暇。这种事情，就是彼此谈论故事，而这谈论故事，正就是小说的起源。"[2]可见，故事是小说的源头，也是

---

[1] E.M.福斯特：《小说面面观》，冯涛译，上海译文出版社2019年版，第24页。
[2] 鲁迅：《中国小说史略》，人民文学出版社1979年版，第417页。

文学创作的源头。

中国是四大文明古国之一，勤劳智慧的中国人民用双手创造出赖以生存的物质文化的同时，也创造出丰富多彩的精神文化。远古至先秦时代，在生产力水平极低的状态下，在无法对一些自然现象给予科学解释的情况下，古代人民便借助独特奇绝的想象力，创造出一系列征服自然、变革现实的故事，这些故事往往具有神秘的色彩，并成为孕育文学的温暖摇篮。汉魏六朝时期，社会动荡，宗教迷信泛滥，关于神仙方术、佛法灵异的故事层出不穷，加之当时的士族文人崇尚清谈，于是"志人""志怪"小说大量涌现，如《搜神记》《列异传》《世说新语》《拾遗记》《神仙传》等。这些作品中记述的故事和传说都在一定程度上塑造了中国小说的最初形态。唐时，随着社会经济的迅速发展及对外文化交流的日益繁荣，唐传奇应运而生。较之以往的小说，唐传奇标志着中国小说进入了成熟阶段。到了宋元明时期，文言小说日趋衰竭，话本小说达到了空前盛况。清代，文言小说复归，蒲松龄为文言小说的旧有范式注入了民间文学的新鲜血液，创造出妇孺皆知的《聊斋志异》。

延安时期陕北民间的说书改造中也曾大力祛除其中的鬼神迷信、灵异故事等封建元素，民间说书等艺术形式中仍大量存在着"有意无意地在宣传封建伦理道德、因果报应的思想"[①]。然而新时期以来，文化环境不断开放，人们对于神秘文化的包容度越来越大，奇异的原始故事反倒成为作家争相汲取的民间文艺资源。新时期以来，随着改革开放政策的实行，外来文化思潮不断冲击着中国本土文化，一时间，模仿西方成了全民热潮。但这一潮流在给新时期文学带来新的审美元素的同时，也让作家们开始重新审视中国传统文化。正如作家尤凤伟等所说："曾几何时，作家们怀着崇高的使命感责任感，试图充当'医生'、'法官'和'代言人'的角色，而后经过一个漫长的历程，便开始意识到这仅是作家的一厢情愿，生活并没因那么多'深刻'小说的'干预'而改变步履，这很叫作家们困惑，无奈与自卑。于是只好以退为进，回归文学的'本土'。"[②]上述这

---

① 林山：《改造说书》，载《解放日报》1945年8月5日。
② 尤凤伟、何向阳：《文学与人的境遇》，载《当代作家评论》1999年第2期，第4—5页。

句话深刻阐明了作为中国文学之根的民族传统文化与新时期文学的内在关联。正因如此，新时期的作家对民间文化与小说创作的关系有了清晰的认识。寻根文学的出现就是作家们自觉将创作的视野投向民俗文化，然后进行审美再创造的文学现象，也是新时期小说民俗本体回归倾向的表现。当然，民间文化与作家创作之间的关系既相对独立，又相互渗透。民间文化及其素材为作家的文学创作提供了源源不断的生命活力，作家根据自己的创作意图选择不同的民间文化素材作为故事的底本，然后将人物与情节置于现实场景与现实的社会关系之中，于是旧有的民间故事与民间传说便在新的时空下复活，并具有了新的意涵。这样的例子在新时期文学中俯拾皆是。

如阿来在2009年出版的《格萨尔王传》，就是一部典型的在民间文化的长河里孕育而出的优秀作品，更是一部藏族史诗。民族史诗《格萨尔王传》以口头传唱的方式流传至今，今天在西藏、内蒙古、青海、甘肃等地区依然有上百位民间艺人在传唱着格萨尔王的丰功伟绩。阿来选择用现代小说的方式重述格萨尔王的故事，一方面以《格萨尔王传》的史诗为底本，讲述其在民间投生成长、历经艰难苦厄而后大功告成、回归天界的传奇人生；另一方面以一位"神授"艺人——晋美为线索，实现了传说与现实的呼应。晋美踏遍格萨尔王走过的每一寸土地，传唱着格萨尔王史诗，最终找到格萨尔王遗留的宝藏——人心的慈悲。

而陈忠实的《白鹿原》则是关中人的一部史诗。作者借用白鹿的民间传说，讲述了白鹿原这片神秘土地上的兴衰史。宋朝时一个河南地方小吏路过此地，看见一跃而过的白鹿，人们在此盖房修院，成为讲学育人的白鹿书院。白鹿作为叙事线索，总是像一个超验的预兆一般诡谲出现，如白灵加入共产党、白灵牺牲、朱先生去世、鹿兆鹏策动起义等。久远的民间故事与现实中的人事神奇对应，体现出一种丰饶的文化意蕴。这里的白鹿对于原上的人们而言，不仅仅是一个美丽、神秘的传说，更是一种精神上的寄托与指引，是这块土地上民众不可或缺的精神图腾，隐喻着民众对美好生活的向往和憧憬。

再如周大新，作为一个新时期的乡土作家，似乎对民间文学有一种近乎本能的亲近，他曾这样描述自己和民间文化之间的紧密关系，"差不多人人的肚里，都装着一串一串的故事"①,而他自己也是在乡亲们耳熟能详的景物故事、动物故事、鬼怪故事、历史故事,包括"荤故事"的浸泡中成长的。他的代表作《湖光山色》便渗透了不少其故乡南阳流传的民间故事。其中一类是史事故事,如有关楚长城、屈原及楚王的传说;一类是风物故事,如烟雾缥缈的丹湖与神秘莫测的迷魂区。尽管这些民间故事都附着在小说的表层,是作者塑造形象、铺排情节、传达思想的一种特殊存在,但故事本身就有着特殊的魅力。这也成为《湖光山色》具有浓郁地域文化色彩的鲜明表征。尤其是当这些故事接二连三地在文中出现时,这些故事便不仅仅是一种简单的材料或人物存在的一种文化氛围,而更像是一种有意味的形式,令人浮想玄思。

津味小说家冯骥才更是一位善讲故事的妙手,他将天津卫的奇人奇事作为小说创作的素材,营造出一副民风奇景与乱世奇相,如他的小说《神鞭》《三寸金莲》《阴阳八卦》等。这些故事或记述江湖奇人的发迹与落败,或描摹一个封建家族的倾轧与争斗,或勾勒历史烟尘与纷繁世相,体现出浓重的传奇色彩。与周大新相比,冯骥才对民间故事的援引并不在于故事本身,更在于故事的讲述方式及对当下现实的折射,故而其世相小说往往具有一种内敛的批判的锋芒。

刘绍棠对民间故事的重视程度不亚于冯骥才。作为一个知名的乡土小说作家,他在返回文坛后,对乡土文学的践行意识更为自觉。他的运河系列小说中,既有大量的野史故事,也有令人眼花缭乱的民间传说,大到通州石坝码头的历史兴衰、战争烽烟,小到运河边一条河流、一个村子、一个街道的命名来历。如《豆棚瓜架雨如丝》一文中追溯了万柳堂村的来历,从多尔衮的庶出子到兴兵起义的李闯王,再到兵败后潜居的长工,细细道来。同时,刘绍棠在小说中又夹杂了大量有关通州城内东西海子的民间传说,大禹、铁甲金海龟横空出世,李广、公孙瓒、罗艺、杨六郎、萧太后、常遇春等历史人物又参与其中,形成一种民间文化狂欢的叙事效果。与冯骥才相比,刘绍棠对于民间文化的态度更为宽容,在他的小说中,这些民间文化不仅熏染与塑造了运河儿女的生存空间与精神指向,

---

① 周大新:《漫说"故事"》,载《文学评论》1992年第1期。

更以一种活态的形式继续存在于现实社会当中。

由此看来,对民间故事这一丰富文化资源的充分利用,成为新时期文学创作的重要维度。而作家对民间故事的沉浸与省思,作品中民间故事的变形与置换,也揭示出"文化热"兴起之后新时期文学审美面向的某种变化。尽管在援用民间文化的时候,新时期作家在价值判断上尚未形成共识,但毕竟唤醒了沉睡的文化记忆,丰富了小说的审美内涵,拓宽了小说的受众人群,也为新时期文学的进一步发展提供了重要契机。

二、民歌之花的绽放

民歌是我国民间独具地域特色的一种非物质文化遗产,由劳动人民集体创作,通过口头传唱,流传至今且久盛不衰。民歌的概念可以从广义和狭义两个方面来阐释:"狭义的民歌与民谣相对称,指人民创作中可以唱的短篇韵文作品";"广义的民歌则包括所有民间文学中的韵文作品——除民间歌曲外,还有民谣、民间长诗和谜语、谚语等类作品,即民间诗歌"。[1]

民歌源于人民的劳动生活,是各民族人民智慧的结晶,故最具现实情怀。具体而言,民歌或来自劳动人民农耕渔猎时的劳动号子,或来自乡野青年男女间的示爱表白,或来自百姓惩恶扬善的真情实感,或来自民间世界对英雄劳模的淳朴赞扬,或来自正在经受困厄生存的人们对美好生活的无限憧憬。作为从乡野之间生长起来的一种独特的文化形式,民歌具有其鲜明的地域性,题材内容丰富。朴实苍凉的陕北民歌,高亢嘹亮的东北民歌,含蓄清婉的江南民歌,嘹亮悠长的四川、湖南民歌,热情欢快的新疆民歌,宽宏悠扬的蒙古民歌,等等,皆是中国民间文化中的瑰宝。

回归民间传统是在新的历史条件下文学反思意识苏醒后的一种自觉选择。作家们普遍意识到:"文学有'根',文学之'根'应深植于民族文化传统的土壤里,根不深,则叶难茂。"[2]于是,他们把最能体现传统文化鲜活质素的民间文

---

[1] 段宝林:《非物质文化遗产精要》,中国社会出版社2008年版,第45—46页。
[2] 韩少功:《文学的"根"》,载《作家》1985年第4期。

化视为自己的创作土壤,力图再现民族生存的现状。而不同地域的那些丰富的民歌,便自然以其巨大的魅力吸引了众多新时期作家们的目光。

陕北民间流传着一句"女人忧愁哭鼻子,男人忧愁唱曲子"的俗语。在这片浑厚质朴的黄土地上,生活中的喜怒哀乐似乎都可以用民歌来表达,民歌成为民众情感寄托的重要形式。在路遥的作品中,随处可见陕北质朴的民风和独具魅力的民歌艺术。这些民歌已然成为路遥小说文本的重要元素,并对情节的铺展、场景的渲染,以及主人公情感、心理的刻画,起着十分重要的作用。从这个意义上来说,这些跳跃在字里行间的陕北民歌具有一种特殊的叙事功能。如在其中篇小说《人生》中,前后一共引用了四首陕北民歌。其中,《叫一声哥哥你快回来》在小说中出现了两次。一次是高加林在桃树下乘凉时,玉米地里突然传来巧珍甜美而"带有一点野味"的歌声:"上河里(哪个)鸭子下河里鹅,一对对(哪个)毛眼眼望哥哥……"[①]嘹亮的信天游飘进了高加林闭锁的心灵,无形中牵引出他和巧珍之间的爱情。因身份的差距,巧珍对高加林的爱慕低到了尘埃里,强大的自卑时时刻刻地提醒着她——高加林不是她所能轻易抵达的彼岸。巧珍的一双"毛眼眼"急切地望着自己心尖上的情哥哥,想要靠近却终是不敢。从小说叙事而言,即使作者花费再多的心理描写功夫,可能也不抵这朴实无华的一句歌词。歌词看起来朴素直白,却唱出了一位怀春少女对爱慕已久的心上人的复杂情感。第二次出现在巧珍和高加林已经私下确立了恋爱关系之后。高加林"在远处听见这歌声,总忍不住咧开嘴巴笑"[②]。仍是那首民歌,仍是那种急切烫手的呼唤,仍是那双"毛眼眼"急切地望着情哥哥,但人物的心理已经悄悄发生了变化。这次不再是单相思,而是互通心意之后却"见个面面容易拉话话难"的深情思念。

小说《人生》中,还有一个善唱民歌的好手,那就是德顺老汉。他在讲到自己的心上人灵转时唱过民歌《赶牲灵》:"走头头的那个骡子哟三盏盏的灯,戴上了那个铜铃子哟哇哇的声;你若是我的哥哥哟招一招手,你不是我的哥哥哟走

---

① 路遥:《人生》,见《路遥文集》(第4卷),人民文学出版社2005年版,第14页。
② 路遥:《人生》,见《路遥文集》(第4卷),人民文学出版社2005年版,第51页。

呀走你的路……"①青年女子等待自己的心上人时的无限欢喜和憧憬都在这简简单单的几句民歌中表露无遗,错失机缘的德顺老汉的凄凉心境也通过这首民歌跃然纸上。作为一个地域作家,路遥在他的作品中塑造了一系列陕北儿女形象,并通过民歌将他们的欣喜与悲凉丝丝入扣地联系起来。这不仅增强了小说的现实性和民间性,而且提升了小说语言的魅力和韵味。

与路遥一样,张承志对民歌也有一种深沉的情感。其中篇小说《黑骏马》就引入了蒙古族长调民歌《钢嘎·哈拉》。"钢嘎·哈拉"在汉语中是黑骏马的意思。这首民歌不仅仅是地域文化的象征符号,更是小说情节发展的重要引线,是人物形象、情感、心理的精彩旁白。作者在每章开头都引入了两句《钢嘎·哈拉》,并根据歌词衍生出一个与之对应的故事情节,有意识地使小说主人公白音宝力格和索米娅的爱情悲剧与民歌中所传唱的爱情故事遥相呼应。

漂亮善跑的——我的黑骏马哟

拴在那门外——那榆木的车上

善良心好的——我的妹妹哟

嫁到了山外——那遥远的地方

走过了一口——叫做哈莱的井啊

那井台上没有——水桶和水槽

路过了两家——当作艾勒的帐篷

那人家里没有——我思念的妹妹

向一个放羊的人打听音讯

他说,听说她运羊粪去了

朝一个牧牛的人询问消息

他说,听说她拾牛粪去了

我举目眺望那茫茫的四野啊

那长满艾可的山梁上有她的影子

---

① 路遥:《人生》,见《路遥文集》(第4卷),人民文学出版社2005年版,第179页。

> 黑骏马昂首飞奔哟，跑上那山梁
>
> 那熟识的绰约身影哟，却不是她！①

张承志在小说的结尾说道："我想把已成过去的一切都倾洒于此，然后怀着一颗更丰富、更湿润的心去迎接明天，就像古歌中那个骑着黑骏马的牧人一样。"②为何引用民歌来映照全篇小说？张承志在《〈黑骏马〉写作之外》中提道："它不是爱情题材小说——我希望它描写的是在北国，在底层，一些伟大的女性的人生。"③看来，张承志对这首蒙古民歌的理解有着广阔、开放的视域。

作为抒写陕南地域文化的作家贾平凹，其也喜欢用民歌来表现山野村民的情爱观，并将民歌中传唱的情爱观念与作品中的人物关系与命运轨迹进行微妙的对照。如《天狗》中的徒弟天狗对师娘情有独钟，师娘也对他颇有好感，但鉴于封建的道德规范，二人虽心有千结却不敢表露万一。月食时分，村里的女人们都到江边乞月，借此机会，天狗的师娘借民歌的形式隐隐传达出自己难言的心曲：

> 天上的月儿一面锣哟，
>
> 锣里坐了个女嫦娥，
>
> 有你看得清世上路哟，
>
> 没你掉进了老鸦窝。
>
> 天狗瞎家伙哟。

对于师娘的心意，天狗自然明白。江中之月，状如圆盘，也似乎就是师娘的脸盘。情切之下，他也以对歌的方式向师娘传递自己的深情：

> 天上的月儿一面锣哟，
>
> 锣里坐了个女嫦娥，
>
> 天狗不是瞎家伙哟。
>
> 井里他把月藏着，
>
> 井有多深你问我哟。

---

① 张承志：《北方的河》，人民文学出版社2006年版，第1页。
② 张承志：《北方的河》，人民文学出版社2006年版，第243页。
③ 张承志：《北方的河》，人民文学出版社2006年版，第66页。

由此看来，不管从哪个角度说，民歌都是新时期文学的一种重要元素，这种元素使新时期文学摆脱了单纯的异域文化的烛照，置身于更为厚重的民间文化的台基之上。这种审美视点的转移预示着新时期文学自觉意识的萌生，并生动诠释了"文学有根"这一命题的内在本质。

三、民间戏曲形态的植入

中国戏曲融表演、演唱、歌舞为一体，是包含文学、音乐、舞蹈、美术、武术、杂技等各种艺术元素的综合性舞台艺术，也是中华民族传统文化中经久不衰的艺术瑰宝。王国维在《宋元戏曲史》中曾讲道："凡一代有一代之文学：楚之骚，汉之赋，六代之骈语，唐之诗，宋之词，元之曲，皆所谓一代之文学，而后世莫能继焉者也。"①而延安时期更是将陕北民间流行的秧歌改造成了全新的艺术形式，从《兄妹开荒》到《白毛女》实现了民间戏曲的新生。

作为我国传统文化遗存中艺术形态最丰富、最多元的艺术形式，戏曲不仅以丰富的题材内容反映着民众的生活，而且以其形态的兴替见证着人类文明的历史进程。据《中国戏曲志》统计，我国历史上共产生过394个戏曲剧种，"文革"以前有360个剧种活跃在各地、各民族戏曲舞台上。随着时代发展，尤其是进入新时期以来，蓬勃兴起的市场经济给地域文化带来了强烈的冲击，全球化进程中多元文化的喧哗与骚动，更让中国戏曲举步维艰，一些地方剧种，特别是小剧种、稀有剧种面临濒临消亡或是已经消亡的困厄境地。在这种历史性的变迁面前，一种哀伤与悼怀的情绪在新时期作家的面前拂之不去，一种用笔墨来挽留传统民间戏曲或民间文化的特殊创作心理在新时期部分作家中显露出来。这种心理容易理解，尤其是那些出身偏远乡村的作家，他们的成长记忆和人生体验与传统戏曲息息相关。

贾平凹是地地道道的陕南商州作家，他的创作深植于民间文化的土壤，源源不断地从中汲取营养，最终成长为当代文学史上的一棵参天大树。对民间文化的

---

① 王国维：《宋元戏曲史》，吉林出版集团股份有限公司2017年版，自序第3页。

吸收借鉴，在贾平凹的作品中显而易见。而秦腔在他小时候便扎根于心。从三岁记事起，贾平凹就骑在大伯的脖子上看戏，六岁时听到悲戚戚的戏曲调子就黯然落泪。可以说，秦腔陪伴着他长大，告诉他弄权奸臣的残忍恶毒、杨家将的英武壮烈、梁祝十八相送的不舍、白娘子许仙的苦恋痴情……在这片到处吼唱着秦腔的土地上，贾平凹上了人生的第一课。在步入创作之路后，秦腔依然是他人生旅程中极为重要的伴侣，也是他无法割舍的情愫。这种心理集中体现在他的长篇小说《秦腔》之中。

在这部小说中，"秦腔"既被化用为小说的名字，也是通篇的核心线索和灵魂。小说中的每个人物都与秦腔有着或多或少的联系，或是秦腔演员，或是秦腔爱好者，或是天天生活在吟唱秦腔的文化氛围中。同时，作品大量引用了秦腔唱词和简谱，将其巧妙穿插在故事情节当中，以推动故事的延展，也为人物形象性格的塑造奠基。在这种文化氤氲的笼罩下，村里的日常生活都与秦腔无法隔断。儿媳白雪生子时，公公夏天智拉二胡奏秦腔，喜悦之情溢于言表；狗剩含冤而死之时，夏天智放《纺线曲》，幽婉悲怆的曲调是狗剩的挽歌；夏风与白雪离婚时，一曲《辕门斩子》将夏天智无比愤怒的心境表露无遗。而小说中单单是夏天智去世这一情节，作者就引用了十一个秦腔曲牌、七个秦腔唱段，白雪也借《藏舟》中丧父的胡凤莲来表达自己对亲如生身父亲的夏天智的深厚亲情。夏天智下葬后，高音喇叭播放的是秦腔曲牌《祭沙》。这一段段的曲谱，一段段的唱词，为生前钟爱秦腔的夏天智唱尽了挽歌。这不仅是清风街的人们对夏天智的追念，也是对行将失落的秦腔文化的悼怀，对市场经济环境下民间文化黯然消逝的哀悼。作为最后一批狂热的秦腔迷代表，夏天智的离世将秦腔文化带入了坟墓，埋进了这片"八百里秦川尘土飞扬，三千万老陕齐吼秦腔"的土地。可见，作者在写作这部小说时内心的复杂情绪。正如作者在《秦腔·后记》中所说："现在我为故乡写这本书，却是为了忘却的回忆。我决心以这本书为故乡树起一块碑子。"[1]事实上，碑子是树起来了，但秦腔却倒下了，这种欲说还休的无奈与感

---

[1] 贾平凹：《秦腔》，人民文学出版社2008年版，第544页。

伤，又怎一个愁字了得！

　　提到叶广芩，读者不约而同想到的就是她创作的京味小说。叶广芩是满族贵族的后裔，所以京剧对她而言是再熟悉不过的了。她的京味小说有很多直接以京剧剧目为名，如《豆汁记》《采桑子》《盗御马》《状元媒》《玉堂春》等。在《豆汁记》中，作者处处引用京剧《豆汁记》的唱段、情节等来映照小说中人物的命运和遭际。如小说开篇："人生在天地间原有俊丑，富与贵贫与贱何必忧愁。……穷人自有穷人本，有道是我人贫志不贫。"①这是京剧《豆汁记》中金玉奴的唱段，也是小说人物莫姜的真实写照。莫姜十一岁进宫服侍皇太妃，二十八岁被皇太妃指婚给刘成贵，不承想丈夫恶习成瘾，坏事做尽，莫姜屡遭磨难，不得已四处流落。生活将莫姜翻来覆去地揉搓，而她依旧坦然平静。五十岁后莫姜到"我"家做帮佣，晚年与丈夫于租房内自杀，孤苦无依，无人送终。又"丑"又"贫贱"的宫女出身的莫姜，活得悲苦凄凉，活得坚强随和。小说中，作者也多次将莫姜与京剧中的穷秀才莫稽进行对比。如莫稽唱到"大风雪似刀尖单衣穿透，腹内饥身寒冷气短脸抽"时，莫姜的脸便是唱词中所说的"气短脸抽"。同是喝豆汁，莫稽喝得"热烈而张扬"，反观莫姜，却是"拿捏得这般沉稳，这般矜持"。②又如陈彦《主角》中秦腔黑头的一段唱词，与忆秦娥即将离开舞台的凄怆心理丝丝入扣地呼应起来："人聚了，戏开了，几多把式唱来了。人去了，戏散了，悲欢离合都齐了。上场了，下场了，大幕开了又关了……"③由此看出，叶广芩与陈彦笔下的小说与戏曲的互文关系，不仅让传统戏曲有了再生的空间，也为小说人物的命运辗转提供了生动的诠释。这也应了一句话：人生如戏，戏如人生。"这种来自民间的气血贲张的汩汩流动声，却是任何庙堂文化都不能替代的最深沉的生命呐喊。"④

　　除贾平凹、叶广芩对民间戏曲甚为钟情外，陈忠实、莫言、蒋子龙等新时期

---

① 叶广芩：《豆汁记》，百花文艺出版社2017年版，第108页。
② 叶广芩：《豆汁记》，百花文艺出版社2017年版，第112、114页。
③ 陈彦：《主角》（下），作家出版社2018年版，第882页。
④ 陈彦：《主角》（下），作家出版社2018年版，第897页。

作家也对民间戏曲给予了热情的关注。陈忠实的长篇小说《白鹿原》深受秦腔文化的影响；莫言的中篇小说《红高粱》提到了流传于高密东北乡的地方戏曲茂腔，至于其名作《檀香刑》更是直接以茂腔曲牌和唱词来结构全篇；蒋子龙的《乔厂长上任记》《蛇神》等小说也都融入了京剧文化的元素。凡此种种，都足以说明民间戏曲开始以互文的形式植入新时期文学，而且成为小说文本的重要叙事单元。这种现象也表明，无论外来文化多么强悍，无论外来文化以何种方式、何种程度参与中国文学的构建，真正能使中国文学葆有中国味道与中国情怀的还是深厚的民族文化传统。

四、民间口头文艺的浮现

传统民间文化在人们的口口相传、世代承袭中得以沉淀。口口相传是民间文化生成的方式，也是其流播的主要路径。按照钟敬文的理解："民间文学作为一个学术名词，是'五四'新文化运动之后才出现和流行的。她指的是：广大劳动人民的语言艺术——人民的口头创作。这种文学，包括散文的神话、传说、民间故事，韵文的歌谣、长篇叙事诗以及小戏、说唱文学、谚语、谜语等体裁的民间作品。"①口头文艺具有口头性、集体性和活态性，它是流落于乡土民间的一颗凝聚着劳苦大众勤劳、智慧的宝石。鉴于前面的小节已经单独论述过掌故传说、民歌和戏曲，本小节主要阐述自延安时期大众化艺术发展而来，在新时期文学中闪现的谚语、俗语、说唱等民间口头文艺形式。

民间的谚语、俗语，是人民群众在日常生活中普遍习惯使用的语言，不同的地域孕育了不同特色的口头文艺。作家们将其灵活地运用到文学创作中，增强了小说的趣味性，垫实了小说的民间根基，使小说充满了民族特色、民间风情和乡土气息。《黄河东流去》是李凖创作的唯一一部长篇小说，获得了第二届茅盾文学奖，这部小说可看作一部河南民谚、俗语的大全。作者在小说中运用了大量的民谚和俗语，有些是表现人物的正直淳朴，如"笑脸求人，不如黑脸求土""拿

---

① 钟敬文：《民间文学述要》，见《钟敬文文集》（民间文艺学卷），安徽教育出版社2002年版，第15页。

人家手短，吃人家嘴软""上山擒虎易，出门告人难"；有些是讲述经商处事的道理，如"能舍钱一千，不教一招鲜""同行是冤家""卖菜不使水，买菜噘着嘴"；有些是关于农耕的民谚，如"枣芽发，种棉花""立秋十八天，寸草结籽""风花收，雨花丢"；还有些是赞扬底层人民纯朴的品格，如"吃亏是福""人穷情义不穷""人穷志不穷""家贫常扫地，人贫多梳头"；等等。在小说中，作者并不是生硬地将这些民谚俗语进行堆积，而是灵活精巧地将其融入小说的骨血，使之成为小说的有机组成部分，为人物形象的塑造、风俗民情的展现和思想主题的深化起到了重要的作用。

　　陕北说书是陕北地区独有的一种传统曲艺，由穷苦盲人手持三弦或琵琶自弹自唱，唱词通俗易懂，曲调激昂粗犷。提起陕北说书，韩起祥便是这一艺术类型的"招牌"。他将陕北说书从民间说唱带上了全国的文艺大舞台，可以称得上是陕北说书的一代宗师。贾平凹的《艺术家韩起祥》可以看作韩起祥后半生的一部传记，小说中多处引用了说书段子。如初到延安，韩起祥说的都是酸曲，在见了毛泽东主席之后，他开始创作《翻身记》："穷汉穷汉/揽工受难/早上是钱钱饭/晌午黑豆捣两半/晚上滚水把肠子涮几遍/提上篮篮满山转/苦菜根根噎着咽"。唱词通过描述穷人的吃食情况，表现了陕北穷苦人的生活现状。当部队在榆林作战时，韩起祥经不住战士们的起哄，唱起了酸段子："麦叶子黄来竹叶子青/八路军要打榆林城/长枪短枪马拐子枪/胸前还挂个望远镜/一举打下榆林城/一个领一个女学生"。[①]《翻身记》是韩起祥最得意的说书作品，也是贾平凹这部作品中出现次数最多的唱段。一部《翻身记》，既是韩起祥等穷苦人民的翻身史，也是时代的沉重变迁史。

　　众所周知，小说是语言的艺术，小说创作就是作家将自己的生活体验和人生感悟用语言文字表述出来的过程。因此，语言是小说显在的物质存在，也是小说传达内涵的媒介。在一定程度上，小说的语言决定着小说的艺术水平。新时期的文学创作者在发掘与钩沉民间文化的同时，自然将民间语言带进文学创作的

---

① 贾平凹：《美穴地》，作家出版社2012年版，第16、18页。

殿堂，为读者展现出一个鲜活生动、美轮美奂的民间语言世界。如以路遥、贾平凹、陈忠实等为代表的陕西方言小说，以方方、池莉、刘醒龙等为代表的武汉方言小说，以冯骥才、林希、肖克凡等为代表的津味小说，以邓友梅、汪曾祺、王朔等为代表的京味小说，以韩少功为代表的湘语小说，以张承志为代表的展现宁夏方言的小说，等等。

冯骥才是我国当代文坛"一位令人着迷的作家"[1]，他原籍浙江慈溪，生长于天津，自小便对民俗文化有着浓厚的兴趣，他擅长用浓郁的天津方言去展示天津民间文化的神秘魅力。他常常能精准地抓住天津人幽默夸张和聪明机灵的用语特点，凭借自己深厚的语言功底，将其自然而然地运用到自己的创作当中。天津人经常把"什么"说成"嘛"，把"好像"说成"赛"，冯骥才的作品中不乏这类表述。如："三爷说到哪儿去了！有好的，还能不尽着您？我这是国药店，没洋药，你老要吃，我叫伙计到紫竹林去买，那药叫嘛名号？"[2]又如："据说，吃下黏面团，脚骨头变软，赛泥巴似的，要嘛样能裹成嘛样。"[3]而天津方言中"混星子""中晌""麻经子""撂"等词语，也在他的作品中层出不穷。另外，天津的地域文化孕育了天津相声，冯骥才深受相声文化的熏染，其作品的语言大有相声的韵味。如《好嘴杨巴》里写道："到了需要逢场作戏、八面玲珑、看风使舵、左右逢源的时候，就更指着杨巴那张好嘴了。"[4]"逢场作戏、八面玲珑、看风使舵、左右逢源"一连串四个成语的连用，颇类似于相声表演中的贯口，贯口要求用干脆、节奏感强的语言进行表演。冯骥才借助相声语言短小精悍的特点，将杨巴口齿伶俐的形象立在了读者眼前。再如《酒婆》里写道："这酒不讲余味，只讲冲劲，进嘴赛锥水，非得赶紧咽，不然烧烂了舌头嘴巴牙花嗓子眼儿。"[5]节奏有致、风趣幽默的语言，无一不透露着浓浓的天津味儿。

---

[1] 马威：《困惑与超越——文艺求索录》，百花文艺出版社1989年版，第70页。
[2] 冯骥才：《神鞭》，见《冯骥才作品精选》，长江文艺出版社2013年版，第29页。
[3] 冯骥才：《三寸金莲》，见《冯骥才作品精选》，长江文艺出版社2013年版，第89页。
[4] 冯骥才：《好嘴杨巴》，见《冯骥才作品精选》，长江文艺出版社2013年版，第270页。
[5] 冯骥才：《酒婆》，见《冯骥才作品精选》，长江文艺出版社2013年版，第260页。

方方是新时期文学中新写实小说的代表作家之一,她和池莉的小说被誉为汉味小说。1990年,方方的小说《落日》面世。小说讲述了一个家庭悲剧,但作者用纯熟的武汉方言塑造了一个个鲜活的武汉市民形象,将武汉人幽默精明、暴躁泼辣的特点表现得淋漓尽致。如小说写到成成和汉琴拌嘴时的对话:"放你妈的屁!""我妈早死了,没得屁可放。"尽管语言粗俗,但人物的性情、性格如在眼前,这也是汉味小说的独特之处。

史铁生在《我的遥远的清平湾》中也大量运用了陕北方言。陕北人惯用的"一股劲儿""镢把""球事不顶""浮头""难活""猴""咋价""日鬼""心儿"等,都被史铁生灵活巧妙地融入作品。但不同于冯骥才和方方的方言书写的是,史铁生只在陕北有过三年的插队生活,而《我的遥远的清平湾》创作于史铁生插队结束之后。这种以域外人的视角来写陕北方言,产生了陌生化的审美效果,将陕北人的粗放、豪爽、重情义的性格特征在有限的文本中无限延伸、放大。

此外,新时期还有不少作家把经过适当改造的民间语言渗透到文学创作当中。如李杭育在"葛江川小说"中对江南方言俚语的改造,古华对湘南地区瑶、壮等民族的方言土语的吸收借鉴等。这些灵巧鲜活地体现着地域文化风采的民间语言,与民间故事、民间歌谣、民间戏曲一起编成了民间文化的灿烂织毯,展现出民间文化既来自民族本土又有一定地域差别性的独特魅力。

20世纪的中国文学,在历史的一次次震荡与裂变之中,经历了不断的文化反思与文艺革新。从五四时期标举着启蒙大旗的新文化运动到1920年代末的革命文学写作洪流,从1930年代抗战文艺的兴起到1942年延安文艺座谈会的召开,从新中国成立后工农兵文艺方向的确立到1950年代末的新民歌运动的启动,从革命样板戏的出台到新时期人文主义精神的苏醒,从现代主义创作手法的整体覆盖到寻根文学的暗香浮动,从新写实小说的视点下移到新历史小说的审美重构,可以说,"裂变"成为20世纪中国文学的响亮主题。但不容置疑的是,越是剧烈变迁的时期,就越是文学的反思意识日益增强的时期,更是对民族文化传统愈发依恋、对民间文化的认知愈加深入的时期。正是在不断的文化反思与文化自觉当中，20世纪中国文学在各个历史阶段呈现出不同的面貌，并不断浇筑出中国本土文学的文化厚度与思想高度。从这个角度来看，不论是作为一种物质资源的民间文化，还是作为一种精神资源的民间文化，都是激发新时期文学及延伸阶段文学活力的重要介质。而对这种介质的成功发现与利用，自然从延安文艺开始，这也就在一定程度上昭示了延安文艺与新时期文学，以及整个20世纪文学发展的内在关联。

参考文献

[1] 谭正璧.中国文学进化史[M].上海：光明书局，1929.

[2] 毛泽东.毛泽东选集[M].北京：人民出版社，1991.

[3] 中共中央文献研究室.毛泽东文艺论集[M].北京：中央文献出版社，2002.

[4] 中共中央文献研究室.毛泽东书信选集[M].北京：中央文献出版社，2003.

[5] 陈迩冬.苏轼诗选[M].北京：人民文学出版社，1957.

[6] 李大钊.李大钊文集[M].北京：人民出版社，1999.

[7] 长春文学月刊编辑部.群众文艺创作运动的胜利[M].长春：吉林人民出版社，1960.

[8] 孙国林.延安文艺大事编年[M].西安：陕西师范大学出版总社，2016.

[9] 朱德.朱德选集[M].北京：人民出版社，1983.

[10] 王永生.中国现代文论选：第2册[M].贵阳：贵州人民出版社，1984.

[11] 《延安文艺丛书》编委会.延安文艺丛书[M].长沙：湖南人民出版总社，1984.

[12] 周扬.周扬文集[M].北京：人民文学出版社，1985.

[13] 冯光廉，朱德发，查国华，等.中国现代文学史教程：上册[M].济南：山东教育出版社，1984.

[14] 乌丙安.中国民俗学[M].沈阳：辽宁大学出版社，1985.

[15] 艾克恩.延安文艺运动纪盛：1937.1—1948.3[M].北京：文化艺术出版社，1987.

[16] 刘增杰，赵明，王文金.中国解放区文学史[M].开封：河南大学出版社，1988.

[17] 刘锦满，王琳.柯仲平研究资料[M].西安：陕西人民出版社，1988.

[18] 胡孟祥.韩起祥评传[M].北京：中国民间文艺出版社，1989.

[19] 吴亮，章平，宗仁发.民族文化派小说[M].长春：时代文艺出版社，1989.

[20] 钟敬文.话说民间文化[M].北京：人民日报出版社，1990.

[21] 中央档案馆.中共中央文件选集[M].北京：中共中央党校出版社，1991.

[22] 中共中央党史研究室.中共党史资料[M].北京：中共党史出版社，1993.

[23] 洪长泰.到民间去：1918—1937年的中国知识分子与民间文学运动[M].董晓萍，译.上海：上海文艺出版社，1993.

[24] 陈思和.陈思和自选集[M].桂林：广西师范大学出版社，1997.

[25] 钟敬文.民间文艺及其历史[M].济南：山东教育出版社，1998.

[26] 钟敬文.民俗学概论[M].上海：上海文艺出版社，1998.

[27] 中共中央文献研究室.周恩来文化文选[M].北京：中央文献出版社，1998.

[28] 陈思和.中国当代文学史教程[M].上海：复旦大学出版社，1999.

[29] 钱理群.二十世纪中国小说理论资料：第4卷[M].北京：北京大学出版社，1997.

[30] 钱理群，温儒敏，吴福辉.中国现代文学三十年[M].修订本.北京：北京大学出版社，1998.

[31] 洪子诚.中国当代文学史[M].北京：北京大学出版社，1999.

[32] 哈贝马斯.公共领域的结构转型[M].曹卫东，等译.上海：学林出版社，1999.

[33] 张紫晨.中国民俗与民俗学[M].杭州：浙江人民出版社，2000.

[34] 李杨.50~70年代中国文学经典再解读[M].济南：山东教育出版社，2003.

[35] 贺桂梅.转折的时代：40~50年代作家研究[M].济南：山东教育出版社，2003.

[36] 高玉.现代汉语与中国现代文学[M].北京：中国社会科学出版社，2003.

[37] 苏贾.后现代地理学：重申批判社会理论中的空间[M].王文斌，译.北京：商务印书馆，2004.

[38] 张柠.土地的黄昏：乡村经验的微权力分析[M].北京：东方出版社，2005.

[39] 陈平原.中国现代小说的起点：清末民初小说研究[M].北京：北京大学出版社，2005.

[40] 王国维.宋元戏曲史[M].长春：吉林出版集团股份有限公司，2017.

[41] 唐小兵.再解读：大众文艺与意识形态[M].增订版.北京：北京大学出版社，2007.

[42] 王光东，刘子杰，杨位俭，等.20世纪中国文学与民间文化[M].上海：复旦大学出版社，2007.

[43] 艾克恩.延安文艺史[M].石家庄：河北教育出版社，2009.

[44] 黄永林.中国民间文化与新时期小说[M].北京：人民出版社，2007.

[45] 王宏志.鲁迅与"左联"[M].北京：新星出版社，2006.

[46] 段宝林.非物质文化遗产精要[M].北京：中国社会出版社，2008.

[47] 乔建中.土地与歌：传统音乐文化及其地理历史背景研究[M].修订版.上海：上海音乐学院出版社，2009.

[48] 鲁迅.中国小说史略[M].北京：人民文学出版社，1979.

[49] 曾光灿，吴怀斌.老舍研究资料[M].北京：知识产权出版社，2010.

[50] 李洁非，杨劼.解读延安：文学、知识分子和文化[M].北京：当代中国出版社，2010.

[51] 毛巧晖.20世纪下半叶中国民间文艺学思想史论[M].上海：上海文化出版社，2010.

[52] 袁良骏.丁玲研究资料[M].天津：天津人民出版社，1982.

[53] 金冲及.周恩来传[M].2版.北京：中央文献出版社，2011.

[54] 垄耘.说陕北民歌[M].北京：文化艺术出版社，2011.

[55] 中央电视台等《大鲁艺》摄制组.大鲁艺：解说词专辑[M].北京：中国民主法制出版社，2012.

[56] 费孝通.乡土中国[M].北京：北京大学出版社，2012.

[57] 王光东.民间：作为中国现当代文学研究的视野与方法[M].上海：东方出版中心，2013.

[58] 芮德菲尔德.农民社会与文化：人类学对文明的一种诠释[M].王莹，译.北京：中国社会科学出版社，2013.

[59] 张军锋.延安文艺座谈会的台前幕后[M].西安：陕西师范大学出版总社，2014.

[60] 西北战地服务团集体.西线生活[M].北京：生活·读书·新知三联书店，2014.

[61] 刘润为.延安文艺大系[M].长沙：湖南文艺出版社，2015.

[62] 冯希哲，敬晓庆.延安音乐组织[M].西安：太白文艺出版社，2015.

[63] 黄金涛.八路军抗战文艺作品整理与研究：话剧卷[M].武汉：武汉大学出版社，2015.

[64] 郝雪延.八路军抗战文艺作品整理与研究：木刻版画卷[M].武汉：武汉大学出版社，2015.

[65] 北京大学,北京师范大学,北京师范学院中文系中国现代文学教研室.文学运动史料选[M].上海：上海教育出版社,1979.

[66] 惠雁冰,马海娟,申朝晖,等.红色经典导论[M].北京：高等教育出版社,2016.

[67] 福斯特.小说面面观[M].冯涛,译.上海：上海译文出版社,2019.

[68] 毕海.中国现代文学论争与文化政治："民族形式"文艺争论及相关问题[M].北京：中国社会科学出版社,2017.

[69] 石凤珍.文艺"民族形式"论争研究[M].北京：中华书局,2007.

[70] 陈明,安波.平妖记[M].北京：生活·读书·新知三联书店,1951.

[71] 延安鲁迅文艺学院集体.白毛女[M].北京：人民文学出版社,1952.

[72] 茅盾.茅盾全集[M].北京：人民文学出版社,1984.

[73] 马威.困惑与超越：文艺求索录[M].天津：百花文艺出版社,1989.

[74] 吕骥.吕骥文集[M].北京：人民音乐出版社,1988.

[75] 《冼星海全集》编辑委员会.冼星海全集[M].广州：广东高等教育出版社,1989.

[76] 董大中.赵树理全集[M].太原：北岳文艺出版社,1990.

[77] 钟敬文.钟敬文文集[M].合肥：安徽文艺出版社,2002.

[78] 张炯.丁玲全集[M].石家庄：河北人民出版社,2001.

[79] 柳青.柳青文集[M].西安：陕西人民出版社,1991.

[80] 鲁迅.鲁迅选集[M].北京：中国青年出版社,1956.

[81] 鲁迅.鲁迅全集[M].北京：人民文学出版社,1981.

[82] 罗岗,陈春艳.梅光迪文录[M].沈阳：辽宁教育出版社,2001.

[83] 袁珂.中国神话通论[M].成都：四川人民出版社,2019.

[84] 王安忆.长恨歌[M].北京：人民文学出版社,2004.

[85] 王安忆.王安忆自选集[M].北京：天地出版社,2017.

[86] 胡银州.绥德文库：戏剧曲艺卷[M].北京：中国文史出版社,2004.

[87] 白进暄.绥德文库：民歌卷[M].北京：中国文史出版社,2004.

[88] 路遥.路遥精选集[M].北京：燕山出版社,2006.

[89] 张承志.北方的河[M].北京：人民文学出版社,2006.

[90] 迟子建.额尔古纳河右岸[M].2版.北京：北京十月文艺出版社,2008.

[91] 石荣海.黄陵文典：民间艺术卷[M].西安：陕西人民出版社,2008.

[92] 王文权.陕北民间剪纸精粹[M].西安：陕西人民美术出版社，2009.

[93] 红柯.额尔齐斯河波浪[M].上海：上海文艺出版社，2011.

[94] 汪曾祺.受戒[M].成都：四川人民出版社，2019.

[95] 高建群.最后一个匈奴[M].2版.北京：北京十月文艺出版社，2010.

[96] 路遥.路遥全集[M].北京：人民文学出版社，2005.

[97] 贾平凹.秦腔[M].北京：人民文学出版社，2008.

[98] 贾平凹.美穴地[M].北京：作家出版社，2012.

[99] 冯骥才.冯骥才作品精选[M].武汉：长江文艺出版社，2013.

[100] 李传峰.李传峰文集：长篇小说卷[M].武汉：武汉大学出版社，2018.

[101] 曹伯涛.宝塔文典：曲艺卷[M].西安：陕西人民出版社，2014.

[102] 韩少功.爸爸爸[M].上海：上海文艺出版社，2017.

[103] 冯骥才.三寸金莲[M].杭州：浙江文艺出版社，2019.

[104] 愈之.论民间文学[J].妇女杂志，1921，7（1）.

[105] 周作人.《歌谣周刊》发刊词[J].歌谣周刊，1922（1）.

[106] 楚女.艺术与生活[J].中国青年，1924，3（8）.

[107] 何畏.新生[J].1927，1（24/25）.

[108] 董作宾.为《民间文艺》敬告读者[J].民间文艺，1927（1）.

[109] 成仿吾.从文学革命到革命文学[J].创造月刊，1928（9）.

[110] 周扬.我们的态度[J].文艺战线，1939（1）.

[111] 周扬.对旧形式利用在文学上的一个看法[J].中国文化，1940（1）.

[112] 艾思奇.抗战文艺的动向[J].文艺战线，1939，1（1）.

[113] 艾思奇.旧形式运用的基本原则[J].文艺战线，1939，1（3）.

[114] 艾思奇.旧形式新问题[J].文艺突击，1939，1（2）.

[115] 张振亚.读《边区自卫军》[J].文艺战线，1939，1（3）.

[116] 柯仲平.论文艺上的中国民族形式[J].文艺战线，1939，1（5）.

[117] 柯仲平.介绍《查路条》并论创造新的民族歌剧[J].文艺突击，1939，1（2）.

[118] 萧三.论诗歌的民族形式[J].文艺战线，1939，1（5）.

[119] 冯雪峰.论两个诗人及诗的精神和形式[J].文艺阵地，1940，4（10）.

[120] 茅盾.旧形式、民间形式和民族形式[J].中国文化，1940，2（1）.

[121] 茅盾.新的现实和新的任务[J].红岩，1953（19）.

[122] 光未然.文艺的民族形式问题[J].文学月报，1940，1（5）.

[123] 洛甫.抗战以来中华民族的新文化运动与今后任务[J].解放，1940（103）.

[124] 王淑明.群众看法与专家看法[J].人民文学，1950，3（1）.

[125] 王昆.周总理鼓励我为人民歌唱[J].人民音乐，1977（1）.

[126] 李葆琰.试论解放区文学大众化[J].中国现代文学研究丛刊，1982（3）.

[127] 刘锡诚.抗日战争和解放战争时期的民间文学运动[J].新文学史料，1992（3）.

[128] 周大新.漫说"故事"[J].文学评论，1992（1）.

[129] 宋祥瑞.民歌研究　一波三折[J].黄钟，1994（4）.

[130] 陈思和.民间的浮沉：对抗战到文革文学史的一个尝试性解释[J].上海文学，1994（1）.

[131] 陈思和.民间的还原："文革"后文学史某种走向的解释[J].文艺争鸣，1994（1）.

[132] 郭仁怀.田间与街头诗[J].文艺理论与批评，1995（4）.

[133] 金会峻.中国现代文学史上"民族形式论争"研究[J].中国现代文学研究丛刊，1996（3）.

[134] 沈洽.民族音乐学在中国[J].中国音乐学，1996（3）.

[135] 何火任.《白毛女》与贺敬之[J].文艺理论与批评，1998（2）.

[136] 尤凤伟，何向阳.文学与人的境遇[J].当代作家评论，1999（2）.

[137] 张鲁.峥嵘岁月的歌：忆"鲁艺"河防将士访问团[J].音乐研究，2001（2）.

[138] 万国庆.走向民间：论40年代的延安文艺运动[J].中国文学研究，2003（3）.

[139] 杨劼.旧形式与"延安体"[J].文学理论与批评，2003（6）.

[140] 王光东."民间"的现代价值：中国现代文学与民间文化形态[J].中国社会科学，2003（6）.

[141] 漆凌云.回归民间：中国民间文学研究百年反思[J].船山学刊，2004（1）.

[142] 袁盛勇.延安文人视域中的"民间艺人"：从一个侧面理解延安时期的"民间"[J].文艺理论研究，2006（4）.

[143] 段从学."民族形式"论争的起源与话语形态论析[J].社会科学研究，2009（5）.

[144] 斯炎伟."有意味的形式"："十七年"文艺报刊中的"读者来信"[J].中国现代文学研究丛刊，2011（4）.

[145] 卢燕娟.《在延安文艺座谈会上的讲话》与人民文化权力的兴起[J].中国现代文学研究丛刊,2012(6).

[146] 沈文慧.利用　改造　创新:从秧歌看延安文艺对民间文艺的创造性转化[J].信阳师范学院学报(哲学社会科学版),2012(1).

[147] 陈伯达.关于文艺的民族形式问题杂记[N].文艺战线,1939(3).

[148] 郭沫若."民族形式"商兑[J].中国文化,1940,2(1).

[149] 曲光.从《延安山花》到《山花朵朵》[J].当代,2015(3).

[150] 宋玉.向林冰"民族形式中心源泉"论再探析[J].文学评论,2017(2).

[151] 龚刚.文艺民族化思潮的当代反思:以探究民族形式论争的文学史意义为中心[J].社会科学论坛,2017(2).

[152] 赵学勇,吕惠静.延安文学"大众化"理论及其实践[J].兰州大学学报(社会科学版),2017(4).

[153] 映华.谈谈边区的群众戏剧运动[N].新中华报,1938-02-10.

[154] 少川.我对延安话剧界的一点意见[N].新中华报,1938-02-10.

[155] 白苓.关于戏剧的旧形式与新内容[N].新中华报,1938-02-10.

[156] 徐懋庸.民间艺术形式采用[N].新中华报,1938-04-20.

[157] 街头诗运动宣言[N].新中华报,1938-08-10.

[158] 向林冰.论"民族形式"的中心源泉[N].(重庆)大公报,1940-03-24.

[159] 葛一虹.民族形式的中心源泉是所谓"民间形式"吗?[N].新蜀报,1940-04-10.

[160] 石毅.旧剧人的改造[N].解放日报,1941-10-04.

[161] 丁玲.秧歌舞简论[N].解放日报,1942-09-23.

[162] 艾青.秋天的早晨[N].解放日报,1942-08-07.

[163] 艾青.《吴满有》附纪[N].解放日报,1943-03-09.

[164] 艾青.窗花剪纸[N].解放日报,1944-12-04.

[165] 黄钢.街头画报·诗·小说:延安文艺工作的新步调[N].解放日报,1942-10-16.

[166] 季纯.谈方言演剧[N].解放日报,1942-11-10.

[167] 屈增全.边区办得没穷人[N].解放日报,1944-04-24.

[168] 马健翎.《血泪仇》的写作经验[N].解放日报,1944-06-21.

[169] 鄜县街头宣传,形式多样新鲜活泼[N].解放日报,1944-07-15.

[170] 沙可夫.晋察冀新文艺运动发展的道路[N].解放日报,1944-07-24.

[171] 任琛.借粮[N].解放日报,1944-08-29.

[172] 亚马.关于戏剧运动的三题[N].抗战日报,1944-10-08.

[173] 姚仲明.《同志,你走错了路!》的创作介绍[N].解放日报,1944-12-16.

[174] 《新秧歌》[N].解放日报,1944-12-22.

[175] 林山.改造说书[N].解放日报,1945-08-05.

[176] 傅克.记说书人韩起祥[N].解放日报,1945-08-05.

[177] 李伯钊.回忆瞿秋白同志:瞿秋白同志逝世十五周年纪念[N].人民日报,1950-06-18.

[178] 李永军.《小二黑结婚》的创作历史背景[N].贵州政协报,2009-08-27.

[179] 梁向阳.陕北文化血脉与文学呈现[N].光明日报,2017-03-21.

[180] 张霞.民俗与政治的互动:解放区文学新论[D].济南:山东师范大学,2014.

后 记

《延安文艺与20世纪中国民间文化》是陕西师范大学文学院赵学勇教授主持的"延安文艺与20世纪中国文学研究"重大社科招标项目子课题"延安文艺与20世纪中国民间文化"的结项成果。

2011年，延安大学文学院现当代文学学科参与到陕西师范大学国家社科重大招标项目的申报工作中，并承担了其中的"延安文艺与20世纪中国民间文化"子课题。子课题负责人遴选学院长期从事延安文艺研究具有建树的教师分担书稿撰写工作。具体分工情况如下：梁向阳教授撰写绪论与第一章，孙鸿亮教授撰写第二章，党子奇副教授撰写第三章，王俊虎教授撰写第四章，侯业智副教授撰写第五章，惠雁冰教授与王鑫博士撰写第六章。书稿最后由梁向阳教授与侯业智副教授统稿。本书的撰写过程，也是深入开展"延安文艺与20世纪中国民间文化"研究的过程，课题组的各位同人在深入研究的过程中，在国内学术期刊发表了多篇高质量学术论文。应该说，今天呈现出来的这个成果是"合力而为"的结果。

延安是中国共产党文化自觉与文化自信的逻辑起点，也是中国现当代文学研究的富矿。作为延安文艺参与者与建构者的延安大学，研究延安文艺是其义不容辞的使命。为此，我们将一如既往地深入推进延安文艺研究，为我校的中国现当代文学学科更有特色、更有水平而不懈努力。

再次感谢陕西师范大学文学院，感谢项目主持人赵学勇教授，他们的关怀与信任，让我们的目光更加坚定，步履更加稳健；也深深感谢陕西师范大学出版总社，感谢编辑梁菲女士，正是他们的不懈努力，让这部书稿能够顺利出版。因我们水平所限，该书难免存在不当之处，也恳请学界同人批评。

2021年3月8日于延安一步斋